A
NOITE
EM QUE ELA
DESAPARECEU

A NOITE EM QUE ELA DESAPARECEU

LISA JEWELL

Tradução de Stefano Volp

Copyright © 2021 by Lisa Jewell

TÍTULO ORIGINAL
The Night She Disappeared

COPIDESQUE
Fernanda Cosenza

REVISÃO
Stella Carneiro
Beatriz Araujo

DIAGRAMAÇÃO
DTPhoenix Editorial

DESIGN DE CAPA
James Iacobelli

IMAGENS DE CAPA
Adobe Stock (anel) e Stocksy (piscina)

ADAPTAÇÃO DE CAPA
Lázaro Mendes

CIP-BRASIL. CATALOGAÇÃO NA PUBLICAÇÃO
SINDICATO NACIONAL DOS EDITORES DE LIVROS, RJ

J56n   Jewell, Lisa
        A noite em que ela desapareceu / Lisa Jewell; tradução Stefano Volp. – 1. ed. – Rio de Janeiro: Intrínseca, 2024.

Tradução de: The night she disappeared

ISBN 978-85-510-0687-0

1. Romance inglês. I. Volp, Stefano. II. Título.

CDD: 823
23-87322   CDU: 82-31(410.1)

Meri Gleice Rodrigues de Souza – Bibliotecária – CRB-7/6439

[2024]
Todos os direitos desta edição reservados à
EDITORA INTRÍNSECA LTDA.
Av. das Américas, 500, bloco 12, sala 303
Barra da Tijuca, Rio de Janeiro - RJ
CEP 22640-904
Tel./Fax: (21) 3206-7400
www.intrinseca.com.br

Este livro é dedicado ao meu pai

Aracnofobia

Aracnofobia. É uma daquelas palavras que soam tão mal quanto aquilo que descrevem. A forte pronúncia de "arac" sugere os ângulos repulsivos das pernas de uma aranha; a suavidade do "fo" é como uma terrível onda de náusea que inunda o estômago com a insinuação de um movimento repentino; o audível "no" em seu centro faz o cérebro gritar, enojado, "nãonãonão".

Tallulah sofre de aracnofobia.

Tallulah está no escuro.

Parte Um

1

JUNHO DE 2017

O bebê começa a resmungar. Quieta na cadeira, Kim prende a respiração. Ela levou a noite toda para fazê-lo dormir. É sexta-feira, uma noite abafada de verão, e normalmente ela teria saído com os amigos. Onze horas: deveria estar no bar tomando a saideira. Mas esta noite Kim vestiu uma calça de moletom e uma camiseta, prendeu seu cabelo escuro em um coque e colocou os óculos em vez das lentes de contato. Em cima da mesa de centro, há uma taça de vinho em temperatura ambiente que serviu para si mesma mais cedo e não teve a chance de beber.

Ela abaixa o volume da TV usando o controle remoto e escuta outra vez.

Lá estão, os primeiros indícios de choro, uma espécie de canto seco e agourento.

Kim nunca gostou muito de bebês. Gostava o suficiente dos seus, mas achava os primeiros anos difíceis e incompatíveis com sua rotina. Desde a primeira vez que seus dois filhos dormiram a noite inteira, Kim passou a supervalorizar, talvez de maneira desproporcional, uma boa noite de sono. Teve filhos cedo, e ainda tinha tempo e espaço em seu coração para mais um ou dois. Só não aguentaria ficar sem dormir de novo. Durante anos, tentou manter uma rotina de sono saudável. Usava máscaras para dormir e tampões de ouvido, sprays de travesseiro e enormes potes de melatonina que uma amiga trouxera dos Estados Unidos.

Até que, há pouco mais de um ano, sua filha adolescente, Tallulah, teve um filho. E agora Kim é avó aos trinta e nove anos, há novamente um bebê chorando em sua casa, e parece que faz *pouquíssimo* tempo que seus próprios bebês pararam de chorar.

Apesar de ter acontecido dez anos antes de ela se considerar pronta, ter um neto é uma grande bênção. O nome dele é Noah, e ele tem cabelos escuros como os de Kim e de seus dois filhos (ela sempre gostou de bebês com cabelo escuro; os de cabelo loiro a assustam). Noah tem olhos que oscilam entre o castanho e o âmbar dependendo da luz, e pernas e braços firmes, com gordurinhas nos pulsos. Sorri e gargalha à toa, e consegue se divertir sozinho, às vezes por até meia hora. Kim cuida dele quando Tallulah vai para a faculdade e de vez em quando entra em pânico ao perceber que não o ouviu fazer barulho por alguns minutos. Ela costuma correr até a cadeirinha alta, a de balanço ou o canto do sofá para ver se ele ainda está vivo e o encontra imerso em pensamentos enquanto vira as páginas de um livro de tecido.

Noah é um bebê encantador. Mas não gosta de dormir. Kim acha isso estressante e até meio sombrio.

No momento, Tallulah e Noah, assim como Zach, o pai dele, moram com Kim. Noah dorme no meio deles na cama de casal de Tallulah. Kim costuma deixar ruído branco tocando no celular e, com a ajuda de seus fones de ouvido, evita o barulho provocado pela insônia de Noah durante a noite.

Mas esta noite Zach levou Tallulah para o que eles chamam de "encontro", o que soa ultrapassado para um casal aos dezenove anos. Eles foram ao mesmo pub em que Kim normalmente estaria sentada. Na saída, ela passou discretamente uma nota de vinte libras a Zach e lhes disse para se divertirem. É a primeira vez que eles saem como casal desde antes do nascimento de Noah. Os dois se separaram durante a gravidez de Tallulah e reataram há seis meses, quando Zach prometeu ser o melhor pai do mundo. E, até agora, estava cumprindo sua palavra.

O choro de Noah aumenta. Kim suspira e se levanta.

Nesse momento, seu celular vibra com uma mensagem.

Mãe, tem uma galera da faculdade aqui, convidaram a gente pra ir na casa deles. Só por uma horinha. Tudo bem? ☺

Então, enquanto ela digita uma resposta, outra mensagem chega.

Tudo ok com o Noah?

Noah tá bem, ela digita. *Parece um anjinho. Vai lá se divertir. Pode ficar o quanto quiser. Te amo.*

Kim sobe a escada e vai até o berço de Noah, desolada com a perspectiva de passar mais uma hora balançando, acalmando, suspirando e sussurrando no escuro enquanto a lua paira lá fora no céu ameno do solstício de verão, ainda com algumas manchas da luz do dia. O vazio da casa ecoa enquanto a maioria das pessoas se diverte nos bares. Mas, quando ela se aproxima do bebê, o luar atinge a sua bochecha e ela vê os olhos dele se iluminarem ao vê-la, ouve aquela respiração de alívio por alguém ter vindo e vê seus bracinhos se estenderem para ela.

Ela o ampara contra o peito e diz: "Qual é o problema agora, rapazinho? Qual é o problema?" E seu coração de repente se expande e se contrai diante da constatação de que esse menino é uma parte dela, de que ele a ama, de que não precisa da presença da mãe, que está contente que *ela* o conforte na calada da noite.

Ela leva Noah para a sala e o coloca sentado em seu colo. Dá a ele o controle remoto para brincar; ele adora apertar os botões, mas Kim percebe que ele está cansado demais para isso e quer dormir. À medida que o corpo dele pesa sobre o seu, ela sabe que deveria colocá-lo de volta no berço para que ele durma bem, adote bons hábitos, tudo isso, mas agora Kim também está cansada. As pálpebras pesam. Ela puxa a manta do sofá para o colo, ajusta a almofada atrás da cabeça e, junto a Noah, cai silenciosamente em um sono tranquilo.

Kim acorda de repente, várias horas depois. A breve noite de solstício de verão está quase no fim, e é possível ver o céu clareando pela janela da sala com as primeiras rajadas do sol quente matinal. Ela endireita o pescoço e sente todos os músculos reclamarem. Noah ainda está dormindo profundamente. Kim o ajusta com delicadeza para alcançar o celular. São quatro e vinte da manhã.

Ela sente a irritação emergindo. Tudo bem que deu permissão a Tallulah para chegar mais tarde, mas isso já é demais. Procura o número da filha e liga para ela. A chamada cai direto na caixa postal, então decide ligar para Zach. Caixa postal outra vez.

Talvez, ela pensa, *os dois tenham chegado tarde, visto Noah dormindo em cima dela e concluído que seria bom ter a cama só para eles.* Ela os imagina olhando-a pela porta da sala, tirando os sapatos, subindo a escada na ponta dos pés e pulando na cama vazia em um emaranhado de braços e pernas em meio a beijos bêbados e risonhos.

Bem devagar e com cuidado, ela aconchega Noah contra o corpo e se levanta do sofá. Sobe a escada e vai até a porta do quarto de Tallulah. Está aberta, como Kim deixou às onze horas da noite anterior, quando foi buscar Noah. Ela o deita suavemente no berço e, por um milagre, ele não se move. Em seguida, senta-se ao lado da cama de Tallulah e liga de novo.

Mais uma vez, cai na caixa postal. Liga para Zach. Caixa postal. Esse vaivém continua por mais uma hora. O sol nasceu; já é de manhã, mas ainda muito cedo para ligar para outra pessoa. Então Kim faz um café, corta uma fatia do pão de fermentação natural que sempre compra para Tallulah no fim de semana e o come com manteiga, além de um pouco de mel do apicultor que mora no fim da rua e vende seus produtos de porta em porta. E fica esperando o dia começar.

2

AGOSTO DE 2018

— Sr. Gray! Bem-vindo!

Sophie vê um homem de cabelos grisalhos caminhando em direção a eles pelo corredor forrado com painéis de madeira. Ele já está com a mão estendida para um cumprimento, embora ainda esteja a uns três metros de distância.

Chega até Shaun e agarra a mão dele calorosamente, envolvendo-a nas suas mãos como se Shaun fosse uma criança com mãos frias que precisam ser aquecidas.

Então ele se vira para Sophie e diz:

— Sra. Gray! É um prazer conhecê-la, finalmente!

— Srta. Beck, na verdade, desculpe — corrige Sophie.

— Ah, sim, claro. Erro meu. Já sabia disso, srta. Beck. Peter Doody. Diretor executivo.

Ele sorri para ela. Os dentes brancos demais para um homem de sessenta e poucos anos.

— Ouvi dizer que você é escritora, certo?

Sophie faz que sim com a cabeça.

— O que você escreve?

— Romances policiais — responde ela.

— Romances policiais! Ora, ora! Tenho certeza de que você vai encontrar muita inspiração aqui na Maypole House. Tem sempre alguma coisa acontecendo. Só tome o cuidado de mudar os nomes, hein! — Ele ri alto da própria piada. — Onde você deixou o carro, inclusive? — pergunta a Shaun, indicando o estacionamento atrás da porta gigante.

— Ah, bem ali, perto do seu — responde Shaun. — Espero que não tenha problema.

— Perfeito, simplesmente perfeito. — Ele olha por cima do ombro de Shaun. — E as crianças?

— Estão com a mãe em Londres.

— Ah, sim, claro.

Puxando as malas, Sophie e Shaun seguem Peter Doody por um dos três longos corredores que fluem do principal. Passam por uma porta dupla e entram em um túnel de vidro que conecta a casa antiga ao bloco moderno. Continuam arrastando a bagagem pela parte traseira desse bloco e descem por um caminho curvo em direção a um pequeno chalé vitoriano. A construção fica de frente para a floresta, cercada por um anel de roseiras que começa a florescer no fim do verão.

Peter tira um molho de chaves do bolso e separa um par numa argolinha de bronze. Sophie já tinha visto o chalé uma vez, quando ainda era a casa do diretor anterior, cheia de móveis e objetos pessoais, cachorros e fotos. Peter destranca a porta e eles o seguem pelo corredor com piso de pedra. As galochas sumiram, as jaquetas impermeáveis e as coleiras dos cães agora estão penduradas nos ganchos. Há um cheiro de fumaça de combustível ali dentro, e uma corrente de ar frio emerge por entre as tábuas do assoalho, dando ao chalé uma estranha sensação invernal no meio de um verão calorento.

A Maypole House está situada na pitoresca cidadezinha de Upfield Common, em Surrey Hills. Era a casa senhorial da cidade até vinte anos atrás, quando foi comprada por uma empresa chamada Magenta, dona de escolas e faculdades em todo o mundo, e se transformou em um internato particular para adolescentes de dezesseis a dezenove anos que foram reprovados na escola. Então, sim, em sua essência, uma escola para fracassados. E o namorado de Sophie, Shaun, agora é o novo diretor.

— Aqui está. — Peter deposita as chaves na mão de Shaun. — Toda de vocês. Quando chega o resto das suas coisas?

— Às três da tarde — responde Shaun.

Peter dá uma olhada no relógio e diz:

— Bem, então você tem um tempinho para almoçar no pub. Por minha conta!

— Ah. — Shaun olha para Sophie. — Err, a gente trouxe comida, na verdade. — Ele indica uma sacola de lona no chão a seus pés. — Mas obrigado mesmo assim.

Peter não se deixa abalar.

— Bem, só pra vocês saberem, o pub da cidade é excelente. O Swan & Ducks. Do outro lado do parque. Eles têm um cardápio mediterrâneo, com aperitivos turcos e espanhóis. O ensopado de lula é incrível. E a adega é maravilhosa. O gerente vai dar um desconto quando você contar quem é.

Ele olha para o relógio novamente e continua:

— Bom, de qualquer forma, vou deixar vocês dois se acomodarem. Todos os códigos estão aqui. Vão precisar deste pra abrir a garagem, e este é o da porta da frente. O cartão funciona em todas as portas internas. — Ele entrega um cordão para cada um. — Eu volto amanhã de manhã para o nosso primeiro dia de trabalho. Ah, e talvez vocês vejam algumas pessoas com roupas estranhas por aí; a gente recebeu um workshop essa semana, alguma coisa meio *Glee*. Hoje é o último dia, eles vão embora amanhã, e Kerryanne Mulligan, a inspetora... Vocês se conheceram na semana passada, certo?

Shaun assente.

— Ela está cuidando do grupo, então não precisa se preocupar. Acho que é só isso. Exceto, ah... — Ele vai até a geladeira e abre a porta. — Uma coisinha da Magenta pra vocês. — Uma única garrafa de champanhe barato ocupa a geladeira vazia. Ele fecha a porta, coloca as mãos nos bolsos da calça de algodão azul, depois as tira de novo para apertar a mão dos dois.

Peter finalmente vai embora e deixa Shaun e Sophie sozinhos na casa nova pela primeira vez. Os dois se olham, depois observam ao redor e voltam a se olhar. Sophie se abaixa até a bolsa de lona e pega as duas taças de vinho que embalou de manhã enquanto eles se preparavam para deixar a casa de Shaun em Lewisham. Desembrulha-as do papel de seda, coloca-as no balcão e tira a bebida da geladeira.

Então, segura a mão estendida de Shaun e o segue até o jardim. Virado para o oeste, o local já está coberto por sombras a esta hora do dia, mas ainda está quente o suficiente para os dois ficarem sentados lá fora com os braços de fora.

Enquanto Shaun tira a rolha do champanhe e serve uma taça para cada um, Sophie deixa o olhar vagar pela paisagem: um portão de madeira entre as roseiras que formam o limite do jardim dos fundos leva a uma floresta verde e aveludada, intercalada com manchas de gramado onde o sol do meio-dia adentra as copas das árvores, formando poças da cor de ouro. Ela ouve o som dos pássaros chilreando nos galhos. Ouve as bolhas de champanhe efervescendo nas taças. Ouve a própria respiração, o sangue passando pelas veias em suas têmporas.

Percebe que Shaun a observa.

— Obrigado — diz ele. — Muito obrigado.

— Pelo quê?

— Você sabe. — Ele segura as mãos dela. — Tudo que você está sacrificando pra estar aqui comigo. Não mereço você. Não mesmo.

— Você me merece, sim. Eu sou "a segunda opção", lembra?

Eles sorriem um para o outro. Essa é uma das muitas coisas desagradáveis que Pippa, ex-esposa de Shaun, disse a respeito de Sophie quando descobriu sobre ela. Além disso, "ela parece ter muito mais do que trinta e quatro anos" e "tem uma bunda esquisita e achatada".

— Bem, seja lá o que você for, você é a melhor. E eu te amo. — Ele beija os nós dos dedos dela com firmeza, depois os solta para que Sophie possa pegar a taça.

— Linda, né? — diz ela, olhando com um ar sonhador pelo portão dos fundos para a floresta. — Até onde ela vai?

— Não tenho ideia — responde ele. — De repente você podia dar um passeio depois do almoço, que tal?
— É — diz Sophie. — Talvez eu vá.

Shaun e Sophie estão juntos há apenas seis meses. Eles se conheceram quando Sophie foi dar uma palestra na escola de Shaun para um grupo de alunos da turma de inglês sobre escrita e publicação de livros. Ele a levou para almoçar como forma de agradecimento. A princípio, Sophie ficou nervosa, como se tivesse feito algo errado — ela não conseguia ignorar o fato de que sair sozinha com um professor mais velho poderia ser visto como algo errado. Mas então Sophie notou que Shaun tinha olhos castanhos muito, muito escuros, quase pretos, ombros largos, uma risada calorosa e uma boca macia. Ele não usava aliança e flertou com ela o tempo inteiro, e, no dia seguinte, Sophie recebeu um e-mail dele, agradecendo-lhe por ter vindo e perguntando se ela gostaria de conhecer, quem sabe sexta à noite, o novo restaurante coreano sobre o qual eles conversaram durante o almoço no dia anterior. Sophie logo pensou: *Nunca saí com um homem na casa dos quarenta, nunca saí com um homem que usa gravata para trabalhar, e a verdade é que não saio com ninguém há cinco anos, e eu realmente queria conhecer o novo restaurante coreano, então por que não?*

Foi durante o primeiro encontro que Shaun disse a ela que aquele era seu último ano na escola em Lewisham, onde era professor das turmas de pré-vestibular, e que ele iria para Surrey Hills ser diretor de um colégio interno particular. Ele nunca quis trabalhar no setor privado, em um escritório forrado de mogno, mas acabou aceitando a proposta porque a ex-esposa, Pippa, estava planejando transferir os gêmeos da ótima escola pública em que estudavam havia três anos para uma escola particular que custava uma fortuna, e esperava que ele arcasse com metade do valor das mensalidades.

No início, isso não afetou Sophie. Março virou abril, que virou maio, que virou junho, Shaun e ela foram se aproximando e suas vidas ficaram mais e mais entrelaçadas. Então Sophie conheceu os gêmeos de Shaun, que a deixaram colocá-los na cama, contar histórias e pentear seus cabelos. E aí vieram as férias de verão, e os dois passaram ainda mais tempo juntos, então uma noite, em meio a uns drinques em um terraço com vista para o Tâmisa, Shaun disse:

— Vem comigo. Vem comigo pra Maypole House.

A reação instintiva de Sophie foi dizer não. Não, não, não, não, não. Ela era londrina. Independente. Tinha uma carreira sólida. Vida social. Sua família morava em Londres. Mas, quando julho se transformou em agosto, Sophie se deu conta de que a partida de Shaun se aproximava. O tecido de sua vida começou a se esticar, e então ela mudou de ideia. *Talvez*, pensou, *fosse bom morar no interior*. Talvez pudesse se concentrar mais no trabalho, sem todas as distrações da vida na cidade. Talvez gostasse de ser companheira do diretor da escola, do prestígio de ser a primeira-dama de um lugar tão exclusivo. Ela foi visitar a escola com Shaun, caminhou pelo chalé e sentiu a solidez quente dos ladrilhos de terracota sob os pés, a fragrância exuberante de rosas selvagens, de grama recém-cortada, de jasmim aquecido pelo sol através da porta dos fundos. Abaixo de uma janela no corredor, avistou o espaço perfeito para sua escrivaninha, com vista para o terreno da escola. *Tenho trinta e quatro anos*, pensou ela. *Em breve, vou fazer trinta e cinco. Estou sozinha há muito, muito tempo. Talvez eu devesse fazer algo absurdo.*

E então ela disse sim.

Shaun e ela aproveitaram ao máximo cada minuto de suas últimas semanas em Londres. Foram a todos os terraços no sul da cidade, experimentaram todo tipo de culinária étnica, foram a cinemas drive-in, vagaram por feiras *pop-up* de comida, fizeram piqueniques no parque ao som ambiente de música urbana, sirenes e motores a diesel. Passaram dez dias em Maiorca, em um Airbnb descolado no centro de Palma, com uma varanda que tinha vista para a marina. Passaram os fins de semana com os filhos de Shaun e os levaram para correr em South Bank por entre as fontes, para almoçar ao ar livre no Giraffe e no Wahaca, para visitar o Tate Modern, para brincar nos parquinhos em Kensington Gardens.

Por fim, ela deixou seu apartamento de um quarto em New Cross para um amigo, cancelou a academia, se despediu do grupo de escritores de terça à noite, embalou algumas caixas e se juntou a Shaun no meio do nada.

E agora, enquanto o sol raia no topo das árvores altas, espalhando manchas no tecido escuro de seu vestido e no chão sob seus pés, Sophie começa a experimentar o início da felicidade, uma sensação de que essa decisão pode, de fato, ter sido uma magia do destino se desenrolando, de que eles deveriam estar aqui, de que isso será bom para ela, para os dois.

Shaun leva as coisas do almoço para a cozinha. Ela ouve a torneira e o barulho dos pratos sendo colocados dentro da pia.

— Vou dar uma volta — grita ela para Shaun pela janela aberta.

Ela se vira para colocar o trinco no portão ao sair do jardim dos fundos, e seu olhar é atraído por algo pregado na cerca de madeira.

Um pedaço de papelão, parece uma aba arrancada de uma caixa.

Rabiscadas com um hidrocor e junto a uma seta apontando para a terra estão as palavras "Cave aqui".

Por um momento, ela encara o aviso com curiosidade. *Talvez*, ela pensa, *sejam as sobras de alguma caça ao tesouro, um jogo ou um exercício do workshop "meio* Glee*" que está terminando hoje. Talvez*, ela pensa, *seja uma cápsula do tempo.*

Mas então outro pensamento lhe ocorre. Um repentino déjà-vu. A certeza de que ela já viu exatamente aquilo: uma placa de papelão pregada em uma cerca. As palavras "Cave aqui" em hidrocor preto. Uma seta apontando para baixo. Ela já viu isso.

Mas não lembra de jeito nenhum onde foi.

3

JUNHO DE 2017

A mãe de Zach é mais velha que Kim. Zach é seu filho mais novo; ela tem mais quatro, todas meninas, todas muito mais velhas do que ele. Seu nome é Megs. Ela recebe Kim à porta com shorts cargo, uma blusa larga de linho verde, óculos escuros na cabeça, nariz queimado de sol.

— Kim — diz ela. Então se vira imediatamente para Noah e sorri.
— Olá, meu lindinho. — Faz carinho no queixo dele e depois olha para Kim. — Tudo bem?
— Você viu as crianças? — pergunta Kim, apoiando Noah no outro lado do quadril. Ela foi até lá sem o carrinho, está calor e Noah é pesado.
— Está falando da Tallulah? E do Zach?
— Estou. — Ela troca Noah de lado novamente.
— Não. Eles estavam com você, não?
— Não, eles foram ao pub ontem à noite, mas não apareceram até agora e também não atendem o celular. Achei que poderiam ter voltado pra cá.
— Não, voltaram não. Só eu e Simon estamos aqui. Quer entrar? Eu estava descansando lá atrás. Podemos tentar ligar pra eles de novo.

No quintal dos fundos, Kim põe Noah no gramado ao lado de um brinquedo de plástico no qual ele tenta se apoiar. Megs pega o celular e digita o número do filho. O marido dela, Simon, acena para Kim secamente, e depois se volta para o jornal. Kim sempre teve a horrível sensação de que Simon a acha atraente e de que aquele jeitão ríspido foi a forma que ele encontrou para lidar com tamanho desconforto.

Megs franze a testa e encerra a ligação.

— Direto pra caixa postal — diz ela. — Deixa eu ligar pro Nick.

Kim olha para ela, confusa.

— Sabe o barman do Ducks? Peraí. — Ela toca a tela do celular com unhas de acrílico azuis. — Nick, meu bem, é a Megs. Como você está? Como está a sua mãe? Que bom, que bom. Escuta, você estava trabalhando ontem à noite? Por acaso você não viu o Zach lá no bar, viu?

Kim observa Megs acenar bastante com a cabeça, ouve-a fazer "uhum" várias vezes. Puxa um punhado de terra da mão de Noah quando ele está prestes a enfiá-lo na boca e aguarda pacientemente.

Por fim, Megs desliga.

— Pelo visto — diz ela —, Zach e Tallulah foram pra casa de alguém depois do pub, alguém que Tallulah conhece da faculdade.

— Sim, eu sei. Mas tem alguma ideia de quem seja?

— Scarlett alguma coisa. E uns outros. Nick ficou com a impressão de que não era na cidade. Foram de carro.

— Scarlett?

— Isso. O Nick disse que ela é uma das garotas ricas da Maypole.

Kim assente. Nunca ouviu falar de Scarlett. Mas Tallulah não fala muito sobre a faculdade. Quando está em casa, Noah é praticamente o único assunto entre elas.

— Mais alguma coisa? — pergunta ela, puxando Noah de volta para o colo.

— Isso era tudo o que ele sabia, infelizmente. — Megs sorri para Noah e estende os braços em sua direção, mas ele se aconchega em Kim, que vê o sorriso de Megs vacilar. — Será que a gente devia se preocupar?

Kim dá de ombros.

— Sinceramente, não sei.

— Já tentou ligar pros amigos da Tallulah?

— Não tenho o número deles. Estão todos no celular dela.

Megs suspira e se recosta na cadeira.

— Estranho — comenta ela. — Se não fosse pelo bebê, eu diria que eles acabaram dormindo em algum lugar. Eles são muito novos, e só Deus sabe o que eu fiz nessa idade. Mas eles são tão dedicados ao Noah, né? Parece meio...

— Eu sei — concorda Kim. — Pois é.

Kim gostaria que ela e Megs fossem mais próximas, mas Megs nunca pareceu botar muita fé em Zach e Tallulah enquanto casal, e depois que Noah nasceu ela se afastou por um tempo, agindo como uma tia distraída nas poucas visitas que fazia. Ela perdera a oportunidade de criar laços com Noah, que sabe quem ela é mas não entende a importância dela.

— De qualquer forma — diz Kim —, vou procurar saber alguma coisa dessa tal Scarlett. Ver o que consigo achar. Mas, com sorte, nem vou precisar. Se tudo der certo, eles vão estar em casa quando eu voltar, com cara de arrependidos.

Megs sorri.

— Quer saber — diz ela, animada, seu tom de voz dando a entender que não está preocupada e só quer voltar a relaxar no sol do jardim —, aposto que eles já estão lá.

No quarto de Tallulah, Kim vasculha o conteúdo de sua mochila. A filha está estudando serviço social. A maior parte do curso é feita em casa, e ela só precisa ir à faculdade três vezes por semana. Às vezes, Kim fica na janela que dá para a rua e a observa no ponto de ônibus, sua filhinha tão jovem com as roupas casuais de faculdade, o cabelo preso, segurando uma pasta contra o peito. Ninguém imaginaria que ela tem um filho em casa, ela parece tão nova.

Na bolsa, Kim encontra um *planner* e o folheia. Está todo escrito, cheio do garrancho de Tallulah — quando estava no ensino fundamental, ela começou a escrever com a mão esquerda e se forçou a usar a direita para se sentir aceita. Não adianta procurar números de celular, ninguém mais os anota, mas talvez o nome de Scarlett apareça em alguma lista de turma ou algo assim.

E eis que, colada e dobrada no verso do *planner*: "Contatos dos Alunos." Kim examina a lista rapidamente, o dedo pousando no nome "Scarlett Jacques: Comitê de Planejamento de Eventos Estudantis".

E ali está o e-mail dela.

Kim digita uma mensagem na mesma hora:

> *Scarlett. Aqui é a Kim, mãe da Tallulah Murray. A Tallulah não voltou pra casa desde que saiu ontem à noite e não atende o celular. Você teria alguma ideia de onde ela possa estar? Um amigo disse que ela estava com uma pessoa chamada Scarlett. Por favor, me ligue neste número o mais rápido possível. Muito obrigada.*

Ela clica em enviar. Em seguida, expira e pousa o celular no colo.

Lá embaixo, a porta da frente se fecha. São duas da tarde, deve ser o filho, Ryan, chegando do trabalho. Ele trabalha na mercearia da cidade todos os sábados e está juntando dinheiro para suas aguardadas férias de verão em Rodes, em agosto, a primeira sem a mãe, apenas com os amigos.

— Eles voltaram? — pergunta ele lá de baixo.

— Não — grita ela de volta.

Ela o ouve largar as chaves em alguma superfície, jogar os tênis na pilha de sapatos perto da porta e subir a escada correndo.

— Sério? — pergunta ele. — Eles ligaram?

— Não. Nem uma palavra sequer.

Conta a ele sobre a ligação de Megs para Nick no pub e sobre a garota chamada Scarlett quando seu celular toca com uma chamada de um número desconhecido.

— Alô.

— Ah, oi. É a mãe da Lula?

— Sim, oi, é a Kim.

— Oi. É a Scarlett. Acabei de ver o seu e-mail.

O coração de Kim começa a disparar dolorosamente.

— Ah — diz ela —, Scarlett. Obrigada. Eu só queria saber...

Scarlett a interrompe.

— Eles estavam na minha casa — diz ela. — Saíram por volta das três da manhã. Isso é tudo que eu posso dizer.

Kim hesita por um instante e joga a cabeça ligeiramente para trás.

— E eles estavam... Eles ... disseram pra onde estavam indo?

— Disseram que iam pegar um táxi pra casa.

Kim não gostou do tom de voz de Scarlett. Ela tem uma voz cortante e fria, característica de gente esnobe. Também parece desinteressada, como se estivesse descendo de nível ao falar com Kim.

— E eles pareciam bem? Quer dizer, eles beberam muito?

— É, acho que sim. A Lula estava passando mal. Foi por isso que eles foram embora.

— Ela vomitou?

— Vomitou.

Kim imagina sua menina franzina e gentil curvada sobre um canteiro, e bate uma tristeza.

— E você viu os dois? Entrando em um táxi?

— Não. Eles só saíram. Foi isso.

— E... desculpe, mas onde você mora, Scarlett? Só pra eu poder perguntar nas empresas de táxi.

— Dark Place — responde ela. — Perto de Upley Fold.

— E o número?

— Sem número. Só isso. Dark Place. Perto de Upley Fold.

— Ah — diz Kim, circulando as palavras escritas no papel. — Ok. Obrigada. E, por favor, se souber de alguma coisa sobre qualquer um deles, pode me ligar. Na verdade, não sei se você e a Tallulah são muito amigas...

— Não muito — interrompe Scarlett.

— Sim, bem, ela não é do tipo que simplesmente desaparece e não volta pra casa. E ela tem um filho, você sabe.

Há uma breve pausa do outro lado da linha.

— Não. Eu não sabia disso.

Kim balança levemente a cabeça, tenta imaginar como Zach e Tallulah poderiam ter passado uma noite inteira com essa garota sem mencionar Noah uma única vez.

— Bem, sim. Ela e o Zach têm um filho de um ano. Por isso, não voltar pra casa é um problema grave.

Outro silêncio se instaura, e, em seguida, Scarlett diz:

— Certo. Bom... é.

— Me liga, por favor, se souber de alguma coisa.

— Ligo — diz Scarlett. — Claro. Tchau.

E então encerra a ligação.

Kim encara o celular por um momento. Em seguida, olha para Ryan, que assistia à cena com curiosidade.

— Estranho — comenta Kim. Ela repassa os detalhes da ligação para o filho.

— Que tal a gente ir de carro até lá? — sugere ele. — Até a casa dela.

— Da Scarlett?

— É — diz Ryan. — Vamos pra Dark Place.

4

AGOSTO DE 2018

Shaun vai para o trabalho cedo na manhã seguinte. Sophie fica na porta do chalé e observa enquanto ele desaparece pelo túnel de vidro, em direção ao prédio principal da escola. Ele se vira diante da porta dupla e acena para ela antes de entrar.

O terreno da escola está cheio de pessoas puxando malinhas em direção ao estacionamento. O workshop acabou, o verão está terminando, e a partir de amanhã os alunos do internato começarão a retornar. A equipe da faxina espera nas sombras para entrar nos quartos desocupados e arrumá-los para o novo semestre.

Ela entra em casa. É um chalé agradável, funcional. O ar ali é úmido e fresco, com pequenas janelas cobertas de ramos de hera e glicínias bloqueando a entrada de luz. O lugar ainda tem o cheiro de outras pessoas e um estranho aroma de fogueira úmida no corredor que parece emanar das frestas entre as tábuas do piso. Ela cobriu o assoalho com uma passadeira e colocou um difusor em cima do aparador, mas o cheiro permanece mesmo assim. Vai demorar um pouco para se sentir em casa, mas ela vai conseguir, sabe que vai. Os filhos de Shaun virão daqui a duas semanas: isso com certeza trará vida ao chalé.

Sophie se vira para a caixa que está desempacotando quando ouve uma batida à porta.

— Olá?

— Oi! Aqui é Kerryanne! A inspetora!

Sophie abre a porta e vê uma mulher com grossos cabelos dourados presos por óculos escuros na cabeça, olhos azuis brilhantes e o busto bronzeado. Ela está usando um vestido longo e chinelos com pedrarias. Não parece uma inspetora.

— Oi! — diz Sophie, estendendo a mão para cumprimentá-la. — Prazer em conhecê-la!

— Prazer. Você deve ser a Sophie.

— Isso mesmo!

Kerryanne tem um vistoso molho de chaves pendurado na mão.

— Como está sendo a adaptação? — pergunta ela, transferindo as chaves de uma mão para a outra. — Tem tudo de que precisa?

— Tenho, sim — diz Sophie. — Tudo certo. É o primeiro dia do Shaun. Ele foi pro trabalho há uns dez minutos.

— Sim, acabei de vê-lo. Trocamos uma palavrinha! De qualquer forma, queria que você anotasse o meu número, caso precise de alguma coisa. É claro que minha função principal é o bem-estar dos alunos, mas vou ficar de olho em você também, sei como tudo deve estar parecendo estranho e novo, então, por favor, me considere sua inspetora também. E se estiver com saudades de casa e precisar de um ombro pra chorar…

Sophie hesita, sem saber se ela está falando sério ou não; Kerryanne abre um largo sorriso e diz:

— Estou brincando. Mas, falando sério, qualquer coisa que você precisar… conselhos sobre a cidade, sobre os funcionários, as crianças, *o que for*. Por favor, é só me mandar uma mensagem. Estou no segundo andar do bloco Alfa, bem… — ela se agacha um pouco para espiar por baixo dos galhos de uma árvore na extremidade do jardim — … naquela janela ali. Com a varanda. Sala 205.

Entrega a Sophie um papel com os detalhes escritos em uma letra de professora.

— Você mora sozinha?

— Na maior parte do tempo, sim. Minha filha, Lexie, vem de vez em quando. Ela é blogueira de viagens, então vive indo e vindo.

Mas em geral sou só eu. Ouvi dizer que umas crianças vão vir pra cá às vezes, certo?

— Sim. O Jack e a Lily. Eles são gêmeos. Têm sete anos.

— Ah! Que idade boa... Certo, bom, qualquer coisa, é só perguntar. Trabalho aqui há vinte anos. Moro na cidade há quase sessenta. Não tem nada que eu não saiba sobre Upfield Common. Inclusive, você e o Shaun deveriam ir lá em casa beber alguma coisa hoje à noite. A gente pode tomar uma tacinha de vinho enquanto eu tagarelo.

— Ah — diz Sophie. — Seria ótimo. Obrigada. — Está prestes a agradecer novamente e voltar para dentro de casa quando seu olhar é atraído por dois pássaros voando das copas das árvores na floresta depois do jardim. Ela aponta e pergunta: — Essa floresta vai até onde?

— Ah, você não vai querer se aventurar nessa floresta.

Sophie lança um olhar questionador para Kerryanne.

— São quilômetros e mais quilômetros. Você vai se perder.

— Sim, mas até onde ela vai?

— Depende da direção em que você vai. Pra lá tem uma cidadezinha, a pouco mais de dois quilômetros. — Ela aponta para a esquerda. — Upley Fold. Tem uma igreja, um salão comunal, algumas casas. É muito bonito. E, se você seguir em frente por cerca de um quilômetro e meio — ela aponta para a frente —, vai dar nos fundos de uma casa bem grande chamada "Dark Place". Está vazia no momento. Pertence a um gestor de fundos de cobertura das Ilhas do Canal e à esposa glamorosa. — Ela revira um pouco os olhos. — A filha deles inclusive estudou aqui um tempo. Scarlett. Uma garota muito talentosa. Mas eu realmente não recomendo tentar ir até lá. Os alunos vão às vezes porque tem uma piscina velha e uma quadra de tênis, mas eles não conseguem voltar e a floresta não tem sinalização. Até tivemos que envolver a droga da polícia uma vez. — Ela revira os olhos novamente.

Sophie faz que sim com a cabeça e sente uma pontada de empolgação. Em Londres, quando precisa de inspiração para escrever, ela costuma ir até Dulwich ou Blackheath para contemplar os casarões antigos e imaginar as histórias que aconteceram ali. Agora ela começa a pensar na bússola, na garrafinha de água e na oportunidade de usar seu aplicativo de exercícios. Tempo nublado, cerca de vinte e dois graus, um clima perfeito para caminhar. As palavras "piscina antiga" e "quadra de tênis" dançam na sua imaginação. Ela pensa no ar seco de uma casa abandonada ao longo de um verão quente e prolongado, os gramados sem vida, os pisos de pedra empoeirados e rachados, os pássaros fazendo ninhos nas janelas encardidas.

Então, sorri para Kerryanne.

— Vou tentar me segurar — diz ela.

5

SETEMBRO DE 2016

Scarlett Jacques está ao lado de Tallulah na fila da cantina. Ela tem um metro e setenta e cinco de altura, é magra como uma vareta, o cabelo descolorido e tingido de azul está preso em um coque no topo da cabeça e alguém desenhou um minúsculo arco-íris em sua bochecha. Ela está usando um moletom masculino de capuz com mangas que vão até os nós dos dedos, enormes shorts de jérsei e tênis de cano alto. Os dedos estão cheios de anéis pesados e as unhas, pintadas de verde. Ela se demora perto das caixinhas de cereal, dançando com os dedos até pousá-los nos Rice Krispies. Coloca o produto na bandeja, ao lado de uma caixa de leite de soja sabor chocolate e uma maçã.

Tallulah a observa ir até o caixa. Os amigos dela já gravitam ao redor, seguindo seu rastro, garantindo um espaço ao seu lado na mesa. Tallulah pega um sanduíche de presunto e um suco de laranja. Paga e se senta a uma mesa perto da de Scarlett.

Scarlett está sentada com as pernas compridas esticadas, o tênis de cano alto apoiado na cadeira à frente, as canelas ainda exibindo um sedoso bronzeado de verão. Ela abre o leite de soja sabor chocolate e o derrama nos Rice Krispies, depois abaixa o rosto até a tigela e enfia uma colherada na boca. Chega a derramar um pouco no queixo e seca com o punho do moletom. Está com os amigos de sempre. Tallulah não sabe seus nomes. Scarlett e seu grupinho estudavam naquela escola chique, a Maypole House, que dizem ser para jovens ricos e burros, ou ricos e problemáticos, ou ricos e drogados. Eles fazem estardalhaço pela cidade num conversível Mini Clubman e entram nos pubs com identidades falsas, vozes estridentes e cabelos de gente com dinheiro. No mercadinho dos produtores, dava para ouvi-los antes de vê-los, reclamando uns com os outros pelos corredores sobre a falta de muçarela de búfala e ignorando os adolescentes que moravam ali e operavam os caixas, como se eles não existissem.

Agora um pequeno grupo deles, por alguma razão desconhecida, foi parar na faculdade de Manton, a cidade mais próxima. A maioria está no primeiro ano do curso de belas-artes. Alguns estudam moda. É perceptível que eles vêm de famílias que esperavam vê-los em universidades renomadas, mas, em vez disso, foram parar na Manton College, uma faculdade sem prestígio, e isso os deixa na defensiva.

Tallulah leva a mão à barriga. A pele ainda está bastante flácida. Já se passaram quase três meses desde que deu à luz, mas parece que um bebê continua morando em suas entranhas. Parou de amamentar há uma semana, mas seus seios ainda vazam às vezes e ela deixa absorventes dentro do sutiã. Ela pega o celular e olha para a foto de Noah. Sente um frio na barriga, um misto de amor avassalador e medo. Por três meses, ela e Noah foram inseparáveis; seu primeiro dia de faculdade na semana anterior foi a primeira vez em que o deixou por mais de alguns minutos. Agora ele está a meia hora de distância, a uma viagem de ônibus, a dez quilômetros, e seus braços parecem leves, seus seios pesados. Ela manda uma mensagem para a mãe.

Tudo ok?

A mãe responde imediatamente.

Acabamos de voltar, fomos ver os patos. Tudo certo.

Na mesa ao lado, Scarlett perdeu a vontade de conversar com seu grupinho e encara a tela do celular como se estivesse olhando para o nada. Fica girando a maçã na bandeja com a mão livre. Seu rosto, de perfil, é interessante; há uma protuberância no nariz, uma ligeira curva no queixo. Sua boca é uma linha fina. Mas ainda assim ela é de alguma forma bonita, mais bonita do que qualquer outra garota na faculdade, mesmo aquelas com nariz perfeito e lábios carnudos. Ela se vira e pega Tallulah observando-a. Semicerra os olhos, depois se vira, põe os pés de volta no chão, pega a maçã, a enfia no bolso do moletom e vai embora sem se despedir dos amigos. Ao passar por Tallulah estreita os olhos novamente, e Tallulah acha que vê, por uma fração de segundo, um sorriso perpassar o rosto dela.

6

JUNHO DE 2017

Kim afivela Noah na cadeirinha e lhe dá um de seus livros para folhear. Ryan se senta no banco traseiro com ele, enquanto Kim ocupa o banco do motorista e liga o celular para digitar o endereço no Google.

— Dark Place — diz ela enquanto digita. — Fica a apenas um quilômetro e meio de distância. Fico me perguntando por que nunca ouvi falar desse lugar.

Ela encaixa o celular no suporte, liga o GPS e deixa a tranquila rua sem saída onde mora desde os vinte e um anos. Cantarola distraidamente, baixinho. Não quer que Noah perceba sua ansiedade, não quer que Ryan tenha que lidar com aquela crescente sensação de angústia e pavor.

Eles seguem pelas ruas salpicadas de sol que conectam Upfield Common a Manton, a cidade grande mais próxima. Pouco antes da ampla rotatória que marca o fim da cidade, o Google diz para virarem à direita, na subida de uma curva estreita. A placa de sinalização está coberta por budleias, mas Kim consegue distinguir as palavras "Upley Fold ½".

É uma estrada de mão única, por isso dirige com cautela para o caso de se deparar com um veículo vindo na contramão. São quase quatro da tarde, mas o sol não dá trégua. Ela olha o espelho retrovisor e diz a Ryan:

— Pode ajeitar a tela protetora do lado do Noah? Está batendo muito sol nele.

Ryan se inclina e puxa a tela. Noah aponta para algo no livro e tenta dizer a Ryan o que é, mas Ryan apenas olha para a página e diz:
— Sim, porquinho, isso mesmo. Porquinho!

O Google manda virar na próxima direita. Kim não acredita que há realmente uma curva à direita, mas ali está a trilha com uma linha de grama descendo pelo meio, as sebes mais baixas permitindo que Kim enxergue os campos de canola, a silhueta de vacas distantes, um pequeno aglomerado de chalés. E então, depois de mais alguns minutos, um portão duplo de metal, uma entrada para automóveis coberta de cascalho. Adiante, avista o nome "Dark Place" em ferro forjado e os contornos de uma casa com torres à distância. Kim desliga o carro e guarda o celular na bolsa.

— O que você vai fazer? — pergunta Ryan.

Os olhos dela examinam o portão em busca de uma campainha ou sistema de entrada, mas não há nada. Uma trilha segue ao longo do caminho de cascalho. Ela tira o carrinho de bebê da mala e o monta, afastando os mosquitos do rosto.

— Vamos lá — diz para Ryan, soltando os fechos do assento de Noah. — Vamos dar uma volta.

Ryan usa o celular para procurar "Dark Place" no Google e lê para a mãe um breve resumo da Wikipédia enquanto caminham. Kim aproveita para se distrair e afastar os próprios pensamentos.

— Foi construída em 1643 — diz ele. — Nossa, 1643 — repete. — Mas a maior parte pegou fogo alguns anos depois. Ficou setenta anos vazia e foi assim que ganhou o nome de "Dark Place", por causa da madeira carbonizada que a cercava. A ala georgiana foi adicionada em 1721, e a vitoriana, no fim do século XIX por um latifundiário cafeeiro chamado Frederick de Thames, que... Meu Deus... — Ele faz uma pausa e rola a tela de volta. — Que teve pelo menos trinta e oito filhos na Colômbia e sete no Reino Unido, e morreu de gripe espanhola quando tinha apenas quarenta e um anos. A casa foi deixada para sua última esposa, Carolina de Thames, que tinha só vinte anos quando ele morreu, e que a passou adiante para o filho, Lawrence. Em 1931, três dos filhos mais velhos de Frederick conspiraram para assassinar Lawrence, mas o homem que eles contrataram para matá-lo ficou preso em uma armadilha para raposas no terreno de Dark Place e só foi encontrado seis dias depois, parcialmente comido por raposas e com os olhos bicados por corvos. Tinha no bolso do casaco um documento assinado com as ordens do crime. Os três irmãos que planejaram a morte de Lawrence foram presos, e Lawrence morou na casa até morrer, em 1998. Depois disso, sem herdeiros vivos, a casa voltou ao mercado e foi adquirida por um comprador desconhecido por quase dois milhões de libras em 2002.

Enquanto caminham, Kim olha para o chão, para o horizonte, ao seu redor, procurando por sinais da filha. Ligou para as três empresas de táxi da cidade antes de sair de casa, e nenhuma delas buscou ninguém em Dark Place na noite anterior.

Eles andam por quase dez minutos até que, enfim, ela avista a casa. É exatamente o que esperava pela descrição de Ryan. Uma miscelânea de estilos arquitetônicos díspares mesclados quase perfeitamente em três alas, dispostas em torno de um pátio central. O sol reluz nos losangos das janelas de chumbo na ala esquerda, nos caixilhos vitorianos maiores e nas janelas de guilhotina à direita. Deveria ser uma bagunça, mas não é; é primorosamente belo.

Na entrada da garagem há quatro carros e um carrinho de golfe. Mesmo de onde está, Kim consegue ouvir o barulho de pessoas brincando na piscina. Ryan a ajuda a puxar o carrinho de Noah escada acima, e ela toca a campainha.

Um jovem atende. Um enorme são-bernardo vem atrás e se deita, ofegante, a seus pés. O rapaz está sem camisa e segura um engradado de cerveja em uma das mãos e um pano de prato na outra.

Ele olha de Kim para Noah e Ryan e de volta para Kim.

— Oi!

— Ah, oi. Meu nome é Kim. Será que a Scarlett está por aí? Ou os pais dela?

— Há, sim... Só um segundo.

Ele se vira e grita:

— Mãe! Tem uma pessoa aqui na porta procurando por você!

Atrás dele, Kim vê uma escada de pedras claras com um tapete listrado no meio. Ela vê arte moderna e luminárias sofisticadas, e, em seguida, surge uma mulher com um vestido branco e solto e chinelos brancos. O cachorro pesado se levanta para cumprimentar a mulher, que olha para Kim com curiosidade pela porta.

O garoto sorri para Kim e depois desaparece.

— Pois não? — diz a mulher.

— Desculpe incomodar assim, em pleno sábado.

A mulher olha por cima do ombro de Kim, para o caminho de cascalho.

— Como vocês chegaram aqui? — pergunta ela.

— Ah — diz Kim —, estacionamos no portão e viemos andando.

— Mas isso é quase um quilômetro! Você devia ter tocado a campainha.

— Nós procuramos, mas não encontramos.

— Aff, sim, desculpa, é um sensor de movimento. A pessoa tem que ficar bem diante dele. Muita gente não percebe. Você devia ter ligado.

— Bem, eu não tinha um número. Quer dizer, eu tinha um número, mas não sabia a que distância a casa ficaria do portão, mas de qualquer maneira está tudo bem. Eu só... Eu estou procurando a minha filha.

— Ah, você é a mãe da Mimi? — pergunta ela — Acho que ela foi embora hoje de manhã...

— Não — responde Kim. — Não. Desculpa. Não sou a mãe da Mimi. Sou a mãe da Tallulah. Ela esteve aqui ontem à noite?

— Tallulah? — A mulher acaricia a cabeça do cachorro distraidamente com uma das mãos, que exibe apenas uma aliança grossa de casamento no dedo anelar. — Puxa, não, acho que não conheço nenhuma Tallulah.

— Lula? — sugere Kim. Ela odeia o apelido Lula, mas as amigas da filha sempre tiveram o costume de usar apelidos; é algo que ela aprendeu a aceitar.

— Não. — A mulher balança a cabeça. — Não. Também nunca ouvi falar de Lula. Tem certeza de que ela estava aqui?

Kim sente calor e ansiedade. Não há sombra onde ela está, o sol bate forte em sua nuca. Uma umidade quente irrompe por todo o corpo dela, um lampejo de raiva por essa mulher em seu vestido branco impecável e com o cabelo recém-penteado, seu semblante frio e seco e a insinuação em seu sotaque refinado de que Kim está de alguma forma enganada e no lugar errado.

Ela assente e tenta manter a voz cordial.

— Tenho. Falei com a sua filha umas duas horas atrás. Ela disse que a Tallulah esteve aqui ontem à noite com o namorado, Zach, e eles foram embora em um táxi às três da manhã. Mas eu liguei para todas as cooperativas de táxi e nenhuma delas tem registro de ter buscado alguém neste endereço ou em qualquer lugar da vizinhança. E são quase quatro da tarde e a minha filha ainda não chegou em casa. E esse — ela aponta para Noah no carrinho — é o filho da Tallulah, e ela nunca abandonaria o filho desse jeito. Nunca.

Sua voz começa a falhar perigosamente, e ela respira fundo para não chorar.

A mulher não se abala com a demonstração de emoção.

— Desculpe — diz ela após uma pausa. — Qual é o seu nome mesmo?

— Kim. E esse é o Ryan. Meu filho. E o Noah. Meu neto.

— Jesus! — exclama a mulher — Avó? Você parece jovem demais pra isso. Enfim eu sou a Joss. — Ela estende a mão para Kim apertar e diz: — Entra, então. Vamos ver o que a Scarlett tem a dizer sobre tudo isso. Pode vir.

Ela os conduz em direção ao pátio central e eles caminham até um portão alto de ferro forjado em uma antiga parede de tijolos coberta de hera. O enorme cachorro os segue a passos pesados. O pátio é repleto de pequenas estátuas de pedra branca sobrepostas em pedestais de acrílico. Eles a seguem por um caminho de pedras ladeado por plantas escultóricas em vasos de verniz azul-cobalto e, em seguida, viram em outra direção.

Na frente deles está a piscina.

Fica em um terraço de mármore creme ao lado de um pergolado com cortinas de tecido que protege uma enorme chaise com estofado creme. De frente para ela, há espreguiçadeiras de madeira com almofadas no mesmo tom de creme. Flutuando no centro da piscina, sobre uma boia bote de flamingo rosa-choque, uma garota alta e magra com cabelo verde-limão e um top de biquíni preto olha para Kim e sua comitiva com curiosidade. Então, solta um "Ah" quando a ficha cai.

— Tallulah? — pergunta Joss, usando uma das mãos para proteger os olhos do sol refletido na água. — Ela estava aqui ontem à noite. Alguma ideia de para onde ela foi?

Scarlett rema com as mãos até a borda da piscina, desmonta do flamingo e sobe os degraus de pedra. Ela se enrola em uma toalha preta e se senta a uma mesa redonda de teca com velas brancas em potes de vidro.

Kim se senta em frente a ela.

— Eu sei que você disse que não sabe pra onde eles foram — começa ela. — Sei que você disse que a Tallulah estava passando mal e os dois pegaram um táxi. Mas todas as cooperativas estão dizendo que não buscaram ninguém aqui. Só me pergunto se aconteceu mais alguma coisa ontem à noite que possa explicar onde eles estão.

Scarlett cutuca a cera no topo de uma das velas e evita fazer contato visual com Kim.

— Honestamente — diz ela —, de verdade. Isso é tudo o que eu sei.

— E você viu os dois entrando em um carro?

— Não. Eu estava aqui, com a Mimi. Aí o Zach apareceu e disse que a Lula estava passando mal e que ia levá-la pra casa, que tinha um táxi a caminho.

— Ele falou isso? Que um táxi estava vindo? Ou que ia chamar um?

Scarlett dá de ombros. Kim observa as gotas brilhantes de água da piscina descerem pelos ombros angulosos dela, escorrendo pelos braços.

— Tenho quase certeza de que ele disse que tinha um táxi chegando.

Kim percebe que Ryan ainda está em pé. Ela puxa uma cadeira, e ele se senta, trazendo o carrinho de bebê para perto.

— Então, você acha que existe uma chance do Zach ter tentado chamar um táxi, não ter conseguido e eles terem decidido ir andando?

— Sim? — responde Scarlett. — Talvez.

Kim se vira para o irmão de Scarlett, que está empoleirado na ponta de um bote inflável em formato de navio do outro lado da piscina, com uma garrafa de cerveja pendurada entre os joelhos.

— Você estava aqui ontem à noite, na festa? — grita ela.

Ele estende a mão na defensiva e diz:

— Não. Eu não. Cheguei em casa hoje de manhã.

Kim suspira.

— Se eles foram embora a pé, onde podem ter ido parar?

Scarlett dá de ombros novamente.

— Depende do caminho. Se eles subiram pelo estacionamento, podem ter saído na estrada principal, ou em Upley Fold se tiverem ido pro lado errado. Se pegaram o caminho dos fundos, devem ter voltado pra Upfield Common.

— O caminho dos fundos?

— Isso — responde ela, apontando para um arco atrás dela. — Lá.

Kim olha para trás. Tudo o que consegue ver são gramados, canteiros de flores, sebes, caminhos de cascalho, degraus de pedra texturizada, relógios de sol e caramanchões.

— Onde?

— Depois dali — diz Scarlett. — Lá pra trás. Tem um caminho que cruza a floresta e vai até o fim de Upfield Common. Perto da Maypole. Às vezes eu fazia esse caminho quando ia pra escola.

— Qual é a distância?

Joss responde no lugar dela:

— Pouco mais de um quilômetro e meio. Mas não recomendo vocês irem lá. Ainda mais com um bebê. Se não souber direitinho pra onde está indo, vão se perder.

— A Tallulah sabia desse caminho dos fundos?

Scarlett dá de ombros.

— Acho que não — diz ela. — Ela nunca tinha vindo aqui, então não teria por que saber.

— E quem mais? — continua Kim. — Quem mais esteve aqui ontem à noite?

— Só nós três e a Mimi — diz Scarlett. — Lexie Mulligan estava aqui, mas foi embora antes deles. Ela mora na Maypole House. A mãe dela é inspetora lá. Você deve conhecer a Kerryanne Mulligan.

Kim faz que sim. Conhece bem Kerryanne. Todos em Upfield Common conhecem Kerryanne. Ela é um ícone das redondezas.

— Pois é. É a filha dela. Deve ter, tipo, uns vinte anos. Mas ela foi mais cedo. Estava dirigindo. E levou o meu amigo Liam junto.

— Então, depois disso, ficaram só você, a Tallulah, o Zach e... a Mimi?

— Isso.

— E a sua mãe e o seu pai?

— Minha mãe estava dormindo. Meu pai está viajando a trabalho.

Kim se vira para Joss, que está sentada na escada logo atrás dela, ouvindo a conversa.

— Por acaso você não tem câmeras de segurança, tem? Em algum lugar do terreno?

Joss confirma com a cabeça e diz:

— Sim, várias. Mas infelizmente não tenho a menor ideia de como usá-las. — Ela olha para o filho. — Rex? Você sabe como acessar a filmagem dessas câmeras?

Rex faz uma careta.

— Mais ou menos. Sei que tem tipo um painel central no escritório do meu pai, mas eu nunca usei.

— Você acha que a gente poderia tentar? — pergunta Kim.

Ao dizer isso, ela sente o clima mudar na hora. Até aquele momento, ela havia sido uma pequena distração que eles estavam apenas tolerando. Agora, Kim está pedindo que abram suas portas e descubram como as câmeras funcionam.

Ela vê os três se entreolharem. Em seguida, Joss se levanta, se aproxima de Kim e diz:

— Olha, não dá pra gente ficar perambulando no escritório do meu marido, então vou pedir ao Rex que dê uma olhada. Ele pode ligar pro Martin e perguntar como funciona. A Scarlett tem seu número. A gente liga pra você se encontrar alguma coisa.

Kim ainda tem tantas dúvidas, tantas perguntas para as quais precisa de respostas. Não está pronta para ir.

— Você disse que a Tallulah nunca tinha vindo aqui? — pergunta ela, uma pitada de desespero em sua voz. — E na ligação mais cedo você disse que não a conhecia muito bem. Quer dizer, você nem sabia que ela tinha um filho. Então... por que ela veio aqui?

Scarlett puxa a toalha até os ombros como uma capa e esfrega as orelhas com os cantos.

— Às vezes a gente conversa na faculdade — diz ela. — Eu a encontrei no pub ontem à noite, tomamos uns drinques e uma coisa levou a outra.

Os olhos de Kim a escrutinam outra vez, essa garota esguia e angulosa com quem sua filha conversava de vez em quando. Repara nos detalhes dela: os piercings que captam a luz, a tatuagem no ombro, as unhas dos pés perfeitamente pintadas. Então, seu olhar pousa em uma marca preta no pé de Scarlett, uma pequena tatuagem, um par de letras que ela não consegue decifrar de primeira, mas... então percebe que é um TM, o símbolo de marca registrada. A mão de Scarlett desce e cobre a tatuagem, forte e rápida como quem espanta uma mosca. Os olhares das duas se encontram brevemente, e Kim vê uma expressão anuviada atravessar o rosto de Scarlett.

Ela coloca a bolsa no ombro.

— Será que eu conseguiria falar com a sua amiga Mimi? — pergunta ela. — Você tem o número dela?

— Ela não sabe de nada além do que eu já falei.

— Por favor.

— Vou pedir pra ela te ligar — cede Scarlett.

Um minuto depois, eles estão empurrando o carrinho de Noah de volta pelo portão de ferro forjado no pátio central. Joss acena debaixo de um dossel de flores com seu cachorro gigante, e, enquanto eles se distanciam, Kim ouve o barulho de corpos pulando na piscina fria e azul, além de uma risada curta e aguda.

7

AGOSTO DE 2018

Sophie vem de uma família que gosta de atividades ao ar livre. Eles sempre viajam nas férias para fazer trilha, velejar, esquiar. O pai dela corre maratonas, a mãe joga golfe e tênis, os dois irmãos trabalham na indústria do esporte. Sophie já foi nadadora. Guarda medalhas, taças e certificados em uma grande caixa no loft dos pais, e ainda mantém o físico de nadadora, embora raramente nade. Na infância, quando a mãe dela ficava irritada com os filhos, costumava enfiá-los em casacos de moletom e deixá-los no jardim dos fundos. Eles reclamavam por um tempo, mas logo encontravam algo para fazer. Em geral, escalavam árvores muito altas e se balançavam em coisas que não foram projetadas para tal. Por isso, Sophie se sente muito à vontade ao ar livre e confiante em sua capacidade de se orientar e lidar com os obstáculos sozinha, sem pedir ajuda. Assim, parte em direção à floresta, vestida de forma adequada e equipada com água, barrinhas energéticas, uma bateria extra de celular, sua bússola, band-aids, protetor solar, um chapéu e um pacote de pequenos cones de plástico num tom aberto de vermelho que vai deixar no chão da floresta para sinalizar o caminho de volta.

Dentro da floresta, as árvores cobrem o céu, impedindo que a luz do sol dourado de agosto entre. Depois de alguns metros, ela sente que a temperatura começa a cair. Segura a bússola com a mão direita e avança pelo caminho indicado pela seta.

Depois de vinte minutos, a densidade da mata começa a diminuir novamente e há trilhas estabelecidas serpenteando por entre as árvores, sinais de humanidade, pedaços de lixo, cocô de cachorro em um saco plástico verde pendurado em um galho. Agora que recuperou um pouco do sinal do celular, ela dá outra olhada no mapa e descobre que está prestes a desembocar em uma estradinha de terra. Arrasta o mapa pela tela com a ponta dos dedos e vê a representação linear de um grande edifício à sua direita.

Após um instante, ela avista uma torre e um cata-vento. Depois, a curva de uma parede de tijolos antigos e um acortinado de hera americana vermelho-sangue. Ela se esgueira por entre o conjunto denso de árvores que margeia a parede e se vê diante de um portão de metal enferrujado, com um cadeado quebrado pendurado nas barras, então passa pelo portão e chega a um bosque; a claridade do céu azul é visível à sua frente. Em seguida, ela está em um gramado desbotado pelo sol com largos degraus de pedra cobertos de cardos que leva o visitante a uma casa que poderia facilmente estar num filme de Tim Burton.

Sophie recupera o fôlego e leva a mão ao pescoço.

Enquanto passa pelos gramados em diferentes níveis que levam em direção à casa, a piscina vai surgindo em seu campo de visão, verde-escura, uma capa rasgada cobrindo-a pela metade, folhas murchas e mortas do inverno anterior empilhadas ao redor. Um pergolado de tecido em uma das extremidades da piscina foi coberto por grafites de cores chamativas.

O terraço entre a piscina e a casa está cheio de latas de cerveja vazias, bitucas de cigarro, parafernálias de drogas, pacotes de biscoitos e embalagens de comida.

Sophie se pergunta como é que uma casa dessa magnificência, sem falar no valor de mercado, podia ter sido largada assim. Por que não está sendo cuidada, mesmo sem moradores?

Ela começa a dar a volta na casa, tentando espiar pelas janelas por meio das venezianas. Na frente da residência há um pátio ornamentado e, adiante, um longo caminho de acesso à casa ladeado de ciprestes que parece se estender por mais de um quilômetro. Ela se vira para encarar a porta da frente. Acima da janela em semicírculo que encima a porta, esculpida na alvenaria escura, está a data de 1721 d.C.

O ar é denso e silencioso aqui, e não há nada mais à vista. A casa fica praticamente isolada. Sophie se pergunta sobre a família que morava aqui, o gestor de fundos de cobertura, sua glamorosa esposa e a talentosa filha adolescente. Onde estão agora e o que os levou a deixar um lugar como este definhando desse jeito?

Ela vê a hora no celular. É quase meio-dia.

Vai até a extremidade superior do jardim para observar a grandeza da casa mais uma vez. Tira uma foto, enfia o celular na mochila e desce o caminho de volta para a floresta.

8

OUTUBRO DE 2016

— Zach ligou de novo.

Tallulah olha para a mãe.

— Uma hora atrás. Perguntou se eu sabia onde você estava porque você não atendia o celular.

Ela dá de ombros e encosta o ouvido na babá eletrônica em cima do balcão da cozinha, ouvindo o som da respiração adormecida de seu filho.

— Há quanto tempo ele apagou?

— Uns trinta e cinco minutos.

Ela confere a hora. São quatro e meia. Ele vai sentir fome a qualquer minuto. Tem uma pequena janela de tempo para se trocar, tomar uma xícara de chá e organizar seus trabalhos da faculdade. Já está na faculdade há um mês e entrou em uma rotina bem organizada.

— Vai ligar pra ele?

— Quem?

— Zach — responde a mãe, impaciente. — Você vai ligar pra ele? Não pode ignorar o garoto pra sempre.

Tallulah assente.

— Eu sei. Eu sei.

Ela desamarra os cadarços e tira os tênis. Então suspira. Zach perguntou se eles poderiam reatar o relacionamento quando veio visitar Noah no sábado. Foi estranho porque, quando estava grávida, tudo o que queria era voltar com Zach. Mas agora ela é mãe, está na faculdade, é como se ela não fosse mais a mesma, e a pessoa que ela é agora não quer estar com ninguém. Ela só quer compartilhar sua cama e seu corpo com Noah.

Zach e ela estavam juntos havia quase três anos quando engravidou. Até os quatro meses de gestação, não contou a ele sobre a gravidez. E então ele surtou e disse que precisava de tempo para decidir como se sentia a respeito da situação. Agora ele sabe o que sente, mas Tallulah já não tem mais tanta certeza assim.

— Ele é um bom menino, você sabe disso — continua a mãe.

— É. Eu sei — diz ela, tentando esconder sua exasperação. Deve tudo à mãe agora e não quer parecer ingrata. — Simplesmente não sei o que dizer a ele.

— Você poderia dizer isso — sugere a mãe.

— Sim, mas aí ele pode tentar me convencer e eu não tenho energia pra isso.

Tallulah está tão cansada o tempo todo. Durante o verão foi bom: Noah dormia a maior parte do dia quando era recém-nascido, então ela conseguia colocar o sono em dia. Mas agora ele está mais velho e passa mais tempo acordado. Ela precisa ir para a faculdade três vezes por semana, precisa estudar quando está em casa, e dormir durante o dia é coisa do passado.

— Se o Zach começar a chorar ou alguma coisa assim, eu vou ceder. Sei que vou.

A mãe lhe passa uma xícara de chá, puxa a cadeira à sua frente e se senta.

— Me diz o que é — começa ela. — O que te deixa em dúvida?

— Eu só... Eu não... — Mas Tallulah é salva pelo som de Noah na babá eletrônica, acordando de sua soneca da tarde, e não precisa buscar palavras para explicar algo impossível. A mãe faz menção de se levantar, mas Tallulah quer sentir a felicidade e o prazer de tirar seu filho dos lençóis quentes e envolvê-lo em seus braços, contra seu peito, o doce calor de seu hálito em sua clavícula.

— Eu vou — diz ela. — Eu vou.

*

No dia seguinte, Tallulah tem aula de manhã.

Ela sai de casa com a imagem de Noah nos braços da mãe enquanto Ryan, com seu uniforme escolar, esquenta o leite de Noah no micro-ondas porque ela está atrasada e não tem tempo de fazer isso, e vai até o ponto de ônibus na outra ponta da rua sem saída. O ônibus está atrasado. Depois de toda a pressa e de não se despedir direito do seu filhinho, suspira com impaciência. Percebe então uma presença e se vira para encarar Scarlett Jacques deslizando pelo banco de plástico ao seu lado.

— Então eu não perdi o ônibus? — constata ela, sem fôlego.

Por uma fração de segundo, Tallulah não percebe que Scarlett está falando com ela, por isso não responde.

— Vou considerar isso um não — comenta Scarlett.

— Desculpa — diz Tallulah. — Sim. Quer dizer... não. Você não perdeu. Está atrasado.

— Ufa — diz Scarlett, puxando os fones que estão no bolso da enorme capa de chuva e colocando-os nos ouvidos. De repente ela para e pergunta: — Eu te conheço, né? Você estuda na Manton College?

Tallulah assente.

Scarlett meneia a cabeça também e diz:

— Já vi você por aí. Qual é o seu curso?

— Serviço social. Primeiro ano.

— Ah, então você também é caloura?

— Sim. Entrei faz poucas semanas. E você? — pergunta Tallulah, embora saiba exatamente que curso Scarlett faz.

— Artes. Primeiro ano.

— Que legal — diz Tallulah, então deseja não ter dito *legal*.

— Bem, sim, é uma merda, na verdade. Quer dizer, eu *queria* ir pra uma escola de artes em Londres, mas meus pais não deixaram por causa da distância. Aí eu disse: "Então vocês alugam um apartamento pra mim." Mas eles não quiseram de jeito nenhum, e aí eu não tirei uma nota boa o suficiente em artes pra entrar em uma das melhores faculdades, não porque eu não seja boa, mas porque eu não me dediquei tanto quanto deveria, pra variar, enfim. Agora estou aqui.

Ao ouvir o ronco inconfundível do ônibus, as duas se viram para olhar, do outro lado do parque, o veículo verde e antiquado que atende aquela área.

— Você mora por aqui? — pergunta Tallulah.

— Não. Quer dizer, mais ou menos. A uns três quilômetros de distância. Mas dormi na casa do meu namorado. Ele está na Maypole.

Ela dá de ombros na direção da imponente mansão antiga do outro lado do parque.

— Você tem permissão pra dormir lá?

— Não. De jeito nenhum. Mas tenho uma relação "especial" com a inspetora de lá. Ela me ama. E também sou meio que amiga da filha dela, então ela faz vista grossa.

O ônibus se aproxima, e elas se levantam. Tallulah não sabe o que acontece agora. Vão se sentar juntas? Continuar a conversa?

Mas a decisão é tomada por ela. Scarlett avista uma amiga nos fundos do ônibus e se afasta de Tallulah, largando a mochila no banco e depois se jogando ali, sua voz viajando alto pelo corredor, de modo quase irritante, até a frente do ônibus, onde Tallulah está sentada sozinha. Quando Tallulah se vira, apenas uma vez, para olhar Scarlett, ela vê que Scarlett a está encarando.

9

JUNHO DE 2017

Kim tira a roupa e entra rápido no chuveiro, antes de a água esquentar. Todo o episódio na casa de Scarlett a deixou se sentindo imunda e exausta. Ela vê a imagem da mãe de Scarlett parada na porta da frente com seu grande cachorro ofegante, observando-os empurrar sem jeito o carrinho de Noah pelo caminho de cascalho em direção à estrada.

— Até me ofereceria pra levar vocês — havia gritado ela. — Mas eu tomei uns drinques! Sinto muito!

O carro de Kim estava um forno quando eles voltaram, e Noah, cansado e faminto, chorou o caminho inteiro, desde os fundos da garagem até a vaga do estacionamento em frente à casa de Kim, quando imediatamente adormeceu. Ryan está sentado no carro com ele agora.

No chuveiro, ela sente o gosto salgado do próprio suor enquanto a água desce pelo rosto.

A cada meio minuto, espia pelo vão da cortina do chuveiro para ver se perdeu alguma chamada ou mensagem no celular em cima da pia, ao lado da caneca da escova de dentes.

Depois do banho, veste um short, um sutiã e uma blusa limpos. As peças úmidas usadas vão direto para o cesto de roupa suja. Ela olha para o celular de novo. Nada ainda.

O medo aperta suas entranhas outra vez; indo e vindo em ondas. Ela se senta na beira da cama e pensa na floresta atrás da casa de Scarlett.

Tenta imaginar Zach e Tallulah esperando no escuro pelo táxi que não apareceu, desistindo depois de um tempo e um deles dizendo: "Esses bosques vão dar em Upfield. A gente podia tentar cortar caminho." Era uma noite agradável, poderia até ter soado atraente, talvez eles tivessem pensado que o ar fresco ajudaria a arejar a cabeça de Tallulah.

Kim liga para Megs.

— Você se importa — começa ela — se eu deixar o Noah com você um pouquinho? Acho que sei onde o Zach e a Tallulah podem estar e queria ir dar uma olhada.

Há uma pausa, então Megs pergunta:

— Quer dizer que eles ainda não voltaram?

Kim fecha os olhos. É diferente com os filhos homens, ela sabe disso. Mesmo assim, está frustrada com a falta de preocupação de Megs. Ela a imagina exatamente como a vira de manhã, tranquila em seu quintal com o marido nervoso, adorando não ter nenhuma responsabilidade, nenhum compromisso.

— Não — responde ela. — Não voltaram. E nenhuma cooperativa de táxi tem registro de ter buscado os dois na casa da amiga ontem à noite. Por isso eu tenho a teoria de que eles podem estar perdidos na floresta atrás da escola. Quero dar uma olhada.

— Ah — diz Megs —, entendi. — E então: — Parece improvável. Quer dizer, são quase cinco horas. Isso significaria que eles estavam naquela floresta desde a noite de ontem. Ninguém ficaria perdido lá por tanto tempo, né?

— Bem, talvez eles tenham sofrido um acidente? Caído em um... Não sei, um poço ou algo assim. De qualquer forma, não vou demorar pra pegar o Noah de volta. Até daqui a pouco.

Kim encerra a ligação sem esperar para ouvir o que mais Megs tem a dizer.

Kim e Ryan passam duas horas vasculhando a floresta, mas não há sinal deles. Nenhum poço. Nenhum buraco. Nenhuma armadilha. Nenhuma pista perdida. Nada. Ao passarem pelo alojamento no terreno da Maypole House, Kim olha para as janelas. Ela se lembra de Scarlett contando que a filha de Kerryanne Mulligan tinha estado com eles na noite anterior. Lexie, era esse o nome dela. Então Kim e Ryan dirigem-se ao portão de segurança e tocam um botão de interfone intitulado "Gerente de residência".

Uma mulher responde.

— Olá. É a Kerryanne?

— Sim, ela mesma.

— Oi, aqui é a Kim Knox. Eu moro do outro lado do parque. Acho que a minha mãe costumava cuidar da sua quando ela estava em Springdale?

— Sim, sim. Conheço você. E eu me lembro da sua mãe. Ela costumava trazer pão de gengibre da Jamaica pro quarto da minha mãe quando eu ia visitá-la na hora do chá. Paula, não era?

Kim sorri ao ouvir o nome da mãe.

— Sim! Isso mesmo. E a sua mãe se chamava Vanda?

— Sim! Isso mesmo. Bem lembrado. Como você está? Quer entrar?

— Há, sim, obrigada. Estou com o meu filho.

— Que lindo — diz Kerryanne. — Segundo andar, quarto 205.

Algo fumegante em um fogão espalha um cheiro de comida pelo apartamento de Kerryanne. Uma mulher mais jovem está sentada no sofá em forma de L de frente para uma varanda, com vista para a floresta que Kim acabou de vasculhar à procura da filha e do namorado dela.

— Entra! — diz Kerryanne. — Entra. Essa é a minha filha, Lexie, ela vai passar uns dias aqui comigo. Lexie, essa é a Kim, ela é filha de uma das cuidadoras da vovó em Springdale. E a sua mãe... ela...?

Kim balança a cabeça.

— Não. Não, ela morreu há dois anos.

— Ah, que pena ouvir isso. Devia ser muito jovem.

— Sessenta e dois — diz ela.

— Ah, não. Puxa, querida. Não muito mais velha do que eu. Sinto muito.

— Sim, pois é. E a sua mãe? Ela...?

— Há quatro anos. Mas ela tinha oitenta e oito. Então não posso reclamar, sabe. Mas ela amava a sua mãe. De verdade.

Elas dão um sorriso triste uma para a outra pensando por um minuto em suas mães. Então Kerryanne se recompõe e pergunta:

— Enfim, o que posso fazer por você?

— Bom, na verdade, eu gostaria de falar com a Lexie — diz Kim.

Lexie se vira ao ouvir seu nome.

— Comigo?

Lexie é uma jovem bonita, de cabelo castanho-avermelhado com um corte chanel e uma franja reta, está usando óculos de grau com aro grande e preto, um jeans skinny e uma camiseta desalinhada de maneira estilosa.

— Você estava na casa da Scarlett ontem à noite?

— Sim! — responde ela com empolgação. — Como você sabia?

— Porque a minha filha também estava. A Tallulah. E o Zach, namorado dela. O problema é que nenhum dos dois voltou pra casa. Parece que eles saíram de lá às três da manhã. A gente acabou de vir da floresta. — Kim faz um gesto para a porta de correr envidraçada. — Pensei que eles tivessem se perdido na volta, mas não vimos nenhum sinal deles. Sei que você saiu mais cedo, mas só queria entender se você notou alguma coisa, soube de algo, se viu qualquer coisa. Porque já estou chegando num beco sem saída!

Kim está tentando manter a voz calma, o tom normal, mas suas palavras começam a se desfazer e ela se dá conta de que está chorando. Kerryanne corre até a cozinha atrás de um lenço de papel, e Lexie olha para ela com uma preocupação genuína.

— Meu Deus, eu sinto muito. Que horrível. Você deve estar muito preocupada.

Kim meneia a cabeça e pega o lenço oferecido por Kerryanne, levando-o ao rosto.

— Quer dizer — diz ela —, eu tenho certeza de que não aconteceu nada. Tenho certeza de que eles só, você sabe, jovens, eles só... — Mas ela esmorece porque não tem certeza de nada disso. A única coisa da qual tem certeza é que Tallulah nunca abandonaria Noah dessa forma e que algo terrível deve ter acontecido com ela.

Kerryanne conduz Kim e Ryan até o sofá, convidando-os a se sentarem.

— Sendo bem sincera, eu gostaria de poder te ajudar — começa Lexie. — Mas realmente não sei de nada. Eu estava no pub, o Swan & Ducks, com um amigo da escola. Tinha um grupo de jovens lá, de uns vinte e poucos anos, e eles estavam bem animados. Reconheci uma das pessoas do grupo, a Scarlett. Ela estudou aqui. A gente sempre se deu bem. Então fui dar um oi e, quando percebi, já estava sendo arrastada pro grupinho deles, e foi meio estranho porque eu sou um pouco mais velha. Além disso, eu estava sóbria. E eles não.

— E a Tallulah estava lá?

— Sim, ela estava. Sentada com um garoto… o namorado dela, eu acho?

Kim concorda.

— Eles pareciam um pouco quietos a princípio. Notei isso. Aí a Scarlett pegou um monte de doses pra mesa, depois mais doses, e todo mundo foi ficando mais e mais barulhento, e aí já estava na hora de fecharem o bar, e eles estavam falando de voltar a pé pra casa da Scarlett pela floresta, e eu vi que aquilo ali não ia dar muito certo. Então, eu me ofereci pra levar todo mundo de carro até lá.

— Todos eles?

— Não, nem todos, só cinco. Ficou um pouco apertado e não muito dentro da lei, mas eu ainda pensei que seria mais seguro do que deixá-los andar pela floresta naquele estado.

— E o que aconteceu quando você chegou lá nos fundos?

— Bem, como você sabe, estava muito quente ontem à noite. As luzes na piscina estavam acesas, então todo mundo tirou a roupa e pulou.

— A Tallulah também?

— Sim. Ela pulou de blusa e calça. Parecia meio constrangida.

— Bem, sim, ela ainda está com uns quilos a mais por conta da gravidez.

— Ela tem um filho? — pergunta Lexie, surpresa.

— Tem. O Noah, ele tem um ano.

— Meu Deus, ela parece tão jovem.

— Ela é. — Kim segura outra explosão de lágrimas e força um sorriso. — Então, todo mundo pulou na piscina. E depois?

— Bem, eu meio que... A essa altura eu senti que eles precisavam de supervisão. Quer dizer, a mãe da Scarlett estava em algum lugar dentro de casa, dormindo, eu acho, e me dei conta de que eu era a única pessoa sóbria na festa, então eu precisava ficar de olho nas pessoas. Acabei ficando lá até mais ou menos uma da manhã. A essa hora, todo mundo já tinha saído da piscina e estava rolando um pouco de... — ela olha de soslaio para Kim rapidamente — ... maconha. Um pouco de vodca. Música. Mas a coisa tinha acalmado um pouco. A Tallulah e o namorado entraram na casa. Depois a Mimi também foi lá pra dentro. Então eu decidi voltar. Um cara chamado Liam pegou carona comigo porque ele trabalha aqui na escola. E foi isso.

— Liam? — pergunta Kim, desconfiada. — Quem é Liam?

— Ele é um dos professores assistentes da escola. Mora no apartamento aqui de cima. Ele e a Scarlett já namoraram, mas continuam amigos.

— Ele é, quer dizer, ele é... — Kim não consegue achar as palavras. Lexie balança a cabeça.

— Ah — diz ela —, não. Puxa vida, não, você não precisa se preocupar com o Liam. Ele é o cara mais bacana do mundo. De verdade.

Kim assente, séria. Então diz:

— E ontem à noite não tinha nada... de estranho no ar? Você ficou com a sensação de que tinha alguma coisa suspeita acontecendo?

Lexie dobra o lábio inferior e balança a cabeça lentamente.

— Não.

— E, quando você saiu, quem ainda estava lá?

57

— A Tallulah. O namorado dela. A Scarlett e a Mimi.

— Bem — diz Kim, já começando a se levantar —, muito obrigada, Lexie. Eu realmente agradeço pelo seu tempo, e muito obrigada por ter voltado com eles ontem à noite, por mantê-los seguros. Crianças bêbadas em piscinas. Não quero nem imaginar.

— Pois é — diz Lexie. — Foi isso mesmo que eu pensei.

— Obrigada. E esse Liam. Você acha que valeria a pena falar com ele? Ele pode saber de alguma coisa?

— Duvido — responde Lexie, se desculpando. — Ele não deve ter visto muito mais do que eu.

Kim olha a hora no celular. São quase seis horas. Ela se vira para Kerryanne.

— Você acha que eu devia chamar a polícia? — pergunta ela, baixinho. — Já se passaram quinze horas. O que você faria?

Kerryanne suspira.

— É diferente para mim, eu agiria num piscar de olhos se alguém desaparecesse da escola. Na verdade, já aconteceu e eu convoquei busca e resgate. Mas como mãe? — Ela faz uma pausa. — Não sei. Quer dizer, a Tallulah e o Zach são adultos. Estavam bebendo, usando drogas... Pelo visto eles têm responsabilidades além das de adolescentes normais. Eu olharia pro contexto geral. Quer dizer, é possível que eles simplesmente tenham fugido? Em um momento louco de espontaneidade?

Kim fecha os olhos e pondera sua resposta.

— Não — conclui ela. — Não. Definitivamente não.

— E entre eles, como um casal? Quer dizer, tinha alguma coisa estranha? Talvez eles tenham brigado. Talvez tenha acontecido alguma coisa.

É isso que tem corroído Kim por dentro o dia todo: a caixinha que ela encontrou no bolso da jaqueta de Zach no dia anterior, quando procurava as chaves da porta que havia emprestado a ele. A caixa com o anel e o diamante pequeno, incrustado em uma faixa dourada. Esperava que eles voltassem do pub noivos ontem. Não tinha certeza de como se sentia a respeito disso; eles eram tão jovens, e ela não estava convencida de que Tallulah queria se comprometer dessa forma com Zach. Mesmo assim, ela estava pronta para a notícia, pronta para parecer surpresa, encantada, e para abraçá-los e dizer quanto estava emocionada. Pronta para tirar uma foto e enviar uma mensagem para o pai de Tallulah, fazer um post no Facebook e tudo o mais. Estava pronta para isso. Mesmo que achasse errado. Porque foi isso que você fez. Não foi? Quando teve um filho. Quando teve um homem que te amava. Você se casou.

Mas então, Kim pensa no tempo que Tallulah levou para concordar em voltar com Zach depois que Noah nasceu. Pensa em como Tallulah se desvencilha do toque de Zach no ombro, no braço, em como revira os olhos pelas costas dele às vezes. Pretendia conversar com Tallulah, apenas para se certificar de que a filha estivesse feliz com o retorno de Zach. Mas não o fez. E então os dois planejaram essa noite juntos, e Kim viu isso como um sinal de que as coisas estavam melhorando entre os dois. Foi quando encontrou o anel.

Então, ela se pergunta: *E se Zach tivesse pedido Tallulah em casamento e Tallulah tivesse dito não?* Porque Zach é um bom garoto, mas tem gênio forte. Ela vê os sinais às vezes, quando ele está assistindo a um esporte na TV, ou quando deixa cair algo e se machuca, ou alguém no trânsito o fecha enquanto ele está dirigindo.

Será que a rejeição de sua proposta de casamento teria disparado algum gatilho? Como será que ele teria reagido?

10

AGOSTO DE 2018

Sophie e Shaun chegam ao apartamento de Kerryanne às oito horas daquela noite, segurando uma garrafa de vinho gelada. O apartamento tem portas de vidro deslizantes em quase toda a largura da sala de estar, voltadas diretamente para o sol poente. Está quente e abafado. Um grande ventilador cromado conectado à parede traz um pouco de alívio.

— Perdão — diz ela para Sophie e Shaun. — Quando faz sol é tão quente aqui que o calor fica contido. Venham pra cá, o terraço é melhor.

No terraço, há um sofá de vime e uma mesa posta com chips de batata em tigelas, taças de vinho e uma vela em um pote de vidro.

Sophie se senta primeiro, seguida por Shaun. A vista da floresta é linda; o céu está turquesa riscado de coral, e uma meia-lua acaba de emergir das sombras.

— Que bonito — diz Sophie. — É tipo um outro mundo comparado ao chalé.

— Sim, o chalé é uma graça, mas não tem essa vista. Ao mesmo tempo, o calor é um problema. — Ela serve vinho nas três taças e levanta a dela para Shaun. — Saúde! Ao meu quinto diretor! E a você também, Sophie, minha primeira namorada de diretor!

— Somos o primeiro casal que não é casado? — pergunta Sophie.

— São, sim.

— E isso pode ser considerado um escândalo? — pergunta Sophie.

— Ai, meu Deus, não! Talvez vinte anos atrás isso levantasse algumas sobrancelhas. Hoje em dia não. Acho que ninguém se preocupa mais com essas coisas, né? E, aliás, a Jacinta Croft, sua antecessora, Shaun, chegou casada, mas saiu solteira. O marido meteu o pé. Uma coisa do tipo: "Vou ali comprar cigarro." Ninguém nunca descobriu o porquê. Foi basicamente por isso que ela foi embora, por causa desse bafafá. Então, não, vocês dois não vão ser motivo de fofoca por aí, posso garantir.

Eles conversam um pouco sobre o primeiro dia de trabalho de Shaun, sobre a escola onde ele costumava lecionar, em Lewisham, sobre as diferenças entre as duas áreas, as duas escolas. Até que Kerryanne se vira para Sophie e diz:

— Peter Doody me disse que você escreve romances policiais, Sophie.

— Sim. — Ela sorri. — Embora eu duvide que você tenha lido algum. Eles são bem nichados. Faço sucesso na Escandinávia.

Ela dá aquela risada que sempre solta quando tem que explicar às pessoas por que nunca ouviram falar dela.

— Eu falei de você pra minha filha — comenta Kerryanne. — Ela é a leitora da família. Eu não. Acho que ela pode até ter comprado algum livro seu. Qual é o nome mesmo?

— A série se chama *A pequena agência de investigações de Hither Green*. Eu uso o pseudônimo P. J. Fox.

— Vou te falar uma coisa — diz ela —, se quiser inspiração pros seus livros, eu posso te contar algumas histórias sobre este lugar. Quer dizer, posso te contar algumas coisas muito, muito assustadoras. A polícia veio aqui duas vezes só no ano passado para vasculhar a floresta atrás de pessoas desaparecidas.

Sophie pensa na mansão abandonada na outra ponta da floresta.

— Nossa — diz ela. — O que aconteceu?

Kerryanne olha para Shaun.

— Hum. Provavelmente é um pouco indiscreto. Melhor não.

Mas ela lança um olhar de soslaio para Sophie que diz que haverá outro momento.

*

No dia seguinte, Sophie se levanta com Shaun às seis, e eles tomam café da manhã juntos ao ar livre, os raios de sol de outro lindo dia do fim de agosto passando por entre as árvores e pela toalha de mesa.

— Vai fazer o que hoje? — pergunta Shaun, recolhendo e empilhando os pratos e talheres. — Vai dar outro passeio?

— Não — diz ela. — Hoje não. Pensei em explorar a cidade. Quem sabe almoçar no famoso Swan & Ducks.

— Vou tentar encontrar você — diz Shaun.

— Seria ótimo.

Depois que Shaun sai, Sophie passa um tempo desempacotando as caixas em casa. Em seguida, prepara outra xícara de café, leva seu laptop para a mesa da cozinha e responde a alguns e-mails. Vai viajar para a Dinamarca em pouco mais de uma semana para participar de um festival de literatura policial como P. J. Fox, e há algumas alterações de última hora em seu itinerário, incluindo uma entrevista em um canal de TV, o que significa que ela vai ter que dar um jeito no cabelo antes de ir. Talvez marque um horário no salão e faça um bate-volta em Londres, de repente até consegue marcar um almoço com alguém, ou fazer uma reunião com seus editores. A ideia a deixa animada.

Depois de um tempo, abre o arquivo do seu manuscrito mais recente. Não o encara há dias. A vida tem se resumido a fazer e desfazer as malas e dizer ois e tchaus. Ela não anda com cabeça para trabalhar. Mas agora as desculpas acabaram.

O fim de seu último parágrafo a espera, algo que ela escreveu em outro mundo, quando era londrina, quando tinha um namorado que lecionava em uma escola em Lewisham, quando a mudança para Surrey era uma data marcada na agenda, não uma realidade. Ela olha para ele por um momento, então rola para cima pelo resto do capítulo, tentando voltar a ser a "Sophie londrina", mas simplesmente não consegue.

Em vez disso, abre uma aba no navegador, digita "Maypole House" e "pessoa desaparecida", e clica no primeiro link dos resultados:

Pais adolescentes continuam perdidos após noitada
A moradora de Upfield Common, Kim Knox, 39 anos, relatou o desaparecimento de sua filha Tallulah Murray, 19 anos, e do namorado dela, Zach Allister, também 19 anos, vistos pela última vez na madrugada de sábado. Murray e Allister, que têm um filho de um ano, passaram a noite anterior no pub Swan & Ducks antes de pegar uma carona com uma amiga das redondezas até uma casa perto de Upley Fold, onde festejaram com amigos, ex-alunos da Maypole House, até as três da manhã. Segundo os mesmos amigos, eles chamaram um táxi para voltar para casa, mas nunca chegaram. Se alguém tiver alguma informação sobre o paradeiro deles, entre em contato com a Delegacia de Polícia de Manton.

Sophie sente um pequeno arrepio subindo e descendo pela espinha. Ela clica nos outros links, procurando uma atualização, mas não consegue encontrar nada, apenas várias versões da mesma matéria publicada pelo jornal.

Busca os nomes "Kim Knox" e "Upfield Common". Alguns resultados aparecem, incluindo links para um veículo da região chamado *The Upfield Gazetteer*. Uma matéria sobre uma vigília de verão realizada em junho, marcando o aniversário de um ano do desaparecimento de Tallulah e Zach. Há uma fotografia anexada à matéria: uma mulher atraente com cabelo escuro na altura do ombro, usando um longo vestido floral com botões na frente e um par de coturnos pretos, segurando a mão de um menino muito pequeno, também de cabelos castanhos, segurando uma rosa. Um adolescente de camisa escura e calça camuflada está parado perto da mulher; ele se parece muito com ela. Atrás deles está um mar de rostos, muitos deles jovens.

Kim Knox, 40, de Gable Close, Upfield Common, esteve à frente de uma procissão à luz de velas pela cidade na noite de sábado para marcar o primeiro aniversário do desaparecimento de sua filha, Tallulah Murray, que teria completado 20 anos em março. Zach Allister, que faria 20 anos no mesmo mês, companheiro de Tallulah e pai de seu filho, também foi lembrado durante a cerimônia. A procissão começou no parque e terminou na Capela de St. Bride, onde canções memoriais e de esperança foram entoadas pelo coral da antiga escola de Tallulah, Upfield High, onde ela estudou até 2016. Tallulah era estudante de serviço social na Manton College quando desapareceu em junho do ano passado, após passar a noite na casa de uma amiga.

O outro link leva Sophie a uma matéria publicada três meses antes do memorial, uma cerimônia fúnebre na data do vigésimo aniversário de Tallulah, em março.

A roseira, de uma espécie australiana chamada "Tallulah", foi plantada atrás do ponto de ônibus no parque, onde Kim Knox costumava observar sua filha enquanto ela esperava o ônibus para a faculdade.

Sophie se afasta da tela. Sente um arrepio ao imaginar a mulher segurando uma cortina, olhando para o outro lado da rua, procurando a silhueta da filha desaparecida e dando de cara com um arbusto de rosas.

11

DEZEMBRO DE 2016

Tallulah está sentada diante da penteadeira da mãe. Kim tem um espelho de aumento, além de coisas como bolas de algodão e pincéis de maquiagem que Tallulah não possui, já que nunca gostou de maquiagem. Passa rímel para ocasiões especiais, disfarça as olheiras e imperfeições com corretivo, mas não se preocupa com o resto. A parte frontal de seu cabelo escuro está mais para um azul desbotado do que o vibrante prometido na embalagem. Como tudo em sua vida, não saiu do jeito que ela esperava.

Ela abre a bolsa de maquiagem da mãe e procura pelo delineador. Em seguida, passa-o nas pálpebras, tentando imitar o delineado de gatinho perfeito que as garotas da faculdade sempre fazem. Fica um desastre. Ela remove tudo com um lenço e começa de novo. Por fim, pega o celular e envia uma mensagem para a mãe:

Pode subir e me ajudar com a maquiagem?

Ela se sente um pouco mal. Sua mãe tem feito muito por ela. Noah está cochilando, e a mãe está desfrutando de um raro momento de paz sozinha.

Mas, alguns poucos segundos depois, ela responde com um emoji de joinha e logo aparece, seu calor enchendo todo o ambiente na mesma hora.

— Certo, o que você quer?

— O delineado de gatinho — responde Tallulah, passando o delineador para a mãe. — Não consigo fazer.

Kim arrasta um banquinho do outro lado do cômodo e senta-se nele, ficando a poucos centímetros do rosto da filha. Tallulah sente o cheiro do perfume em seu pescoço: é da Body Shop e tem almíscar. A mãe diz que almíscar faz os homens quererem transar com você. O que parece improvável para Tallulah. Por que as pessoas se esforçam tanto para transar quando na verdade só é preciso usar um determinado perfume?

O contorno de uma das tatuagens da mãe aparece por cima do decote da blusa: a ponta da pena do pássaro. Sua mãe tem seis tatuagens, uma feita antes de Tallulah nascer e o resto depois. Ela tem as pegadas de bebê de Tallulah tatuadas em rosa-claro na parte inferior do braço, com sete centímetros de comprimento, e as iniciais em um floreio embaixo. Na parte de baixo do outro braço, ela tatuou os pés de bebê de Ryan. Nas costas, um peixe em estilo japonês; no tornozelo, um bando de andorinhas; e, no dedo anelar, um diamante. Diz que o diamante simboliza seu casamento consigo mesma; depois que se separou do pai de Tallulah e Ryan, ela jurou nunca mais se casar, e a tatuagem do anel de noivado significaria que ela já estava comprometida.

Tallulah fecha os olhos e inclina o rosto para a mão estendida da mãe.

— Então — diz a mãe, aplicando o pincel na borda do olho esquerdo. — Por que a maquiagem?

É a noite da festa de Natal da faculdade — uma balada na cantina conhecida por ser horrível —, e ela sabe que a galera maneira vai estar lá. Scarlett e sua turma estão no comitê de planejamento, e ela tem a forte sensação de que se não for pode perder algo, embora não tenha certeza do quê.

Ela dá de ombros.

— Só tive vontade — responde ela.

A mãe completa o segundo olho, e ela se vira para se ver no espelho. O delineado está perfeito.

— Valeu, mãe — diz ela. — Você é a melhor.

— Com que roupa você vai? — pergunta a mãe.
— Aquela blusa — diz ela. — Sabe? Aquela de coraçãozinho que a gente comprou no shopping semana passada. Com a minha calça jeans preta.
— Ah, sim — responde a mãe —, vai ficar lindo.

Tallulah sorri. Não é a blusa mais incrível do mundo, mas vai esconder sua barriga pós-parto, que simplesmente não volta a como era antes, não importa quanto ela tente.

Uma hora depois, ela desce. Sua mãe está com Noah no colo, estão vendo TV juntos. Ryan está na mesa de jantar com fones de ouvido, fazendo a lição de casa.

— Você está linda — diz a mãe. — Simplesmente deslumbrante.

Tallulah se inclina para beijar Noah nas duas bochechas.

— Como você vai pra lá?
— A Chloe vai me dar uma carona.

A mãe assente.

— Tem certeza de que vai ficar bem? — pergunta Tallulah, tocando o topo da cabeça do filho. — Eu posso ficar se você preferir.
— Claro que a gente vai ficar bem. Daqui a um minuto é a hora do banho, não é, meu anjo? — A voz da mãe sobe uma oitava ou duas quando ela se vira para falar com Noah. — Depois disso a gente vai ler uma história muito legal e tirar um sonão delicioso. Sim! A gente vai, sim!

Noah se vira e sorri para ela, e a mãe de Tallulah o beija com força na bochecha.

— Pode ir — diz ela. — Divirta-se. Me avisa se for chegar tarde.
— Não vou chegar tarde — diz ela. — A mãe da Chloe quer que ela esteja em casa às onze, então vai ser o mesmo horário pra mim.

Tallulah ouve o som de um carro parando do lado de fora e corre até a porta da frente. Diante do espelho, dá uma olhada em si mesma.

Até que estou bem bonita, ela pensa.

*

A primeira hora é tão ruim quanto Tallulah imaginava. O aparelho de som de merda está tocando uma música insuportável. A escotilha na parede por onde as cozinheiras costumam servir o almoço está aberta, com cerveja em garrafas de plástico e copos com vinho. Tallulah e Chloe estão sentadas em um banco de costas para a parede, cada uma segurando uma cerveja, observando a festa se desenrolar ao redor delas. As duas estudaram juntas no ensino fundamental e médio. Nunca foram grandes amigas, mas tinham se unido por necessidade durante este primeiro período na Manton.

De repente um zumbido atravessa a sala, e na moldura das portas duplas aparecem Scarlett Jacques e seu grupinho. Eles estão rindo entre si e nenhum deles parece ter se esforçado para se arrumar. O cabelo azul desbotado de Scarlett está preso para trás em duas marias-chiquinhas curtas. Ela está usando calça jeans larga, um top com estampa de oncinha e um casaco *oversized* de pele falsa. Toda a atmosfera da sala muda quando eles entram.

Chloe bufa.

— Que porra eles estão fazendo aqui?

Tallulah se vira.

— Por que não estariam? Eles ajudaram a organizar tudo.

— Achava que eles eram muuuito superiores e descolados pra esse tipo de coisa.

Tallulah sente uma estranha onda defensiva atravessá-la.

— São só pessoas — rebate ela.

Mas sabe que isso não é verdade. Eles são mais do que apenas pessoas. Eles são um humor, um sentimento, uma vibração, uma aspiração. São como um videoclipe ou um trailer de um filme muito legal. Um outdoor de uma marca de roupas da moda. No pequeno aquário da Manton College e seus arredores, eles são basicamente celebridades.

— Quer outra bebida? — pergunta ela, levantando-se.

Chloe balança a cabeça.

— Este é o meu limite — diz ela, fingindo dirigir.

— Quer uma Coca então?

— Quero — diz Chloe. — Zero, se tiver.

Tallulah ajeita a blusa com estampa de coração para não deixar espaço entre o cós da calça jeans e a bainha da parte de cima; não quer que a pança molenga deixada pela gravidez apareça.

Ela se aproxima da escotilha na mesma hora em que Scarlett e seu grupo chegam. Eles cheiram a álcool como se já tivessem bebido e agora estivessem zombando das horas que Tallulah passou na frente de um espelho, se despedindo silenciosamente de seu filho bebê no colo da mãe e de seu irmão sentado diante do laptop fazendo o dever de casa. Os preparativos de Scarlett e seus amigos para a festa, sem dúvida, foram totalmente diferentes.

Scarlett mexe no celular enquanto outra pessoa entra na fila para pegar uma bebida para ela. O casaco de pele caído dos ombros revela uma tatuagem em seu braço e uma clavícula esculpida. Ela pega a cerveja da mão da amiga e, ao fazer isso, repara em Tallulah.

— Ah! É a Tallulah do busão — diz ela.

Tallulah acena com a cabeça.

— Pois é — confirma ela. — Sou eu, do busão.

Elas se entreolharam algumas vezes depois da interação no ponto de ônibus naquele dia, algumas semanas antes, mas não passou disso.

— Você está gata — elogia ela, apontando a garrafa de cerveja na direção do rosto de Tallulah, uma referência à sua maquiagem, Tallulah presume.

— Valeu.

Quase diz "Você também", mas pensa duas vezes e decide ficar calada.

O cara que está servindo atrás do bar a observa com curiosidade, e Tallulah pede as bebidas. Imagina que Scarlett tenha ido se juntar aos amigos na pista de dança, mas, quando sai com as bebidas, dá de cara com Scarlett esperando por ela. Tallulah tenta disfarçar a surpresa.

— Saúde — diz Scarlett, batendo a garrafa plástica de cerveja contra a de Tallulah.

— Saúde — diz Tallulah.

— Veio com quem? — quer saber Scarlett, procurando ao redor.

— Com a Chloe Minter. — Ela aponta para a amiga, que está sentada mexendo no celular. — A gente está no mesmo período. Ela mora no mesmo bairro que eu, perto da minha casa. E ela vinha de carro, então… — explica ela, sugerindo com um dar de ombros que seus motivos para estar ali com Chloe Minter eram puramente práticos. De certa forma, é verdade.

O DJ toca "All I Want For Christmas is You", da Mariah Carey, e há uma enorme comoção, braços no ar, as pessoas correndo para a pista de dança.

— Ai, meu Deus! Vem — chama Scarlett. — A gente tem que dançar!

Tallulah hesita. Não é muito de dançar, mas não quer ser antipática, então dá uma risada e diz:

— Ainda não estou bêbada o suficiente.

Scarlett enfia a mão em um dos bolsos de seu enorme casaco de pele falsa e tira um frasquinho acobreado.

— Rápido — responde ela. — Vira!

— O que é isso?

— Rum — responde ela. — Um rum muito, muito bom. Meu pai trouxe de Barbados. É tipo… — ela junta o polegar e o indicador em um círculo — o mais top.

Tallulah fareja a borda do frasco.

— Consegue sentir o apimentado? — pergunta Scarlett.

Tallulah faz que sim com a cabeça, embora na verdade só consiga sentir o cheiro do álcool. Toma um gole e o devolve.

— Não, não, não — diz Scarlett. — Isso não vai te fazer dançar! Bebe mais!

Tallulah leva o frasco aos lábios novamente e dá quatro bons goles.

— Tá bêbada o suficiente pra dançar agora?

Ela meneia a cabeça, e Scarlett a puxa para a pista de dança. As duas já entram dançando em direção ao grupo de amigos, e Scarlett gira Tallulah na sua frente, e Tallulah está ciente de que a blusa nova está subindo quando levanta os braços, por isso tenta abaixá-los, mas Scarlett continua puxando-os para cima.

Todos estão cantando, e Tallulah vê alguns professores se aproximando agora, e pessoas que ela não esperaria encontrar em uma pista de dança. O álcool circula pelo sangue até o cérebro e de repente ela não se importa com sua barriga flácida ou com Chloe sentada fora da pista, só quer dançar como se tivesse dezoito anos e não se importasse com o mundo, como se não houvesse nenhum bebê em casa, nenhuma mãe que também deveria estar curtindo a noite naquele momento, nenhum ex-namorado à espreita na expectativa de reatar, apenas ela, dezoito anos, em seu primeiro período na faculdade, toda a vida pela frente e a garota mais legal do mundo sorrindo e segurando as mãos dela acima da cabeça. Mariah, rum, glitter descendo do teto e pousando em seus pés e em seus cabelos.

A música termina, e Scarlett finalmente solta suas mãos.

— Agora — diz ela — o Natal começou!

Ela dá gritinhos animados e bate nas mãos dos amigos e então, bem quando Tallulah presume que ela vai se afastar e voltar para a bolha protetora de seu grupinho, Scarlett se vira para ela e diz:

— Vamos lá pra fora comigo.

Tallulah olha para trás, ansiosa, e espia Chloe.

— Ela vai ficar bem — diz Scarlett. — Vem.

Scarlett a puxa pela mão, atravessa as portas duplas e continua arrastando-a pelo saguão de entrada até o estacionamento. O ar está gelado, e, enquanto Scarlett se protege com seu enorme casaco de pele, Tallulah tem apenas a blusa de algodão com mangas curtas.

— Vem cá — diz Scarlett, abrindo o casaco. — Tem espaço aqui pra nós duas.

Tallulah a encara, desconfiada, antes de dar de ombros, sorrir e se aninhar ao corpo ossudo de Scarlett, puxando o outro lado do casaco em torno dos ombros.

— Pra onde a gente está indo?

— Um lugarzinho que eu conheço.

Tallulah hesita, começando a sentir um desconforto estranho.

— Não precisa ficar assustada.

— Não estou assustada.

— Está, sim.

Elas se movem como uma só sob a carapaça do enorme casaco de pele, encontram um banco e se sentam. Scarlett vasculha os bolsos do casaco e tira um maço de cigarros. Ela o abre e oferece a Tallulah.

Tallulah balança a cabeça. Nunca fumou e não tem interesse em começar.

— Desculpe por ter arrastado você de lá — diz Scarlett, puxando um cigarro do maço. — Percebi que eu estava muito bêbada. Bêbada demais. Precisava tomar um ar. E de uma nova companhia. — Ela revira os olhos.

Tallulah a observa.

— Quer dizer, não me entenda mal, eu adoro eles, amo de verdade. Mas a gente passa tempo demais juntos. Você sabe, estudamos todos na Maypole, e aquele lugar é intenso. Tipo, muito intenso.

— O que você estava fazendo lá?

— Fiz o primeiro semestre do sexto ano em um colégio interno, mas fui expulsa. Ninguém quis me aceitar, exceto a Maypole. Então meu pai comprou uma casa por perto pra eu poder estudar lá, mas continuar morando em casa. — Scarlett dá de ombros e acende o cigarro. — E você? Estudou onde?

— Na Upfield High.

— Onde você mora?

— Naquela rua sem saída, sabe, do outro lado do parque.

— Com seus pais?

— É. Bem, com a minha mãe. E o meu irmão. Meu pai mora em Glasgow.

Sua respiração vacila diante da próxima coisa que deveria dizer. Sobre seu filho, Noah. Está ali, presa no meio da garganta. Mas ela não consegue botar para fora. Não sabe por quê. Tem certeza de que uma garota como Scarlett acharia muito maneiro ela ter um filho aos dezoito anos. Mas, por alguma razão, não quer ser essa garota hoje, a que é supermadura, leva suas responsabilidades a sério, acorda com seu filho todas as manhãs às seis, até nos fins de semana, faz os trabalhos da faculdade enquanto o bebê dorme, se lembra de comprar as fraldas e esterilizar as mamadeiras compradas com a mesada que a mãe lhe dá, a mesma mesada que outras meninas gastariam em adesivos removedores de cravos e cílios postiços na farmácia. Ela é aquela garota há seis meses e é boa nisso, mas agora está encolhida no frio sob um casaco de pele com uma garota magra que provavelmente não teria filhos pelo menos até os trinta e seis anos, que é expulsa de internatos, fuma, tem tatuagens e um piercing na língua. Agora, pelo menos por um momento, Tallulah quer ser outra pessoa.

— É — conclui ela. — Só a gente.

— E você sempre morou em Upfield?

— Sim. Nascida e criada.

— Então o que o seu pai está fazendo em Glasgow?

— Ele é de Glasgow. Voltou pra lá quando ele e a minha mãe se separaram.

Scarlett traga e meneia a cabeça.

— E você? — pergunta Tallulah. — Mora com quem?

Ela levanta a sobrancelha.

— Bem, *teoricamente* eu moro com a minha mãe e o meu pai, mas a minha mãe não tá nem aí, e o meu pai nunca está em casa. Mas eu tenho um irmão. Ele é legal. Eu gosto dele. E a gente tem tipo, sério, o *melhor* cachorro do mundo. Um são-bernardo. Tipo, ele é do tamanho de um pônei, mas ele acha que é um cachorro normal. Ele é o meu melhor amigo. Sério. Eu não seria nada sem ele. Provavelmente ia morrer.

— Eu queria ter um cachorro — comenta Tallulah. — Mas meu irmão tem alergia.

— Ah, meu Deus, você precisa de um cachorro. Pega um *cockapoo*! Ou qualquer mistura com poodle. Eles são hipoalergênicos. *Cavapoos* são legais também. Nossa, você precisa de um cachorro.

Por um instante, Tallulah se permite fantasiar com um *cavapoo*, talvez um daqueles cor de damasco, com olhos enormes e orelhas macias. Ela se imagina andando com ele pela cidade e colocando-o em uma bolsa para levá-lo às lojas, e então para e lembra que não pode ter um *cavapoo* porque tem um filho.

— Quem sabe — diz ela. — Quem sabe.

Scarlett apaga o cigarro no chão com o calcanhar e tira o frasco acobreado do bolso novamente. Toma um gole e passa-o para Tallulah, que dá um gole e o devolve.

— Você é muito fofa — diz Scarlett, olhando-a com seriedade. — Sabia disso?

— Err, não, na verdade não.

— Estou falando sério. Acho que é o seu... — Ela inclina o rosto de Tallulah para cima com a ponta do dedo sob o queixo e a estuda. — Acho que é o seu nariz. Ele é meio arrebitado. Você se parece com a Lana del Rey.

Tallulah solta uma risada rouca.

— Deixa de ser doida.

— Acho que é o delineador, além do nariz. — Ela enquadra o rosto de Tallulah com as mãos. — Você devia usar o delineador assim sempre — diz ela, se afastando devagar, os olhos ainda presos nos detalhes do rosto de Tallulah.

Tallulah sente algo lhe atravessando, o tipo de adrenalina que vem quando você quase erra um degrau ao descer a escada, um misto de enjoo com empolgação.

E então uma lanterna aparece na escuridão, elas ouvem vozes, e ali está o grupinho de Scarlett, incapaz de sobreviver dez minutos sem a presença de sua líder.

— Ah, aí está você — diz uma delas, quase zangada com ela por ousar estar em outro lugar. — Jayden achou que você tinha ido pra casa.

— Não. Estou bem aqui, conversando com a Tallulah do busão.

As duas garotas olham para Scarlett, confusas, e Tallulah percebe que elas estão observando como seu corpo está pressionado ao de

Scarlett por debaixo do casaco, e vê o choque passar por elas, como se conseguissem reconhecer algo, e se pergunta o que foi que elas viram.

Elas acenam, e Tallulah retribui. Então Scarlett diz:

— Essa é a Mimi, e essa é a Ru. Conheço essas piranhas há uns cem anos. Essa é a Tallulah. Vocês não acham que ela é bonita? Não acham que ela se parece um pouco com a Lana del Rey?

As duas olham para ela sem expressão, um pouco sem jeito.

Scarlett se levanta, e seu casaco cai dos ombros de Tallulah, que de repente sente muito frio. Ela olha para as três garotas, todas acendendo cigarros e dançando juntas ao som de "8 Days of Christmas", do Destiny's Child, que vem da cantina, e então se lembra de Chloe, sentada sozinha, esperando sua lata de Coca Zero.

— É melhor eu voltar — anuncia ela. — Minha amiga está me esperando.

Scarlett coloca as mãos na cintura e estreita os olhos para ela fingindo aborrecimento, depois sorri e diz:

— Vejo você por aí, Tallulah do busão.

Tallulah faz um sinal estranho com o polegar para cima. Realmente não sabe mais o que dizer. Então se vira e volta para dentro, onde Chloe lhe dirige um olhar magoado e questionador.

— Desculpa mesmo — diz Tallulah, sentando-se ao lado dela. — Não sei o que aconteceu. Ela só meio que... me sequestrou.

— Estranho — diz Chloe, franzindo o nariz levemente.

— É — concorda Tallulah, acariciando uma lata de cerveja meio quente e olhando ao redor. — É. Estranho mesmo.

12

JUNHO DE 2017

Kim sai do apartamento de Kerryanne e atravessa o parque com Ryan até a casa de Megs para buscar Noah.

Ele está dormindo na cadeirinha quando Megs o leva até a porta. Kim reprime a pontada de aborrecimento. Disse especificamente a Megs que Noah precisava ficar acordado para estar cansado na hora de dormir e agora ela terá que acordá-lo para trocar de roupa e colocá-lo para dormir de novo. Ele vai ficar rabugento e insuportável e vai lutar contra o sono, mas Megs apenas sorri para ele em sua cadeirinha, o cabelo escuro e úmido de suor.

— Misericórdia, o menino estava exausto, eu não tive coragem de mantê-lo acordado.

Kim dá um sorriso enviesado e pega a alça da cadeirinha.

— Deixa pra lá — diz ela, seca.

— E eu imagino que... — começa Megs. — Nada sobre as crianças?

— Não — responde Kim. — Nada sobre as crianças. Ah... Por acaso o Zach te disse alguma coisa sobre os planos dele pra ontem à noite?

— Não. Quer dizer, eu nem sabia que eles iam ao pub até você me contar. Não falei com ele nos últimos dias.

— Então você não sabia nada sobre... — Kim faz uma pausa, imaginando se deve estragar a "surpresa" ou não, e então decide que descobrir o paradeiro de Zach e Tallulah é mais importante do que qualquer surpresa agora. — Sobre um anel? — termina ela.

— Anel?

— Isso. Um anel de noivado. O Zach te contou alguma coisa sobre pedir a Tallulah em casamento?

Megs ri.

— Meu Deus, não!

Kim estreita os olhos sem entender por que Megs acha graça nisso.

— Será que o Zach conversou com mais alguém sobre isso? Um amigo? O pai dele?

— Com os amigos, talvez, mas já falei com todos eles e ninguém sabe nada sobre o que aconteceu ontem à noite. E não, ele não falaria com o pai sobre isso. O pai dele não é esse tipo de homem. Não tem muita inteligência emocional, sabe?

Kim reprime um sorriso debochado. Conhece poucas pessoas com menos inteligência emocional do que Megs. Ela suspira.

— Tudo bem — diz ela. — Ok. Bem, é melhor eu levar este rapazinho pra casa e tentar convencê-lo a acordar e dormir de novo.

Megs sorri para ela, indiferente.

— Por favor, me avisa se souber de alguma coisa, ok? — pede Kim. — Se a Tallulah não voltar até o Noah dormir, eu vou avisar a polícia. Talvez fosse bom você fazer o mesmo.

Megs dá de ombros.

— Ainda acho que os dois fugiram pra algum lugar e deram um tempo de tudo. Mas, sim. Talvez eu devesse ficar preocupada. Você pode estar certa.

Kim se vira e vai para o carro, balançando a cabeça enquanto caminha com os olhos fechados, pois não entende de jeito nenhum como uma mãe e avó consegue ser tão fria.

A primeira metade da noite passa rapidamente enquanto Kim tenta colocar o neto para dormir. Como previsto, Noah fica muito agitado, e já são quase nove da noite quando ele, enfim, pega no sono.

Kim anseia por um vinho, mas precisa permanecer lúcida e sóbria porque sua noite está longe de terminar. Ela se senta na sala de estar.

Tem alguma coisa passando na TV, algum programa barulhento de sábado à noite. Ryan está sentado na poltrona mexendo no celular, a perna balançando para cima e para baixo é o único sinal entregando sua ansiedade.

Ela liga para o número de Tallulah de novo. Mais uma vez cai na caixa postal.

Ela olha para Ryan.

— O Zach comentou alguma coisa? — pergunta ela. — Sobre pedir a Tallulah em casamento?

Ela sabe que sim, pelo leve movimento da cabeça de Ryan, e a perna que para de se mexer na hora.

— Por quê? — pergunta ele.

— Só queria saber. Encontrei um anel no bolso do casaco dele ontem. Pensei que talvez ele estivesse planejando pedi-la em casamento ontem à noite. Fazia sentido já que eles iam para um encontro.

— É, ele meio que disse que estava pensando nisso. Mas não falou quando ia pedir.

— O que ele disse exatamente?

— Só me perguntou o que eu achava. Se eu achava que ela ia aceitar se ele pedisse.

— E o que você respondeu?

— Eu disse que não fazia ideia. Porque eu não fazia mesmo.

Ela meneia a cabeça.

Então confere a hora. São nove da noite. *Já chega*, ela pensa, *já chega. Está na hora.*

Com o coração acelerado e um redemoinho nauseante na boca do estômago, ela liga para a polícia e abre uma queixa de pessoa desaparecida.

Um homem muito atraente bate à sua porta na manhã seguinte. Ele usa um terno cinza e uma camisa creme com a gola desabotoada, com a identificação em um cordão.

Puxa um distintivo do bolso da jaqueta e mostra para ela.

— Detetive Dominic McCoy — diz ele. — Você abriu uma queixa sobre uma pessoa desaparecida ontem à noite?

Kim assente.

— Sim, sim. Meu Deus, sim. Por favor, entre.

Ela quase não dormiu. Acabou levando Noah para a cama, porque, depois de acordar à noite, ele não conseguiu mais dormir no berço, e os dois ficaram ali, no escuro, piscando para o teto.

A certa altura, ele se virou para ela, agarrou sua bochecha com a mão quente e disse *amma*. Repetiu mais três vezes até ela perceber que ele estava tentando dizer mamãe. Que ele estava tentando falar sua primeira palavra completa.

— Pode entrar — diz Kim, levando Dominic McCoy para a sala de estar. — Posso te oferecer alguma coisa?

— Não. Acabei de tomar um café, estou bem. Obrigado.

Eles se sentam frente a frente ao redor da mesa de centro, e Kim passa para Noah um pacote de biscoitos para mantê-lo quieto por um tempo.

— Então, meu colega disse que a sua filha não voltou pra casa na sexta à noite? Isso está correto?

Kim concorda.

— A minha filha e o namorado dela. Ele mora com a gente. Nenhum dos dois voltou pra casa.

— E eles têm quantos anos?

— Dezenove anos, os dois. Completaram dezenove em março.

O detetive McCoy olha para ela de maneira estranha, como se ela não devesse se preocupar com adolescentes dessa idade.

— Mas eles são pais — continua ela. — O Noah… é filho deles. Por isso, não é normal eles simplesmente fugirem do nada. Eles são bons pais. Responsáveis.

Ele meneia a cabeça, pensativo.

— Estou vendo.

Ela se pergunta o que ele está pensando. Mas então responde às perguntas dele sobre os acontecimentos da sexta-feira e do sábado.

Dá a ele o endereço de Scarlett, o de Lexie e o de Megs. Quase menciona o anel de noivado, mas decide não falar nada no último minuto; não sabe bem por quê.

Meia hora depois, ele se levanta para sair.

— Então, o que você acha? — pergunta Kim. — O que pode ter acontecido com eles?

— Bem, não há nenhum motivo pra acreditar que alguma coisa aconteceu com eles. Dois jovens, muita responsabilidade, foi a primeira noite fora depois de muito tempo, talvez eles só tenham fugido.

— Não — rebate ela de pronto. — Com certeza não. Eles são dedicados ao filho. Os dois. Principalmente a minha filha. Ela é cem por cento dedicada a ele.

O detetive assente, pensativo.

— E o namorado, Zach? Você diria que ele era controlador de alguma forma? Algum sinal de abuso?

— Não — repete ela, quase rápido demais, tentando superar as dúvidas incômodas que começaram a surgir. — Ele adora a Tallulah. Idolatra ela. Até demais.

— Demais?

Ela percebe o que disse e recua.

— Não. Não demais. Mas ela às vezes fica meio irritada com isso, eu acho.

— Eu não me importaria de ser idolatrado desse jeito — diz ele com um sorriso.

Kim fecha os olhos e meneia a cabeça. *Os homens não sabem*, pensa ela, *não sabem como ter um filho te deixa insegura com a sua pele, seu corpo, seu espaço*. Quando você passa o dia inteiro se doando a um bebê de todas as maneiras possíveis de se doar a outro ser humano, a última coisa que você quer é um homem adulto querendo que você se doe para ele também. Os homens não sabem como um toque na nuca pode parecer um pedido, não um gesto de amor, como as questões emocionais se tornam difíceis, como o amor deles por você às vezes é demais, simplesmente demais. De vez em quando, Kim pensa que as mulheres praticam a maternidade sendo mães dos homens até se tornarem mães de verdade, deixando em seu rastro um vazio.

O detetive McCoy vai embora um minuto depois. Promete dar início a uma investigação. Ele não diz quando ou como. Kim o observa da janela que dá para a rua, entrando em seu veículo sem identificação, ajustando o espelho retrovisor, o cordão, o paletó e o cabelo, ligando o motor e saindo.

Ela se vira para Noah, que está na cadeirinha de balanço com um biscoito de arroz amassado na palma da mão, e força um sorriso triste para distraí-lo das lágrimas escorrendo pelo lado do nariz.

— Cadê a *amma*, Noah? Cadê? — pergunta ela.

13

AGOSTO DE 2018

Sophie se abaixa para ler a inscrição em uma pequena placa de madeira sob a roseira atrás do ponto de ônibus. Está escrito: "Tallulah Rose, até nos encontrarmos novamente."

Ela se ergue e olha ao redor, procurando a janela em que a mãe de Tallulah poderia estar observando a filha à espera do ônibus para a faculdade. Não há casas em frente ao ponto de ônibus, mas há uma pequena rua sem saída do outro lado do parque, bem perto da Maypole House. Daqui, Sophie consegue ver o reflexo da luz do sol nas janelas.

Cruza o parque novamente e segue em direção à rua sem saída. A rua é composta por cerca de seis casas dispostas em meia-lua em torno de um pequeno trecho gramado, com os carros estacionados meio em cima da calçada para dar espaço para outros veículos passarem. As residências são pequenas habitações do pós-guerra, com fachadas rebocadas e alpendres de madeira. Ela se vira para trás e olha para o outro lado do parque, tentando descobrir qual das casas teria vista para o ponto de ônibus. Duas delas parecem ter. Uma está bastante degradada, a outra parece luminosa e moderna, com cactos em potes acobreados na janela e um sofá de couro marrom coberto com almofadas de cores vivas visíveis contra a parede do fundo.

A matéria dizia que Tallulah e o namorado estavam bebendo no Swan & Ducks na noite em que desapareceram, o gastropub das redondezas que Peter Doody recomendou a Sophie e Shaun no dia em que chegaram. Sophie continua circulando o parque até chegar ao pub. A fachada é muito bonita, recém-pintada em tons de cinza tradicionais, com uma área frontal de cascalho e mesas e cadeiras redondas de madeira, enormes guarda-sóis cor de creme e placas escritas com giz anunciando o menu e as cervejas disponíveis.

Ela abre a porta. É um gastropub clássico: painéis de madeira, arte abstrata moderninha nas paredes, papel de parede estiloso, piso de madeira de demolição e iluminação com spots halógenos. A mulher atrás do balcão tem quarenta e poucos anos e é atraente de uma forma pouco convencional. Está vestindo uma camiseta preta justa de manga curta, uma calça preta e um avental amarrado na cintura. Seu cabelo escuro está preso em um rabo de cavalo. Ao se aproximar de Sophie, descansa as mãos no balcão, estampa um sorriso no rosto e diz:

— O que vai querer?

— Só um cappuccino, por favor. Obrigada.

— É pra já.

Ela se vira para a grande máquina de café cromada, e Sophie nota as tatuagens na parte interna de seus braços. A princípio, pensa que podem ser queimaduras ou cicatrizes, então vê que são pegadas de bebê.

— Suas tatuagens são muito fofas — diz ela. — Os pezinhos de bebê.

A mulher se vira, e Sophie vê seu sorriso sumir um pouco. Ela olha para um dos braços e toca a imagem do pé suavemente com a outra mão.

— Ah — diz ela. — Obrigada.

Ela continua fazendo o café. O chiado e o barulho da máquina são ensurdecedores, e Sophie não tenta engajar na conversa. Enquanto aguarda, seu olhar desce para os pés da mulher. Ela é delicada, mas usa coturnos de couro surrados e um tanto incongruentes. Algo se remexe na memória de Sophie. Já viu aquelas botas, e não tinha muito tempo.

Então ela se lembra: nas fotos do jornal da cidade, na procissão memorial de Tallulah, a mãe estava usando coturnos com o lindo vestido floral.

A mulher se vira para ela com o cappuccino na mão.

— Chocolate em cima? — pergunta ela, segurando a latinha de chocolate no alto.

E Sophie vê que é ela. É a mãe de Tallulah. Kim Knox.

Por um momento, fica em silêncio.

— Sim? Não? — diz a mulher, acenando com a lata.

— Desculpa, sim. Por favor. Obrigada.

A mulher polvilha o pó de chocolate sobre o café e desliza a xícara para ela. Sophie tateia dentro da bolsa à procura da carteira, quase não conseguindo fazer contato visual com Kim Knox, como se estivesse prestes a ser pega bisbilhotando. Paga com seu cartão e leva o café para uma pequena poltrona de veludo roxo ao lado de uma mesa de centro baixa. A partir daí, fica observando Kim Knox reabastecer as prateleiras com água tônica. Ela tem uma energia estranha, não parece pesar nem sessenta quilos, mas seus movimentos são os de alguém mais pesado. Um jovem entra no bar e se dirige à abertura no balcão.

— Oi, Nick — saúda ela quando o rapaz passa.

— Bom dia, Kim — retribui ele, antes de desaparecer por uma porta nos fundos.

Então definitivamente é ela. Kim Knox.

O jovem reaparece um minuto depois, amarrando um avental na cintura e arregaçando as mangas da camisa.

— Quer ajuda? — pergunta ele.

— Pode ser — aceita ela, se afastando um pouco para dar espaço a ele.

Sophie olha para baixo e finge estar mexendo no celular.

Ela se pergunta há quanto tempo Kim trabalha ali. Será que estava trabalhando ali na noite em que sua filha desapareceu? Há tanta coisa que quer saber e perguntar. Sophie sente sua dupla fictícia de detetives do sul de Londres, Susie Beets e Tiger Yu, começando a tomar conta de sua mente.

Quando está escrevendo, seu cérebro inventa mistérios para Susie e Tiger resolveram. É assim que funciona. Susie e Tiger não hesitariam em se aproximar dessa mulher bonita e triste e perguntar o que aconteceu com a filha dela. Simplesmente falariam com ela, é o trabalho deles. Mas não é o trabalho de Sophie. Ela não é detetive, é uma escritora e não tem o direito de invadir a privacidade dessa mulher.

Quando Sophie sai alguns minutos depois, Kim Knox sorri.

— Tenha um bom dia — diz ela, inclinando-se para pegar a xícara de café vazia de Sophie no balcão do bar, onde ela a deixou.

— Sim — diz Sophie. — Você também.

Sophie pega uma bicicleta velha do galpão colado à sua casa, remove as teias de aranha e as folhas secas e pedala em direção a Upley Fold.

Depois de uma manhã nublada, o sol está dando as caras devagar. A cerca viva cheira a cicuta e palha seca, e o ar está pesado e quente. Ela desmonta da bicicleta em frente à casa e atravessa a calçada de cascalho em direção à porta, onde coloca as mãos em formato de concha no vidro e espia o corredor. Há um pequeno leque de correspondências espalhadas no tapete diante da porta e uma lacuna debaixo da porta bloqueada por uma escova de vedação. Enfia a mão na mochila, procurando o cabide de arame que colocou ali justamente para esta eventualidade. Em seguida, se ajoelha e o desliza pelas tiras da escova. Acerta algo. Então se abaixa e manipula o cabide e o objeto até ficarem perto o suficiente de seus dedos, puxa suavemente, e lá está: um envelope.

É uma carta endereçada ao sr. Martin J. Jacques. Ela dá um suspiro de alívio. *Jacques*. Um nome incomum. Um bom nome para buscar no Google. Tira uma foto da carta e a empurra delicadamente de volta para o lugar.

Já são quase onze horas. Pensa nos poucos minutos que tem para bisbilhotar a casa antes de voltar à cidade para almoçar com Shaun. Circunda a casa, passando pelo bonito portão de ferro forjado com a parte superior arqueada que leva ao jardim dos fundos e à piscina. Espia pelas janelas. Entra em uma estufa e levanta vasos de planta leves como penas, observa as aranhas correndo pelos cantos. Há uma pequena espátula enferrujada no banco de madeira, e ela a enfia no bolso externo da mochila. Acaba de ter uma ideia.

A seta no pedaço de papelão na floresta aponta para baixo e ligeiramente para a esquerda. Ela não sabe se "Cave aqui" é uma instrução precisa ou uma sugestão geral, mas começa a cavar o mais próximo possível da ponta da seta. Sente um frio na barriga enquanto cava; seu sangue está cheio de adrenalina e pavor.

Catorze meses atrás, dois adolescentes desapareceram em algum lugar entre Dark Place e a cidade, possivelmente em algum ponto nesta floresta. A placa que parecia tão inocente há dois dias, a placa que pensou ser parte de uma dinâmica de grupo ou uma caça ao tesouro, a placa que ela ainda pensa ter visto em outro lugar, em outro momento da vida, agora carrega uma sombra de horror em potencial. Será que pode ser um pedaço de roupa rasgada? Um minúsculo fragmento de osso? Uma mecha de cabelo amarrada com uma fita de cetim desbotada? Ela prende a respiração enquanto a espátula penetra cada vez mais fundo na terra seca de verão. Cada vez que atinge uma pedra, inspira novamente.

Nove minutos depois, a ponta da espátula desloca algo pequeno e duro. Um cubo escuro. Puxa o objeto do chão com a ponta dos dedos e o espana. Há um logotipo dourado estampado nele, impossível de identificar, e, à medida que seus dedos deslizam pela superfície, ela se dá conta de que é uma caixinha de anel.

Ela abre a caixa com os polegares.

Dentro dela está um perfeito anel de noivado, dourado e brilhante.

14

JANEIRO DE 2017

As aulas na faculdade retornam, e Tallulah está satisfeita.

O Natal foi bom, o primeiro de Noah.

O pai dela, Jim, apareceu no dia de abrirem os presentes; essa foi a segunda vez que ele viu Noah desde que ele nasceu. Ficou hospedado em um quarto acima do Swan & Ducks por duas noites e até pagou o jantar de todos no dia 27. Ficou encantado com Noah, colocou-o sentado no colo, contemplou-o maravilhado e disse que era o bebê mais ossudo que ele já tinha visto. O pai de Tallulah era muito egocêntrico e distante, mas o fato de ter se tornado avô o amoleceu um pouco.

No entanto, a magia do Natal logo se dissipou e a novidade de ver Noah com sua roupa de duende natalino acabou. Na véspera de Ano-Novo, ela teve de ficar em casa sozinha enquanto a mãe ia ao pub com um grupo de amigos e Ryan ia a uma festa. Foi um dos primeiros momentos em que Tallulah se sentiu sufocada pelas responsabilidades e limitações da maternidade.

Por isso, quando Zach se ofereceu para acompanhá-la naquela noite, por mais que ela não quisesse criar expectativas sobre a possibilidade de reatarem, tampouco queria passar a noite sozinha com um bebê de sete meses.

Então ela disse sim.

Ele apareceu às nove da noite, vindo direto da casa de um amigo, cheirando levemente a cerveja e cigarros, o capuz levantado contra o vento frio, as mãos enfiadas nos bolsos e uma sacola pendurada no pulso.

Ela manteve a porta entreaberta para que Zach pudesse entrar, e ele se inclinou em sua direção para lhe dar um beijo rápido na bochecha.

— Feliz Ano-Novo — disse ele.

— Ainda não.

— O Noah está na cama? — Ele olhou para a escada.

Tallulah assentiu.

— Apagou faz um tempo.

— Desculpa, estou um pouco atrasado. Eles não tinham o que eu queria no mercadinho, então tive que passar no pub. A fila demorou um tempão. Estava lotado.

Abriu a sacola e deixou Tallulah espiar lá dentro.

Champanhe, ainda frio da geladeira.

Ela não conseguiu evitar o sorriso. Adorava champanhe.

— Vi sua mãe — disse ele, seguindo-a até a cozinha.

— Sério?

— Estava se divertindo.

— Que bom — disse ela, deslizando o champanhe para dentro da geladeira e pegando duas cervejas.

— Também trouxe um tira-gosto. — Tirou da bolsa dois sacos de *tortillas* e um pote de molho. — E esses, porque sei que são os seus favoritos. — Ele a presenteou com um saco de palitinhos cobertos com chocolate.

Ela sorriu novamente.

— Obrigada.

Eles se acomodaram em frente à TV com suas cervejas e tira-gostos. Foi a primeira vez que ficou sozinha com Zach em semanas, talvez meses. Normalmente ele vinha durante o dia para passar um tempo com Noah quando ele estava acordado. Tallulah achou que a situação poderia ficar um pouco estranha, mas não foi o que aconteceu. Ela e Zach se conheciam desde os catorze anos, quando ele se mudou para a escola de Tallulah vindo de um colégio para meninos numa cidade perto dali, onde sofria bullying. Fez amizade com ele porque Zach parecia legal e Tallulah sentiu pena dele, depois os dois começaram a namorar, e foi isso. Eram um daqueles casais de adolescentes que estavam juntos desde sempre, um casal sem muitas emoções, que não inspirava fofocas nem intrigas.

Então, talvez não fosse tão estranho o fato de Tallulah se sentir tão à vontade na companhia dele aquela noite. Eles tinham sido amigos, amantes, ex-amantes e agora eram pais. Não havia razão para não voltarem a ser amigos.

Não conversaram muito naquela noite, deixaram a televisão entretê-los, mexeram no celular e compartilharam memes engraçados. A certa altura, Zach arrancou o celular da mão de Tallulah.

— Me dá aqui — disse ele. — Quero ver as fotos da sua galeria. Deixa eu ver.

— Sai! — Ela riu. — Por quê?

— Só quero ver as fotos do Noah.

Ela deixou, e as fotos de Noah ocupavam praticamente 100% do armazenamento. Mas então a galeria mostrou a festa de Natal na faculdade, e Zach diminuiu o ritmo ver as fotos com mais atenção.

— Você saiu ótima nessa — disse ele, dando um zoom no rosto dela em uma selfie que ela e Chloe tinham tirado antes de voltarem para casa. — Estava maquiada.

— É — disse ela. — Só delineador. Minha mãe que fez.

— Fica bem em você — disse ele, virando-se e olhando para ela de um jeito estranho. — Você não costuma sair assim toda arrumada. E quem é essa? — perguntou ele.

Era uma selfie, tirada na pista de dança da festa de Natal quando ela e Scarlett estavam dançando Mariah Carey. Scarlett devia ter tirado. A câmera posicionada bem no alto, as duas felizes da vida com todos os dentes à mostra, sujas de purpurina, refletindo a luz.

— É a Scarlett, uma garota da faculdade.

— Você estava muito feliz — disse ele, dando zoom no sorriso delas. — Eu meio que pensei que você tinha esquecido como sorrir assim.

Tallulah soltou uma risada seca. Havia um tom acusatório na voz dele, como se ela de alguma forma o tivesse decepcionado por estar feliz.

— Pois é — disse ela —, estavam tocando Mariah Carrey. Você também estaria sorrindo.

— É só que eu nunca pensei que você fosse do tipo festeira — continuou ele.

Ela começou a ficar tensa. Era por isso que não queria voltar com ele. Ter um filho a havia transformado em todos os aspectos. Deixar a escola a transformara novamente. Ser solteira depois de três anos de relacionamento a transformara. Tallulah não era mais a garota delicada e romântica de antes da gravidez, antes de ele ir embora e largá-la sozinha. E no fundo ela sabia que aquela versão de Tallulah Murray era a única em quem Zach tinha qualquer interesse.

— As coisas mudam, né? — disse ela.

— Acho que sim — disse Zach, e havia um quê de tristeza em sua voz.

Poucos minutos antes da meia-noite, tiraram o champanhe da geladeira, pegaram um par de taças de vinho e foram para o quintal. O gato do vizinho ao lado sentou-se na cerca todo enrolado, olhando-os com curiosidade antes de se virar para fitar o céu. Fazia frio, e Tallulah estremecia ligeiramente. Já tinham bebido algumas cervejas, e quando Zach colocou o braço em volta dos ombros dela para aquecê-la, ela não o afastou. Usaram seus celulares para fazer a contagem regressiva até a meia-noite, Zach soltou a rolha e eles ouviram as pessoas ao redor aplaudindo, carros buzinando, fogos de artifício estourando na escuridão do céu. Ergueram suas taças de champanhe e disseram "Feliz Ano-Novo" um para o outro e se abraçaram. Enquanto se afastavam, Zach parecia prestes a beijá-la e ela pensou: *Não. Não, eu não quero te beijar. Não tenho certeza se vou querer te beijar de novo.*

— Porra, Tallulah — disse Zach. — Eu queria nunca ter feito o que fiz no ano passado. É, tipo, o maior arrependimento da minha vida. Você sabe disso, né?

Ela fez que sim com a cabeça.

— Você vai me perdoar algum dia? — Ele enroscou as mãos dela nas dele.

— Eu já te perdoei. Eu te perdoei há muito tempo.

— Então, por quê? — quis saber ele. — Por que a gente não pode começar de novo?

— Eu só... Eu não sei, só não acho que quero um relacionamento agora. O Noah é o suficiente pra mim.

Ela sentiu o aperto dele em seus dedos.

— Mas o Noah é nosso, nós dois fizemos esse bebê juntos. Isso une a gente, nos torna uma equipe. Não é mais só o nosso relacionamento, certo? É sobre nós três.

— Você pode ver o Noah quando quiser.

— É. — Suspirou ele, impaciente. — Eu sei disso, mas não é a mesma coisa, não é igual estar com ele vinte e quatro horas por dia, sete dias por semana. Como uma família.

— Sim, e não é isso que eu estou dizendo. Obviamente, seria melhor pro Noah se você estivesse aqui o tempo todo. Mas eu não sei se... — Ela pausou, ganhando tempo para encontrar as palavras certas. — Não sei se seria o melhor pra mim.

Ele riu com um ligeiro desdém.

— Lula, pelo amor de Deus — disse ele. — A gente se conhece desde os catorze anos. Nós dois sabemos que somos perfeitos um pro outro. Todo mundo sabe. Por favor. Me dá uma chance.

— Mas onde a gente ia morar?

— Aqui! — disse ele. — A gente podia morar aqui. Você tem aquela cama grande. A sua mãe me ama, o Ryan me ama. Escuta, deixa eu te dizer uma coisa — interveio ele rapidamente, ao notar a evidente falta de entusiasmo dela pela ideia. — A gente faz um teste, tá? De repente eu fico por uma noite. Mas não é nada do que você tá pensando — tranquilizou-a ele —, eu posso dormir no chão. Imagina o rosto do Noah de manhã, acordando e vendo o papai. E eu posso dar comida pra ele de manhã e deixar você descansar. Que tal? Não ia ser bom?

Ele sorriu para ela, usando as mãos para puxá-la mais para perto de modo que suas barrigas quase se tocassem, seus rostos separados por apenas um ou dois centímetros, seus olhos fixos nos dela.

— Não ia? — repetiu ele, beijando os nós dos dedos dela, olhando-a com malícia, um sorrisinho no rosto.

E algo dentro dela cedeu naquele momento, um frio na barriga de ansiedade acompanhado de leves arrepios na região da virilha, uma sensação de querer ser tocada por alguém, mas não por Zach, de querer ser desejada, mas de querer ficar sozinha, tudo ao mesmo tempo; e ela viu a boca de Zach mover-se em direção à sua, e ela se moveu em direção a ele e então eles se beijaram e todas as dúvidas se dissiparam num instante, toda a ambivalência cristalizada em um único desejo por ele, por isso, por carne, membros, bocas e tudo isso. Em um instante, estava contra a parede, com os braços e as pernas em volta dele, e tudo acabou em menos de um minuto e era o que ela queria, o que tanto queria. Depois ele a carregou, ainda dentro dela, os braços e pernas de Tallulah ainda enrolados em volta de Zach. Ele a girou pelo quintal, e ela estava sorrindo, sorrindo de verdade, o sangue sendo bombeado pelo seu corpo, a lua brilhando no céu de veludo, e, quando Zach disse "eu te amo Lula, eu te amo tanto", ela não pensou nem por um segundo antes de responder que também o amava.

Porque bem ali, bem naquele momento, Tallulah realmente o amava.

15

JUNHO DE 2017

O detetive McCoy deixa a casa de Kim lá pelas dez da manhã, e, por volta das onze, Kim recebe uma ligação de um número desconhecido. Ela presume que deve ser o detetive, que há notícias, uma atualização, um desenvolvimento de algum tipo. Seu coração imediatamente começa a bater muito forte e a adrenalina toma conta de seu corpo.

— Alô.
— Oi, é a Kim Knox?

É a voz de uma garota.

— Sim, é ela.
— Aqui é… a Mimi. Amiga da Scarlett. Ela disse que você queria falar comigo.
— Ah! — Kim puxa uma cadeira de jantar e se senta. — Mimi. Obrigada. Você pode falar agora?
— Posso. Claro.
— Eu só queria saber… — Kim começa. — Quer dizer, eu já falei com a Scarlett e a mãe dela. E com a Lexie. E nenhuma delas tem ideia do que aconteceu na noite de sexta-feira. Daí eu pensei que talvez você pudesse ter percebido alguma coisa, sabe? Alguma coisa que ninguém mais percebeu, que possa explicar o que aconteceu depois que a e o Zach foram embora.

Um breve silêncio se instaura, e ela ouve Mimi tragando. Imagina-a com um cigarro preso entre os dedos magros com unhas roídas.

— Olha... — Mimi começa. — Literalmente, a única coisa que consigo pensar é que eles podem ter brigado.

Kim inclina a cabeça um pouco para trás.

— Brigado?

— É. Eles pareciam meio, sei lá, como se tivesse alguma coisa rolando entre eles? Uma tensão?

Kim gira em direção à mesa de jantar e troca o celular de ouvido.

— Tipo o quê? — diz ela. — Você consegue descrever?

Mimi suspira.

— Eu entrei pra carregar o celular. — A Lula e o Zach estavam sentados, na salinha atrás da cozinha. Eles não me ouviram passando. Mas eu meio que espiei pela brecha da porta e vi que ele estava segurando os pulsos dela com bastante força e ela estava tentando se soltar, mas ele não largava, como se estivesse tentando impedir que ela batesse nele, ou de repente tentando impedir que ela fosse embora... Não sei. Estava muito irritado.

Kim hesita. As palavras de Mimi preenchem o espaço em sua cabeça habitado pelos próprios receios, o lugar onde ela se pergunta como Zach teria reagido a uma rejeição. Enquanto conversam, ela sente um embrulho no estômago. O "e se" começa a tomar forma e a possibilidade de Zach ser o responsável pelo desaparecimento de sua filha a deixa preocupada.

— Você ouviu algum deles dizer alguma coisa sobre um anel? Ou um noivado?

Há uma pausa longa do outro lado da linha, e em seguida:

— Não. Não ouvi nada do tipo. Os dois estavam bem quietos, na verdade. Pra ser sincera, eu não entendi por que eles foram. Não pareciam querer estar lá. Entende?

O domingo não acaba nunca.

Em vez de colocá-lo no berço, Kim leva Noah para um longo passeio de carrinho pela cidade para tirar uma soneca diurna, seus olhos examinando cada sebe, beco e fenda entre as casas. Ao passar pela

Maypole House, seu olhar vai para os fundos do terreno, onde fica a acomodação dos estudantes. Pensa no ex-namorado de Scarlett, Liam, a única pessoa que estava lá na noite de sexta-feira com quem ela não falou. Mas Kim tem certeza, como Lexie havia dito, de que ele não viu nem ouviu nada diferente dela, porque os dois tinham ido embora muito cedo.

Um momento depois, se vê diante do Swan & Ducks. A varanda da frente está abarrotada de gente, como sempre acontece no horário do almoço em domingos ensolarados: *prosecco* nas mesas em coolers, jarros de Pimm's, crianças em cadeiras altas sendo alimentadas com purê e linguiça picada por mães usando vestidos esvoaçantes e óculos de sol na cabeça, cachorrinhos *cockapoos* presos debaixo das mesas na sombra.

Kim conduz o carrinho de bebê pela multidão até o interior do pub, fresco e coberto. Tem menos gente ali dentro, então vai direto para o bar e reconhece o rapaz atrás do balcão: Nick. Ele é um ator desempregado que gosta de flertar com homens de meia-idade apenas para vê-los corar.

— Opa, oi — diz ele. — Não costumo ver você aqui durante o dia. O que vai querer?

— Ah, não — diz ela. — Não vim pra almoçar. Só estava pensando… você estava aqui na sexta à noite, né?

— Como sempre, sim. Eles me colocam pra trabalhar feito um corno.

— A Megs te contou sobre a minha filha e o filho dela?

— Contou. Eles voltaram bem?

— Não — diz ela, a voz ameaçando falhar. — Não. — Respira fundo e recupera o controle. — Eles ainda não voltaram. Já falei com a polícia. Acho que eles vão querer falar com você em algum momento, perguntar o que você viu.

— Meu Deus, Kim. Que coisa horrível. Você deve estar muito preocupada.

— Sim — diz ela, abrindo um sorriso tenso. — Estou mesmo. Mas eu só queria saber o que você viu exatamente.

— Bem, na verdade não muito, sinto dizer. Eles começaram a noite ali. — Ele aponta para um canto nos fundos do bar. — Bem tranquilos e bonitinhos. Ele comprou uma garrafa de champanhe. Os dois pediram frutos do mar. Estavam tão fofos. E aí tinha um outro grupo. Uma galera da Maypole, sabe? Falando alto, escandalosos. Se eu não me engano, eles conheciam a sua filha. Meio que se infiltraram na noite super-romântica dela. Eu me senti muito mal pelos dois.

Noah começa a se mexer no carrinho, e Kim o balança um pouco, distraidamente.

— Você viu alguma coisa estranha?

— Estranha? — Nick se vira e abre seu sorriso luminoso para um cliente que apareceu ao lado de Kim. Anota o pedido. Após um momento, se volta para Kim. — Não diria estranho, não. Muita bebida. Eu suspeito que talvez tenha rolado alguma entrega de drogas, mas não vi nenhuma evidência disso. Quando chegou a hora de fechar, eles todos só foram embora. Foi isso. — Ele olha para ela com tristeza e diz: — Porra, Kim. Tenho certeza de que eles vão estar em casa a qualquer minuto, eles vão voltar. Você sabe como adolescentes são.

Ela continua caminhando. Vai até a casa de Chloe, amiga de Tallulah, logo na saída da cidade, a última de uma fileira de pequenos chalés de fachada plana com portas que se abrem diretamente para a estrada principal. Chloe diz que não, ela não fala com Tallulah há um tempão. Mas também diz algo interessante. Quando Kim menciona que Tallulah foi vista pela última vez na casa de Scarlett Jacques em Upley Fold, Chloe semicerra os olhos e diz:

— Estranho.

— Por quê? — pergunta Kim.

Chloe dá de ombros.

— Tem alguma coisa estranha com a Scarlett e aquela galera. Alguma coisa, sei lá, sombria. E teve uma noite, ano passado, na festa de Natal da faculdade, quando eu estava sentada com a Lula, e a Scarlett a levou, de uma forma meio rude, não sei explicar direito, mas era como se a Lula já a conhecesse. Elas dançaram um pouco, depois saíram por uns dez minutos e a Lula estava toda nervosa quando voltou. Não consegui entender o que tinha acontecido. Quer dizer, pelo que eu sabia, a Scarlett e aquele pessoal são essa panelinha superexclusiva, nunca interagem com ninguém, e mesmo assim ela falou com a Lula. Foi esquisito. De qualquer forma, não conversei muito com a Lula depois disso.

Kim faz uma careta.

— Depois da festa de Natal?

— Isso. Quer dizer, a gente diz oi quando se vê, mas não saímos mais juntas.

— Mas e em fevereiro? Quando você estava... passando pelo que você estava passando?

Chloe olha para ela, confusa.

— Você estava se sentindo muito pra baixo e a Tallulah veio dormir com você.

— Tem certeza de que era eu?

— Sim, em fevereiro, a Tallulah me disse que você estava muito deprimida e que ela precisava passar a noite aqui para caso você pensasse em fazer alguma besteira.

Chloe balança a cabeça.

— Meu Deus, não. Não, isso nunca aconteceu. Eu não fiquei deprimida e ela não dormiu aqui. Juro que a Lula e eu praticamente não trocamos uma palavra este ano. A gente quase não se viu. Acho que ela mentiu pra você.

16

SETEMBRO DE 2018

Durante o fim de semana antes do início do semestre, o terreno da Maypole House vai se enchendo aos poucos. Os prédios vazios ganham vida com o movimento das pessoas, os sons de vozes e música, de portas se abrindo e fechando, toques de celular, motores de carro, risos e gritos.

Sophie se sente estranha, menos como se ela estivesse no meio do nada, como temia, e mais como se, na verdade, estivesse no meio de tudo. Do jardim em frente à cozinha, ela fica sentada assistindo aos alunos saírem de seus quartos e se dirigirem ao prédio principal para o café da manhã. Alguns deles correm de manhã ao redor do pátio. Começa a reconhecer certos rostos, grupos de amigos, e consegue dizer, mesmo à distância, quem é calouro e quem é veterano, pela confiança com que cruzam o terreno da escola.

Na noite de domingo, antes do início oficial do período letivo, acontece o que é chamado de jantar do dia de inscrição. O dia de inscrição é o mais movimentado antes do novo semestre, quando a maioria dos alunos chega para se instalar e se inscrever nas matérias. Na realidade, a maior parte disso é feita on-line antes de os alunos pisarem no campus, mas é uma tradição antiga e uma boa maneira dos alunos conhecerem seus colegas de classe antes de entrarem na sala de aula. Depois acontece o jantar que, de acordo com Shaun, é o que realmente importa.

Antigamente era um evento em que todos ficavam sentados, mas desde que o novo alojamento foi construído, dez anos antes, dobrando o tamanho do corpo estudantil, o jantar se transformou em uma festa com bufê e DJ.

Sophie, por algum motivo, quer ficar linda para a festa. Não apenas bonita, mas incrível, de tirar o fôlego, para que todos os alunos falem pelas costas dela coisas como: "Pô, a namorada do sr. Gray é muito gata, né?" Por algum motivo, quer ganhar a aprovação de alguns daqueles garotos atraentes que viu correndo pelo campus. Não dos mais jovens, obviamente, mas dos de dezenove anos, os quase homens com seus bronzeados de verão, seus cabelos vistosos e seu andar confiante.

Ela veste uma blusa de cetim preto com acabamento de renda na bainha e nas costas. Combina com uma calça preta justa e sandálias pretas de salto alto, e prende o cabelo em um rabo de cavalo lateral que cai por cima do ombro. Enche o rosto de produtos que prometem *luminosidade* e *brilho*.

Shaun dá uma olhada, e depois mais uma, quando ela surge no corredor.

— Meu Deus, uau, Soph, você está linda — diz ele.

E ela percebe que ele está falando sério.

O barulho do salão principal é ensurdecedor. O teto é forrado de madeira, e as janelas são tão altas que só servem para deixar entrar luz, não para admirar a vista. Mas há três pares de enormes portas duplas abertas para o gramado, onde foi montada uma tenda com mesas e cadeiras dispostas ao sol do fim de tarde. Sophie e Shaun caminham juntos pelo gramado, o braço dela enlaçado no dele, sorrindo para as pessoas e parando para dizer oi. Eles encontram uma mesa vazia, e Shaun deixa Sophie ali para ir buscar bebidas. Enquanto ela o espera, seu olhar viaja pelos jovens ao redor, colados uns nos outros em grupinhos impenetráveis, e é ligeiramente aterrorizante a força e a inocência deles, daquelas criaturas que sabem de tudo e de nada ao mesmo tempo. Não é apenas a juventude deles que reluz, ela pondera enquanto os observa, são suas origens, seu privilégio, insinuados na forma como tocam seus cabelos, na maneira como seguram o copo, no modo como mexem com tanta indiferença em seus celulares. Eles não vêm dos mesmos lugares que as pessoas comuns e exibem o verniz brilhante do dinheiro que reluz através da aparência largada.

Sophie vem de um bairro humilde, onde as pessoas só conseguem comprar um único carro que será usado até enguiçar, frequentam escolas públicas, fazem compras da semana no mercado e comem biscoitos na casa da avó todos os sábados. Não lhe faltara nada: sempre havia comida, férias no exterior, compras na Oxford Street e jantares fora nas noites de sexta-feira; sempre havia o suficiente de tudo. Sua vida era perfeita. Mas era fosca, não reluzente.

Ela pensa em Dark Place, na família Jacques, na piscina que um dia devia ter tido um brilho azul glacial no sol de verão, a arte que um dia devia ter sido exibida nos pedestais de acrílico, a música que um dia devia ter se espalhado através das portas duplas e pelos gramados bem cuidados, o riso distinto de pessoas com vários carros e cavalos e chalés nos Alpes. A filha deles, Scarlett, já havia estudado aqui, de acordo com Kerryanne Mulligan.

Shaun reaparece com duas taças de vinho e se senta ao lado de Sophie.

— Desculpa, demorei muito — diz ele. — Caí numa emboscada.

— Vamos beber — diz ela — e depois nos enturmar.

— Argh, sério? A gente tem mesmo que fazer isso? — pergunta ele, encostando a testa em seu ombro nu.

Ela faz um carinho na nuca dele e ri.

— Eu acho que a gente tem, sim. Você é basicamente o rei. Tem que dar as caras.

— Eu sei. — Ele levanta a cabeça e coloca a mão no joelho dela. — Eu sei.

Eles tomam o vinho e, logo depois, junta-se à mesa deles um casal chamado Fleur e Robin, que lecionam geografia e fotografia, respectivamente, e moram em um chalé nos arredores da cidade, são muito falantes e têm um border terrier chamado Oscar e um coelho chamado Bafta. No meio da conversa, um homem de meia-idade chamado Troy, que tem uma barba magnífica, também se junta a eles.

Troy é o professor de filosofia e teologia, mora no campus e tem muitas recomendações de delicatéssens, lojas de vinho e açougues locais. Alguém leva Shaun para longe, e por um tempo ficam apenas Sophie e Troy, mas a conversa flui e logo chega alguém com sotaque francês e alguém com sotaque espanhol e, em poucos instantes, a mesa é invadida por pessoas cujos nomes ela mal tem tempo de entender, quanto mais seus empregos ou funções na escola. Então, ela nota um homem mais jovem, parado na lateral do grupo reunido em torno de sua mesa: ele está segurando uma cerveja com uma das mãos enquanto a outra está no bolso de uma bermuda chino azul-marinho. Seu cabelo castanho é curto e ondulado e ele usa uma camisa branca com as mangas enroladas um pouco acima dos cotovelos e tênis branco, sem meias. Tem um belo porte físico. Lembra um pouco aquele ator, um daqueles que se chama Chris... Sophie nunca sabe direito quem é quem.

Ele está conversando com uma mulher mais velha. Sophie percebe que o homem não a conhece muito bem, que está se esforçando para ser charmoso e educado. Ela o vê se virar vagamente em sua direção, como se pudesse sentir os olhos dela nele, então Sophie desvia o olhar. Quando olha novamente, vê que a mulher mais velha se virou para falar com outra pessoa e o deixou sozinho. O homem leva a garrafa de cerveja aos lábios e dá um gole pensativo. Percebe que Sophie está olhando para ele e sorri.

— Você deve ser a companheira do sr. Gray — diz ele, aproximando-se dela.

— Sim — confirma ela, animada. — Meu nome é Sophie. Muito prazer.

Ele passa a garrafa de cerveja para a outra mão e oferece um cumprimento.

— O prazer é meu. Sou o Liam. Professor assistente. Trabalho com crianças com necessidades especiais. Dislexia, dispraxia, esse tipo de coisa.

Ele é eloquente, mas tem a aspereza de um sotaque de Gloucester.

— Nossa, que interessante.

Ele assente, enfático.

— Sim, é incrível. Quer dizer, não é, tipo, o sonho da minha vida nem nada assim; é temporário, mas por enquanto tem sido muito satisfatório.

— E qual é o seu sonho?

— Ah, sim, pois é. — Ele passa a mão na nuca e franze o cenho. — Ainda não descobri. Ainda estou tentando encontrar, eu acho. — Ele sorri. — Vinte e um anos com mentalidade de quinze. Defeito de fábrica.

Ele parece se desculpar, e Sophie se vê tranquilizando-o.

— Não — diz ela —, você tem um trabalho muito importante, já faz mais do que vários garotos da sua idade hoje em dia.

— É, talvez. — E então pergunta: — Mas e aí, o que está achando da Maypole House?

Ela olha ao redor e meneia a cabeça.

— É. Até que estou gostando — diz ela. — Não estou muito acostumada. Quer dizer, eu sou londrina, nascida e criada, nunca morei em outro lugar, então morar no interior é um choque pra mim.

— Ah, isto aqui não é morar no interior — diz Liam. — Não mesmo, vai por mim. Fui criado em uma fazenda de gado em Gloucestershire. Aquilo era vida no interior. Aqui é só um lugar agradável para quem não quer morar na cidade.

Sophie sorri.

— Justo, eu acho. — E então pergunta: — Há quanto tempo você trabalha aqui?

— Bem... — Ele sorri timidamente. — Na verdade, estudei aqui, acredite ou não. Fui enviado pra cá pelos meus pais aos quinze anos porque estava ficando muito... distraído na minha antiga escola. Daí gostei daqui e continuei. Mas fui reprovado. Tentei de novo. Fui reprovado. Pensei em tentar outra vez... Então, sim, estudei aqui por...

— Ele estreita os olhos enquanto faz as contas de cabeça — Quatro anos mais ou menos? Deve ser um recorde histórico da Maypole.

A maioria dos alunos não fica aqui por muito mais do que um ou dois anos. E agora eles não conseguem se livrar de mim.

Ele ri, e Sophie ri também. Então ela diz:

— Pelo visto, você deve saber muito sobre o lugar, sobre a história daqui.

— Sou o maior especialista do mundo em Maypole House, sim, é isso mesmo.

— Se o Shaun precisar saber de alguma coisa, você é o cara com quem ele deve conversar?

— Sim, acho que sou. É só me perguntar. É comigo mesmo.

— Por falar nisso... você estava aqui no verão passado? — começa ela, cautelosa. — Quando aqueles adolescentes desapareceram?

Uma expressão anuviada passa pelo rosto dele.

— Sim — responde ele. — Eu estava aqui na época. Não só aqui, mas também lá.

— Lá?

— Sim. Na casa. Na noite em que eles desapareceram. Digo. Eu era amigo da Scarlett, a garota que morava lá. Eu não vi nada, obviamente. Não sabia de nada. Mas, sim. Foi tudo muito chocante. Muito chocante. — Ele muda de assunto rápido, para a frustração de Sophie.

— E você? Trabalha com quê? Se você morava em Londres, teve que largar seu emprego, ou...?

Ela balança a cabeça.

— Não — diz ela. — Quer dizer, eu já fui professora assistente, como você, na verdade. Em uma escola primária em Londres. Mas agora sou autônoma, posso trabalhar de casa, então as coisas não mudaram tanto. Mesmo assim, sendo bem sincera, ainda não consegui voltar a ter disciplina. Ando muito distraída.

Sophie ri, mas na verdade está preocupada com o fato de que, depois de quase uma semana na Maypole House, não escreveu uma palavra sequer de seu último livro. Toda vez que abre o arquivo e começa a digitar, ela começa a pensar em Tallulah Murray, em Dark Place, em Scarlett Jacques, na roseira do outro lado do parque, nos pés de bebê cor-de-rosa tatuados no braço de Kim Knox e no anel de noivado dentro da caixa preta empoeirada que escondeu em sua gaveta de maquiagem. Pensa em Martin Jacques, que ela pesquisou no Google após bisbilhotar sua correspondência. Reflete sobre o homem que viu na internet, alto e abatido com ralos cabelos grisalhos e expressão severa, o homem que é descrito no LinkedIn como o CEO de uma empresa de fundos de cobertura com sede em Guernsey e que atualmente está, de acordo com outro resultado do Google, morando sozinho em Dubai depois de se separar da esposa.

Não encontrou nenhuma menção a sua ex-esposa ou a filhos adultos em nenhuma página da internet, mas o divórcio parecia a explicação óbvia para Sophie do porquê Dark Place ter sido abandonada naquele estado.

— Ah, entendi — diz Liam. — Tenho certeza de que, quando a rotina da escola começar, a sua vai também.

Ela sorri, agradecida.

— Espero que seja uma boa influência — diz ela. — Obrigada. Você é muito sábio.

Ao dizer isso, ela vê Shaun aparecer por cima do ombro de Liam. Por um segundo, fica impressionada com o contraste entre eles: os vinte anos que os separam. Shaun, mesmo com toda a sua beleza e carisma, tem idade para ser pai de Liam.

— Oi — diz ele, estendendo a mão para o rapaz. — Liam, né?

— Sim, isso. Bom te ver de novo.

Outras pessoas aparecem, e a conversa toma outro rumo, e logo Sophie não está mais falando com Liam, que foi absorvido por outro grupo. Ela se vê sozinha e caminha pelo gramado em direção ao bar na tenda. Pega uma segunda taça de vinho e a leva para fora. Mesmo do outro lado do gramado, consegue ver Shaun, absorto em uma conversa profunda com Peter Doody e Kerryanne Mulligan.

Então, observa Liam caminhando pela grama em direção ao salão principal e, num impulso, vai atrás dele. Ele segue pelo corredor e atravessa as portas para o outro lado. Em seguida, cruza o pátio dos fundos e se dirige ao alojamento. Sophie o vê digitar o código de segurança no painel e, após um zumbido e um clique, ele entra. Ela se senta em um banco no pátio, feliz por ter um momento sozinha antes de voltar para a aglomeração. O vinho está quente, mas o toma assim mesmo. Sophie inclina o rosto, com os olhos fechados, para o sol da tarde que brilha através de nuvens arroxeadas, ouvindo o barulho distante de risos e conversas.

Estremece ligeiramente para se endireitar e então abre os olhos, e ao fazê-lo, vê um par de pés bronzeados pendendo das barras de uma varanda no terceiro andar do alojamento, a lombada de um livro de bolso e uma cerveja gelada na mesa.

É Liam.

Por um breve momento, cogita chamá-lo, se convidar para entrar, tomar uma cerveja gelada com ele e perguntar o que ele acha que realmente aconteceu em Dark Place naquela noite.

Ela balança a cabeça, então passa outra vez pelo salão e volta para a festa.

17

JANEIRO DE 2017

Zach passa a noite com Tallulah na véspera de Ano-Novo e não vai mais para casa. Quando Tallulah acorda para o primeiro dia de aula depois do recesso de cinco dias, Noah e Zach estão na cama com ela. Ela e o ex-namorado não transaram novamente desde a noite de Ano-Novo, mas se sentam lado a lado no sofá à noite, dão beijos de bom dia e de despedida, se abraçam e se tocam.

Kim está feliz. Tallulah sabe que sua mãe sempre se sentiu culpada por se casar com um homem que não foi feito para a turbulência da vida familiar, que voltou correndo para a mamãe no minuto em que ela disse que precisava dele e que os deixou para trás sem um pingo de remorso. E Tallulah percebe que ela está feliz porque a filha e Zach vão tentar ser uma família unida e porque ele vai aliviar um pouco a pressão sobre Tallulah como mãe solo.

Tallulah dá um beijo de despedida na mãe em seu primeiro dia de aula. No jardim da frente, olha para cima e vê Zach e Noah na janela de seu quarto, Zach segurando a mãozinha de Noah e acenando. Lê seus lábios dizerem "Tchau, mamãe. Tchau, mamãe." Então sopra beijos para eles e se afasta.

No ponto de ônibus, Tallulah se vê procurando Scarlett. Ela nunca mais apareceu ali depois daquela vez, e Tallulah não a viu depois da festa de Natal, mas por algum motivo Tallulah não parava de pensar em Scarlett. As duas interações que tiveram foram significativas, e ela sente que algo está prestes a acontecer, um terceiro ato, uma conclusão.

O ônibus chega. Tallulah dá uma última olhada no parque, na direção da Maypole House, suspira e embarca.

Depois do almoço naquele dia, Tallulah decide visitar o bloco de artes. Nunca foi lá. É um prédio quadrado e atarracado no meio do campus, meio feio. Os corredores internos são decorados com fileiras de autorretratos um tanto alarmantes. Ela encontra uma porta no fim do corredor que diz "primeiro ano, belas-artes" e espia pela janela. A sala está vazia, mas trancada. Passa por mais corredores repletos de mais arte e, em seguida, encontra um quadro intitulado "Scarlett Jacques 1a".

Tallulah para. É um retrato de Scarlett com uma camiseta curta e shorts largos, sentada em uma enorme cadeira de veludo vermelho semelhante a um trono, usando uma tiara enviesada na cabeça, tênis de cano alto, o cabelo penteado para trás, brincos de argola, os pulsos cobertos de elásticos de cabelo. A seus pés está sentado um cachorro marrom gigantesco, quase do mesmo tamanho de Scarlett, também usando uma coroa. Ambos olham diretamente para o espectador, o cachorro orgulhoso, Scarlett desafiadora.

É uma imagem impressionante. Atrai o olhar primeiro para Scarlett, depois para todos os outros detalhes: uma pilha de pratos creme e prateados no chão refletindo a luz, uma pequena janela atrás com a sugestão de um rosto, como se a observasse. Há uma arma na mesa, um iPhone, um prato com um coração fresco e vermelho que ainda parece bater. Em outra mesa há um bolo com uma fatia faltando, e a faca usada para cortá-lo tem uma gota de sangue.

Tallulah não tem ideia do significado do quadro, mas acha a pintura linda. Tudo em tons de rosa, verde e cinza-claro desbotados pelo sol, com manchas e traços forte em vermelho. Ela se pega murmurando um "nossa".

— Ela é incrível, né?

Tallulah se vira ao ouvir a voz atrás dela. Achou que estava sozinha. É uma das integrantes do grupinho de Scarlett. Não consegue se lembrar do nome.

— É, digo, nunca tinha visto o trabalho dela, mas esta pintura é incrível.

— Sabia que ela foi embora?

Tallulah hesita, sentindo um frio na barriga.

— O quê?

— A Scar foi embora. Ela não vai voltar.

A garota faz uma expressão de desdém.

— Mas por quê?

— Ninguém sabe. Eu mando mensagem o tempo todo, mas ela só diz que vai me contar quando puder, que não pode falar nada agora, então, é isso...

Tallulah se vira de novo para a pintura.

— Que desperdício — diz ela.

— Pois é — concorda a garota. — Ela é uma idiota do caralho. Tanto trabalho, tanto talento, e ela simplesmente mete o pé. Mas é isso. Scar é assim. Um enigma. Envolta em uma colcha de mistérios. — Ela sorri. — Você é a Tallulah do busão, né?

Tallulah assente.

— Mimi. A gente se conheceu na festa de Natal.

— Ah, sim. Oi.

Mimi inclina a cabeça para Tallulah e pergunta:

— Está estudando arte?

Tallulah balança a cabeça.

— Não, só me deu vontade de vir dar uma olhada. Me disseram que era muito legal.

Mimi a observa com curiosidade por um instante. Em seguida, junta os calcanhares, endireita-se e diz:

— Enfim, vou nessa. E, se você vir a Scarlett lá pelas suas bandas, manda ela parar de ser uma idiota de merda e me ligar, pode ser?

Tallulah sorri.

— Sim — diz ela. — Pode deixar.

*

Depois disso, Tallulah procura Scarlett toda vez que sai de casa. Sabe que o namorado dela, Liam, é aluno na Maypole House, então é bem possível que Scarlett dê as caras na cidade. Vez ou outra, Tallulah olha as fotos no celular e procura pelo registro com Scarlett na festa de Natal. Tenta se lembrar de como se sentiu naquela noite, da pessoa que era quando estava sob o brilho incandescente da atenção de Scarlett. Procura no Google o nome da garota de vez em quando, apenas no caso de ela ter ido parar nos jornais de alguma forma. Tallulah não sabe onde Scarlett mora, só sabe que a casa dela fica em algum lugar a uma curta distância da cidade, o que poderia ser qualquer lugar; há pelo menos três cidadezinhas perto de Upfield Common, e as estradas entre elas são cheias de entradas particulares que levam aos tipos de casas grandes nas quais Tallulah imagina que Scarlett deve morar.

Até que um dia, durante a última semana de janeiro, Tallulah avista Scarlett saindo do banco do passageiro de um carro estacionado em frente ao mercadinho na rua principal da cidade.

Está de pijama, com seu casaco de pele falsa por cima. Cabelo desgrenhado, tênis surrados e meias fofas. Ao volante, Tallulah vê um jovem. Ele está olhando para o celular e curtindo o baque surdo da música que emana do carro. Um instante depois, Scarlett surge com uma sacola de compras e entra no veículo. O jovem olha para ela brevemente, bloqueia o celular e dirige o carro rumo à estrada que vai para Manton.

Tallulah fica parada, observando o carro desaparecer como se pudesse obter uma pista sobre seu destino. Então se lembra de algo. Sua mãe havia mencionado alguns dias atrás ter visto Keziah, uma das melhores amigas de Tallulah da escola primária, trabalhando no mercadinho. Tallulah não vê Keziah há meses. A última vez foi lá pela metade da gravidez, quando Keziah colocou a mão na barriga de Tallulah e fez um som como se estivesse prestes a desmaiar de tão maravilhada.

Keziah está no caixa quando Tallulah chega um momento depois. Seu rosto se ilumina ao vê-la.

— Lula! — exclama ela. — Onde você estava se escondendo?

Tallulah sorri e dá de ombros.

— Tenho ido de carro nos mercados maiores agora — diz ela. — Fica mais fácil com os pacotes de fralda, as latas de fórmula e tal.

Keziah sorri calorosamente para ela.

— Como está o bebezão?

— Ah. Ele é incrível — responde ela.

— Já está fazendo de tudo, aposto.

— Ainda não. Ele é muito novo. Mas pelo menos é bem tranquilo. Um pequeno Buda.

— Em casa com a sua mãe?

— Sim, está com ela. E com o Zach.

— Ah — diz Keziah. — Pensei que vocês dois tivessem...

— Sim, nós terminamos, mas depois voltamos. Por volta do Ano-Novo.

Keziah abre um sorriso largo para ela.

— Ah, que incrível. Fico muito feliz. Vocês dois foram feitos um pro outro.

Tallulah força um sorriso.

— É bom — diz ela —, bom pro Noah. E é ótimo ter outro par de mãos também, sabe como é.

— Você está tão diferente — comenta Keziah.

— Eu?

— É, você parece meio... Sei lá, toda adulta. Muito linda.

— Ah, obrigada — diz Tallulah.

— Você devia sair com a gente qualquer dia desses. Comigo e com as meninas.

— Sim. Eu gostaria. — Não tem certeza se gostaria. Sempre achou que houvesse uma razão pela qual não mantivera contato com seus amigos da escola, mas nunca teve certeza de qual poderia ser... Algo profundamente arraigado e subconsciente, algo que mesmo agora a faz se sentir estranha ao contemplar a ideia de um reencontro.

— Sabe aquela garota — diz ela —, a que acabou de entrar aqui de pijama? Você conhece ela?

— Aquela escrota, você quer dizer?

Tallulah balança a cabeça levemente, tentando alinhar a maneira como vê Scarlett com a maneira como outra pessoa pode vê-la, e então diz:

— Sim. Aquela com o casaco de pele.

— Sim. Essa é a garota que mora em Dark Place.

— Dark Place?

— É. Sabe aquela casa grande e velha em Upley Fold?

Tallulah balança a cabeça.

— Você com certeza conhece — diz Keziah. — É tipo a maior casa da região.

Tallulah balança a cabeça novamente e diz:

— O que ela comprou?

Keziah dá um sorriso zombeteiro.

— Por que quer saber?

— Sei lá. É que ela... Eu meio que conheço ela da faculdade, e ela desapareceu do nada, ninguém sabe por quê. Acho que só estou sendo meio intrometida.

— Ela comprou rum, tabaco e absorventes internos. — Keziah revira os olhos. — Uma escrota.

— Ela disse alguma coisa?

— Você está brincando comigo, né? Como se alguém como *ela* fosse conversar com a garota do caixa no mercadinho. — Ela bufa e então olha por cima do ombro de Tallulah, vendo um cliente à espera de atendimento. — Tenho que trabalhar — diz ela. — Muito amor pro bebezão. Traz ele aqui da próxima vez, pra eu poder ver como ele está. Pode ser?

Tallulah sorri.

— Vou trazer. Prometo.

Ela volta andando para casa devagar, pesquisando "Dark Place" no celular com um polegar. Uma página mostra o que parece ser uma casa de conto de fadas ou de uma história de fantasmas; seus olhos passam pelo texto e captam fragmentos de uma história sobre plantações de café, gripe espanhola, tentativas de assassinato e pessoas tendo os olhos bicados por corvos. Ela se pergunta por que a casa não é famosa ou aberta ao público, como um lugar daquele poderia ser apenas uma residência de família, o lugar onde Scarlett mora, para onde ela está indo agora com seu tabaco, seu rum e seu pacote de absorventes internos.

De repente, a curiosidade a invade, e Tallulah se agacha para procurar seu *planner* da faculdade na mochila. Ela o abre na última página e examina a lista de contatos até seu dedo tocar no nome de Scarlett. Antes que mude de ideia, ela envia um e-mail:

Oi, Scarlett. Aqui é a Tallulah do busão. Só salvando seu contato. Espero que você esteja bem. Vejo você por aí. Beijão, T.

Ela clica em enviar antes que mude de ideia, coloca o *planner* de volta na mochila e vai para casa, para o seu filho.

18

JUNHO DE 2017

Kim liga para o detetive McCoy às oito da manhã de segunda-feira. Ele demora um tempinho para atender.

— Detetive McCoy.

— Oi. Desculpa ligar tão cedo. Aqui é a Kim Knox, de Upfield Common. Queria saber se você tem alguma novidade sobre a minha filha, Tallulah Murray.

— Ah, sim, oi, Kim. — Ela consegue ouvi-lo folheando papéis ao fundo. — Desculpa. Não temos nada pra relatar ainda, infelizmente. Fomos até a casa em Upley Fold, falamos com a família lá. Mas não deu em nada. Estamos indo para a cidade agora, alguns dos meus agentes estão indo até o pub, o, hum... — mais papelada sendo folheada — ... Swan & Ducks, pra conversar com o gerente de lá, ver se eles podem lançar uma luz sobre o caso.

— Mas e a floresta? — questiona Kim. — Você vai mandar alguém pra floresta? Porque ainda é possível que eles estejam lá em algum lugar. Que eles tenham decidido voltar a pé quando não conseguiram pegar um táxi, algo assim... Eles podem ter caído em um poço antigo ou alguma coisa do tipo...

Ela prende a respiração. Quase não consegue se forçar a dizer o que está prestes a dizer, mas precisa continuar porque é relevante, é importante.

— Talvez eles tenham brigado — diz. As palavras se atropelam. — A amiga da Scarlett, Mimi, me disse que viu os dois discutindo na casa da Scarlett. Pelo visto, o Zach estava tendo uma interação meio... física com a Tallulah. Ele estava segurando os... os pulsos dela.

Ela ouve o detetive McCoy ficar imóvel. Os papéis param de se agitar.

— Certo — diz ele. — E esse tipo de interação física... Havia muitas evidências disso entre eles? Pelo que você percebia em casa? Durante o nosso papo no domingo tive a impressão de que eles eram bastante fofos um com o outro.

Lá está ela de novo. *Fofos*. A mesma palavra que Nick do pub usara para descrevê-los no dia anterior.

Ela suspira.

— Bom, a questão é que ele é. O Zach é fofo. Ele é o romântico da relação. Muitas vezes eu sentia que a Tallulah só o aturava. Que ela preferia ficar sozinha. Mas não, eu nunca o vi sendo violento com ela.

— Nunca ouviu nada atrás de portas fechadas?

— Não. Nada desse tipo. Quer dizer, o Zach tem um temperamento explosivo às vezes. Mas nunca com a Tallulah. Nunca com o bebê.

— Então... — diz o detetive McCoy, e Kim ouve o ranger de uma cadeira enquanto ele muda de posição — ... o que você acha que pode ter causado a briga que a amiga da Tallulah disse ter visto na sexta à noite?

A mente de Kim volta ao anel de noivado no bolso da jaqueta de Zach, à conversa que Ryan se lembra de ter tido com Zach sobre a ideia de pedir Tallulah em casamento. É algo tão íntimo para compartilhar com um estranho, como se ela estivesse entregando um pedaço do coração de Zach. Mas tem que contar ao detetive; poderia, como não consegue parar de pensar, ser a chave para tudo.

— Na sexta-feira de manhã — começa ela, hesitante —, encontrei uma coisa no bolso da jaqueta do Zach. Um anel. Parecia um anel de noivado. Um anel de ouro com um diamante. E o meu filho, Ryan, disse que o Zach comentou vagamente sobre pedir a Tallulah em casamento. Ontem eu estava conversando com o barman do Swan & Ducks, e ele disse que o Zach e a Tallulah estavam tomando champanhe naquela noite antes de se juntarem à Scarlett e ao pessoal dela. E é possível que ele tenha feito o pedido a ela. Ela pode ter... — Ela faz uma pausa, engole em seco. — Ela pode ter dito não.

Há uma ligeira pausa, e então o detetive McCoy diz:

— Acha que o Zach pode ter reagido negativamente a isso?

— Eu não... — Kim prende a respiração. — Não sei o que achar. Mas é *possível*, sim, que eles tenham começado a brigar voltando da casa da Scarlett e que o Zach tenha perdido a paciência e... que algo tenha acontecido e agora ele esteja se escondendo em algum lugar. É possível, só isso.

Mas, mesmo enquanto as palavras saem de sua boca, ela sabe que não é apenas possível, é provável. Qual é aquela máxima? *É sempre o marido.*

— Certo — diz ele. — Bom, acho que agora temos o suficiente pra mandar um grupo de busca pra lá. Deixa comigo, sra. Knox.

— Senhorita.

— Perdão. Srta. Knox. Deixa comigo. E eu volto a entrar em contato a respeito dos horários exatos e tal.

— Já procuramos um pouco — diz ela. — No sábado. Alguns de nós. Na floresta.

— Sério?

— Não encontramos nada. Pelo menos acho que não tocamos em nada nem atrapalhamos. Acho que...

— Está tudo bem — interrompe ele. — Tenho certeza de que está tudo bem. De todo modo, eu entro em contato com os detalhes assim que os tiver. E, antes de ir, gostaria de falar com a família do Zach. Por acaso você tem um número de celular ou endereço?

— Tenho, claro. — Ela passa o endereço de Megs e diz: — Não vai dizer nada a eles, vai? Sobre o que eu falei a respeito do Zach? Quer dizer, nós temos um neto em comum, não queria um climão entre nós. Seria muito difícil. Seria...

Ele a interrompe novamente:

— De forma alguma. Por favor, não se preocupe com isso. Seremos muito discretos.

— Obrigada. Muito obrigada.

Ao encerrar a chamada, ela olha para Noah sentado na cadeira dele, comendo cereal da cumbuca. Ele olha para ela e sorri.

— *Ceal* — diz ele, com os olhos brilhando de orgulho, o dedo apontando para as argolas de cereal. — *Ceal.*

Kim fecha os olhos.

— Sim! — diz ela, reunindo força de vontade. — Sim! Cereal! Muito bem! Que garoto inteligente! Você é um menino tão inteligente!

Sua voz embarga, e ela se vira.

A segunda palavra de Noah. E Tallulah perdeu as duas.

A busca na floresta começa na hora do almoço em Upley Fold. Era o que Kim queria, mas também é assustador. Fica abalada com a súbita explosão de energia e de pessoas, quando por tantas horas tinha sido apenas ela, sozinha.

Avista Megs e Simon parados na entrada da floresta enquanto se aproxima. Megs se vira e a encara. Kim vê um lampejo de medo passar por seu rosto implacável. Ela diz algo para Simon, e ele olha para cima.

— Isso é loucura — diz Megs a Kim enquanto ela se aproxima. — Quer dizer, eu sei que é estranho que eles não tenham voltado pra casa, eu entendo isso, mas mesmo assim... Isso... — Ela usa as mãos para desenhar um arco no ar abarcando o esquadrão de policiais em trajes de alta visibilidade, os cães farejadores. — É um pouco demais, não acha?

Kim não responde de imediato. Não tem certeza do que dizer.

— Eles falaram com você? — pergunta ela, finalmente. — A polícia?

— Sim. Uma palhaçada. Ficaram lá um tempão. Fazendo um monte de perguntas sobre o Zach, sobre que tipo de garoto ele era, sobre o rendimento dele na escola, sobre o trabalho dele. Eu fiquei tipo: por que você está me perguntando tudo isso? É quase como se pensassem que ele fez alguma coisa errada.

Ela diz isso com calma, mas Kim nota uma dureza em seus olhos quando elas se encaram.

Ryan está em casa com Noah. A polícia pediu à família que não participasse da busca ainda, então, por enquanto, são apenas Kim, Megs e Simon juntos, enquanto um pequeno grupo de detetives vaga a alguns metros de distância e a equipe de busca e os cães se organizam para entrar na floresta.

Está quente de novo, e Kim está suada e ansiosa.

— Quanto tempo vai demorar? — Megs grita severamente para o grupo de detetives à paisana. O detetive McCoy se vira ao ouvir a pergunta e dá uma olhada em seus colegas antes de se juntar a eles.

— Não tem como saber — responde ele. — Felizmente, nesta época do ano, a luz do dia está a nosso favor, então podemos continuar até escurecer. Aí vai depender do que encontrarmos. Estamos enviando um grupo pros fundos da propriedade dos Jacques, presumindo que tenham seguido por esse caminho, e outro grupo por esta entrada. — Ele aponta para os degraus de madeira que formam a entrada pública para a floresta. — Caso eles tenham deixado a propriedade de Jacques antes de decidirem voltar pela floresta. Então, teremos duas equipes lá, e elas vão se dividir à medida que se aprofundarem na floresta pra cobrir o maior território possível.

— E o que estão procurando exatamente? — pergunta Megs com rispidez.

— Seu filho e sua nora, sra. Allister.

— Não tem como eles estarem aí. A Kim já procurou e, se tivesse alguma coisa, ela teria encontrado.

— Bem, então vamos procurar uma prova de que seu filho e sua nora *estiveram* lá e que alguma coisa aconteceu com eles, e então vamos usar essa evidência pra tentar entender melhor o que aconteceu na sexta à noite e descobrir onde eles podem estar agora.

— Era melhor você falar com essas cooperativas de táxi outra vez. Aposto que na maioria das vezes eles nem anotam nada. A mulher que gerencia a cooperativa de Manton passa metade do tempo dormindo em cima da mesa. Eu já vi. Acho que ela tem tantos empregos que nunca dorme. Você devia falar com ela de novo. Ela deve ter mandado um táxi pra eles, mas se esqueceu de anotar.

O detetive McCoy sorri pacientemente para Megs.

— Acho que está falando de Carole Dodds? Da Taxis First? Sim, nós falamos com ela duas vezes. Ela não estava trabalhando na sexta-feira à noite. Estava passando mal. O marido dela pegou o turno e nos disse que todas as reservas vão direto pro sistema computadorizado, que eles não podem enviar um carro sem passar pelo sistema.

— Ah, tá. Você sabe como são os computadores. Não dá pra confiar neles tanto assim.

— Então ainda acha que eles pegaram um táxi, sra. Allister?

— Eles têm que ter pegado um táxi.

— E pra onde esse táxi os levou?

— Eles são crianças — responde ela em voz alta. — Quem vai saber?

O detetive McCoy contém um suspiro.

— De todo modo, eu acho que estamos quase prontos pra entrar — diz ele. — Vocês podem ficar aqui aguardando o progresso se quiserem, ou podemos encontrá-las na cidade. O que preferirem.

Kim e Megs se entreolham, e Megs dá de ombros.

Kim diz:

— Eu prefiro ficar aqui enquanto vocês estiverem por estes lados. Depois vou pra cidade quando as equipes de busca estiverem se aproximando de lá. Se for tudo bem pra você.

— Com certeza.

Megs e Simon se entreolham.

— É, acho que vamos voltar pra Upfield e esperar lá — diz Megs. — Talvez no Ducks. — Ela toca o braço de Kim, fazendo-a se sobressaltar ligeiramente. — Vejo você lá — diz ela, e então todos voltam para a estrada onde seus carros estão estacionados no meio da passagem, bem em frente ao de Kim.

De seu carro, Kim observa o veículo de Megs e Simon fazendo uma manobra lenta na pista estreita, antes de seguir de volta em direção a Upfield. Megs acena devagar da janela do passageiro quando eles passam, e Kim retribui o gesto.

Ela está chocada com a reação de Megs. Nada faz sentido. Até entende que pais costumam ficar menos preocupados com os meninos do que com as meninas — ela sabe que fica menos ansiosa quando Ryan sai à noite do que Tallulah. Mesmo assim, já se passaram quase três dias. O desaparecimento de qualquer pessoa por tanto tempo é preocupante. No entanto, Megs não está nem um pouco preocupada. Por um segundo, passa pela cabeça de Kim que talvez Megs não esteja preocupada porque sabe de algo, sabe que seu filho está seguro, e só não pode, seja lá por qual motivo, contar a ninguém. Mas não tem como ser isso, então ela afasta imediatamente esse pensamento. Se Megs estivesse mentindo para proteger o filho ou a pessoa responsável pelo desaparecimento dele, pelo menos *fingiria* estar preocupada. Sua reação é muito autêntica, muito real, muito Megs.

Kim se vira e observa os policiais uniformizados e seus cachorros se dirigindo para a floresta. Os detetives à paisana ficam onde estão por um tempo antes de retornarem aos seus veículos.

Um silêncio estranho se instaura. Um carro passa depois de um momento. O casal de idosos do lado de dentro observa com curiosidade a fila de viaturas da polícia estacionadas na beira da estrada e diminui a velocidade.

— O que está havendo? — pergunta o senhor a um policial.

— Só uma investigação da polícia — responde o agente.

— Outro assalto? — pergunta a senhora.

— Não — responde ele. — Estamos procurando um casal de jovens desaparecidos.

— Eles são de Upley Fold? — pergunta o homem.

— Não, de Upfield Common.

— Ah — diz a mulher. — Bom, boa sorte. Espero que os encontrem. — E eles seguem em frente.

Kim checa o celular. Uma e quarenta e cinco da tarde. Ela manda uma mensagem para Ryan.

Tudo bem por aí?
Tudo certo. E aí?
Até agora tudo bem. ☺♥

Os minutos se arrastam numa lentidão horrível. Toda vez que ela vê um dos detetives colocar o celular no ouvido, o medo a percorre. Sua imaginação fabrica uma dúzia de cenários, todos envolvendo Zach, de alguma forma, tirando a vida de sua linda garotinha na floresta. Ela o vê estrangulando-a no chão, prendendo seus membros com os dele. Ela o vê sacando uma faca de algum lugar, sabe-se lá de onde, talvez tivesse pegado uma na cozinha de Scarlett, um movimento premeditado, e se aproximando dela por trás e cortando o branco suave de sua garganta, o sangue ficando escuro e pegajoso na terra seca. Ou apenas batendo nela, batendo e batendo até que não houvesse mais nada em que bater, o belo rosto dela amassado em uma polpa, e depois ele cambaleando sem fôlego pela floresta com os punhos machucados e ensanguentados.

No fim das contas, um desses detetives atenderá a chamada de um dos agentes do grupo de busca e algo ficará evidente no rosto dele ou dela, e essa pessoa caminhará até o carro de Kim, até a janela dela, e dirá: "Eles encontraram algo". E então ela saberá. Saberá o que aconteceu com sua linda garota.

Mas, por enquanto, Kim se senta, olha, observa e espera.

19

SETEMBRO DE 2018

O primeiro dia do novo semestre chegou à Maypole House. Shaun já está trabalhando há um tempinho, é claro, mas há algo novo e encantador na manhã enquanto ela o observa se arrumar nesta segunda-feira ensolarada.

O primeiro compromisso será uma assembleia, e Shaun está há dias escrevendo seu discurso inaugural. Ele praticou na frente de Sophie na noite passada, de pé ao lado da cama deles, vestindo apenas uma cueca boxer e meias, enquanto ela desempenhava seu papel de audiência deitada na cama.

— Maravilhoso — disse ela, dando uma salva de palmas. — Maravilhoso mesmo. Acolhedor, empático, inspirador.

— Não está curto demais?

— Não está curto demais — assegurou ela. — Duração perfeita. Tom perfeito. E a julgar pela forma como as pessoas reagiram a você no jantar de hoje à noite, todas elas já te amam.

— Você acha?

— Dava pra sentir o afeto — disse ela. — De verdade.

E era verdade. Ela sentira isso em todos os lugares a que Shaun fora naquela noite, a sensação genuína de que todos haviam sido cativados por ele, a sensação de que as pessoas haviam sido elevadas por Shaun, lisonjeadas por sua atenção, que ele havia gerado expectativa sobre o novo semestre apenas com sua presença, antes mesmo de realizar uma assembleia ou ler um discurso.

Agora Shaun se foi, e Sophie ficou sozinha. A casa está fria e silenciosa, o laptop está aberto na mesa da cozinha, o romance está piscando na tela, a caixa de entrada do e-mail está cheia de coisas relacionadas ao trabalho com as quais ela realmente deveria estar lidando, a máquina de lavar louça precisa ser esvaziada e ainda sobraram caixas para desempacotar, mas ela não faz nenhuma dessas coisas. Sophie abre o navegador e digita "Liam Bailey" no Google.

Como já esperava, a pesquisa traz centenas de pessoas que não são o Liam Bailey correto. Adiciona "Maypole House" à pesquisa. O site da escola aparece.

Apaga "Maypole House" e adiciona "Scarlett Jacques".

Nenhum resultado encontrado.

Adiciona o nome "Zach Allister".

Nenhum resultado encontrado.

Suspira e se recosta na cadeira. Como duas pessoas vão ao bar em uma sexta-feira à noite, nunca mais voltam e ninguém sabe o que aconteceu com elas? O mistério a consome. Sophie o sente sussurrando para ela dos galhos das árvores na floresta, pelos corredores da escola, da varanda de Liam, através da superfície do lago cheio de patos no parque, da janela de Kim Knox de frente para o ponto de ônibus e do anel dentro da caixa no fundo da gaveta.

Ao pensar nisso, se levanta abruptamente, sobe as escadas correndo para o quarto, abre a gaveta da penteadeira, puxa a caixa e limpa a sujeira da tampa novamente com a ponta dos dedos, mas ainda é impossível distinguir a escrita impressa na parte superior. Leva a caixa para o banheiro e a esfrega com a ponta molhada de uma toalha. Ao fazer isso, letras douradas começam a se revelar na base. Esfrega com mais força, umedece a toalha novamente e esfrega mais. E lá estão as palavras "Mason & Filho Joalheria, Manton, Surrey".

Ela leva um susto.

Manton.

Essa é a cidade grande que fica a dez quilômetros de Upfield Common. A cidade onde Tallulah fez faculdade. Ela quer ir para lá. Quer ir agora, mas não sabe dirigir e não tem ideia de como chamar um táxi em Upfield Common. Talvez a recepcionista da escola soubesse, mas ela tem a estranha sensação de que não quer que ninguém saiba de sua ida a Manton. Então, se lembra do ponto de ônibus, perto da roseira de Tallulah. Pega sua bolsa, joga a caixa do anel ali dentro e atravessa o terreno da escola e o parque em direção ao ponto.

A condução chega meia hora depois.

Ela se senta no meio do ônibus. Apenas duas outras pessoas estão a bordo. Enquanto o veículo segue balançando pela área rural e pega a estrada principal em direção à grande rotatória, Sophie imagina Tallulah sentada ali, do mesmo jeito que ela está, com a mochila no colo, traços delicados e pensativos, a luz do sol refletindo no piercing do nariz, seu cabelo escuro cobrindo metade do rosto.

A viagem até Manton leva vinte minutos. A parada na rua principal é o ponto final, e o motorista acende e apaga as luzes para incentivar todos a desembarcarem.

Sophie joga o nome da joalheria no Google Maps e segue as instruções até uma pequena curva que sai da rua principal.

É uma loja pequena e antiga, com janelas baixas projetadas para serem contempladas. Sophie para e admira a vitrine por um momento antes de abrir a porta. Prende a respiração; este é exatamente o tipo de loja que ela retrataria em um de seus livros d'*A pequena agência de investigações de Hither Green*, incluindo um proprietário de aparência ligeiramente cômica atrás de um balcão com tampo de vidro, sentado em um banquinho alto, lendo um livro de capa dura. Ele é mesmo muito pequeno, com cabelo branco cortado rente e óculos de armação vermelha. Quando olha para ela, seu rosto se abre em um sorriso de pura alegria.

— Bom dia, senhora — diz ele. — Como está hoje?

— Estou muito bem, obrigada.

— E como posso ajudar?

— Tenho um pedido estranho, na verdade — diz ela, colocando a mão na bolsa.

O homem salta do banquinho e levanta as mãos.

— Não atire! — diz ele. — Não atire! Pode pegar o que quiser!

Sophie o encara, impassível, por um momento.

— Eu, há...

O homem gargalha alto.

— Brincadeira — diz ele.

Pois bem. Nunca leve a sério um homem de óculos vermelhos, pensa Sophie.

— Ah, que bom. — Ela tira da bolsa a caixinha com o anel e a coloca no balcão entre eles. — Encontrei isto aqui — diz ela — enterrado no meu jardim. Será que você teria alguma ideia de quem poderia ser o dono? Quer dizer, não sei se você mantém registros em algum lugar...

— Sim, com certeza! — Ele dá um tapinha na capa de um grande livro encadernado em couro na mesa à sua esquerda. — Tudo anotado aqui desde o dia em que peguei as chaves desta loja, em 1979. Então, vamos dar uma olhadinha?

Ele abre a caixinha e pinça o anel com o polegar e o indicador; depois, segura-o sob a luz brilhante de uma luminária articulada, usando uma pequena lupa de joalheiro para examiná-lo.

— Gostaria de poder dizer que, só de bater o olho, já me recordo deste anel — diz ele. — Tenho orgulho de me lembrar de tudo o que vendo, mas obviamente alguns itens são mais memoráveis do que outros, e esse é pouco memorável. Mas posso dizer que é uma peça contemporânea, e não antiga; a marca registrada diz 2011. É ouro de nove quilates e, embora seja um pequeno diamante muito bonito e brilhante, na verdade não é de grande valor. Porém... — diz ele, lançando-lhe um olhar malicioso. — Felizmente, sou um homem que valoriza a importância de bons sistemas, e uma das coisas que faço é atribuir um número a tudo que passa por esta loja. Em caso de roubo ou furto. Reivindicações de seguros, sabe? Então... — Ele puxa a caixa do anel para si e enfia os dedos sob o enchimento coberto de veludo azul. Ele o puxa e vira, e ali, preso na parte de baixo, está um pequeno adesivo. — Pronto — diz ele, baixando a lupa do olho e sorrindo para Sophie. — Número 8877. Agora tudo que eu preciso fazer é cruzar a referência com a minha bíblia.

Sophie percebe que o homem está se divertindo. Sorri enquanto ele folheia lentamente as páginas do livro-razão, passando o dedo pelas linhas de texto, cantarolando baixinho enquanto trabalha até que, de repente, para e bate na página com a ponta do dedo.

— Eureka! Aí está — diz ele. — Este anel foi comprado em junho de 2017 por um homem chamado Zach Allister. Ele pagou 350 libras.

Um arrepio sobe e desce pela espinha de Sophie, tão rápido que quase a deixa tonta.

— Zach Allister?

— Sim. De Upfield Common. Pensando bem, esse nome não me é estranho. Você conhece ele?

— Não, não muito — responde ela. — Quer dizer, não, nunca o conheci. Por acaso você tem o endereço dele? Pra que eu possa devolver o anel?

— Eu... — Ele faz uma pausa. — Bem, acho que posso lhe dar o endereço. Eu provavelmente não deveria, mas você parece ser confiável. Aqui. — Ele vira o livro-razão, e Sophie rapidamente tira o celular da bolsa para fotografar o registro. Conforme a lente focaliza o texto, ela reconhece o endereço; é a rua sem saída de Kim Knox. Claro que é. Zach devia estar morando lá quando ele e Tallulah desapareceram.

— Que coisa esquisita — comenta o lojista. — Enterrar um lindo anel como esse no seu quintal. Só posso supor que a senhorita em questão tenha recusado o pedido. — Ele parece triste por um minuto, antes de se recompor. — Você vai devolver o anel para o dono? — pergunta ele.

— Err, vou — responde Sophie com animação. — Sim, eu conheço este endereço. Com certeza posso devolver.

— Eu me pergunto que tipo de confusão *isso aí* poderia causar — diz ele em um tom que sugere quanto ele adoraria ser uma mosca na parede e ver tudo.

— Eu te aviso!

— Ah, sim, por favor. Adoraria saber no que deu.

— Eu volto aqui, prometo — diz ela, colocando o anel de volta na bolsa e se dirigindo até a pequena porta da loja. — Muito obrigada.

O ônibus traz Sophie de volta para Upfield Common uma hora depois. Ela vê a hora. É quase meio-dia. Atravessa o parque e segue em direção à rua sem saída. Parece ter gente em casa; a janela da frente está entreaberta, e ouve-se o som da risada de uma criança e uma TV ligada em algum lugar.

Sophie aperta a campainha, dá um passo para trás e pigarreia. Ela se pergunta o que está fazendo, quase muda de ideia, mas então se endireita e lembra a si mesma que, quando o filho de alguém está perdido, o que mais se deseja, mais do que qualquer outra coisa, é informação, e o anel em sua bolsa poderia fornecer alguma resposta. Nesse momento a porta abre, e lá está Kim, vestindo uma minissaia jeans e uma camiseta preta de manga curta. Seus pés estão descalços e o cabelo está preso em um rabo de cavalo. Ela olha para Sophie pelas lentes dos modernos óculos de grau de armação preta.

— Oi — diz ela.

— Olá — diz Sophie. — É, eu me chamo Sophie. Acabei de me mudar pro chalé no terreno da Maypole House. Uma semana atrás. Tem um portão no meu jardim que dá para a floresta, e sei que parece estranho, mas havia uma placa pregada na cerca dizendo "Cave aqui", então peguei uma espátula, cavei e encontrei uma coisa. Um anel. E de acordo com o cara da joalheria, ele foi comprado por alguém chamado Zach Allister, que morava neste endereço. Aqui está. — Ela tira a caixa do anel da bolsa e a oferece a Kim.

Kim hesita, e seu olhar desce lentamente até a caixa na mão de Sophie. Ela pega e abre a caixinha. O diamante capta a luz imediatamente, emitindo pontos luminosos no rosto de Kim. Ela fecha a caixa rápido.

— Desculpa, onde você falou que encontrou isto?

Sophie diz a ela novamente.

— Eu fui até Manton pra ver se conseguia descobrir quem era o dono. O cara da loja tinha tudo registrado. Ele disse que este anel foi comprado por alguém chamado Zach Allister. Em junho de 2017. Deste endereço. Olha. — Sophie vira o celular para mostrar a Kim a foto da entrada manuscrita no livro-razão. Ela não pode dizer mais nada. Dizer qualquer outra coisa seria sugerir que sabe mais do que acha que deveria saber.

O rosto de Kim perde um pouco da cor. A TV ao fundo fica repentinamente alta.

— Abaixa isso, Noah — grita ela por cima do ombro.

— Não. — A resposta vem firme.

Kim revira os olhos. Parece prestes a dar uma bronca no garoto, mas, em vez disso, balança a cabeça levemente e puxa a porta atrás de si. Sophie a segue até o muro do jardim, onde as duas se sentam.

— Este anel — diz Kim, voltando a abrir a caixa. — O namorado da minha filha comprou pra ela. Um pedido de casamento. E então, na noite em que ele faria a proposta, os dois desapareceram. Todo esse tempo — continua ela —, eu me perguntei sobre o anel, e aí você o encontra enterrado no terreno da Maypole House, na floresta onde procuramos incessantemente por aquelas crianças. E tinha uma seta, você disse?

— Isso. — Sophie assente. — Eu até tirei uma foto, porque era muito estranho. Olha.

Ela vasculha seu celular até encontrar a foto que tirou antes de começar a cavar.

Kim a estuda com fascinação.

— O papelão — diz ela. — Parece novo. Não tem cara de que esteve ali por muito tempo.

— Pois é — diz Sophie. — Foi o que pensei quando vi. A princípio achei que talvez fosse algo que sobrou de uma caça ao tesouro, talvez de um dos cursos que aconteciam na escola durante o verão. Eu meio que ignorei. Mas agora não sei. Fico pensando que alguém pode ter deixado lá de propósito, para que eu encontrasse.

Kim lança um olhar para ela.

— Por que alguém faria isso?

— Não sei — diz ela. — Mas era o nosso primeiro dia, o meu companheiro, o Shaun, é o novo diretor da escola, e isso estava preso na cerca do nosso jardim. Eu pensei que... — Sophie se dá conta de que precisa recuar um pouco para evitar transparecer quanto já sabe. — Bem, eu não sei o que pensei.

— Vou ter que levar isto à polícia — diz Kim, um tanto distraída.

— Eles vão precisar voltar. Fazer as buscas outra vez. E a placa — diz ela, apontando para o celular de Sophie —, a placa de papelão, ainda está lá? Você a deixou lá?

— Sim — responde Sophie. — Sim, eu deixei lá. Eu nem toquei em nada.

— Ótimo. Que bom. Isso é... — E então Kim começa a chorar, e Sophie, sem pensar, a abraça.

— Sinto muito — diz ela. — Eu não queria jogar uma notícia ruim no seu colo. Eu não fazia ideia...

— Não. — Kim funga ruidosamente. — Não é sua culpa. Não se preocupe. E isso é ótimo. Honestamente. A polícia. Eles não fazem nada há meses. Esgotaram todas as possibilidades. Esgotaram todos os recursos. Basicamente desistiram. Então, isso é incrível. — Ela funga mais uma vez. — Muito obrigada — diz ela. — Muito obrigada por dedicar seu tempo pra encontrar isto, pra vir aqui nos encontrar. Pra devolver.

De dentro da casa, a voz de uma criança grita com urgência:

— Vovó! Vovó! Agora!

Kim revira os olhos novamente.

— Meu neto — diz ela, levantando-se. — Noah. Está naquela fase terrível dos dois anos. Sinceramente, eu o amo de paixão, mas não vejo a hora de ele voltar pra creche na semana que vem.

Ela anda até a porta com o anel na mão. Olha para Sophie e diz:
— Sinto que você não me é estranha. A gente se conhece?
— Você me serviu um cappuccino no pub um dia desses.
— Ah — diz ela —, sim, isso mesmo. — Ela balança a caixa do anel e sorri para Sophie. — Muito obrigada. Não consigo expressar minha gratidão, de verdade.

Kim volta para dentro de casa, e, da janela aberta, Sophie a ouve conversando com o neto.
— Olha — ela está dizendo —, olha o que a moça boazinha encontrou. É o anel que o seu papai comprou pra sua mamãe, mas nunca teve a chance de dar a ela. O que você acha? Não é bonito?

20

FEVEREIRO DE 2017

Todos os dias daquele semestre, Tallulah chega à faculdade e vasculha cada canto do campus em busca do casaco peludo de Scarlett, tentando ouvir o sotaque indolente de sua voz, sentir a energia que sempre gira em torno dela. Porém, não há mais nada. O zumbido intenso de Scarlett se foi, levando em seu rastro todo o restante. Dias que antes pareciam cheios de possibilidades agora eram insípidos e abafados, e Tallulah se torna mais uma vez a mãe adolescente estudiosa com um peso sobre os ombros.

Mas o peso em seus ombros não é Noah.

O peso em seus ombros é Zach.

Ele é bom, ele é tão *bom* com Noah. Não se ressente de acordar à noite, dividir a cama com um bebê que se contorce, trocar fraldas, fazer caminhadas intermináveis pelo parque empurrando um carrinho. Fica feliz em se sentar e mexer nos mesmos livros de tecido inúmeras vezes, repetindo as mesmas palavras de novo e de novo. Dá banho em Noah, seca-o com uma toalha, abotoa os macaquinhos, amassa a papinha, coloca em sua boca, limpa toda a sujeira, carrega-o quando ele não quer ser colocado no chão, fica um tempão sentado ao lado do berço durante os cochilos diurnos, canta para ele, faz cócegas nele, o ama, o ama, o ama.

Mas a intensidade de amor com que ele mima seu pequeno bebê é a mesma que oferece a Tallulah. E Tallulah não quer isso. Ela ama Zach, mas o ama mais como o pai de seu filho do que como homem.

Tallulah quer que ele a ajude com o bebê, que a acompanhe ao supermercado, empurre o carrinho, coloque o cartão de débito na máquina e pague as compras. Mas ela não o quer para abraços, companheirismo ou intimidade emocional. Não quer que Zach esteja sempre *ali*. E ele está sempre *ali*. Se ela vai para a cozinha, ele vai para a cozinha. Se ela decide se deitar quando Noah está dormindo, ele se deita com ela. Se ela está na escrivaninha do quarto fazendo os trabalhos da faculdade, ele está deitado na cama enviando mensagens para seus amigos. Às vezes, Tallulah se esconde no jardim, apenas para escapar dele, apenas por alguns minutos, e mesmo assim ouve sua voz queixosa vinda de dentro de casa:

— Lula. Lula! Cadê você?

Ela revira os olhos e diz:

— Estou aqui fora.

Ele aparece e diz:

— Mas o que você está fazendo aqui? Não está com frio?

Então Zach a leva de volta para dentro, faz uma xícara de chá para ela, se senta com ela para beber e pergunta sobre coisas que Tallulah não quer falar, ou diz "Vem cá" e a aperta em um abraço que ela não quer. Tallulah tenta não deixá-lo sentir a tensão de seu corpo, sua necessidade de afastá-lo e dizer *por favor, por favor, você não pode só me deixar em paz por cinco minutos?*

Aos domingos, quando Zach joga futebol com os amigos no parque, Tallulah fica em casa com Kim. Ela e a mãe comem torradas e brincam com Noah. É agradável e leve.

No primeiro domingo de fevereiro, Tallulah espera Zach sair de casa e então desce para a cozinha.

— Bom dia, lindeza — diz a mãe, envolvendo sua cabeça entre as mãos e beijando-a no topo.

— Bom dia — responde ela, abraçando a mãe brevemente, depois se abaixando para beijar Noah, que está sentado na cadeira alta. — Como você está?

— Estou bem, querida. E você?

Ela meneia a cabeça.

— Bem — diz ela, mas até Tallulah é capaz de ouvir a dúvida na própria voz.

— Você parece cansada — aponta a mãe. — Noite difícil?

— Não — responde ela. — Não. Ele dormiu bem. Só acordou rapidinho, mas o Zach usou seus poderes e fez ele pegar no sono de novo.

Kim lhe dá um sorriso afetuoso. Sabe que a mãe vê a estadia de Zach como uma espécie de experimento, do qual ela é uma espectadora otimista.

Tallulah sente um desejo repentino de abrir a boca e falar, contar tudo o que tem mantido a sete chaves nas últimas semanas. Ela quer contar para a mãe sobre quanto se sente sufocada, controlada, que Zach sugeriu que ela fizesse ensino à distância, que Zach sempre lhe dirige um olhar estranho quando ela chega em casa: a cabeça dele se inclina para o lado; ele estreita os olhos, como se suspeitasse de algo, como se quisesse perguntar algo. Tallulah quer contar para a mãe que Zach não gosta que ela feche a porta do banheiro quando está tomando banho, que ele se senta no vaso ao lado dela às vezes, mexendo no celular, batendo o pé impacientemente como se ela estivesse demorando muito. Ela quer contar que às vezes sente que não consegue respirar, Tallulah simplesmente *não consegue respirar*.

Mas, se ela começar a contar essas coisas para a mãe, o que acontecerá a seguir? A mãe ficará do lado dela, o clima na casa ficará péssimo, a tentativa será um fracasso, Noah crescerá sem convívio com o pai. É apenas a crença de sua mãe naquele experimento que o sustenta.

— Por que não vai ver o Zach jogando futebol? — pergunta a mãe. — Está um dia lindo. Eu cuido do Noah. Vai lá — oferece ela. — Pensa em como ele ia ficar feliz se você aparecesse. Talvez vocês pudessem até beber alguma coisa juntos depois, no Ducks?

Tallulah dá um sorriso tenso e balança a cabeça.

— Ah — diz ela. — Não, obrigada. Estou bem aqui com você.

A mãe lhe lança um olhar questionador.

— Sério?

— Sim. — Ela sorri. — Sinto falta de passarmos um tempo juntas.
— Desde que o Zach se mudou, você quer dizer?
— É. Acho que sim.
— Você não está...?
Ela balança a cabeça.
— Não. Não, está tudo bem. Ele é só um pouco grudento, né?
Sua mãe estreita os olhos para ela.
— Acho que sim — diz Kim. — Acho que, com a situação familiar dele, deve ser uma grande mudança pra ele estar aqui com vocês dois, com tanto amor por perto. Talvez o Zach esteja só se acostumando?
— Pode ser — diz Tallulah, cortando outra fatia do pão artesanal.
— Você precisa de espaço? — pergunta a mãe.
— Não — diz ela, jogando o pão na torradeira. — Não. Tá tudo bem. Só estou me acostumando, como você disse. E ele é incrível com o Noah. — Ela se vira para o filho e sorri. — Não é? — pergunta ela com a voz aguda. — Seu pai não é incrível? Ele não é simplesmente o melhor pai do mundo?

Noah sorri e bate as mãos na bandeja da cadeira alta, e por um instante são apenas os três, na cozinha, sorrindo, enquanto o sol brilha sobre eles pela janela, e, então, Tallulah sente que está tudo certo, está tudo bem.

Zach está lá no dia seguinte quando Tallulah sai da faculdade na hora do almoço. Esperando por ela nas sombras do pequeno bosque em frente à entrada principal. Tallulah olha rapidamente para ele e depois para a hora em seu celular. É uma e quinze. Zach deveria estar no trabalho agora. Toda segunda-feira ele trabalha do meio-dia às 20h no pátio de materiais de construção nos arredores de Manton.

Ele endireita o corpo quando vê Tallulah se aproximar e gesticula para ela com a cabeça. Enquanto caminha, ela o vê observando o ambiente, seus olhos atrás dela, ao redor dela, como se esperasse vê-la com outra pessoa.

— Surpresa — diz ele depois que Tallulah atravessa a rua.

— O que você está fazendo aqui? — pergunta ela, permitindo que ele a puxe para perto e a abrace.

— Meti um atestado — diz ele. — Bom, na verdade eu até estava passando um pouco mal. Mas agora estou me sentindo bem. Pensei em vir aqui e acompanhar você até em casa.

Ele sorri, e Tallulah o olha nos olhos, os mesmos que ela olhava desde que era praticamente uma criança: os olhos cinza com cílios escuros, a pele macia, a pequena covinha no canto esquerdo da boca. Ele não é o menino mais bonito do mundo, mas é bonito, seu rosto é bondoso e gentil. Mas agora há algo nele, algo que aconteceu desde que eles se separaram no ano passado, um brilho em seu olhar. Ele parece um soldado que voltou da guerra, um prisioneiro que ficou na solitária, como se tivesse visto coisas sobre as quais não pode falar e que estivessem presas dentro de sua cabeça.

— Que bom — diz ela. — Obrigada.

— Achei que você fosse sair com seus amigos — diz ele, seu olhar voltando para a entrada da faculdade, para os fluxos de alunos a caminho do almoço.

Ela balança a cabeça.

— E aquela garota? — pergunta ele. — Sabe, aquela na foto com você?

— Que garota? — Ela sabe de qual garota ele está falando e ouve a ligeira falha na própria voz ao mentir.

— Aquela que estava te abraçando. Na festa de Natal.

— Ah, a Scarlett — diz ela. — Sim. Ela foi embora.

Ele assente, mas seus olhos permanecem nos dela, como se esperasse pegá-la numa mentira.

Um grupo de alunos de ciências sociais sai naquele momento. Tallulah mal os conhece, mas eles a olham com curiosidade. Um deles acena timidamente. Ela acena de volta.

— Quem são eles?

— Só umas pessoas do meu curso — responde ela. Então ela olha para o celular. — O ônibus chega em seis minutos. Melhor a gente ir.

Por um momento, ele não dá indício de que vai segui-la. Os olhos ainda presos no grupo de alunos do outro lado da rua.

— Vem — diz ela.

Lentamente, ele tira o olhar deles e a alcança.

— Eu queria que você não precisasse fazer isso — começa ele após um silêncio pensativo.

— O quê?

— Faculdade. Eu queria ganhar dinheiro suficiente pra poder cuidar de você e do Noah, para você não precisar arrumar um emprego.

Ela inspira e depois expira lentamente.

— Eu quero cuidar do Noah também — diz ela. — Quero ajudar com os custos. Quero ter uma carreira.

— É, mas, Lula… assistente social. Você sabe como isso pode ser desgastante? E difícil? As jornadas de trabalho? As coisas que vai levar pra casa com você? Você não preferia conseguir, tipo, um emprego em uma loja ou algo assim? Uma coisa fácil? Por aqui nas redondezas?

Ela para e o encara.

— Zach, minhas notas são boas. Por que eu ia querer um emprego em uma loja?

— Seria mais fácil, só isso — explica ele. — E você estaria mais perto de casa.

— Manton não é exatamente do outro lado do mundo — diz ela.

— Não, mas eu odeio quando nós dois estamos tão longe do Noah durante a semana. Não é bom pra ele.

— Mas ele está com a minha mãe! — diz ela, exasperada.

— Eu sei. Mas ia ser melhor pra ele estar com a gente. Não ia?

— Ele ama a minha mãe.

Zach para de andar e puxa Tallulah em sua direção, com as mãos apertadas em seus antebraços. Ela vê aquele olhar frio em seus olhos cinzentos.

— Eu só… — Então o brilho nos olhos dele desaparece. — Só quero que sejamos nós, os três, sempre. Só isso.

135

Ela puxa os braços, se livra das mãos dele e começa a andar mais rápido.

— Vem — diz ela. — Estou ouvindo o ônibus, rápido, a gente tem que correr.

Eles praticamente pulam no ônibus quando ele está prestes a fechar as portas e sentam-se com a respiração ofegante. Tallulah olha pela janela, esfregando a pele macia dos antebraços, ainda dolorida do aperto de Zach.

No domingo seguinte, quando Zach vai jogar futebol, Tallulah pergunta à mãe se tem problema ela sair um pouco.

— Claro, querida. Claro. Vai assistir ao jogo do Zach?

— Não. — Ela dá de ombros. — Não, só preciso tomar um ar. Talvez eu dê um pulo na casa da Chloe.

Tallulah não vai dar um pulo na casa da Chloe. As duas mal se falaram desde a noite da festa de Natal, quando ela a abandonou para ficar com Scarlett.

— Posso pegar sua bicicleta emprestada?

— Claro que pode — diz a mãe. — Mas toma cuidado, tá? E usa o capacete.

Tallulah dá um beijo de despedida em Noah e na mãe. Em seguida, puxa a bicicleta para fora do retorno lateral e sai. Não anda de bicicleta desde os treze anos e não se sente totalmente confortável sobre duas rodas, mas não tem alternativa.

Depois de um começo um pouco vacilante, pedala em direção ao parque e, em seguida, pega a estrada para Manton. Pouco antes de chegar à rotatória, ela vira à direita, subindo uma pequena curva para uma pista estreita, em direção à cidade de Upley Fold, em direção a Dark Place.

21

JUNHO DE 2017

O grupo de busca policial emerge do outro lado da floresta após três horas e meia. Kim pula do banco do parque e corre em direção à pequena alameda que desce pela lateral da Maypole House. Os detetives saem do carro, e Megs e Simon aparecem com uma expressão triste do outro lado do parque, onde estiveram bebendo na varanda do Swan & Ducks.

Kim se afasta, deixando os detetives se reunirem com o grupo de busca. Observa sem respirar. Eles apontam para trás, dão de ombros e balançam a cabeça. Ela se aproxima, tentando ouvir o que está sendo dito, captando apenas partes de palavras que tem medo de ouvir.

— O que está acontecendo? — pergunta Megs, aparecendo ao lado dela com bafo de vinho. — Ouviu alguma coisa?

Kim balança a cabeça e leva o dedo aos lábios.

— Estou tentando — sussurra ela.

— Por que você não vai lá e pergunta? — Megs bufa e caminha em direção à polícia. — E aí? — pergunta ela em voz alta.

Kim se vira e olha de lado para Simon, que a observa com o canto do olho. Sente uma onda de desconforto atravessá-la e se afasta rapidamente dele para se juntar a Megs.

— Nada — diz Megs, quase triunfante. — Eles não encontraram nada. Literalmente. — Ela encara Kim com um olhar severo, como se isso de alguma forma provasse que Kim está errada em pensar que seus filhos sofreram algum mal.

Kim olha para o detetive McCoy.

— Sinto muito — diz ele. — Nem um vestígio sequer. Os cachorros também não farejaram nada.

— Mas eles cobriram todas as partes? E a parte que desemboca na escola? Tem outra entrada lá. Eles podem ter vindo por ali?

— Eu juro, srta. Knox. Cada centímetro foi coberto, e nada indica que Tallulah ou Zach estiveram nessa floresta. Eu realmente sinto muito.

Kim fica desolada.

— Então — diz ela, entorpecida —, e agora?

— Bom, a investigação ainda está em andamento, é claro. Agora vamos levar os cães para farejarem um pouco ao redor da cidade, até o outro lado do parque, embora nada tenha aparecido no circuito de câmeras, como sabemos. Coletamos algumas evidências em Dark Place e Upley Fold, estamos acompanhando alguns rastros de pneus. Vamos conversar novamente com os jovens que estavam na casa na sexta à noite. Estamos tentando obter um mandado para revistar a residência dos Jacques e ver as imagens das câmeras de segurança, mas não sei se vamos conseguir. Estamos analisando todo o sistema de câmeras daqui até os limites do condado em busca de qualquer sinal deles. E vamos conversar com os professores da Tallulah e os empregadores do Zach amanhã. Ainda temos dezenas de caminhos a percorrer e muitas pistas a seguir. — Ele dá a Kim um sorriso encorajador e cauteloso. — Estamos muito empenhados no caso, srta. Knox. Mantenha a fé.

Kim força um sorriso. Seu estômago embrulha de raiva, medo e pavor. Raiva porque ninguém consegue dizer onde está sua filha, medo de que ninguém nunca consiga e pavor de como seria descobrir que Zach machucou Tallulah.

— Muito bem — diz Megs, suspirando alto. — Acho que isso é tudo o que podemos esperar por enquanto. Então, a gente pode, você sabe, tocar a vida.

O nó no estômago de Kim endurece, e ela se vira para Megs e diz:

— Que porra é essa? Hein? Qual é a porra do seu problema? Os nossos filhos estão desaparecidos há três dias. Três dias! E tudo o que você faz é gemer, resmungar, suspirar e agir como se tudo isso fosse uma inconveniência. Sinto muito por arrastar você pra fora do pub, pra fora do seu jardim, *sinto muitíssimo* por impedir você de *tocar a vida*. E como é *exatamente* a sua vida, hein, Megs? O que você faz? Porque eu vou dizer o que você não faz: você não dá a mínima pros seus filhos, caralho. Sem mencionar a porra do seu único *neto*.

Kim cambaleia ao sentir seu discurso terminar. Fecha os olhos com força e os abre novamente. Ela sente a mão do detetive McCoy em seu braço e o sacode.

— Estou bem — diz ela em um sussurro grave. — Estou bem. Estou indo pra casa. Obrigada, detetive. Por favor, me mande notícias.

Ela se afasta da polícia, dos cachorros, dos vizinhos intrometidos, de Megs boquiaberta, de Simon com seu meio olhar assustador, entra no carro e dirige em direção à sua rua sem saída. Kim fica sentada com a testa colada ao volante enquanto deixa o carro morrer e as lágrimas rolarem pelo rosto, repetindo *Tallulah,* de novo, de novo e de novo.

22

SETEMBRO DE 2018

Sophie circula sem rumo pelo terreno da escola quando volta da casa de Kim Knox. Em teoria, ela deveria reorganizar suas ideias, tentar voltar ao modo de trabalho. Na prática, quando seu olhar esperançoso pousa em cada pessoa que vê, descobre que está procurando por Liam.

Ela justifica sua busca por um jovem bonito no terreno do prédio onde seu companheiro trabalha com o fato de que, depois que desvendar o mistério de Tallulah Murray, Zach Allister e Scarlett Jacques, conseguirá, enfim, se concentrar no trabalho. De repente, fica sem ar ao ver uma silhueta parecida com a de Liam deixando o prédio principal. Quando se aproxima, vê que é ele. O coração começa a bater forte enquanto suas bochechas coram. Ela precisa respirar de modo consciente, deliberado, para voltar a parecer tranquila antes de cumprimentá-lo, animada:

— Liam! Oi! Bom te ver.

Ele a reconhece de imediato.

— Sophie, certo? — diz ele, apontando para ela com um gesto de arminha nos dedos.

— Isso mesmo. Como vai?

— Nada mal — diz ele. — Estou indo buscar um livro no meu quarto para um aluno.

Ele diz isso como se estivesse tentando se explicar, como se ela pudesse estar tentando flagrá-lo de alguma forma, e de repente ela lembra que é a "esposa" do diretor e, portanto, pode ser vista como uma figura de autoridade por alguns.

— Ah, sim — diz ela, dispensando a explicação dele com um gesto. — Tranquilo. Estou só de bobeira, procrastinando o trabalho.

— Entendo — diz ele. — Lembro de você ter dito que estava tendo dificuldade de manter o foco. O que você faz, exatamente?

— Sou escritora — diz ela.

Ela vê o rosto dele se iluminar.

— Ah, nossa. — Isso é incrível. Você tem livros publicados? Quer dizer, imagino que sim, caso contrário, você não diria "escritora", e sim "estou escrevendo um romance".

Ela ri.

— Bom, você diz isso, mas ficaria surpreso com quantas pessoas ainda me perguntam se sou publicada quando digo que sou escritora. Mas, sim, tenho livros publicados. E não, você não deve ter ouvido falar de mim, a menos que seja dinamarquês, sueco ou norueguês. Ah, ou quem sabe vietnamita. Eu sou um sucesso no Vietnã.

Ele balança a cabeça para ela com admiração.

— Isso é incrível. Uau. Deve ser demais, o seu trabalho em todos esses idiomas, todas aquelas pessoas em outros países lendo o que você escreveu. Que tipo de livro você escreve?

— "Crimes leves" é a definição comercial.

Ele meneia a cabeça.

— É — diz ele. — Acho que já ouvi falar. Tipo crimes sem violência, né?

— Sim. — Ela sorri. — Isso mesmo.

— Puxa vida — diz Liam. — Eu adoraria ler um deles. Você assina com seu próprio nome?

— Não, eu tenho um pseudônimo. P. J. Fox.

— E como se chama? Seu livro?

— É uma série, na verdade, chamada *A pequena agência de investigações de Hither Green*. Sendo bem sincera, não tenho certeza se seria muito o seu...

— Espera — diz ele, puxando o celular do bolso da calça —, espera aí. Quero anotar isso. Como é mesmo?

Sophie repete e observa enquanto ele digita meticulosamente no celular. Ele toca a tela com a ponta de um dedo, não com dois polegares ágeis como a maioria das pessoas de sua idade. Ela reprime um sorriso.

— Pronto — diz ele. — Vou comprar dois.

Ela sorri e então percebe que ele precisa ir embora.

— Escuta, antes de ir — diz ela. — Lembra quando conversamos ontem à noite? E você disse que era o maior especialista em Maypole House?

Liam sorri, mas então estreita os olhos e pergunta:

— Por que eu sinto que estou caindo em uma armadilha?

Sophie ri.

— Sem armadilha, prometo. Só queria saber o que você sabe sobre a floresta. — Ela aponta com a cabeça para as árvores adiante.

— A floresta?

— É. Sei que pode parecer estranho, mas encontrei uma coisa lá. Logo atrás do chalé da diretoria. Uma coisa muito interessante, relacionada com os adolescentes desaparecidos. E estou começando a pensar que talvez alguém tenha deixado lá de propósito, pra que eu encontrasse. Ou talvez pra que o Shaun encontrasse. Eu só queria saber se você tinha alguma ideia.

Ele olha para ela, depois para a floresta, e Sophie vê algo sombrio passar pelo rosto dele.

— Sim, claro — diz ele. — Talvez mais tarde? Eu poderia... Sei lá... poderia te encontrar? Saio do trabalho às quatro. Posso dar uma passada na sua casa?

— Sim — diz Sophie, sabendo que Shaun não estará de volta até pelo menos as seis horas, se não mais tarde. — Pode vir às quatro. Te vejo então.

Sophie descobriu mais sobre Dark Place nos últimos dois dias. Além do verbete na Wikipédia, a casa aparece em muitos documentos on-line sobre edifícios de interesse arquitetônico e histórico. Encontrou um artigo de um historiador local que mora nos arredores de Manton. Ele descreve a casa como "uma mistura de estilos e épocas soldados juntos como um bolo quebrado, mas que de alguma forma a tornam ainda mais gloriosa". Ele conta as várias histórias associadas à casa em uma linguagem muito mais empolgante do que a usada na postagem da Wikipédia, trazendo os personagens à vida. O momento em que o assassino é capturado pela armadilha de animais é descrito em detalhes dolorosos e agonizantes. Aparentemente, era o auge do verão, a armadilha tinha sido colocada em uma área sem sombra, o homem jazia escaldante, torrando, sua pele com bolhas e parecendo "a pele de um porco assado no espeto" quando seu corpo foi encontrado seis dias depois.

No fim do artigo, o historiador faz uma breve menção aos habitantes mais recentes:

> *Atualmente, Dark Place é uma propriedade privada, a casa principal de uma família originária das Ilhas do Canal. Requerimentos mostram que os moradores adicionaram uma extensão de vidro à parte traseira da ala central georgiana e instalaram uma piscina nos fundos, com uma casa de piscina, projetada para ecoar a arquitetura circundante e delimitada por uma série de pilares em estilo palladiano, supostamente reaproveitados de uma mansão nos arredores de York que teria sido incendiada por um amante vingativo. Um complemento adequado para uma casa que nunca parou de evoluir e nunca parou de encontrar histórias para contar sobre si mesma e seus habitantes.*

Um trecho em particular realmente chamou a atenção de Sophie. Na metade do artigo, o historiador diz em tom casual:

> *Existe um boato antigo sobre um túnel de fuga que ligaria Dark Place aos bosques adjacentes, cavado durante a*

Guerra Civil Inglesa, mas jamais se encontrou qualquer evidência de uma entrada ou saída para esse túnel, apesar dos esforços de seus moradores ao longo dos anos.

Um arrepio tinha percorrido a espinha de Sophie enquanto ela lia as palavras.

Ela verifica a hora e vê que são quase quatro. Muda a câmera do celular para o modo selfie e examina o próprio rosto. Está se achando meio sem brilho, então aplica uma camada extra de rímel e um pouco de protetor labial com cor. Um momento depois, ouve uma batida na porta da frente.

— Sou eu, o Liam.

Ela puxa o cardigã sobre o vestido, um pouco decotado demais para uma visitinha rápida.

— Oi — diz ela. — Obrigada. Muito legal da sua parte oferecer seu tempo.

Ele dá um sorriso nervoso.

— Tenho fortes suspeitas de que não vou ser muito útil, para ser sincero, mas fico feliz em tentar. Devo...? — pergunta ele, indicando o corredor atrás dela.

Ele a segue pela cozinha até o jardim dos fundos.

Sophie mantém o portão traseiro aberto para ele e se vira para encarar a placa.

Liam observa a placa por um instante, em silêncio.

— Estranho — diz ele por fim. — Foi você mesma? — Ele imita um movimento de cavar.

— Sim. Fui eu. E encontrei... — Ela percorre as fotos em seu celular. — Isto. — Ela vira a câmera para ele e mostra a imagem do anel.

Ela observa o rosto de Liam em busca de algum tipo de resposta involuntária, mas não há nada.

— É um anel — diz ele depois de um momento.

— Sim, eu sei. E descobri de quem era.

— Descobriu?

Mais uma vez, a reação dele não mostra se ele sabe alguma coisa sobre o anel, sua procedência ou história.

— Sim. Eu fui à joalheria e, aparentemente, ele foi comprado em junho de 2017 por alguém chamado Zach Allister.

Ela vê um pequeno estremecimento passar por ele.

— O dono da loja me deu o endereço — continua ela. — Fui lá ontem e entreguei o anel pra mulher que mora lá. Kim Knox. Mãe da Tallulah. — Ela espera um pouco antes de formular a próxima pergunta. Não quer dizer a coisa errada e perder a oportunidade de ouvi-lo. — O que... o que aconteceu? — começa ela. — Quer dizer, naquela noite? Qual é a sua opinião sobre isso?

Ele suspira e olha para o chão. Então a encara e diz:

— Quanto tempo você tem?

Parte Dois

23

Liam já estava na Maypole House havia mais de dois anos quando Scarlett Jacques apareceu no meio do ano letivo. Ela não ficava em regime interno como ele, era uma novata que morava na região, vinda de Guernsey.

Apareceu no refeitório na primeira manhã daquele período letivo de primavera usando protetores de orelha e minissaia; ela ainda se vestia como uma menina naquela época. Seu cabelo escuro estava preso em duas tranças, com uma franja reta. Tinha um piercing na sobrancelha e seu cachecol verde enrolado no pescoço parecia uma víbora saindo da cesta; tremia de leve dentro de um fino suéter de lã de carneiro, embora estivesse quente no corredor da escola.

Liam a observou pegar comida na cantina: pãezinhos, presunto, uma tigela de flocos de milho, chocolate quente, um ovo cozido. Você sempre reconhecia um novato pela quantidade de comida que empilhavam na bandeja do café da manhã. Ficou parada por um instante, segurando a bandeja na frente do corpo, os cotovelos para fora como as asas de um filhote de passarinho, olhando em volta por cima de seu enorme cachecol. Liam a viu estremecer novamente antes de ir em direção a uma mesa vazia ao lado de um aquecedor. Ele a observou por um momento, descascando o ovo com as unhas pintadas de rosa.

Liam não a viu novamente por alguns dias. Quando ela apareceu de novo, estava cercada por pessoas, uma situação totalmente diferente, uma abelha-rainha, não tremia, seu olhar não era mais aquele ansioso por cima de um cachecol que cobria metade de seu rosto. Em menos de uma semana, ela deixara de ser adorável e se tornara inacessível.

Liam perseguiu Scarlett abertamente durante aqueles dias sombrios de janeiro. Ele era um fazendeiro, um menino do interior: se você gostasse de uma garota, não adiantava ficar esperando que ela captasse a mensagem. No início, ela parecia resistente a seus encantos, ele claramente não fazia o tipo dela. Saudável demais, limpo demais, não era estranho o bastante, inteligente o bastante.

— Você sabe qual é o problema, Liam Bailey? — disse ela a ele no bar dos alunos uma noite. — Você é muito bonito. Eu não consigo lidar com a sua beleza.

Ele socou o ar e disse "Oba!", porque ser muito bonito era um obstáculo superável.

Eles finalmente se beijaram em fevereiro, durante o recesso de meio de período, quando a escola estava quase vazia e a maioria dos amigos de Scarlett tinha ido para casa. Ela o convidou para a escola de equitação local, e eles saíram com os cavalos para dar uma volta. Scarlett usava um suéter azul-marinho e um casaco acolchoado da mesma cor que ele suspeitava pertencer à mãe dela e, com o capacete de montaria, de repente ela parecia uma das garotas lá de onde ele vinha. Quando eles se beijaram, as bochechas dela coraram e o ar ao redor deles se encheu com suas respirações condensadas, e Liam soube então que estava, pela primeira vez na vida, louca e completamente apaixonado, assim como seus pais.

Quando o semestre terminou e os amigos dela voltaram para a Maypole, Liam esperava ser jogado para escanteio, mas em vez disso foi recebido no santuário interno do grupo de Scarlett.

Mimi. Jayden. Rocky. Ru.

Todos faziam artes e tinham personalidades extravagantes e intensas, muito diferentes de Liam. Eles o tratavam como uma mascote, um ursinho de estimação. Provocavam-no com o apelido de "Bubs" porque o achavam parecido com Michael Bublé, embora eles não se parecessem, nem de longe. Imitavam seu leve sotaque caipira e faziam piadas sobre sexo com ovelhas e casamentos entre primos. Liam não se importava nem um pouco porque esse era o seu senso de humor também; ele adorava provocar as pessoas e irritá-las. Chamava o grupinho de Scarlett de "groupies" porque eles só saíam juntos quando Scarlett estava presente. Nunca saíam sem ela, e muitas vezes via-se um deles sozinho, meio que vagando pelo campus, mexendo no celular. Nessas ocasiões, Liam perguntava:

— Tá fazendo o quê?

— Esperando a Scarlett — respondiam eles.

Scarlett mudou naquele primeiro ano, passou do tipo de garota que gostava de andar a cavalo de vez em quando e trançar o cabelo para o tipo de garota que usava identidade falsa para fazer tatuagens no Soho e experimentava drogas. Cortou o cabelo escuro e o platinou. Fez piercings no lábio, no nariz, na língua (Liam odiava o piercing na língua, cada vez que via um lampejo dele, seu estômago embrulhava de desconforto). Parou de usar roupas femininas e começou a se vestir como um menino de doze anos do Bronx. Liam não se importou. Quando estavam sozinhos, ela era apenas Scarlett, pura e simplesmente ela, a garota que ele tinha amado desde a primeira vez que a vira descascando um ovo.

Eles ficaram juntos durante os dezoito meses que ela passou na Maypole House. Liam era tranquilo e descomplicado, um bom contraste para Scarlett e para o humor e os amigos estranhos dela, e por um tempo ele praticamente morou na casa de Scarlett na cidade vizinha — Dark Place. Palavras não eram capazes de descrever o esplendor da casa de Scarlett. Liam tinha visto muitas casas de campo deslumbrantes na vida, mas nenhuma tão bonita quanto aquela. Estava sempre em obra durante aqueles anos, com vans de construtores na calçada, um constante perfurar e bater, quadrados de tons escuros pintados e repintados nas paredes, amostras de papel de parede por toda parte, caixas de pisos caros.

A reforma da casa era tarefa da mãe de Scarlett. Joss era exatamente quem você imaginaria ser a mãe dela: barulhenta, mandona, meio narcisista. Liam só encontrou o pai de Scarlett uma ou duas vezes durante os dezoito meses em que estiveram juntos. Martin Jacques trabalhava em Londres e tinha um pequeno apartamento em Bloomsbury. Era muito magro e distante, com uma pluma de cabelos prateados e um tremor quase constante na bochecha.

Havia também o irmão mais velho de Scarlett, Rex, que tinha quase a mesma idade de Liam e praticamente os mesmos interesses que ele, um cara incrível, mas um pouco cheio de si e meio barulhento, muito parecido com a mãe.

Os Jacques amavam Liam. Tratavam-no como se ele fosse um parente, alguém que fazia parte da família. Joss tinha sempre algum trabalhinho para ele fazer: um cano com vazamento que precisava ser apertado, uma chaleira elétrica que precisava de fiação nova, um carro precisando ser levado à oficina para algum serviço. E ele sempre ficava feliz em ser aquele cara, o cara prático, aquele em quem se podia confiar para reconfigurar uma esteira ou manter as raposas longe do gramado.

E então tudo mudou. Scarlett se formou na escola em junho de 2016 e, depois disso, foi velejar com a família durante a maior parte do verão — Liam foi convidado para ir com eles, mas precisou voltar para casa porque o pai estava com um problema na coluna. Quando Scarlett voltou de viagem e Liam voltou de Cotswolds, os dois quase não ficaram juntos antes de ela começar seu curso de belas-artes na Manton College. Liam, entretanto, ainda estava na Maypole House, repetindo o último ano. Sem os almoços constantes juntos, sem os intervalos entre as aulas quando eles se esgueiravam para o quarto de Liam no alojamento para transar ou ver TV, sem a proximidade um do outro, a coisa toda pareceu perder o sentido, a leveza e a intimidade já não eram as mesmas, e, no fim daquele primeiro período, pouco antes do Natal de 2016, Scarlett levou Liam ao Swan & Ducks, comprou-lhe uma cerveja e peixe com batatas fritas e disse a ele que provavelmente seria melhor se eles fossem apenas amigos. Liam deu de ombros e disse:

— É, estava sentindo que isso ia acontecer.

— Você está triste? — perguntou ela, com os olhos arregalados, os dentes mordendo o canto do lábio inferior.

— Sim — disse ele. — Estou triste.

— Desculpa — disse ela, agarrando a mão dele.

— Não precisa se desculpar. Você é jovem. A vida continua. Eu entendo.

— Posso mudar de ideia?

Ele riu.

— Só se for nos próximos quinze minutos. Depois disso, esquece.

Ela baixou a cabeça em seu ombro e, em seguida, olhou para ele novamente e disse:

— Talvez eu enlouqueça sem você. Posso surtar. Posso... Sei lá, fazer alguma coisa horrível.

— Não fala bobagem.

— Estou falando sério — disse ela. — Você é a única coisa que me mantém no caminho certo. Você é o meu porto seguro. Estou terminando com você e não sei o que acontece depois disso.

— Eu não vou a lugar algum — disse ele, tranquilo. — Vou estar bem aqui. — Ele apontou para a janela do pub, indicando a Maypole House do outro lado do parque.

— É, mas... — Ela parou, e ele viu um lampejo sombrio perpassar seu rosto.

— O que foi? — perguntou ele. — Qual é o problema?

— Nada — disse ela. — Não importa.

Ela forçou um sorriso pouco convincente, e então eles se abraçaram por um tempo. Liam sorveu o cheiro dela e tentou ao máximo não chorar, não mostrar a ela que estava arrasado.

Liam foi para casa no Natal. Ficou na dele, mas, como de costume, ninguém em sua família percebeu. Ele tinha três irmãos e uma irmã, e agora havia sobrinhos e sobrinhas, vacas para ajudar a parir, cercas para consertar e fardos para carregar. Quando Liam voltou para a Maypole House em janeiro, tinha quase superado Scarlett.

Quase, mas não exatamente.

Depois de alguns dias de volta à escola, decidiu não fazer sua prova final. Liam só tinha voltado para ficar próximo de Scarlett, mas agora, sem ela por perto, ele se via à deriva em uma escola cheia de pessoas muito mais jovens. Ele tinha as notas necessárias para entrar na faculdade de agronomia, então não precisava continuar ali. Planejava deixar a Maypole House e voltar para casa para ajudar o pai com a fazenda por alguns meses, mas no dia marcado para a sua partida recebeu uma ligação de Scarlett.

— Preciso de você, Bubs — disse ela.

Ela não soava como Scarlett. Parecia diferente. Vazia e assustada.

— O que foi? — perguntou ele. — Qual é o problema?

— Não posso contar pelo celular. Pode vir aqui? Na minha casa? Por favor.

Liam olhou o quarto ao redor, as malas pela metade, as estantes vazias, o encerramento daquele período de sua vida e o começo do próximo. Pretendia pegar a estrada às seis da tarde e já eram quase três. Apesar de tudo, ele suspirou, deixou os ombros caírem e disse:

— Claro. Com certeza. Chego aí em algumas horas.

— Não, vem agora. Por favor. Vem agora!

Ele suspirou novamente.

— Sem problema — disse ele. — Chego aí em dez minutos.

— E o que era? — pergunta Sophie agora. — O que a Scarlett queria?

— Ela teve algum tipo de colapso, eu acho — responde Liam. — Estava tremendo, em posição fetal. A mãe achou que ela só estava querendo chamar atenção. — Ele dá de ombros. — Talvez ela estivesse. Não sei. Mas eu sabia que não podia ir embora. Sabia que ela ainda precisava de mim. Falei pro meu pai que ainda não voltaria pra casa e fui morar com ela por um tempo. Foi quando surgiu uma vaga de professor assistente aqui na escola, e eu achei que podia fazer isso por algumas semanas, só pra ficar perto da Scarlett. — Ele suspira. — E, sim, aqui estou eu, mais de um ano depois.

— Por quê? — pergunta Sophie. — Por que você não voltou pra casa quando a Scarlett foi embora?

— Eu só... — Ele faz uma careta. — Eu não sabia que ela não ia voltar. Achei que eles tivessem viajado no verão. E aí chegou setembro de novo, e eles não voltaram. Então pensei que eles voltariam pro Natal, mas não voltaram. E de repente era 2018, e Scarlett parou de responder às minhas mensagens e ligações e eu pensei, bem, ela seguiu em frente. Acabou. Mas eu gosto daqui. Então resolvi ficar.

— E a festa na piscina? — pergunta ela com delicadeza, sem querer forçar muito. — O que aconteceu naquela noite?

Ele ergue os olhos em direção a ela e suspira.

— Jesus. Vai saber... Só sei que não tenho ideia do que aquelas crianças estavam fazendo lá. O cara, Zach, eu diria que ele era meio esquisito. O clima entre ele e a garota era estranho. No pub, parecia que ela realmente não queria ir pra casa da Scarlett, e ele teve que convencê-la. E aí, quando chegamos lá, eles ficaram meio deslocados. Não queriam se enturmar. Dava pra notar que o cara estava com a cabeça cheia. Provavelmente com inveja.

— Com inveja? Por quê?

Liam hesita, e ela o vê prender a respiração.

— Ai, meu Deus, sei lá. O tamanho da casa, os privilégios, esse tipo de coisa, eu acho. Enfim, a atmosfera estava estranha. E aí a minha amiga Lexie... Ela mora aqui também. A filha da Kerryanne, conhece?

Sophie assente.

— Ela ia voltar pra escola, e eu já estava de saco cheio. A gente perguntou se o casal queria uma carona de volta pra cidade, e ela aceitou dizendo que seria ótimo. Mas ele negou, falou que ia ficar. Vi quando ele meio que puxou a garota de volta pra cadeira e senti muita pena dela. Contei tudo isso pra polícia na época, obviamente, e acho que a mãe da menina, Kim, suspeitava que o caso pudesse ter alguma coisa a ver com ele, que ele tinha matado a namorada e desaparecido. Mas sem nenhuma evidência? Isso é o que sempre me confundiu. Eles estavam lá, e de repente não estavam. Nem uma gota de sangue, nem um vestígio de morte. Duas pessoas simplesmente desaparecidas. Não faz sentido. Né?

Ele baixa os olhos para o celular de Sophie e olha novamente para a foto do anel.

— E agora — diz ele, dando zoom na imagem com os dedos — está começando tudo de novo.

24

FEVEREIRO DE 2017

Pelos elaborados portões de metal, Tallulah encara o longo acesso de veículos em direção à casa de Scarlett que emerge da copa das árvores no topo de uma pequena colina. Parece ainda estar a mais de um quilômetro de distância. Espreme a bicicleta pela estreita passagem de pedestres ao lado dos portões, monta de novo e segue em frente.

Não sabe o que está fazendo ou por que está fazendo aquilo. As paredes de sua vida estão se fechando, e ela precisa encontrar uma brecha, nem que seja por apenas um minuto, para poder respirar.

Quando se aproxima da casa, suspira baixinho. É uma visão mágica. O tipo de casa que provoca sonhos intensos e deixa um rastro de tristeza na manhã seguinte por não ter sido ser real.

Encosta a bicicleta na parede e pisa no cascalho branco em direção à porta.

Por um momento, considera ligar para Scarlett, dando-lhe a chance de fingir que não está em casa ou de se esconder. Mas então olha o relógio e vê que falta apenas uma hora até Zach voltar do futebol e ela fez todo o caminho até ali e quer muito, muito vê-la. Aperta a campainha, pigarreia, arruma o cabelo, pigarreia de novo, e, um segundo depois, ouve uma voz feminina exclamar "Já vai!". E é ela, é Scarlett, se aproximando da porta, abrindo a porta, e Tallulah se dá conta de que está prendendo a respiração, e quando a porta se abre e o olhar de Scarlett a observa há uma pequena fração de segundo em que alguém deveria dizer algo, mas ninguém fala nada e Tallulah quase diz: "Eu tenho que ir." Mas, antes que as palavras saiam de sua boca, Scarlett balança levemente a cabeça, hesita e diz:

— Meu Deus. É a Tallulah do busão.

Um grande cachorro surge num passo vagaroso. É o cachorro do autorretrato de Scarlett no prédio de artes da faculdade. Um animal gigantesco.

— Oi — diz Tallulah. — Foi mal aparecer assim, mas eu estava conversando com a Mimi e ela disse que, se eu visse você por aí, eu devia dizer oi e dizer pra você entrar em contato, e eu te vi, mas você foi embora antes que eu pudesse falar qualquer coisa, e a garota da loja, a gente meio que se conhece, e ela me disse onde você morava. Daí eu meio que pensei... Eu podia vir aqui dar o recado pessoalmente. Tipo isso.

— Você me mandou um e-mail, não foi?

— É, depois que eu te vi na cidade.

— E eu não respondi.

— Não. Mas tudo bem. Sério, eu não esperava que você respondesse.

— Como chegou aqui?

Tallulah vira a cabeça em direção à bicicleta.

— Eu, há... pedalei.

O cachorro passa por Scarlett e para ao lado de Tallulah, ofegando ruidosamente.

— Posso fazer carinho nele?

— Claro que pode. Nossa, sim! Ele adora ganhar carinho de estranhos. É um oferecido.

Tallulah pressiona a mão no pelo grosso do cachorro e sorri.

— Lembro que você gosta de cães — diz Scarlett. — Disse que queria ter um. Conseguiu?

Tallulah balança a cabeça e se agacha para ficar cara a cara com o cachorro.

— Qual é o nome dele? — pergunta ela, esfregando a enorme papada do bicho.

— Toby.

— Combina com ele.

Por um momento, parece que não há mais nada a ser dito. Tallulah se endireita e diz:

— Enfim. É isso aí. A Mimi pediu para dizer que você tem que deixar de ser escrota e dar notícias porque todo mundo está preocupado com você.

Ela observa Scarlett, avaliando sua reação ao recado. Repara que Scarlett está mais magra do que nunca, que seu cabelo cresceu em raízes surpreendentemente escuras, que ela está vestida de forma menos teatral do que costumava se vestir para a faculdade, com jeans de corte simples e um moletom velho que traz impressas as palavras "Guernsey Iate Clube" e uma pequena bandeira vermelha e branca.

— Quer entrar? — propõe ela.
— Hum... sim. Ok. Tudo bem por você?
— Tudo certo.
— Não posso ficar muito tempo, preciso chegar em casa até as duas. Então...
— Vamos tomar um chá — sugere Scarlett. — Todo mundo saiu, a casa está bem tranquila.

Tallulah segue Scarlett pelo corredor até uma cozinha incrível que parece uma caixa de vidro anexada nos fundos da casa. Mesmo neste dia nublado, o cômodo está incrivelmente iluminado, uma dúzia de lâmpadas halógenas reluzem nas bancadas e nos armários lustrosos. Uma delicada mesa de madeira rodeada por cadeiras de jantar aveludadas em um tom de cinza repousa diante das enormes portas de correr que se abrem para o quintal e, logo adiante, o que parece ser uma piscina que está coberta. No alto, um lustre de acrílico com pendentes vermelhos. As paredes são de alvenaria branca cobertas de telas abstratas. Na outra extremidade da caixa de vidro há uma sala de estar com um sofá em formato de L num tom vibrante de azul e a maior tela de plasma que Tallulah já viu.

O cão acompanha Tallulah de perto e, por fim, cai a seus pés quando ela se senta.

— Ele ama mais as visitas do que a própria família. É tão patético — diz Scarlett, enchendo e ligando a chaleira elétrica.

Tallulah sorri.

— Ele é uma graça. Você tem muita sorte — elogia ela, seguida por um momento de silêncio. — Então... tem algum recado pra mandar de volta pra Mimi e o resto do pessoal?

De costas para ela, Scarlett suspira.

— Não quero nada com a Mimi. Nem com a Ru. Nem com nenhum deles. Então não. Só não diz pra eles que você me viu.

— Ah, vocês brigaram? — pergunta Tallulah.

— Na verdade, não. Eu só... — Scarlett abre a porta da geladeira, pega uma garrafa de leite e pergunta: — Leite?

Tallulah assente.

— É complicado — continua Scarlett. — Não quero falar sobre isso.

Ela termina de fazer o chá e traz as canecas para a mesa.

— E aí, como vão as coisas na faculdade? — pergunta Scarlett.

Tallulah dá de ombros.

— Uma chatice.

— O que que você está estudando mesmo?

— Ciências sociais e serviço social.

— Então você quer ser assistente social?

— Isso. — Tallulah meneia a cabeça e pega seu chá. — Esse é o plano.

— Bem, isso é muito nobre. Você é claramente uma pessoa muito legal.

Tallulah ri de nervoso.

— E você? O que você quer ser?

— Nada, eu só queria morrer — responde Scarlett de modo sombrio. — É. Seria ótimo morrer. — Então, ela se recupera rapidamente e diz: — Quer ver uma coisa impressionante?

— Err, sim. Claro — replica Tallulah, hesitante. Ela pousa o chá na mesa e se levanta. O cachorro também se levanta, com custo.

— Agora, sério, você não pode contar pra ninguém sobre isso, tá bem? Quer dizer, isso é literalmente loucura e eu sou literalmente a única pessoa no mundo inteiro que sabe sobre isso e em um minuto você será literalmente a segunda pessoa no mundo a saber sobre isso. Posso confiar em você?

Tallulah assente.

— Pode — diz ela. — Claro.

Os olhos de Scarlett permanecem nela por um momento, avaliando-a. Então, ela sorri e diz:

— Vem. Por aqui.

Elas abrem caminho pela casa, passando por gabinetes, salas de música, antessalas, corredores, escritórios, salas de jantar, salas de estar, salas de visitas, até chegarem a uma pequena porta situada no canto do que Scarlett chama de "ala Tudor". O cômodo é pequeno e contém apenas uma mesa preta laqueada, um abajur de latão com uma cúpula de veludo vermelho e uma peça de arte moderna pendurada em uma parede de madeira antiga. A porta também amadeirada tem um trinco de ferro.

— Então — diz Scarlett, abrindo a porta e olhando para cima.

— Esta é a escada para a sala da torre. — Ela sai do caminho para que Tallulah possa ver. É uma escadaria de pedra em espiral, muito pequena, muito estreita. O tipo de escada que os turistas fazem fila para subir em catedrais ou algo assim.

— Ah, uau — diz ela.

— Sim, mas isso ainda não é a coisa impressionante. A coisa impressionante é isso.

Scarlett fica de joelhos e puxa uma ferramenta estranha do bolso traseiro da calça jeans. Tem uma aparência antiga, ligeiramente enferrujada, um cabo longo com uma base achatada que ela insere numa brecha do primeiro degrau e, em seguida, usa para levantar a pedra de sua fixação. Ela remove cuidadosamente o pedaço de pedra e o coloca atrás de si. Uma corrente de ar frio sopra pelo buraco, e Tallulah dá uma estremecida.

— Encontrei um livro — diz Scarlett enquanto desliza a mão pelo buraco aberto na escada. — A história desta casa. E havia algo lá sobre um túnel secreto, tipo um túnel de fuga. Esta ala foi construída durante a Guerra Civil Inglesa em 1643, e pediram ao arquiteto que incluísse um túnel secreto para caso os habitantes precisassem se esconder ou fugir. E... — O rosto dela se contorce enquanto ela tenta pegar algo dentro do buraco. — A planta foi destruída em um incêndio que queimou metade do prédio. Na verdade, é por isso que a propriedade se chama Dark Place. O círculo preto em volta da região após o incêndio, toda a madeira carbonizada.

"A casa ficou abandonada e vazia por quase setenta anos até ser comprada por um jovem casal londrino. Eles deviam ser tipo os hipsters da época, queriam uma casa pra reformar, algo com personalidade. Foram eles que anexaram a ala georgiana. Na época, isso era visto como supermoderno, só se falava disso na cidade. As pessoas não conseguiam acreditar. Mas o casal não tinha ideia de onde ficava o túnel e passou anos tentando encontrá-lo. Quando envelheceram, voltaram pra Londres sem nunca terem descoberto onde ele ficava. Por volta de 1800, todo mundo começou a achar que o túnel não passava de um mito. Que nunca tinha existido.

"E aí, no início de 2017, uma jovem chamada Scarlett Jacques, que não tinha nada pra fazer o dia todo porque tinha largado a faculdade e vivia deprimida e incrivelmente entediada, decidiu aceitar a missão de encontrar o túnel. E, finalmente, depois de muitos dias, ela teve uma ideia. E se? — Ela ofega levemente enquanto puxa algo no buraco, levantando de repente todo o painel de pedra, removendo-o e colocando-o próximo ao primeiro pedaço. — E se o arquiteto decidisse que o melhor lugar para uma escada que fica abaixo do solo fosse na base de uma escada que fica acima do solo? E se aquela coisa estranha de metal pendurada em um gancho no barracão de lenha desde o dia em que nos mudamos... E se essa fosse a chave pra abrir a base? — Ela se inclina para trás e afasta uma mecha de cabelo do rosto. — E eis que — diz ela a Tallulah, acenando com o braço pela abertura — ela estava certa, porra.

Tallulah está boquiaberta. Olha para o buraco, depois para Scarlett.

— Meu Deus — sussurra ela. O cachorro fareja os pedaços de pedra e passa por Tallulah para espiar pelo buraco, farejando o ar ruidosamente.

— Quer descer e dar uma olhada? — diz Scarlett, ligando a lanterna do celular.

— Hum… não tenho certeza. Eu realmente preciso voltar. E eu sou aracnofóbica. Tipo, sério. Ataques de pânico pesados.

— É só entrar e ver a sala na parte de baixo da escada. Não tem aranhas lá, eu prometo. É muito legal. Vem.

Uma imagem passa pelo subconsciente de Tallulah, uma imagem dela em um túnel cheio de aranhas, olhando para Scarlett, que gargalha loucamente enquanto puxa a cobertura de pedra de volta para o lugar.

Tallulah não disse a ninguém que iria até a casa de Scarlett. Elas estão sozinhas ali. Há apenas a bicicleta de sua mãe, que Scarlett poderia facilmente descartar. Ela poderia prender Tallulah lá embaixo, e ninguém jamais saberia.

Tallulah pensa no autorretrato de Scarlett no prédio de artes da Manton, a faca de bolo com sangue, a arma, o coração batendo fresco no prato, e se pergunta sobre essa garota que ela mal conhece. Quem é Scarlett Jacques? *O que* ela é?

Mas então encara Scarlett e vê a garota legal da faculdade, a garota que todo mundo quer ser, e ela está olhando de volta para Tallulah com um sorriso brincalhão, dizendo:

— Vem. Eu não vou engolir você.

Então Tallulah a segue para dentro do buraco, suas mãos agarrando as paredes de tijolos úmidos enquanto os degraus a levam para baixo.

25

JULHO DE 2017

Junho se transforma em julho. Noah passa de doze para treze meses. Kim larga o emprego de meio período na imobiliária perto de casa. Ryan cancela suas primeiras férias com os amigos em Rodes. No calendário da cozinha, Kim vê sua letra no dia 17 de julho: "Último dia do período, Tallulah." Ela chora.

A polícia finalmente conseguiu permissão para revistar a casa dos Jacques, mas os agentes não encontraram nada fora do comum, e o sistema de segurança dos Jacques não estava funcionando naquela noite, todas as câmeras estavam desligadas.

— Totalmente minha culpa — disse Joss Jacques. — Eu nunca sigo as instruções direito. Isso deixa o Martin louco.

Pouco depois disso, Scarlett e sua família viajaram para sua casa nas Ilhas do Canal e nunca mais voltaram.

Lá pelo fim do mês, Kim cancela suas férias de agosto para Portugal, para o pequeno resort familiar com a creche que ela e Tallulah haviam pesquisado atentamente, imaginando Noah ali fazendo novos amigos, talvez até aprendendo a engatinhar, brincando na piscina infantil com boias de braço, roupinhas de banho com zíper e chapéu de sol. A senhora ao celular é muito compreensiva quando Kim explica suas circunstâncias e concede a ela um reembolso integral. Depois, Kim chora por meia hora.

Jim, o ex-marido de Kim, vai e vem; fica por algumas noites, sempre que consegue se ausentar do trabalho, sempre que a mãe dele permite que ele a deixe, e depois ele volta para Glasgow. De certa forma, Kim preferiria que ele não aparecesse. Ele não ajuda em nada, não oferece nenhum apoio, só gera gastos extras com comida, xícaras de chá para fazer e lençóis para lavar.

No início de agosto, ele reaparece, e, assim que entra em casa, Kim sabe que aconteceu alguma coisa. Está exausto e tenso.

— Acabei de ver aquela mulher — diz ele, largando no chão do corredor a jaqueta e a bolsa. — A mãe.

— A Megs?

— Isso. Dane-se o nome dela. Sabe o que ela me falou?

Kim baixa os olhos. Ela tem tentado ao máximo evitar Megs e Simon desde o dia da busca policial. Atravessa a rua quando os vê, dá meia-volta, vai embora dos lugares.

— Ai, meu Deus — diz ela. — Me conta.

— Ela acha que a Tallulah e o Zach fugiram para casar. Partiram numa bela lua de mel prolongada. Ela disse: "Foi demais pra eles, terem aquele bebê tão jovens. Não posso dizer que estou surpresa."

Kim suspira e balança a cabeça.

— E o que você respondeu?

— Eu disse que ela tinha perdido o juízo. Que ela precisava de cuidados médicos.

— O Simon estava lá?

— Estava.

— E o que ele disse?

— Quase nada.

— Você a lembrou de que nenhum deles usou as contas bancárias desde a noite em que desapareceram?

— Claro, claro. Ela disse que eles provavelmente devem estar usando dinheiro vivo.

— Certo — diz Kim, revirando os olhos. — Claro que devem. Eles provavelmente estão nadando na grana, na suíte nupcial no maldito Ritz-Carlton agora mesmo.

— Estou com tanto ódio — diz Jim. — Ódio por eles estarem lidando com isso de forma tão leviana. Quando o filho deles pode ter... Você sabe muito bem... — E então ele começa a chorar.

Finalmente, pela primeira vez desde que Tallulah desapareceu, Kim sente que ela e Jim estão juntos naquela situação desesperadora. Abre os braços, e ele se aproxima, e os dois se abraçam por muito tempo. É a primeira vez que se tocam assim em mais de dez anos, e, por um momento, Kim fica feliz por ele estar ali, feliz por ter alguém com quem compartilhar isso, por ter alguém para apoiá-la naquele inferno. Mas então ela sente a bochecha dele deslizar pela sua, a virilha dele um pouco perto demais de sua coxa e os lábios dele de repente se colam com os dela, e ela ofega e o empurra para longe, com força, com tanta força que ele quase perde o equilíbrio. Jim a encara por um momento, e ela sustenta o olhar, a respiração ofegante. Ela o observa pegar a jaqueta e a bolsa, abrir a porta da frente e a fechar sem fazer barulho.

Setembro não demora para chegar, e Kim vê o quadrado no calendário da cozinha no qual ela escreveu as palavras "Tallulah volta à faculdade". Ela se sente entorpecida demais para chorar.

Noah completa quinze meses. Já anda e fala. Ryan arranja uma namorada chamada Rosie com quem passa o tempo todo trancado no quarto. Kim fica sem dinheiro e precisa fazer um empréstimo.

O detetive McCoy liga de vez em quando para dar atualizações cada vez mais vagas. Sempre que ele fala com ela fica mais evidente que eles não têm nada para continuar com a investigação. As marcas de pneus na garagem em frente a Dark Place pertencem ao carro de Lexie Mulligan. As imagens das câmeras nas estradas principais de Upfield Common e arredores não mostram nada. Os empregadores de Zach dizem que ele era um bom rapaz. A faculdade de Tallulah confirma quão ótima aluna ela era. Um mar de rostos vazios, cabeças balançando em negação. Ninguém tem uma explicação para o que pode ter acontecido com eles.

Kim é constantemente assombrada pela imagem de Zach segurando os braços de Tallulah num canto da casa de Scarlett naquela noite de verão, com o anel brilhante no bolso de sua jaqueta. Vai ao quarto de Tallulah às vezes para procurar de novo a chave que vai desvendar o mistério, resolver o impasse. Mas não encontra nada, e os meses se passam.

Logo é junho de novo. Noah faz dois anos e corta o cabelo pela primeira vez. No aniversário do desaparecimento de Tallulah, Kim lidera uma procissão à luz de velas pela cidade na tentativa de conseguir mais publicidade para sua filha desaparecida, uma tentativa de fazer com que as pessoas voltem a se importar. Megs e Simon vão embora da cidade, decidem ir morar perto de duas das filhas adultas, que tiveram filho recentemente. Eles não se despedem. Kim consegue uma vaga para Noah na creche da igreja de St. Bride's durante quatro dias por semana, além de um emprego na Swan & Ducks durante o turno do almoço. Quita o empréstimo. Ryan e Rosie se separam, e ele arruma uma nova namorada chamada Mabel. Ela tem um apartamento em Manton, e ele vai morar com ela. E agora a vida de Kim se resume a deixar Noah na creche, trabalhar em seu turno no bar, buscar Noah, fazer compras, cozinhar, comer. Não sai mais sexta à noite porque não tem com quem deixar Noah. Bebe vinho sozinha e assiste a programas sobre cirurgias plásticas que deram errado e sobre cães submetidos a operações de substituição do quadril.

E ainda assim nada muda.

Nada acontece.

Até uma manhã no início de setembro, quinze meses após o desaparecimento de Tallulah, quando uma mulher aparece em sua porta, uma jovem extremamente atraente com cabelos loiros sedosos e um lindo vestido. Essa mulher, que se chama Sophie, encontrou um anel no terreno da Maypole House, o anel de Zach, e disse que havia uma placa com uma seta sugerindo que alguém cavasse ali, que alguém o encontrasse.

E aí está. Finalmente. Um sinal de que alguém sabe de alguma coisa. Um sinal de que a história de Tallulah ainda não acabou.

Quando a mulher vai embora, Kim pega o celular e desliza os contatos pela tela até encontrar um que ela não contata há muitos meses.

— Alô, Dom, é a Kim. — (Ela parou de chamá-lo de detetive McCoy há um tempo, e ele parou de chamá-la de srta. Knox.) — Houve um progresso.

26

SETEMBRO DE 2018

— Hum… Soph. Você estava esperando um tal detetive McCoy? Ele está procurando por você na recepção.

É Shaun ao celular, parecendo bastante confuso e distraído.

— Ah, sim — responde ela. — Provavelmente sim.

Há um silêncio no qual Sophie percebe que precisa se explicar.

— Eu desenterrei aquela coisa — diz ela. — Na floresta. Acontece que está relacionada ao caso de uma pessoa desaparecida.

— Que coisa?

— Você sabe. Eu te falei daquela placa na cerca do jardim que dizia "Cave aqui". Eu cavei. Era um anel de noivado.

— Ah, certo — diz Shaun. — Você não me contou.

— Bem, não, só descobri ontem de quem era, e você estava no trabalho e…

— Bem, de qualquer maneira, o que eu devo…? — interrompe ele.

— Preciso ir aí? — pergunta ela, ligeiramente sem fôlego.

— Acho que sim. Vou pedir pra alguém reservar uma sala pra você.

E então ele desliga, de forma bastante abrupta, e Sophie pensa que é a primeira vez que ele perde a paciência com ela.

O detetive McCoy é assustadoramente atraente: um bronzeado intenso de verão, cabelo castanho queimado de sol, uma camisa azul-bebê impecável sob o terno azul-escuro.

Ele está sentado em uma pequena sala de reuniões atrás da recepção. Há um painel de vidro na porta por onde Sophie nota uma cabeça balançando fora de vista. A presença de um policial no recinto está provocando certo alvoroço. O fato de ele estar ali para falar com a namorada do novo diretor adiciona ainda mais polêmica à situação.

O detetive McCoy se levanta quando ela entra, e aperta a mão dele.

— Obrigado — diz ele. — Desculpe incomodá-la no meio do horário escolar.

— Ah, não, tudo bem, de verdade. Eu não trabalho aqui. Então, é, você sabe...

— Bem. — Ele se senta novamente. — Acho que você sabe por que estou aqui.

— O anel?

O detetive McCoy verifica suas anotações.

— Sim. O anel. Encontrado no terreno da escola? Por você?

— Correto.

— E quando foi isso, exatamente?

— Alguns dias atrás. Primeiro guardei o anel em uma gaveta, porque não sabia o que fazer com ele. Mas aquilo continuou pipocando na minha cabeça. Então tirei a caixa da gaveta, limpei a superfície e descobri o nome da joalheria. Levei lá ontem e, em seguida, direto pro dono. Só que ele não mora mais lá. Kim, a mulher que me atendeu, disse que ele está desaparecido.

— Isso mesmo. Ele desapareceu no dia 16 de junho de 2017, com a namorada. E havia uma teoria de que ele poderia ter saído com ela naquela noite para pedir a mão dela em casamento. Então, o anel reaparecer de repente depois de todo esse tempo é um grande progresso. Na verdade, ele reabre o caso.

Sophie assente, um tanto fervorosamente, tentando não demonstrar sua empolgação.

— Acho que sim — diz ela.

— Então, a srta. Knox me disse que você encontrou este anel depois de seguir as instruções escritas em um bilhete?

— Tipo isso. Tinha uma placa pregada na cerca do jardim com uma seta. Posso te mostrar se quiser, ainda está lá. Eu não toquei em nada.

— Sim. Sim, por favor. — O detetive coloca a caneta e o bloco de anotações de volta no bolso da jaqueta e se levanta.

Ela o conduz pelos jardins da faculdade e pelo chalé.

— Eu vi no nosso primeiro dia aqui — diz ela, abrindo a porta dos fundos. — Achei que fizesse parte de uma caça ao tesouro, ou algo assim. — Ela destranca o portão dos fundos e aponta para a cerca com a mão esquerda. — Eu realmente achei que não fosse nada no começo.

O detetive McCoy olha para a cerca, depois para Sophie, interrogativamente.

Sophie baixa os olhos.

A placa sumiu.

27

FEVEREIRO DE 2017

Tallulah chega em casa trinta segundos depois de Zach.

Está sentado no último degrau, desamarrando os tênis, com uma toalha enrolada no pescoço e o cabelo brilhante de suor. Ele olha para ela de forma estranha.

— Oi — diz Tallulah casualmente.

— Onde você estava?

— Dando uma pedalada — responde ela.

Ele estreita os olhos.

— De bicicleta?

Ela dá uma risada seca.

— Sim. Claro, de bicicleta. De que outro jeito seria?

— Você não tem bicicleta.

— Peguei a da minha mãe emprestada.

— Mas e o Noah?

— O que tem ele?

— Você deixou o Noah?

— Sim. Deixei com a minha mãe. Ela me disse pra sair e me exercitar um pouco. Estou com dor de cabeça.

Ele tira o segundo pé do tênis e o coloca ao lado do primeiro.

— Pra onde você foi?

— Andei por aí — diz ela, abrindo o zíper do casaco e tirando-o. Ela o pendura e chama pela mãe.

— Aqui.

Ela segue a voz da mãe até a sala de estar e a encontra sentada no sofá com Noah no colo.

Tallulah pega Noah e o gira com ela, depois lhe dá um beijo estalado na bochecha e o abraça.

— Como está o meu menino lindo? — diz ela. — Como está o meu menino muito, muito lindo?

A sensação dele em seus braços depois do tempo que passou na casa de Scarlett é um alívio indescritível. Sua pele ainda se arrepia com a memória das paredes úmidas do túnel sob a casa de Scarlett, e desde que saiu do buraco e voltou para a luz do dia ela tem esfregado teias de aranha imaginárias para longe do rosto e do cabelo.

— Não é a coisa mais legal do mundo? — disse Scarlett, seus olhos brilhando sob a lanterna do celular.

Tallulah sorria nervosamente e esfregava os antebraços nus, dizendo:

— É bem assustador.

— Sim, mas pensa só nisso — continuou Scarlett. — Nós podemos ser as primeiras pessoas a pisar aqui em trezentos, quatrocentos anos. As últimas pessoas que pisaram aqui estavam, tipo, usando boinas. Falando com um vocabulário shakespeariano.

— Você foi até o outro lado?

— Porra. Não. — Scarlett balançou a cabeça com força. — Sabe Deus o que tem lá. A porra do Demogorgon! — Ela estremeceu e puxou as mangas do moletom sobre as mãos.

Tallulah também estremeceu e colocou as mãos no pelo macio de Toby, que ofegava de leve ao lado dela.

Então, Scarlett colocou a mão no pelo de Toby e seus dedos encontraram os de Tallulah, enlaçando-se em torno deles, e Tallulah prendeu a respiração ao sentir o toque. Olhou para cima e viu que Scarlett a encarava, um sorrisinho no canto da boca.

Tallulah foi embora alguns minutos depois e pedalou com força durante todo o caminho para casa, tentando se livrar da escuridão do túnel, da sensação dos dedos de Scarlett entrelaçados nos dela e do choque de energia ligeiramente nauseante entre ambas, sugerindo algo tão além da pessoa que ela era ou percebia ser que parecia quase uma ferida.

Agora ela senta Noah em seus joelhos e descansa os lábios no topo da cabeça dele, saboreando o cheiro de seu couro cabeludo, a sensação de estar em casa.

— Foi bom o passeio? — pergunta a mãe dela.

— Sim — diz ela. — Foi ótimo dar uma saída.

Zach entra.

— Como foi o futebol? — pergunta Tallulah, querendo desviar o assunto do passeio de bicicleta.

— Ótimo — diz ele, sentando-se pesadamente ao lado dela e tocando-lhe a nuca. — Ganhamos de lavada. Quatro a zero. — Ele está com cheiro de grama e terra do campo de futebol, de homem, de suor. De repente, ela sente repulsa daquela proximidade, a sensação da mão dele em sua pele, seus odores masculinos tão presentes.

— Você não vai tomar banho?

— Estou fedendo? — Ele levanta o braço e fareja a própria axila.

Ela força um sorriso e diz:

— Claro que não. Mas você está coberto do suor de outras pessoas.

Ele retribui o sorriso e dá um pequeno aperto na nuca de Tallulah antes de se levantar.

— Mensagem recebida e compreendida — diz ele.

Quando Zach sai da sala e o som de seus pés descalços indica que ele está subindo as escadas, a mãe de Tallulah se vira para ela e diz:

— Ele é um bom menino. Estou tão feliz que você o deixou voltar pra sua vida.

Tallulah dá um sorriso tenso. Ela pensa: *Você não viu o olhar que ele me deu agora na escada. Não sabe como ele olha pra mim quando você não está na sala; a maneira como a voz dele endurece como pedra, os olhos que me perfuram feito lasers. Você realmente não sabe.*

Scarlett está no ponto esperando o ônibus na manhã de segunda-feira.

— Bom dia, Tallulah do busão — diz ela, deslizando um pouco ao longo do banco para abrir espaço. — Feliz segunda-feira. Você parece cansada.

— O que você está fazendo aqui? — pergunta Tallulah. — Vai voltar pra faculdade?

— Nem pensar — diz Scarlett. — Estou aqui pra ver você.

Os olhos de Tallulah se arregalam.

— Por quê?

Scarlett dá o braço a Tallulah e encosta a cabeça em seu ombro.

— Porque eu senti sua falta.

Tallulah ri secamente.

— Certo — diz ela, olhando para o outro lado da rua, em direção a sua casa, imaginando olhos sobre ela e esta menina de cabelo azul com a cabeça em seu ombro.

Scarlett levanta a cabeça e puxa o braço para trás, enfiando a mão no bolso do casaco peludo, estreita os olhos para Tallulah e pergunta:

— Você gosta de mim?

Tallulah ri novamente.

— Claro que eu gosto de você.

— Mas você, tipo... *gosta* de mim?

— Não sei o que você quer dizer.

Scarlett suspira e bufa.

— Não importa — diz ela. — Estou tão entediada. Entediada pra caralho.

— Por que você não volta pra faculdade?

— Nunca — responde ela.

— Mas por quê? Eu vi o seu trabalho. Você é tão talentosa. O que aconteceu? Por que você saiu?

Scarlett suspira, abaixa a cabeça e depois a levanta novamente.

— Ah, por causa de umas *coisas*.

As duas se viram ao som do ônibus se aproximando do outro lado da cidade.

— Vou com você — diz Scarlett, ficando de pé. — Fazer companhia.

Tallulah olha de relance para o parque outra vez, em direção a sua casa. Tem a forte impressão de que está sendo observada.

Elas sentam no fundo do ônibus. Scarlett se aperta perto de Tallulah, que ocupa o lado da janela. Ela faz comentários um tanto hiperativos sobre a paisagem, sobre um cheiro de queijo no ônibus, sobre quanto ela gosta dos tênis de Tallulah (eles custaram 19,99 libras na New Look), sobre como está entediada, como sente falta do irmão, odeia a mãe, queria ter seios maiores, dentes maiores, nariz maior, morar em Londres, e como odeia a própria voz, sente falta de fazer arte, quer um cachorrinho, quer uma carne assada de domingo com todas as guarnições. E Tallulah balança a cabeça, sorri e se pergunta: *Por que você está me contando tudo isso? Por que você está sentada tão perto?*

Finalmente, quando cruzam a rotatória e se aproximam da cidade, Scarlett para de falar e se vira para olhar pela janela do outro lado do ônibus. Tallulah espera alguns segundos antes de falar qualquer coisa. Scarlett é como um gato, o tipo que deixa alguém lhe fazer cócegas na barriga por um tempo antes de arranhar a pessoa e fugir de repente.

Ela toca gentilmente o braço da outra e pergunta:

— Você está bem?

Scarlett dá de ombros, e Tallulah percebe que seus olhos estão marejados.

— Ah, é isso — diz ela, sua voz falhando ligeiramente. — Só uma típica garota rica e fodida da cabeça tendo uma crise idiota. Pode me ignorar. É melhor.

— O que aconteceu com o seu namorado? — pergunta Tallulah, se questionando se Scarlett estaria com o coração partido. — Aquele da Maypole.

Scarlett balança a cabeça.

— Terminamos — diz ela. — Pouco antes do Natal.

— Ah, que pena.

— Não. Sério. Tudo bem. Eu que terminei. Durou tempo demais. Eu não estava apaixonada por ele. Mas de muitas maneiras ele me fazia feliz, sabe? Ele me dava segurança. Agora sou só eu. E é tudo meio que um desastre, na verdade. Tenho um pouco de TDAH, então preciso de alguém calmo perto de mim. Alguém pra me lembrar de como eu devo me comportar. O Liam era muito bom nisso. — Ela suspira. — Sinto falta dele.

— Vocês não podem voltar?

Scarlett balança a cabeça.

— Não. Eu fiz a coisa certa. Libertei ele. — Ela faz uma pausa. — E você?

Tallulah lança-lhe um olhar de dúvida.

— Você tem namorado?

— Ah, sim — diz ela. — Tipo isso. Nós terminamos um ano atrás, mas voltamos logo depois do Ano-Novo.

— O que fez você decidir voltar com ele?

Tallulah começa a falar e então para. As palavras para descrever seu filho, sua maternidade, sua vida real estão na ponta da língua, esperando para serem derramadas. Mas ela não consegue fazê-lo. Assim que essas palavras saírem de sua boca, ela será Tallulah, a mãe adolescente, e não a Tallulah do busão.

— Sei lá — responde ela depois de um momento. — Estou começando a pensar que talvez tenha sido um erro.

Scarlett levanta a sobrancelha.

— Que merda.

— É. Eu sei. Ele não é mais a mesma pessoa de antes. Ele está mais... — Ela repassa uma dúzia de adjetivos em sua mente antes de encontrar o certo. — Controlador.

Scarlett prende a respiração de modo audível e balança a cabeça.

— Ah, não — diz ela. — Não, não, não. Homens controladores são os piores. Você precisa sair disso. Precisa sair disso quanto antes.

Tallulah se vira para a janela, sem dizer o que deveria dizer, que não é tão simples, que ele mora com ela, que eles têm um filho juntos.

— É — murmura ela. — Você tem razão.

*

— Quem era aquela garota? No ponto de ônibus hoje de manhã?

Zach está deitado na cama de casal com a roupa do trabalho. Ele ainda deveria estar trabalhando e quase mata Tallulah de susto.

— Meu Deus, Zach. — Ela leva a mão ao peito. — O que você está fazendo aqui?

— Tive uma dor de cabeça — diz ele. — Pedi pra sair mais cedo.

Ela estreita os olhos em direção a ele.

— Você não podia só ter tomado um remédio?

— Eu não tinha. — Ele se senta e envolve os joelhos com os braços. — Era aquela garota? Aquela da foto no seu celular. Da festa de Natal?

— Sim. Ela mora aqui perto.

— Você não disse que ela tinha saído da faculdade?

Ela hesita. Como ele se lembra dela dizendo isso?

— É, ela saiu — diz ela. — Estava só indo pro centro da cidade.

Ele faz que sim com a cabeça.

— Ela parecia bastante pegajosa.

Tallulah dá de ombros.

— Meio estranho — continua ele. — Você mal conhece essa garota, mas tem selfies com ela no celular. Daí ela abraça você no ponto de ônibus como se fosse sua melhor amiga.

— Ela é esse tipo de pessoa — diz Tallulah, abrindo o zíper da mochila e tirando sua pasta de tarefas. Noah está cochilando no quarto da mãe, e ela planejou usar a hora de sossego para fazer o dever de casa. — Um pouco intensa, sabe?

— Onde ela mora? Essa garota intensa?

— Não faço ideia — responde ela. Após a última sílaba ela engole em seco. — Em algum lugar por aqui. Só sei isso.

Ele assente, depois se arrasta devagar para fora da cama. Dá alguns passos na direção dela e então se ergue. Ele a olha nos olhos e coloca um dedo sob o queixo dela, virando seu rosto na direção dele. Seu olhar a analisa inteira.

— Você está diferente — diz ele.

Ela tira o dedo dele de seu queixo e se afasta.

— Não estou, não.

Ele a puxa de volta com força, pelo braço.

— Não se afasta de mim. Estou tentando falar com você.

A cabeça dela balança ligeiramente para trás com a força das palavras dele.

— Tenho trabalho da faculdade pra fazer. Não tenho tempo pra isso.

— Isso? Você quer dizer a *gente*. Você não tem tempo pra *gente*.

— Não — diz ela, sentindo o coração bater forte —, eu não tenho tempo pra gente. Eu tenho tempo pro Noah. Tenho tempo pra faculdade. E é isso. Não tenho tempo pra gente. Você tem razão.

Há um silêncio imediato e profundo. Zach muda o peso do corpo de um pé para o outro.

— O que você está tentando dizer, Lula?

— Não estou tentando dizer nada. Você disse que não tenho tempo pra gente, e eu concordo com você. Eu não tenho tempo. Nunca tenho tempo.

— Mas... se você realmente quisesse que isso desse certo, arranjaria tempo. Então qual é o problema? Você quer que isso dê certo? Ou não? Porque eu tenho um emprego, Lula. Eu de fato trabalho pra trazer dinheiro pra esta família. Todos os dias. E eu ajudo com o Noah o tempo inteiro. Mas olha que engraçado, eu ainda tenho tempo pra você. Pra gente. Então por que você também não tem?

— Não sei — responde ela. — Eu não sei.

Um silêncio se instaura entre eles, e então Zach suspira e a puxa com tanta força que ela sente sua caixa torácica dobrar sob a pressão, seus pulmões se contraem, sua respiração ficando presa ali.

28

SETEMBRO DE 2018

A polícia isolou a floresta novamente. A visão da fita de plástico tremulando com a brisa do fim do verão faz Kim voltar no tempo, para o calor nebuloso e exaustivo daquele fim de semana de verão do ano passado, o peso de Noah em seus braços, o suor escorrendo pelas costas, o glamour branco e ofuscante da casa dos Jacques em Upley Fold, o azul-cobalto da piscina, os olhos vazios de Megs e Simon, o hálito deles rançoso de vinho rosé da hora do almoço, o farfalhar ansioso dos cães farejadores enquanto se dirigiam para a escuridão da floresta. Ela estremece ao vê-la, mas então se endireita e sorri quando avista o detetive Dom McCoy saindo de seu carro sem identificação.

— Oi — diz ela.

— Prazer em vê-la, Kim — responde ele. — Aqui estamos nós mais uma vez.

Ela revira os olhos e diz:

— Aqui estamos nós.

Ele a leva para um local longe dos carros, à sombra de uma grande árvore.

— Perdemos a placa. Fui vê-la com a srta. Beck esta manhã, e alguém a retirou de lá. O prego ainda está cravado no tronco, mas a placa sumiu. No entanto, felizmente, a srta. Beck tirou uma foto, então temos a imagem pra analisar. Ela escreve romances policiais, aparentemente, então acho que a cabeça dela funciona assim.

Kim levanta a sobrancelha.

— É sério que ela escreve?

— É. Eu sei. Ela não faz o tipo. Nada parecida com a Agatha Christie, né?

Kim sorri.

— Não, não muito.

— Enfim, enviamos a foto para análise de caligrafia e tudo mais. Definitivamente me parece que alguém está tentando nos trazer de volta ao caso. Alguém que sabia que um novo diretor estava chegando. Alguém que queria que o anel de noivado fosse achado. Alguém que, tudo indica, quer brincar conosco.

— Mas por que alguém ia querer fazer isso?

Dom suspira.

— As pessoas querem fazer todo tipo de coisa, Kim. Se não fosse pelas pessoas fazendo coisas que você e eu nunca faríamos, eu estaria desempregado. Minha teoria, atualmente, é que se trata de alguém que sempre soube de algo, embora permanecesse nas sombras. Alguém que sabe o que aconteceu com a Tallulah e o Zach e, por algum motivo, se cansou do silêncio. Alguém entediado por ninguém ter sido pego.

Kim estremece com o uso da palavra "pego". Isso sugere que alguém fez algo com sua filha. Sugere que sua filha está morta. E nem uma única vez, durante os quase quinze meses que se passaram desde que ela viu a filha sair de casa de shorts jeans rasgados, uma bata e um sorriso incerto ao beijar seu filho e mergulhar no calor de uma noite de verão, nem uma única vez sequer, Kim imaginou que essa possibilidade fosse outra coisa senão um pesadelo, facilmente afugentável com o poder da mente.

— O circuito de câmeras da escola não alcança tão longe, o que é bem irritante. Vai até o limite da área residencial. A srta. Beck e o sr. Gray têm câmeras na frente da casa, mas não nos fundos. Estamos vendo as filmagens, mas, a menos que tenhamos uma imagem de alguém andando pelo campus segurando uma placa de papelão, um prego e um martelo, vai ser como procurar agulha num palheiro. Mas... — ele dá de ombros e sorri, esperançoso — ... nunca se sabe.

Kim fecha os olhos brevemente e abre um sorriso.

— Você está bem?
— Não — diz ela. — Estou enjoada.
— Imagino — diz Dom. Ele estende a mão e toca o braço dela. — Mas talvez este seja o ponto de virada, Kim. Uma pequena faísca de esperança.
— Sim. Talvez seja.

Ela liga para Ryan quando chega em casa e o atualiza sobre as últimas ações da polícia. Está na hora do almoço, mas ela não sente fome. Enfia a mão na caixa do cereal favorito de Noah e come os flocos na palma da mão, como um pônei comendo cubos de açúcar. Olha a hora. Faltam três horas para buscar Noah na creche. Dom disse a ela que ele teria uma atualização no início da noite. Seu próximo turno no Swan & Ducks é no dia seguinte. Kim tinha ficado satisfeita na semana anterior ao ver a lacuna entre os turnos de sua escala, ansiosa pelo tempo livre, mas agora deseja estar no trabalho, afastar a mente dos eventos dolorosos que se desenrolam atrás da Maypole House.

Ela abre o laptop e digita, não pela primeira vez, o nome "Scarlett Jacques" na barra de pesquisa. E, mais uma vez, a busca não mostra nada. Uma conta extinta do Instagram. Uma página extinta do Facebook. Uma conta extinta do Twitter.

Digita o nome "Joss Jacques", e nada surge. Ela não consegue se lembrar do nome do irmão de Scarlett, o garoto bonito que abriu a porta para ela meses atrás com uma cerveja na mão.

Tenta ligar para Mimi no número registrado em seu celular logo após o sumiço de Tallulah e Zach. Como sempre, a ligação não completa. Ela suspira e passa as mãos pelo cabelo. As principais peças, todas as pessoas que estavam lá naquela noite, todas que poderiam saber o que aconteceu, desapareceram. Os únicos que permanecem são o bom menino Liam, ex de Scarlett, e Lexie Mulligan, que costuma sair da cidade e ficar fora por longos períodos.

Então ela começa a pensar que não pode ser coincidência. Não pode ser mera coincidência que todos tenham ido embora, abandonado casas, redes sociais, faculdade, amigos. E agora isto: o anel perdido foi encontrado, alguém está reiniciando propositalmente os motores da investigação. Mas por quê? Por que agora? E quem?

Ao pensar nisso, reflete outra vez sobre o bom garoto chamado Liam, o garoto grande como um urso e com o sotaque gentil do interior. Pensa no fato de que aquele com mais motivos para ir embora continua ali. Ele ainda está na cidade, ainda na Maypole House, onde trabalha como professor assistente. Liam saberia da presença de um novo diretor chegando. Saberia sobre a entrada para o bosque nos fundos do chalé do diretor. Ele estava lá na noite em que Zach e Tallulah desapareceram. Talvez tenha encontrado o anel? Talvez Zach o tenha deixado cair e Liam o tenha encontrado e guardado por algum motivo?

Ou talvez... Não. Ela balança a cabeça para afastar a ideia. Um menino tão bom. Não haveria razão para ele querer machucar Zach ou Tallulah. Definitivamente não. Mas talvez Liam saiba quem o fez e esteja cansado de guardar o segredo.

Ela pega o celular e digita uma mensagem para Dom:
Você devia falar com o Liam Bailey de novo.
Um instante depois, Dom responde:
Boa ideia.

29

SETEMBRO DE 2018

A polícia está ocupada na entrada da floresta. Da janela da cozinha, Sophie vê um policial de colete fluorescente segurando a coleira de um springer spaniel castanho e branco, que também usa um colete fluorescente. Ao ouvir alguém abrir e fechar a porta da frente, ela se vira e chama:

— Oi?

Shaun entra na cozinha, cansado e preocupado.

— Que inferno, Soph — diz ele, tirando o crachá e colocando-o no balcão da cozinha. — O que foi que você arrumou?

— Aquele anel era do menino que desapareceu. Sabe aquele casal de quem falei e que desapareceu da cidade no ano passado? O rapaz comprou o anel numa loja em Manton e ia pedir a namorada em casamento naquela noite. Só que aí eles desapareceram, e o anel também, e agora... — As palavras saem rapidamente; ela se sente culpada por algum motivo estranho.

— Alguém queria que a gente encontrasse o anel?

Ela hesita, surpresa por ele ter resolvido isso tão rapidamente.

— Sim — confirma ela. — Pelo menos, é o que parece.

Ele abre a geladeira, pega um pacote de presunto e começa a fazer um sanduíche.

— Quer um? — pergunta ele, acenando com o presunto para ela.

— Não — diz ela. — Devo comer alguma coisa mais tarde. Quando a polícia for embora.

— Meu Deus — diz ele —, esta é a última coisa da qual eu precisava. Emprego novo, ano letivo novo, adolescentes mortos na porra da floresta.

Ele suspira.

Ela puxa o ar e segura a respiração.

— Você acha que eles vão encontrar corpos?

— Não. Duvido. Aparentemente, eles fizeram uma busca completa na floresta duas vezes na época do desaparecimento. Mas, ainda assim, mesmo que não encontrem nada, a imprensa vai aparecer, não é mesmo? E eu vou ter que lidar com esse circo.

Ele suspira novamente.

— Você me odeia? — pergunta ela.

— Claro que não te odeio. Mas estou me perguntando por que você não me contou sobre o anel. Por que não me disse que tinha encontrado isso. Que ia levar pra mulher, pra mãe.

Ele espalha manteiga na fatia grossa de pão branco. Sophie vê os músculos de seu rosto esticando-se sob a pele, os nós dos dedos esbranquiçados e saltados. Pensa no homem bronzeado de camiseta e shorts com quem ela passou as últimas semanas de verão em Londres, o cara com um sorriso fácil e o olhar de quem não conseguia acreditar na própria sorte. Ela se pergunta para onde ele foi, logo na primeira semana daquela nova vida.

— Eu achei que você tinha coisas mais importantes com que se preocupar — explicou ela. — Eu estava entediada, acho, e pensei que seria divertido desvendar um mistério nas redondezas. As coisas foram um pouco mais longe do que imaginei. Sinto muito que o problema tenha caído no seu colo, de verdade. Espero que isso tudo acabe quanto antes.

— Hum — diz ele, fechando a tampa do pote de manteiga e colocando-o de volta na geladeira. — Acho improvável. Eles acabaram de pedir pra conversar com um dos funcionários.

O coração de Sophie dá uma palpitada.

— Qual deles...? Quer dizer, quem?

— Liam Bailey? — diz ele. — É um professor assistente da educação especial. Acho que vocês se conheceram no jantar do dia de inscrição, né? Parece que ele estava lá na noite em que os jovens desapareceram. — Ele fecha o sanduíche e o corta ao meio. — Então, sim. Suspeito que o caso possa demorar pra ser encerrado.

— Mas, se eles descobrirem o que aconteceu com os jovens, então vai ter valido a pena, né?

Ele morde o sanduíche e se encosta no balcão da cozinha, as pernas cruzadas na altura do tornozelo, o olhar fixo no chão a seus pés. Ela o observa limpar uma mancha de manteiga do canto da boca e ouve a sua mastigação.

— Desculpa — diz ela.

Shaun ergue o olhar do chão, encontra os olhos de Sophie e seu rosto relaxa. Ele sorri para ela.

— Não precisa se desculpar — diz ele. — Não é sua culpa. E você está certa. Se eles descobrirem o que aconteceu com aqueles jovens, você vai ter feito uma coisa boa. Eu só queria que você tivesse me contado, só isso. Agora somos um time, lembra? Você e eu. Nós trabalhamos juntos. Está bem?

Ela sorri, grata pela melhora de humor dele.

— Sim — diz ela. — Eu sei. Eu te amo.

Ele a encara por um momento e, depois de um segundo, retribui:

— Eu também te amo.

— Depois me conta — diz ela após alguns instantes, enquanto ele coloca o prato no lava-louça e recolhe o cordão com o crachá — como foi a conversa com o professor assistente. Liam, né?

Sophie passa a tarde vagando pelo campus, tentando absorver os acontecimentos por osmose. O administrador do terreno da escola e Kerryanne Mulligan estão supervisionando a busca na floresta; os alunos que chegam nos intervalos diminuem a velocidade ao perceber a movimentação. Ela sente o sangue pulsando enquanto o drama se espalha pelo terreno. Pensa em sua mão na madeira áspera da espátula que pegou na estufa dos Jacques, seus dedos arranhando o solo, a sensação de pavor de estar prestes a encontrar algo horrível sob aquela árvore; ela se lembra de como estava sozinha naquele momento, quão pequeno foi aquele acontecimento em sua vida e como é estranho que aquele instante minúsculo e solitário de alguma forma tenha resultado nisto: detetives, cães, um circo midiático em potencial.

Por volta das três da tarde, Sophie finalmente sente fome, decide que não gosta da aparência de nenhuma das coisas saudáveis que tem na geladeira e vai até a máquina perto do refeitório da escola. Ela usa algumas moedas encontradas no fundo da bolsa, pressiona os botões correspondentes aos chips de sal e vinagre e à barrinha de Dairy Milk, que é tudo que ela consegue encarar, coleta os itens e caminha até o claustro nos fundos do salão. Então, se senta no mesmo banco que ocupou na noite do jantar do dia de inscrição, olhando para os pés de Liam Bailey.

O sol aparece de repente por trás de uma nuvem, e ela fecha os olhos contra os raios. Quando os abre, Liam está parado na frente dela. Sophie leva um susto.

— Desculpa — diz ele. — Pensei que você tivesse me visto chegando.

Ela ri para esconder o constrangimento de ser pega com os olhos fechados em público.

— Não, tudo bem. Como você está?

Ele dá de ombros e diz:

— Meio abalado. Acabei de ser interrogado pela polícia. Eles parecem pensar que aquele anel enterrado lá tem alguma coisa a ver comigo. — Ele balança a cabeça, perplexo.

Sophie se ajeita no banco e faz um gesto para que ele se sente. Ele olha para as janelas da escola e depois novamente para ela.

— Eu devia voltar pra turma, sério. Já perdi uma aula inteira.

— Mas o que eles estavam querendo saber? — pergunta ela.

— Mais do mesmo sobre a noite em que aqueles adolescentes desapareceram. Quem estava lá. Que horas eu saí. O que eu vi. O que não vi. As mesmas perguntas que já respondi mil vezes na época. Eles me mostraram o anel, perguntaram se eu já o tinha visto. Eu disse a eles que você me mostrou a foto.

Sophie fica surpresa.

— Você disse?

— Sim. Quer dizer, eu só queria responder a todas as perguntas com cem por cento de sinceridade, então quando perguntaram: "Você já viu este anel?", eu tive que dizer a eles que sim. Mas está tudo bem, acho que eles não chegaram a nenhuma conclusão. E, de qualquer maneira, espero que fique por isso mesmo e que não voltem a me perguntar mais nada, porque eu garanto que seria uma total perda de tempo. — Ele bufa, exalando. — Bom, eu realmente preciso voltar. Aproveite o seu almoço — diz ele, olhando para os chips e a barrinha de chocolate dela.

— Liam — diz ela rapidamente. — Antes de você ir. A família Jacques. Você já pensou que podem ter sido eles? Já pensou que eles podem ter algo a ver com o desaparecimento dos dois?

— Claro que pensei nisso — responde ele. — É a única teoria que faz algum sentido.

— Mas por que eles iam querer machucá-los? E como eles se safaram? E o anel? Quem teria colocado o anel lá? E por quê?

Ele balança a cabeça devagar.

— Eu realmente preciso ir agora — diz ele. — Mas talvez possamos nos encontrar outra hora.

— Sim — diz ela — Por favor.

Ele inclina a cabeça para ela, abre um sorriso e se afasta. Mas então se vira e diz:

— Ah, quase esqueci! Comprei seus livros. A série toda. Eles chegaram hoje de manhã. Já comecei a ler o primeiro.

— Nossa, isso é tão gentil da sua parte. Não precisava, sério.

— Eu sei. Mas eu quis.

Quando Shaun chega em casa do trabalho, às oito horas daquela noite, a polícia já foi embora e a escola parece ter voltado ao normal.

O sol já se pôs, o dia de verão se transformou instantaneamente em outono e Sophie está de joelhos no quarto de hóspedes, desempacotando algumas das caixas da mudança, quase, ela suspeita, como um pedido de desculpas silencioso a Shaun por tornar seus primeiros dias no novo emprego mais estressantes do que precisavam ser.

Os filhos dele vêm no fim de semana, e é hora de transformar o lugar num lar. Ele a chama pelo vão da escada, e ela responde:

— No quarto das crianças! Desço em um minuto.

Mas Sophie ouve os passos dele subindo a escada, e no instante seguinte ele está lá. Shaun vê que ela forrou as camas com lençóis limpos, a mesma roupa de cama do quarto de hóspedes em Lewisham. Vê que ela pendurou quadros na parede, pôs toalhas dobradas em cima das camas, ligou as luminárias de cabeceira e estendeu tapetes de pele de carneiro no chão. Ele parece mais tranquilo ao se deparar com todo o trabalho feito.

— Caramba, Soph, muito obrigado. Estava pensando em fazer isso há tempos. Eu ia fazer isso... Ia fazer isso na... *Eu não sei*. Não sei quando ia conseguir fazer. Muito obrigado mesmo. Você realmente não precisava fazer isso.

— Não é nada — diz ela. — Estou me adaptando aqui e não consigo me concentrar no trabalho, então é bom ter algo pra ocupar a mente. — Ela se levanta e examina o cômodo. Ficou lindo.

— Vamos ao pub? — sugere ele, puxando-a para si. — Jantar?

Ela pensa nos chips e no chocolate que comeu no almoço e percebe que adoraria uma refeição decente, uma taça de vinho, um tempo longe deste lugar, só ela e Shaun.

— Só um minuto — diz ela. — Vou vestir uma roupa mais quente.

— Era aqui que eles estavam — diz ela a Shaun enquanto se acomodam a uma mesa na pequena área de estar à esquerda do bar. — O Zach e a Tallulah. Eles estavam aqui, com os colegas da Maypole House. Todos acabaram voltando juntos pra casa de uma garota em outra cidade. O Liam Bailey estava com eles. A filha da Kerryanne também.

Shaun assente.

— Estou começando a entender. É tudo meio perturbador.

— Você falou com o Peter Doody sobre isso?

— Sim, liguei pra ele mais cedo, quando a polícia estava aqui. Ele foi muito desdenhoso. Muito blasé. Claramente, não é um assunto que ele queira comentar.

— Mas ele estava envolvido com a escola naquela época? Ele sabia da conexão?

— Sim, ele estava por dentro de tudo na época. Ele teve que lidar com a imprensa, o lado das relações públicas, deixar os pais felizes. Quer dizer, isso realmente não tem nada a ver com a escola nem com as crianças e as famílias. Os alunos envolvidos já tinham saído da escola quando o casal desapareceu, e o Liam e a Lexie voltaram pra escola naquela noite antes que qualquer coisa acontecesse. A floresta não é propriedade da instituição e, segundo Peter, não tem nada a ver com a gente. Ele gostaria que continuasse assim.

— E a diretora anterior? Jacinta... Qual é o nome dela mesmo? Ela estava aqui quando tudo isso aconteceu?

— Estava, bem no meio de tudo. Foi um pesadelo, pelo que falaram.

Um garçom aparece. É o mesmo cara que estava atrás do balcão com Kim quando Sophie veio no início da semana para tomar um café. Ele dá um sorriso branco e brilhante e diz:

— Oi, pessoal! Como estão esta noite?

Sophie retribui o sorriso e diz:

— Ótimos, obrigada. Como você está?

— Esgotado — responde o garçom. — Eles me exploram feito um cachorro aqui. — Ele revira os olhos. — Já deram uma olhada no menu?

— Não — respondem os dois, se desculpando.

— Podemos pedir um vinho? — pergunta Shaun.

— Com toda a certeza. Quem sou eu para julgar, depois de um dia como esse? Polícia por toda parte. Outra vez.

— Ah — diz Sophie —, eles vieram aqui?

— Sim. Sabe aquele casal que desapareceu no verão passado? Parece que estão remexendo nisso de novo. Mas pelo menos o detetive gostosão está de volta. — Ele mostra os dentes brancos para eles novamente. — Desculpa. Deixa pra lá. Vocês disseram vinho?

Eles pedem o vinho, e Shaun espera o garçom retornar para trás do balcão e olha para Sophie.

— Bom, aí está, as cartas estão dadas. O que o Tiger e a Susie fariam?

Ela sorri com a tirada de Shaun e dá de ombros. Mas por dentro está refletindo, ela sabe o que Tiger e Susie fariam. Eles conversariam com a mulher que dirigia a escola quando Zach e Tallulah desapareceram.

Eles conversariam com Jacinta Croft.

30

FEVEREIRO DE 2017

Scarlett manda mensagens para Tallulah mais tarde naquela noite. O celular vibra na mão dela quando está sentada ao lado de Zach no sofá. Sente os olhos dele vasculharem a tela de seu celular. Ela o bloqueia rapidamente ao ver o nome de Scarlett.

— Quem era?
— Ninguém — diz ela. — Só a Chloe.
— O que a Chloe quer?
— Sei lá. Provavelmente só quer falar mal dos outros.

Tallulah sente a mente dele fervilhar de perguntas, mas a mãe dela está presente, e Zach é sempre doce e tranquilo quando ela está por perto.

Tem que esperar vinte minutos até Zach sair da sala antes de poder ler a mensagem. Coloca o celular no sofá e o liga ali para que possa escondê-lo facilmente se Zach voltar.

Fala aí, Tallulah do busão. Vc pode vir aqui depois da faculdade na sexta-feira? Minha mãe vai estar fora da cidade à noite. Quem sabe vc não dorme aqui?

Ela bloqueia a tela, sentindo o coração disparar sob as costelas. Scarlett acredita que Tallulah é uma garota comum de dezoito anos, que pode ir e vir quando bem entende, que não tem compromissos. E agora Tallulah pensa nessa outra versão de si mesma, e imagina essa outra Tallulah pensando: *Bem, eu não tenho aula no dia seguinte e poderia ir pra casa da Scarlett, a gente podia tomar uns drinques, ficar*

acordada até tarde, comer cereal de ressaca na manhã seguinte naquela cozinha grande e lustrosa. De repente, ela quer a vida dessa outra Tallulah mais do que qualquer coisa no mundo. Vira a cabeça para a porta da sala, procurando por Zach, mas não há sinal dele, então digita no celular o mais rápido possível:
Talvez. Sim. Vou ver o q posso fazer.

Pelo resto daquela semana, Tallulah cria uma história sobre Chloe. Ela diz à mãe que Chloe está sofrendo bullying de um grupo da faculdade e a amiga não pode contar à própria mãe o que está acontecendo porque a mãe de Chloe só pioraria as coisas. Chloe está tendo pensamentos suicidas e tem falado sobre cortar os pulsos.

A mãe diz que ela deveria contar a alguém, um funcionário da faculdade talvez. Tallulah diz que não, Chloe definitivamente não quer que ela nem qualquer pessoa fale com alguém da faculdade.

E então, por volta das quatro da tarde de sexta-feira, Tallulah diz à mãe que Chloe acabou de ligar em crise, precisando dela.

— Você pode cuidar do Noah só até o Zach voltar do trabalho? — pergunta ela à mãe. — Tudo bem?

A mãe concorda com fervor.

— Claro, sim, pode deixar. Mas, por favor, dê notícias. Avisa se precisar que eu faça alguma coisa. Por favor, me liga se parecer que ela vai fazer alguma besteira. — Ela toca a bochecha de Tallulah. — Você é uma pessoa tão gentil, uma amiga tão boa. Estou tão orgulhosa.

Tallulah se sente tão culpada que quase tem vontade de vomitar. Vai embora antes que acabe se dedurando de alguma forma, vai embora sem nem se despedir de Noah. Passa pela casa de Chloe saindo da cidade e para, apenas por um momento, apenas para o caso de alguém estar olhando, apenas para que possam dizer: "Ah, sim, eu vi a Tallulah na frente da casa da Chloe." Nos bolsos da jaqueta estão uma calcinha, uma escova de dentes e o cartão de débito.

Ela espera uns dois minutos e depois continua a pedalar. Zach estará no ônibus voltando do trabalho por esta estrada em pouco mais de uma hora, então ela mantém o capuz erguido e fica nas sombras, mantendo-se nas partes onde a calçada se desvia da beira da estrada por entre fileiras de árvores. Ela sai da estrada principal com um suspiro de alívio, segue até os portões de Dark Place e manda uma mensagem para Scarlett.

Estou aqui, digita ela. *Do lado de fora.*

— Você está bonita — diz Scarlett, empurrando a bicicleta para ela e escondendo-a atrás da garagem.

— Err, não — responde Tallulah. — Não estou. Vim direto pra cá sem nem me olhar no espelho.

— Bem, eu tenho dois olhos e os dois enxergam muito bem.

Tallulah sorri e segue Scarlett para dentro da casa.

Toby as cumprimenta no corredor e se junta a elas na área de estar que fica na grande extensão da cozinha.

— Como foi a faculdade? — pergunta Scarlett.

— Não fui hoje. Só vou três vezes por semana.

— Ué, por quê?

— Meu curso é assim mesmo — responde Tallulah, sem mencionar o enorme esforço realizado com o diretor do curso para construir uma grade que se encaixasse na sua rotina de mãe.

— Então você estuda em casa o restante do tempo?

— Sim.

— Que legal — responde Scarlett. — Você tem o seu próprio quarto?

— Sim — diz ela, mais uma vez.

Tecnicamente, não é mentira. Tecnicamente, é seu próprio quarto. Ela só o compartilha com o namorado e um bebê de oito meses.

— Como é a sua casa?

— É... sei lá. É uma casa comum. Uma porta, janelas, uma escada, alguns quartos. Não é tipo isso... — ela abre o braço em um arco, apontando para a extraordinária estrutura de vidro sob a qual estão sentadas.

— Não é muito parecida com este lugar, eu acho.
— Como era a sua casa antiga? Em Guernsey?
— Ah, sabe como é. Incrível também. Bem na beira de um penhasco. Vista pro mar. Nós ainda temos essa casa.
— Uau — diz Tallulah, balançando a cabeça devagar enquanto tenta processar a ideia de ter não uma, mas duas propriedades tão incríveis como esta.
— Além disso, tem o apartamento do meu pai em Bloomsbury.
— Ele tem um apartamento em Londres?
— Tem. Uma cobertura com vista pro Museu Britânico. É muito maneiro.

Tallulah balança a cabeça novamente.
— Como é ser tão rica assim? — pergunta ela.
Scarlett sorri e se levanta.
— É legal, eu acho. Mas, sei lá, também seria bom ter um pai que quer morar com você, uma mãe que gosta de você, um irmão que não tem sempre algo melhor pra fazer. Seria bom ser só uma família normal. Como as de comercial de margarina, sabe? — Ela aponta para o armário de bebidas atrás de si e diz: — Rum? Ou é muito cedo?

Tallulah olha a hora no relógio enorme pendurado na parede ao lado. São cinco horas em ponto. Zach vai sair do trabalho agora. Em cerca de quarenta e cinco minutos ele chegará em casa, a mãe de Tallulah explicará a ele onde Tallulah está e ele tentará ligar para ela, que terá que ignorar a ligação dele e, em seguida, enviar-lhe uma mentira via mensagem. Ela não quer estar bêbada na hora de fazer isso. Precisa estar consciente.
— Às seis seria melhor — diz ela.
Scarlett sorri.
— Você é uma boa influência — diz ela, afastando-se do armário de bebidas. — Sempre soube que você seria. Um chá então?
— Um chá seria ótimo.

O céu está começando a escurecer. Tallulah vê as sombras aparecendo sobre o topo das árvores atrás da casa, percebe a noite começando a limitar suas opções.

— Vai dormir aqui? — pergunta Scarlett, como se estivesse lendo seus pensamentos.

— Não sei ainda. Talvez.

— Talvez? — pergunta ela, fazendo uma provocação.

— É, talvez.

Tallulah sorri e se dá conta de que está fazendo algo que nunca fez antes na vida. Está flertando. Ela pensa nisso por um momento, enquanto olha para o contorno do corpo de Scarlett, os ângulos salientes, o longo trecho de pulso esbranquiçado visível sob o punho dobrado do moletom surrado, as linhas apertadas de cartilagem e osso pressionando a pele. Ela olha para os pompons no calcanhar das meias soquete de Scarlett, os tufos de pelo de cachorro nos joelhos da calça esportiva. Observa a maneira como seu cabelo descolorido está pendurado, meio preso por um elástico. Repara numa espinha grande na lateral do rosto, nos lábios que parecem secos e necessitados de um pouco de hidratante labial. Olha para uma garota que está magra demais e desarrumada demais, e que talvez não tenha tomado banho esta manhã, ou quem sabe nem mesmo esta semana. Vê uma garota que toma rum quando está sozinha, que desfaz amizades quando elas ameaçam oprimi-la e termina com namorados quando eles são bons demais. Vê uma garota à beira do esquecimento, talvez procurando por algo em que se agarrar, e Tallulah sabe de alguma forma que essa coisa é ela.

— Bem — diz Scarlett, enchendo a chaleira debaixo da torneira —, verei então como posso convencer você.

— Cadê a sua mãe?

— Foi se encontrar com o meu pai em Londres. Ela aparece de surpresa toda vez que suspeita que alguém pode estar por perto. Você sabe como é.

— Você quer dizer tendo um caso?

— É. Esse tipo de coisa.

— E ele está?

— Tendo um caso? — Ela dá de ombros. — Porra, vai saber. Provavelmente. Ele é velho e rico. O que não falta é boceta pra velho rico.

— Ela funga e coloca a chaleira de volta na base. — Tanto faz. Eu não estou nem aí. É só coisa de gente velha.

Elas se sentam com suas canecas de chá. Scarlett liga o sistema de som e coloca uma playlist para tocar enquanto elas conversam um pouco sobre suas vidas, seus pais, seus planos. A certa altura, fica totalmente escuro, e Tallulah leva um susto quando seu celular vibra.

Olha para a tela, vê o nome de Zach, desliga e deixa o aparelho de lado.

— Quem era?

— Ninguém — responde ela.

Poucos segundos depois, o celular vibra novamente. Desta vez, ela pega o aparelho e diz:

— Desculpa, eu preciso ver o que é.

A mensagem de Zach diz:

A Chloe não é problema seu. Diz pra ela ligar pra emergência. Eu preciso de você. O Noah precisa de você.

Ela faz uma pausa antes de responder.

Eu vou ficar pelo tempo que for preciso. Talvez eu durma aqui. Por favor, não me manda mensagem de novo.

Seu celular começa a tocar no momento em que ela bloqueia a tela. Encerra a ligação e coloca o celular no silencioso. A adrenalina corre por suas veias de um modo nauseante. Ela respira com força para fazer o coração voltar ao normal.

— Problemas? — pergunta Scarlett.

— Não — responde ela. — Não é nada.

Ela ergue os olhos novamente para o enorme relógio na parede. Cinco e cinquenta e um.

— Hora do rum? — pergunta ela, levantando a sobrancelha para Scarlett.

— Porra, sim! — diz Scarlett, pondo-se de pé e dirigindo-se ao armário. — É isso aí!

*

Tallulah acorda no dia seguinte sob a luz amarela e suave da manhã, filtrada por grossas cortinas creme. Seu celular diz que são sete e quinze. No travesseiro à sua esquerda está um dos pés de Scarlett; pele branca e macia, unhas perfeitas pintadas de preto, manicure profissional, desmentindo a imagem bruta que ela se esforça tanto para retratar. Tallulah encara aquelas unhas e imagina Scarlett na elegante manicure perto da Manton Station com paredes rosa e almofadas brilhantes, o celular na mão, os pés estendidos sobre uma cadeira de couro em direção a uma garota vietnamita usando máscara.

Tallulah nunca fez manicure ou pedicure. Ela se sentiria envergonhada demais.

A ressaca começa a aparecer enquanto ela se senta. Olha as mensagens no celular. Treze são de Zach. Não se dá ao trabalho de lê-las. Uma de sua mãe, enviada às duas da manhã.

Só pra ter notícias. Espero que esteja tudo ok com a Chloe. O Zach me disse que você ia dormir aí. Tá tudo bem com o Noah, te amo.

Ela se desprende lentamente do pesado edredom de Scarlett e desliza para fora da enorme cama king-size, os pés pousando sobre um tapete de pele macia de carneiro. A cabeça de Scarlett está enterrada na parte inferior do edredom, apenas um pequeno tufo de cabelo azul visível. Uma memória invade a cabeça de Tallulah, seus dedos naquele cabelo azul, seus lábios naqueles lábios, a mão de Scarlett...

Ela balança a cabeça com força. Com muita força.

Não, ela pensa. *Não, não, não.*

Isso não tinha acontecido.

Sua mente está lhe pregando peças.

Ela olha para Scarlett outra vez, para a forma dela, de cabeça para baixo, sob o edredom. Por que ela está de cabeça para baixo?

Então, ela se lembra, se lembra de empurrar a mão de Scarlett para longe na noite passada, afastando-se de seus lábios, tirando a mão dela de seu cabelo, dizendo:

— Não, eu não sou essa pessoa.
Scarlett recuou, olhou bem nos olhos dela e disse:
— Bem, então, quem é você, Tallulah do busão?
E Tallulah balançou a cabeça e disse:
— Sou só eu.
Scarlett colocou um dedo contra os próprios lábios estreitos, percorreu o lugar onde os lábios de Tallulah tinham acabado de descansar, suspirou e disse:
— Ah, bom. Aí está. O momento é tudo.
Tallulah não sabia o que ela queria dizer com isso. Mas sabia que tinha pedido a Scarlett para chamar um táxi, queria ir para casa, e Scarlett havia falado:
— Não seja idiota, são duas da manhã, fica aí. — Ela colocou a mão sobre o coração e disse: — Vamos dormir de ponta-cabeça, ok?
Agora Tallulah suspira e sai do quarto na ponta dos pés, recolhendo seu jeans e seu celular.
No banheiro de mármore branco, manda uma mensagem para a mãe.
Acabei de acordar. Tudo certo. Chego em casa em meia hora. Como está o Noah?
A mãe responde imediatamente.
Ele está bem. Acabou de tomar o café da manhã. Sem pressa. Fique o tempo que precisar. Volte quando quiser.
Ela responde com três emojis de coração e, em seguida, abre as mensagens de Zach sentindo um aperto no peito:
Isso é sacanagem.
Você não tem tempo pra mim, mas tem tempo pra ela?
O Noah está chorando por sua causa.
Você acha mesmo que é uma boa mãe?
Você não pode fazer isso!
Volta pra porra da sua casa caralho. Tô falando sério.
Que porra de joguinho é esse?
Vai se foder Tallulah. Vai se foder...

No meio, há breves áudios com o choro de Noah. Atrás do som das lágrimas de seu filho estão os sons de Zach acalmando-o em sussurros: *Está tudo bem, rapazinho, está tudo bem. Mamãe está com alguém com quem ela se preocupa mais do que com você, mas não se preocupe, rapazinho, o papai está aqui pra você e o papai ama você, nunca se esqueça disso...*

Ela ergue os olhos ao ouvir o estalo de uma tábua do piso do lado de fora do banheiro e rapidamente bloqueia o celular.

— Lula?

— Oi.

— Tudo bem aí?

— Tudo. Só estou no banheiro.

— Achei que tinha ouvido um bebê chorando.

— Que estranho — diz Tallulah, baixinho.

Há um breve silêncio, e ela ouve o piso rangendo de novo. Então, Scarlett diz:

— É. Que estranho.

Elas tomam o café da manhã juntas, exatamente como Tallulah havia imaginado que fariam. Pernas nuas, camisetas grandes, delineador borrado, respiração pesada. O céu lá fora está bem nublado, cheio de neve prestes a cair. O grande aquário de vidro nos fundos da casa está gelado. Scarlett joga para ela um casaco de pele falsa quando a vê tremendo.

Foi aqui que Scarlett a beijou na noite anterior. Bem aqui. Tallulah estende a mão para tocar o banco de couro em que estava sentada quando Scarlett deslizou em sua direção, colocou a mão em seu rosto e disse:

— Você não sabe quão bonita você é?

Ela se lembra de estremecer quando percebeu o que estava acontecendo.

— Eu não sou... — disse ela, baixinho, as palavras quase um suspiro.

— Não é o quê?

Tallulah não respondeu porque não conseguia. Não sabia o que era. Tudo o que sabia era que, quando estava com Scarlett, ela sentia que podia ser quem quisesse.

Agora Scarlett sorri para ela com complacência.

— Jesus! — diz ela. — Você é uma gracinha.

Tallulah sorri e diz:

— Você é tão estranha. — Então para de sorrir e diz: — Você já... Quer dizer, você é, tipo, gay?

— Rótulos — diz Scarlett, de forma teatral. — Rótulos chatos e idiotas.

— Então, eu sou a primeira garota...?

— Sim. Você é a primeira garota. Ah — diz ela, de repente, colocando a mão na bochecha —, tirando todas as outras garotas.

— Sério?

— Sim. Sério. Mas você é a primeira garota em muito tempo. Muito, muito tempo.

O celular de Tallulah vibra. Ela olha na direção dele. É outra mensagem de Zach.

Que porra é essa, Tallulah?

O aparelho vibra novamente. Desta vez é uma foto. De Noah. O rosto de Zach está pressionado contra o dele, e ele parece zangado.

Por um momento, Tallulah sente medo. Zach parece capaz de machucar Noah. Ela se levanta e se senta novamente. *Não*, ela pensa, *não. Zach nunca machucaria Noah. Nunca. Ele está apenas usando Noah para me controlar.*

— Você está bem?

— Sim. Eu só estou... Meu namorado.

— Ele está causando problemas?

— É. Um pouco.

— Não consegue lidar com você tendo uma vida sem ele?

— Tipo isso.

Scarlett revira os olhos.

— Homens — diz ela. — Tão patéticos. — Ela se inclina em direção a Tallulah e fixa nela seus olhos cinza-claro. — Faça o que quiser, mas não deixe que ele manipule você. Ok? Confie no seu taco. Aguenta firme.

Tallulah assente. Ela já havia decidido que faria isso.

— Se você for até ele agora, ele vence, e da próxima vez vai ser um pouco mais fácil pra ele controlar você. Né?

Ela meneia a cabeça novamente.

Scarlett volta a se inclinar para trás.

— Boa garota — diz ela. — Boa garota.

E, quando ela diz essas palavras, Tallulah sente algo borbulhar dentro de si, algo quente, líquido, cru, vermelho correndo por sua virilha, pelo coração, passando pelos membros, fazendo com que ela fique de pé, se mova em direção a Scarlett, monte nela com as pernas nuas e a beije.

31

SETEMBRO DE 2018

Na manhã seguinte, Sophie liga para seu cabeleireiro em Deptford e marca um horário para mais tarde.
— Estou indo a Londres hoje — diz ela a Shaun. — Vou fazer meu cabelo pra viagem à Dinamarca.
— Viagem à Dinamarca?
— Sim. Eu avisei. Lembra? Próxima segunda? É só por uma noite.
Ele mexe a cabeça, distraído.
— Você não pode ir ao cabeleireiro daqui?
— Não, definitivamente não — diz ela. — Além disso, eu gostaria de ir a Londres. Posso almoçar com um amigo. Tirar um dia pra mim.
Ele meneia a cabeça novamente.
— Legal.
Ela suspeita que, se em trinta minutos pedir a ele para repetir o que acabou de dizer, ele não terá ideia.
— Como vai ser com a polícia hoje? — pergunta ela, observando-o enfiar a gravata na parte traseira do colarinho da camisa. — Eles vão voltar?
— Não faço ideia. Acho que vou descobrir assim que chegar à minha mesa.
Ele alisa o colarinho contra o nó da gravata e o endireita no espelho. No começo, ela ficava louca ao ver Shaun de terno e gravata; as manchas de pelos grisalhos no peito; os elegantes sapatos de couro; crianças que o chamavam de papai. Ela saía para beber com os ami-

gos e dizia: "É tão bom finalmente estar com um adulto, sabe? Um homem de verdade." E eles concordavam com entusiasmo, dizendo como ela tinha sorte. Mas agora essa maturidade tranquilizadora começou a se transformar e se tornar algo rígido. A gravata parece ficar cada vez mais reta e justa. A mandíbula, mais dura. Os abraços, mais breves, quase abruptos.

Sophie se aproxima dele e o beija na bochecha. Ele olha para ela, surpreso.

— Vamos ter um ótimo fim de semana — diz ela. — Com as crianças, não é?

— Espero que sim. Espero mesmo que sim.

Foi fácil encontrar Jacinta Croft, a ex-diretora da Maypole House. Ela agora é chefe de uma grande escola particular para meninas em Pimlico. O rosto dela sorriu para Sophie da tela do laptop, no topo de um comunicado de imprensa sobre sua nova posição. Uma loira que não demonstrava os sinais da idade com uma blusa creme e um colar de ouro em volta do pescoço.

Sophie sai do cabelereiro ao meio-dia, pega o trem de Deptford para London Bridge e depois o metrô.

O bafo quente do metrô de Londres a envolve, o cheiro familiar de metal oleado e hálito reciclado, as cópias do jornal espalhadas pelos assentos, o balanço suave para a frente e para trás. Ela fecha os olhos e absorve a atmosfera.

Em Pimlico, segue as instruções do Google Maps até a escola de Jacinta. Fica num edifício jacobino com uma escadaria dupla cujos lados espiralados se encontram na porta principal.

Ela não tentou contatar Jacinta. Sabe que um e-mail passaria por uma assistente ou secretária e ela receberia uma resposta educada sugerindo deixar o caso nas mãos da polícia. Em vez disso, toca a campainha e diz à jovem atrás da mesa que quer pegar um folheto.

Lá dentro, ela envolve a jovem em uma conversa muito detalhada sobre sua enteada, Pixie, que chegará de Nova York no próximo mês para morar com ela e seu pai. Pixie é brilhante, muito criativa, excelente em línguas e quer ser advogada. Faz muitas perguntas à jovem sobre a escola e depois sobre a nova diretora, e o rosto da jovem se ilumina. Diz que Jacinta é uma mulher incrível, que transformou totalmente o lugar, que todas as meninas a amam, que ela é inspiradora e amorosa, então Sophie diz:

— Puxa, ela parece incrível. Imagino que eu não teria nenhuma chance de conhecê-la, né?

— Ah, não — diz ela —, infelizmente não. Ela está em reuniões a tarde toda.

— Entendo. Meu irmão também é diretor de uma escola, lá em Upfield Common. Ele está sempre muito ocupado.

— Upfield Common? — quer saber a jovem.

— Sim. Surrey Hills. Você conhece?

— Bom, não, na verdade não, mas tenho quase certeza de que era onde a Jacinta trabalhava, antes de vir pra cá. Qual é o nome da escola?

— Maypole House, eu acho.

A jovem bate palmas e diz:

— Sim! Maypole House. É onde ela trabalhava. Puxa, que coincidência. E você disse que seu irmão trabalha lá?

— Isso, ele acabou de começar. Caramba, uau, isso realmente é uma coincidência.

Sophie não sabe para onde está indo com aquela conversa, mas no exato momento em que a narrativa improvisada começa a desandar em sua cabeça, a jovem olha atentamente por cima de seu ombro, fica na ponta dos pés e grita:

— Ah! Jacinta!

Sophie se vira e vê uma mulher minúscula cruzar o saguão de entrada usando um suéter preto de gola polo e calças xadrez vermelhas. Seu cabelo loiro está preso em um coque elaborado na base do pescoço, e ela está usando saltos vertiginosos, em uma tentativa óbvia de parecer mais alta. Ela abre um sorriso de interrogação para a mulher atrás da mesa.

— Alice! — diz ela. — O que posso fazer por você?

— Desculpa, eu sei que está ocupada, mas essa moça estava pedindo um folheto para a enteada, e durante a conversa descobrimos que o irmão dela é o diretor da escola onde você trabalhava.

Os olhos de Jacinta se estreitam, e ela olha com curiosidade para Sophie. Toca a corrente em volta do pescoço e diz:

— Onde eu trabalhava...? Desculpe, qual é mesmo o seu nome? Acho que não ouvi.

— Susie — responde Sophie apressadamente. — Susie Beets.

— Jacinta Croft. — Ela lhe oferece a mãozinha de porcelana. — Prazer em conhecê-la, Susie. Você disse que seu irmão está na Maypole House?

— Sim, ele acabou de começar, mas vou te contar, ele chegou no olho do furacão. Tem só alguns dias desde que as aulas começaram e parece que a polícia já está por toda a escola.

Observa de perto a reação de Jacinta e vê suas pálpebras se contraírem, um ligeiro espasmo muscular sob a bochecha.

— Sério? — pergunta ela, guiando Sophie delicadamente para longe da mesa e em direção a uma salinha, toda forrada de painéis de madeira esculpidos com os nomes de ex-diretoras.

— Pois é — continua Sophie dissimuladamente. — Alguns alunos desapareceram perto da escola no ano passado e agora parece que encontraram novas evidências no terreno. Bem, se você estava lá no ano passado, talvez até já saiba disso.

Ela oferece esta última informação com os olhos arregalados. Ela incorporou tanto o papel de Susie Beets que a verdadeira Sophie parece nem estar ali.

O rosto pequeno e ossudo de Jacinta estremece novamente.

— O casal de jovens, você quer dizer?

— Sim — responde Sophie. — Acho que é isso. Meu irmão não me contou muito, na verdade.

— Eles eram muito novos. Tinham um filho. Foi horrível. — Ela balança a cabeça. — Nunca encontraram nenhum vestígio deles, até onde eu sei. Mas, meu Deus, os boatos que surgiram depois… — Ela balança a cabeça novamente e coloca a mão no pescoço. — Tanta fofoca, tanta teoria da conspiração. Porque, infelizmente, e eu não sei se o seu irmão sabe disso, a garota dona da casa em que o casal estava antes de desaparecer era uma ex-aluna da Maypole House. Eles estavam com outra ex-aluna da escola, além de um professor assistente e da filha da inspetora. Então, as coisas ficaram muito confusas por um tempo, embora nenhuma daquelas crianças estivesse sob os cuidados da escola no momento. Foi uma das coisas que me fizeram querer ir embora. — Ela suspira. — Pobre do seu irmão com tudo isso sendo revirado outra vez… O que foi que eles encontraram, exatamente?

— Ah — diz Sophie —, ele falou que foi alguma coisa na floresta atrás do chalé. Acho que um anel.

— Um anel? — Jacinta arqueia a sobrancelha. — Que estranho. Achei que você fosse dizer… — Ela para.

Sophie olha cheia de dúvidas para ela.

— Nada — continua ela. — Só não sei por que um anel traria o caso de volta à tona. — Seus olhos vão para o relógio na parede atrás de Sophie. — Eu realmente sinto muito, mas tenho que ir. Por favor, deseje ao seu irmão toda a sorte do mundo no novo emprego.

Sophie sorri e agradece a Jacinta mais uma vez.

Então ela se vira para sair e acena para a garota chamada Alice na mesa.

Enquanto se dirige para a porta de vidro deslizante, Alice grita:

— Sra. Beets. Não esqueça o seu folheto. Pra Pixie.

Sophie se vira e pega o folheto reluzente da mão da mulher.

— Obrigada — diz ela com um sorriso. — Não acredito que quase deixei aqui!

Sophie respira fundo ao virar a esquina e voltar para a Vauxhall Bridge Road. Encontra uma lixeira e joga fora o folheto. Vê a hora e percebe que não há por que voltar para Upfield Common tão cedo. Por isso, envia uma mensagem para sua amiga Molly, que trabalha em Victoria, e pergunta se ela está livre para almoçar. Molly responde imediatamente que sim.

Enquanto desliza para a banqueta de couro macio da brasserie em tons de pistache, alguns minutos depois, ela sente que tudo começa a se afastar: o isolamento de sua existência, o silêncio à noite sob o teto inclinado de seu quarto no chalé perto da floresta, a pequena roseira atrás do ponto de ônibus, o rosto triste de Kim Knox secando copos atrás do balcão do Swan & Ducks, a rispidez de Shaun, a precisão de sua gravata, o sorriso que ela não vê há dias. De repente, é como se ela nunca tivesse ido embora, como se nada disso existisse; são apenas ela e Molly com uma taça de vinho e os três empresários do outro lado olhando-as com avidez, e é quase um choque para Sophie quando o almoço termina e ela se dá conta de que não vai voltar para seu apartamento em Deptford, que ela vai, em vez disso, embarcar em um trem enorme e barulhento e sentar-se nele por quarenta e cinco minutos, observando Londres desaparecer.

— Sabe de uma coisa — diz ela a Molly enquanto as duas colocam suas jaquetas e se preparam para partir —, sinto tanta falta de Londres.

— A grama do vizinho é sempre mais verde — diz Molly. — Eu daria qualquer coisa pra ir morar no interior. Com um diretor bonitão. E *sem pagar aluguel*.

Sophie dá um sorriso tenso.

— Eu sei — diz ela. — Eu sei. Eu só... Eu me sinto um pouco perdida.

— Você vai se encontrar — garante Molly. — Não se passaram nem duas semanas. Você vai achar seu rumo. Você é uma pessoa tão flexível, Soph. Sempre foi.

São quase duas e meia quando Sophie e Molly se separam do lado de fora do restaurante. Por um momento, Sophie fica parada, os pés estranhamente colados no chão. Ela olha para a silhueta escura da estação Victoria do outro lado da rua. Não se sente pronta para voltar. Ainda não. Então pega o metrô até Oxford Circus e passa uma hora caminhando para cima e para baixo naquelas calçadas irritantes, cheias de pessoas andando devagar demais ou rápido demais. Ela vagueia indistintamente em torno de uma Zara, de uma Gap, entra por um lado da Selfridges e sai pelo outro sem realmente olhar para nada. Sua cabeça se agita por tudo e por nada. Não quer voltar para Upfield Common, e esse pensamento a deixa arrepiada.

Continua andando e andando. Ela se senta em uma Starbucks e bebe um chá forte em um copo de papel. Olha livros em uma livraria, verifica as lombadas na seção específica de ficção, encontra apenas uma cópia de um livro de P. J. Fox e suspira. Não é à toa que ela não vende, as lojas não têm os exemplares. Ela atravessa a enorme Primark em Marble Arch e sai com três calcinhas rendadas por sete libras.

São quatro e meia. Ela ainda não quer ir para casa.

Enquanto caminha pelas ruas secundárias de Mayfair e segue para Park Lane, seus pensamentos se voltam para Jacinta Croft. Ela hesitou em um momento durante a conversa, não foi? No momento em que Sophie contou sobre o anel. O que foi mesmo que ela disse? Ela achou que outra coisa seria desenterrada na floresta?

Sophie encontra o número da escola de Jacinta no Google e faz uma ligação. Para sua surpresa, é imediatamente transferida e, um momento depois, a voz calorosa, mas profissional, de Jacinta a saúda.

— Fiquei com a sensação de que voltaria a ter notícias suas — diz ela.

32

SETEMBRO DE 2018

O celular de Kim toca. Ela o pega na borda da pia da cozinha e vê o nome "Megs". A princípio pensa: *Por que Megs está me ligando?* E então se lembra.

Aperta o botão para atender e diz alô.

— Kim. É a Megs.

— Oi — diz ela. — Imagino que você tenha falado com o Dom.

— Sim, ele me ligou ontem. O que está acontecendo?

— Ele te contou sobre o anel?

— Sim. Ele me contou sobre o anel. Ele me disse que fizeram buscas por aquela bendita floresta, mais uma vez. E é isso. Mais alguma novidade?

Kim suspira.

— Nada. Falaram com o Liam de novo, com a filha da Kerryanne. E eles têm um analista de caligrafia analisando a escrita na placa que estava ao lado do anel.

— Impressões digitais? — pergunta Megs. — No anel? Encontraram alguma?

— Está com a polícia. Tenho certeza de que vão procurar por impressões digitais. Mas a mulher que o encontrou teve que limpar a caixa pra ler o nome do joalheiro, então é improvável.

Megs murmura ao celular. Então diz:

— Enfim, como você está?

Kim fica um pouco surpresa. Não esperava nenhuma conversa fiada.

— Estou bem. Sabe como é, um pouco assustada.
— Sim. É meio estranho, né?

Kim deixa uma pausa rolar para dar a Megs a oportunidade de perguntar pelo neto. Mas ela não pergunta.

— Bom. Mantenha-me informada — diz Megs em vez disso. — Não consigo nem acreditar que a gente talvez finalmente descubra o que aconteceu.

— Eu também não — diz Kim. Então, percebendo uma pitada de suavidade no tom de Megs, diz: — Como você está? Tudo ok?

Ela ouve Megs prender a respiração.

— Não — diz ela por fim. — Não mesmo. Mas é a vida, né? Você só tem que ser forte e seguir em frente.

— Você tem alguma ideia — instiga Kim —, alguma teoria? Sobre o que aconteceu. Porque você sempre pensou que eles simplesmente tinham fugido juntos, né?

Ela faz essa pergunta com a maior delicadeza, como se fosse um ovo minúsculo que ela não gostaria de quebrar.

— Bem, sim. Eu pensava assim. E, sendo bem sincera, uma parte de mim ainda quer acreditar nisso. É a única coisa que faz algum sentido, na verdade.

— Eu entendo — continua Kim com cuidado. — Sei que algumas pessoas podem pensar que uma mãe e um pai simplesmente abandonariam seu filho para irem juntos em direção ao pôr do sol e, sim, concordo que poderia acontecer. Algumas pessoas seriam capazes disso. Mas a Tallulah não. Nem o Zach. Ele adorava o Noah. Ele ia pedir a Tallulah em casamento. Estava juntando dinheiro para dar entrada num apartamento para os três. Então eu sei, Megs, que é mais fácil pensar neles felizes vivendo juntos em algum lugar, se escondendo, mas isso não significa que faça sentido. Porque realmente não faz.

— Às vezes eu me pergunto... — começa Megs, mas depois para. — Não sei. Você já se perguntou se o bebê era mesmo do Zach?

Kim fica confusa com a pergunta. Ela não diz nada porque não consegue encontrar palavras.

— Quer dizer, é só uma teoria. Mas isso poderia explicar.
— Explicar o quê?
— Você sabe, o que quer que tenha acontecido naquela noite. Talvez o Zach tenha descoberto que não era o pai e isso gerou uma briga. Talvez ele estivesse se sentindo tão humilhado que foi embora, com vergonha de voltar pra casa. E talvez algo tenha acontecido com a Tallulah lá fora, no escuro. Ou talvez ela também não conseguisse enfrentar uma vergonha nesse nível. Entende?

Kim abre a boca para dizer algo e a fecha novamente.

— Porque eu nunca achei que o Noah se parecia muito com o Zach — continua Megs. — Geralmente os bebês se parecem com os pais, né? E o Noah nunca pareceu. Nunca senti aquela conexão com ele, como com os meus outros netos. Eu...

Kim praticamente soca a tela do celular com o dedo para encerrar a ligação e joga o aparelho no balcão da cozinha como se ele tivesse queimado seus dedos. Ela se inclina um pouco para trás contra a borda do balcão da cozinha.

Então é isso, pensa ela. Finalmente. Megs não acredita que Noah seja filho de Zach. Ela acha que Tallulah transou com outro rapaz, engravidou e depois mentiu para que Zach cuidasse deles. Mesmo que Zach tivesse implorado por seis meses para poder fazer parte da família. E não apenas isso, mas Megs acha que de alguma forma os desaparecimentos de Zach e Tallulah foram eventos separados. Coitadinho do Zach, que, humilhado e traído, foi embora, deixando Tallulah para ser assassinada no escuro, ou para fugir do próprio filho cheia de vergonha.

Kim olha ao redor da cozinha. Vê os fantasmas dos momentos vividos ali transformados em uma história impensável. O minúsculo Noah em sua cadeira alta, com as bochechas coradas, batendo o punho na bandeja, feliz após descobrir que era capaz de fazer um barulho engraçado soprando a língua para fora. Tallulah o filmando com o celular e rindo tanto que seus olhos lacrimejavam. O puro amor incandescente que conectava os três. A forma como esse amor enchia a pequena cozinha de Kim até os cantos mais remotos da sala. E agora Tallulah se foi, e Noah é um garoto de dois anos obcecado por telas que passa seus dias ou longe de casa, na creche, ou testando os limites de Kim o máximo que pode, que mostra a língua e faz barulho não porque pode, mas porque quer expressar seu desgosto com o mundo que Kim construiu para ele com o que sobrou depois que sua mãe desapareceu no meio da noite. Kim está tão sozinha, e seu mundo parece tão pequeno. E ela só quer tudo de volta, tudo aquilo.

Então, ela abaixa a cabeça e chora até não ter mais lágrimas.

33

MARÇO DE 2017

Scarlett retorna à Manton College no início de março. Tallulah observa a mãe dela em um Tesla preto deixando-a na porta, vê ao volante uma silhueta com óculos escuros sobre um cabelo preto brilhoso, joias reluzindo nos dedos que seguram o volante de couro feito garras, e o contorno inconfundível de Scarlett emergindo do banco do passageiro, com o capuz levantado e os ombros caídos. A porta bate, o Tesla se afasta e os olhos de Scarlett encontram os de Tallulah.

— Olá.

Tallulah sente um frio na barriga ao vê-la. Já se passaram dez dias desde que dormiu na casa dela. Tallulah tem evitado as ligações de Scarlett, as mensagens, os Snapchats, os áudios, as sequências um pouco desequilibradas de gifs de pessoas dançando, implorando, beijando, pulando, girando e se abraçando que não fazem sentido algum. Ignorou as selfies com cara de triste, as fotos do cachorro Toby com a legenda *Cadê a humana legAU?*. Ela deixa o celular no silencioso o tempo todo, para que Zach não pergunte que merda está acontecendo.

— Err — começa ela —, oi.

— Aquela é a minha mãe — conta Scarlett. — Ela disse que, se eu não voltasse, ia me mandar pra casa da minha avó. Então ela fez uma ligação e aqui estou.

Tallulah se mexe um pouco sem sair do lugar. É uma manhã muito fria, e há partículas congelantes de chuva no ar que chegam a docr quando atingem a pele das costas das mãos. Ela as enfia no bolso do casaco e diz:

— Desculpa não ter te respondido.

Scarlett dá de ombros, mas não fala nada.

— É o Zach. Você sabe. Ele está sempre rodeando.

— Você podia ter vindo no domingo. Quando ele joga futebol.

Scarlett soa fragilizada, nada parecida com a garota audaciosa e extravagante de sempre.

— Ele ainda está zangado com aquela noite de sexta-feira. — Tallulah odeia o som das palavras que saem de sua boca. Elas a fazem parecer tão patética.

— Quem se importa? — responde Scarlett. — Quem se importa com o que o Zach pensa? Você tem dezoito anos, Tallulah. Não é uma velha casada. Só diz pra ele que você não está nem aí. Manda ele se foder.

— Eu não posso.

— Por que não? O que você acha que aconteceria?

— Nada — diz ela, pensando na sensação dos punhos dele em torno dos seus, na maneira como ele puxa seu cabelo com um pouco mais de força às vezes. — Nada.

Elas caminham juntas em direção ao terreno da faculdade e por um tempo ficam em silêncio. Até que Scarlett diz:

— Então, qual é o lance entre a gente?

Tallulah olha ao redor, certificando-se de que não estão ao alcance da voz de ninguém.

— Eu não sei. Eu… — Ela para, se vira para encarar Scarlett e fala num sussurro abafado: — Não sei como eu me sinto sobre isso. Não sei o que pensar.

— Fugir disso não vai te ajudar a resolver.

— Eu sei. Eu só… Preciso de tempo. É tudo muito novo pra mim.

O rosto de Scarlett se suaviza.

— Eu estava mentindo sobre a minha mãe, aliás. Ela não me obrigou a voltar pra faculdade. Eu pedi pra voltar.

Tallulah olha para ela com curiosidade.

— Eu só pensei que assim a gente ia poder se ver. Sem o Zach Mala Sem Alça dizendo o que você pode ou não pode fazer, sabe?

Tallulah sufoca uma risada. *Zach Mala Sem Alça.* Então, diz, mais séria:

— Tenho que ir agora. Já estou atrasada.

— De repente eu te vejo na hora do almoço então? Na cantina, que tal?

Tallulah sente que a determinação que passou a semana anterior construindo começa a rachar e desmoronar diante da expectativa nos olhos brilhantes de Scarlett de que elas vão se encontrar no almoço, de que a relação delas vai se tornar algo além da amizade.

— Scarlett — chama ela, enquanto a outra se vira para ir embora.

— Oi.

Tallulah abaixa a voz para um sussurro.

— Isso — diz ela, gesticulando entre as duas com a mão. — Isso é segredo, né? Só entre a gente? Ninguém mais?

Scarlett faz que sim com a cabeça e toca dois dedos juntos na têmpora.

— Palavra de honra — sussurra ela. — Você e eu. Ninguém mais. — Depois, ela move os dedos até a boca e os beija, antes de virá-los para Tallulah e soprar. Ela murmura as palavras "até mais tarde" e vai embora.

Nas semanas seguintes, Tallulah e Scarlett desenvolvem uma rotina. Às segundas-feiras, a mãe de Scarlett a leva para a faculdade a caminho de sua aula de ioga no centro de lazer. Tallulah e ela se encontram em frente à faculdade e entram juntas. Às quartas e quintas, Scarlett encontra Tallulah no ponto de ônibus em Upfield Common e elas vão para o último banco e conversam a viagem inteira. Na hora do almoço, às vezes elas sentam juntas na cantina, onde Tallulah desempenha o papel da nova amiga quietinha de Scarlett. Os outros, Mimi, Ru, Jayden e Rocky, falam por cima dela e agem como se ela não estivesse lá. Ela não os culpa, pois está se esforçando muito para não ser notada nem considerada de forma alguma como uma pessoa significativa na vida de Scarlett.

Nas tardes de segunda-feira, quando Tallulah e Scarlett saem mais cedo e Zach trabalha até tarde, elas se encontram na esquina depois das aulas e vão para a simpática casa de chá ali perto, frequentada por todas as velhinhas das redondezas, mas por nenhum dos alunos da faculdade, e pedem fatias de bolo de cenoura caseiro com canecas de chá e se sentam a uma mesa bem nos fundos, onde podem olhar nos olhos uma da outra, entrelaçar os dedos, agarrar as pernas uma da outra por debaixo da mesa sem serem vistas, e, mesmo que fossem, não importaria muito, já que ninguém na casa de chá sabe quem elas são.

E então, aos domingos, enquanto Zach está jogando futebol e a mãe de Scarlett está no centro de lazer em Manton nadando com uma amiga, Tallulah pega emprestada a bicicleta da mãe e pedala pelas estradas com o coração cheio de ansiedade, nervosismo, excitação e alegria. Scarlett a encontra na porta de Dark Place, e elas sobem às pressas num frenesi louco, direto para o quarto de Scarlett, se jogam na cama, e Tallulah sente todo o peso que carregou durante a semana derreter entre elas. Dizem coisas uma no ouvido da outra com hálito quente e lábios macios, se entrelaçam e bloqueiam o mundo exterior com o corpo uma da outra, e depois Tallulah não quer tomar banho para não lavar de sua pele o toque de Scarlett, então ela vai para casa, para seu namorado e seu filho, ainda cheirando à boca de Scarlett, à roupa de cama de Scarlett, ao perfume francês antiquado que a tia de Scarlett lhe dá de presente de aniversário todos os anos porque uma vez, quando ela tinha cinco anos, comentou que gostava dele. E ninguém percebe. Nem mesmo Zach, que agora aceita o novo hobby de Tallulah: sua pedalada matinal de domingo pelas estradas do interior, para ficar em forma e perder a barriga da gravidez. Ele acha que o que sente é o cheiro dos exercícios de Tallulah, e que o rubor nas bochechas dela se deve ao ar do campo.

*

Tallulah sente que começa a florescer e crescer durante essas semanas, à medida que o inverno se transforma em primavera. Sua vida agora tem duas fontes de alegria: seu filhinho e sua namorada secreta. Os dias ficam mais longos, as noites ficam mais quentes, Noah fica maior e aprende a abraçar, Scarlett pinta o cabelo de lilás e tem as iniciais de Tallulah tatuadas na lateral do pé.

tm

— Se alguém perguntar — diz ela —, eu falo que é o símbolo de marca registrada.

Mas Zach ainda está na vida de Tallulah, e ele não é uma fonte de alegria.

Zach está fazendo hora extra no depósito das construtoras, desesperado para fazer um pé-de-meia para que eles possam se mudar. Ele tem uma planilha e exige que Tallulah se sente com ele todas as noites para vê-la.

— Olha — diz ele, apontando para as cifras, rolando a tela para cima e para baixo. — Se eu conseguir ser promovido para assistente de gerência no mês que vem, seriam sessenta e oito a mais por semana. Fora as horas extras. Além disso, minha mãe disse que pode nos emprestar uns dois mil, então acho que até o verão a gente teria 13.559 libras no banco. Claro que provavelmente teríamos que pegar um lugar pequeno, mas tem uns legais perto de Reigate. Olha. — E então ele abre uma aba e mostra alguns apartamentos minúsculos e quadrados sem espaço externo para Noah, a quilômetros e quilômetros de distância da mãe dela, de Manton, de Scarlett. Então, Tallulah assente, dá um sorriso e diz:

— Eles parecem muito bons.

Mas o tempo todo ela pensa: *Não, não, não. Não, eu não quero morar aí com você.*

Em vez disso, está pensando em um mundo sem Zach, tentando imaginar os contornos desse mundo, quão tranquilo e perfeito seria existir apenas para Noah e para Scarlett, e mais ninguém.

No início de abril, depois de ela e Zach terem completado dezenove anos com uma festa conjunta — uma comemoração bem íntima no restaurante com temática estadunidense em Manton, só com a família, sem amigos, porque ele está juntando dinheiro para o apartamento para o qual Tallulah não tem intenção de se mudar, para a vida que ela não tem intenção de viver —, Zach agenda uma visita a um dos apartamentos de sua lista para sábado de manhã.

Ele passa a manhã inteira agitado com isso enquanto toma banho e se veste.

— Dezenove anos — diz ele. — Dezenove anos e prestes a comprar seu primeiro apartamento. Rá!

A mãe de Tallulah os leva de carro até o condomínio, e eles observam pelas janelas os blocos de apartamentos semiconstruídos na beira da estrada. Eles foram levantados a partir de uma espécie de tijolo preto, com áreas de revestimento de plástico cinza-escuro projetadas para se parecerem com madeira. Cada bloco é construído em torno de um pátio forrado de pequenas mudas circundadas por cercas de madeira e de grama nova coberta com redes. Uma mulher em um escritório de vidro os cumprimenta efusivamente. Fica encantada por Noah e pela ideia daquele ser o *seu primeiro lar*.

A mulher os leva para ver três unidades. Todas são frias e cheiram a tinta e cola, e fazem eco quando eles falam. Um dos apartamentos tem vista para a estrada, o próximo tem vista para o pátio central, e o último, para as margens desorganizadas do subúrbio de Reigate. As cozinhas são brilhantes e brancas, projetadas para imitar as enormes cozinhas lustrosas das mansões dos ricos, mas com um décimo do tamanho. O entorno da banheira é coberto de ladrilhos brilhantes cinza-escuro para combinar com o revestimento externo do edifício. É tudo muito inteligente e moderno. Tudo muito diferente do que Tallulah deseja. Mas Kim faz todos os tipos de ruídos positivos, e Tallulah ouve de longe uma conversa entre Zach, a vendedora e sua mãe sobre os layouts, o potencial, qual seria o quarto de Noah, a cor das paredes, o comércio local, o novo supermercado prestes a abrir do outro lado da rua, e Tallulah se sente entorpecida e com medo de permitir que isso aconteça; com raiva por ter dezenove anos e estar apaixonada por Scarlett Jacques, mas visitando apartamentos em um bloco frio com um homem que ela gostaria que estivesse morto.

No caminho de volta, ela se senta no banco de trás do carro e segura a mão de Noah enquanto ele dorme. Na frente, Zach e a mãe dela estão conversando. Depois de um momento, a mãe se vira para Tallulah e pergunta:

— O que você achou, querida?
— Legais.
— De qual você gostou mais?
— Daquele de frente pro pátio — responde ela obedientemente, pois sabe que Zach gostou mais desse, e isso vai tirá-la do foco da conversa.

Na cama à noite, no espaço quente e abafado entre os corpos adormecidos de Noah e Zach, Tallulah decide que, quando encontrar Scarlett no dia seguinte, vai contar a ela sobre Noah. Vai contar que é mãe, que teve um filho, que as estrias pelas quais Scarlett deslizou a ponta dos dedos não estão ali porque ela "tinha sido gorda", mas porque uma vez carregou um bebê de três quilos e meio no ventre. Então vai pedir a ela para parar de ser sua namorada secreta e ser sua namorada de verdade. Vai contar para a mãe, para Zach, vai acabar com a necessidade de visitar apartamentos, com o namorado controlador e com os segredos. Vai tomar as rédeas do seu destino, assumir sua identidade; será verdadeira, real e honesta, sua melhor versão, mais autêntica e pura.

No dia seguinte, pela janela do quarto, ela espia Zach sair com a mochila de futebol, joga suas coisas na bolsa, corre até a cozinha, beija Noah e a mãe, pega a bicicleta encostada na lateral da casa, aperta o capacete na cabeça e pedala até Dark Place como nunca pedalou antes.

Mas, perto da porta, ela vê outra bicicleta encostada no lugar onde normalmente deixa a sua. Olha ao redor, mas não consegue ver sinal de ninguém. Talvez, ela pensa, seja o jardineiro, talvez seja alguém que veio fazer faxina ou tirar as folhas da piscina. Ela toca a campainha, o coração martelando no peito com o esforço de pedalar tão rápido, a expectativa de ver Scarlett. Então, a porta se abre e lá está Scarlett, ainda de pijama, o cabelo preso num coque espetado, ao lado de um jovem, usando calça jeans e um suéter antiquado azul-marinho com gola alta e zíper.

Scarlett olha para Tallulah, depois para o rapaz, e então diz:

— Lula. Esse é o Liam. Liam, essa é a Tallulah — apresenta ela.

Tallulah lança um olhar questionador para Scarlett. Ela vê a mão de Scarlett cobrir depressa uma marca no pescoço. Percebe que, por debaixo do pijama, ela está sem sutiã. Tallulah olha para Liam, que a encara com um olhar confuso.

— Prazer — diz ele.

Ele está descalço, e seus sapatos não estão à vista.

— Liam apareceu ontem à noite — diz Scarlett, sua mão ainda cobrindo o pescoço. — Eu tive uma crise e minha mãe não estava em casa. Ele decidiu... bem, *nós*...

— Fui eu, sério — acrescenta Liam. — Eu decidi ficar porque a gente bebeu um pouco...

— É. Era mais seguro. Daí ele ficou.

— É, eu fiquei. Mas já vou indo — diz ele —, já estou de saída, se pelo menos conseguir lembrar onde deixei os meus sapatos.

Ele começa a vagar pelo corredor, procurando por eles. Tallulah olha para Scarlett.

— Que merda é essa? — sussurra Tallulah.

Scarlett dá de ombros.

— Não tenho permissão pra ligar pra você. Então eu liguei pra ele.

Tallulah afasta os dedos de Scarlett de seu pescoço e vê a mancha vermelho-acinzentada denunciando um chupão.

Os dedos de Scarlett voltam direto para o lugar.

— Foi uma noite confusa — diz ela. — A gente não transou. Só... você sabe...

Tallulah abre a boca para dizer algo, mas, quando Liam reaparece segurando um par de botas de couro marrom, ela a fecha novamente. As lágrimas pulsam em seus olhos. Ela quer chorar e vomitar. Eles ficam em silêncio, esperando Liam terminar de amarrar suas botas e partir. Tallulah o observa se inclinar e beijar Scarlett brevemente na bochecha. Scarlett pigarreia e força um sorriso.

— Obrigada por ter vindo. Você é demais — diz ela.

— Tchau, Tallulah — diz ele. — Foi um prazer te conhecer.

— Sim — diz ela com a voz tensa e ligeiramente fina. — O prazer foi meu.

E então ele se vai, e ficam apenas ela e Scarlett no corredor. Scarlett tenta tocar Tallulah, que se retrai.

Scarlett bufa.

— Eu juro que não foi nada — diz ela. — Foi só, você sabe, é o *Liam*. Eu e ele. A gente tem uma história. Bebemos demais, foi besteira, sabe, apenas aconteceu.

Tallulah fica sem palavras. Ela cruza os braços e olha para o chão.

— Fala sério, Tallulah. Você não pode me julgar. Você mora com a porra do seu namorado. E não me diga que você não transa com ele, porque eu sei que você transa.

Tallulah pensa nas poucas oportunidades que oferece a Zach, apenas para que ele não exija demais dela. Ela costuma dizer: "Vem, a minha mãe vai levar o Noah pro lago, a gente tem cinco minutos. Mas tem que ser rápido." E então ele é rápido, e ela consegue garantir mais duas semanas livre das importunações dele, sem ter que pensar sobre o assunto. Então, sim, eles transam, mas não, não é nada comparado às manhãs de domingo que ela e Scarlett passam na cama king-size dela sobre lençóis de algodão de oitocentos fios. Não passa nem perto.

— Não é a mesma coisa — diz ela.

— Claro que é a mesma coisa. É conforto. Um hábito. Uma maneira de mantê-los por perto. Porque a gente precisa mantê-los por perto.

— Uau.

— Uau o quê? Fala sério, Lula. Você sabe que é verdade. O seu Zach, pra que ele serve? O que ele te dá a ponto de te impedir de terminar o relacionamento, de parar de dormir com ele? Tem que ter alguma coisa.

— Não tem nada — diz ela. — Zach não me dá nada.

— Então por que você quer continuar com ele?

— Eu não quero — diz Tallulah. — Eu quero terminar com ele. Mas a gente está junto desde que era criança. Ele é o único homem com quem eu já... — Ela para brevemente quando as lágrimas começam a brotar de seus olhos. — Eu transo com ele porque eu *preciso*. Por razões que você nunca poderia imaginar. Mas e você? Você não precisava fazer o que fez ontem à noite com o Liam. Vocês não estão juntos. Ele sabe que você não o ama, que vocês terminaram. Então por quê?

Scarlett suspira e lança um olhar irritantemente gentil para Tallulah.

— Só... porque sim.

— Porque sim?

— Olha, eu não estou... Quer dizer, consigo priorizar as pessoas, mas nunca *limitar* totalmente.

— Limitar?

— É, então, tipo, você é a minha prioridade. Você é cem por cento a pessoa mais importante da minha vida, provavelmente tipo... de todos os tempos. Mas isso não significa que não vão existir outras pessoas na minha vida. Que não são tão importantes quanto você. Pessoas que não me fazem sentir o que eu *sinto* por você. Mas que estão aqui e de quem eu não vou me livrar.

— Está querendo dizer que não é monogâmica?

— Acho que sim, se você quiser colocar dessa forma. Mas sinceramente, por favor, esquece isso. — Ela aponta para a porta. — Vamos recomeçar. Vamos lá. Tem folhados de noz-pecã na cozinha. São de ontem, mas ainda estão muito, muito bons. Por favor. Eu senti tanto a sua falta...

A ideia de se sentar no sofá azul da enorme cozinha de vidro de Scarlett e lamber a cobertura de um folhado de noz-pecã debaixo de uma manta felpuda e, em seguida, encontrar os ângulos do corpo de Scarlett no quarto dela e depois ficar observando o cachorro e discutindo de quais partes dele as duas mais gostam parece ser tudo o que ela deseja no mundo inteiro. Mas Tallulah não foi até lá para isso. Ela foi para se entregar a Scarlett, cem por cento. E agora ela sabe que nunca terá cem por cento de Scarlett, que Scarlett sempre terá lacunas e espaços íntimos que serão preenchidos por outras pessoas, e isso não é o que ela quer para si mesma, ou para Noah, ou para o seu futuro. Tallulah percebe que nunca foi mais do que uma experiência para Scarlett, assim como Liam havia sido. Um experimento. Uma coisa para tentar decidir se ela gosta ou não, uma história que Scarlett vai contar para a pessoa que ela escolheu dividir sua vida no futuro, a história de quando era jovem e experimentou um fazendeiro chique com uma predileção por suéteres com zíper na gola, e de quando se cansou disso e experimentou uma garota do interior que morava em uma rua sem saída e estava estudando para ser assistente social. E que depois dela haveria alguém ou algo mais.

Então, ela olha para Scarlett com os olhos cheios de lágrimas e diz:

— Não. Estou indo pra casa. Pode esquecer. Esquece tudo. Eu mereço mais.

Ela bate a porta de Scarlett e monta na bicicleta, pedalando forte por todo o caminho até em casa, seus olhos sem enxergar por causa das lágrimas, pensando em suas últimas palavras para Scarlett e se perguntando se elas eram mesmo verdadeiras.

34

SETEMBRO DE 2018

Sophie se encontra com Jacinta Croft em um pequeno bar de vinhos na esquina da estação Victoria às seis da tarde. Shaun mandou mensagens perguntando onde ela estava. Sophie está prestes a responder quando olha para cima e vê Jacinta se aproximando.

— Não posso ficar muito — diz Jacinta, tirando uma enorme bolsa de couro do ombro e colocando-a na mesa à sua frente.

— Também não posso — diz Sophie. — Meu trem sai daqui a meia hora.

— Então vamos providenciar um vinho pra já.

Ela chama uma garçonete e pede duas taças pequenas de algo francês sem perguntar a Sophie se é isso que ela quer, e então se vira para encará-la.

— Então, Susie Beets, eu pesquisei você no Google depois que você saiu. Alguma coisa não estava batendo.

— Ah.

— Acho que você não é uma detetive fictícia em uma série popular de livros escritos por alguém chamado P. J. Fox. Suponho que você seja na verdade a própria P. J. Fox, também conhecida como Sophie Beck, nascida em Hither Green, no sudeste de Londres, em 1984. — Ela diz isso com um sorriso irônico.

— Sim. Desculpa. Eu…

— Olha, eu trabalho na educação privada. Não há nada que eu não tenha visto ou encontrado. Mas por que você mentiu?

— Acho que eu não queria causar mais problemas — diz Sophie.
— Na verdade, o novo diretor é meu namorado, não meu irmão. E fui eu que encontrei o anel no terreno.

O vinho chega, e Jacinta pega-o imediatamente para dar um grande gole, olhando Sophie com curiosidade por cima da borda.

— Bom, escuta, não é sempre que eu tenho a oportunidade de conversar com escritoras de suspense que fingem ser detetives amadoras e, infelizmente, não tenho muito a dizer além do que você já sabe. Mas, quando você disse que eles encontraram algo na floresta atrás da escola, pensei que você fosse dizer outra coisa.

— É?

— Aparentemente, existe um túnel — continua Jacinta —, que sai da casa enorme onde a Scarlett Jacques morava.

— Eu li alguma coisa sobre isso. Foi escavado durante a Guerra Civil?

— Correto — diz Jacinta. — E eu sempre me perguntei sobre aquele túnel, quando tudo isso estava acontecendo. Contei à polícia sobre isso e eles investigaram, mas a família da Scarlett nunca encontrou a entrada, nem a família que morava lá anteriormente, e antes disso a casa tinha ficado vazia por um bom tempo. Eles até contrataram um historiador especializado em residências para procurá-lo, mas não deu em nada. E foi isso. Mas eu ainda penso, até hoje... Quer dizer, aquela família, os Jacques, eles eram, não sei, eles eram uma bela gangue de narcisistas. Todos eles.

— Em que sentido?

— Bem, a menina, Scarlett, ela não era aluna da Maypole na época em que desapareceu, mas estudou lá nos dois anos anteriores. Era uma garota bonita, mas problemática também, eu sempre achei. Ela tinha um jeito de cativar as pessoas, de fazê-las pensar que ela precisava delas, que ela era um desastre sem solução e que só elas poderiam salvá-la. Mas, por trás de tudo, sempre achei que ela sabia exatamente o que estava fazendo. E a mãe... uma mulher horrível. Pura beleza sem conteúdo. Só vi o pai uma única vez, na entrevista inicial da Scarlett.

Ele desapareceu no meio da entrevista pra atender uma ligação. Estava muito distante. Frio. A família inteira parecia um bando de blocos de gelo, vagando, sem se tocar. E então, quando esse casal desapareceu, e eu soube que eles tinham sido vistos pela última vez na casa dos Jacques, acho que não fiquei nem um pouco surpresa.

— Mas não havia uma conexão entre eles, né? Quer dizer, pelo que eu li, o casal conheceu os jovens da Maypole naquela noite.

— Não exatamente. A Scarlett e a garota estudaram juntas na Manton College, lembra?

— Sim, mas, de acordo com o resto do grupo, elas não se conheciam muito bem.

— Isso não é totalmente verdade. Havia uma garota chamada Ruby, também ex-aluna da Maypole. Ela não estava na festa da piscina naquela noite, mas disse à polícia que achava que poderia ter algo mais acontecendo entre a garota... Não consigo lembrar o nome dela...

— Tallulah.

— Isso, claro. Tallulah. Ela pensou que algo estava acontecendo entre a Scarlett e a Tallulah. Aparentemente, a Scarlett era bissexual, e ela e a Ruby foram próximas quando eram mais novas. A dona de uma confeitaria em Manton, não muito longe da faculdade, disse que viu a Tallulah lá algumas vezes no início daquele ano com uma garota que parecia ser a Scarlett. Mas a Scarlett negou, disse que tinha um monte de garotas parecidas com ela na faculdade. — Jacinta revira os olhos e leva a taça à boca, mas a coloca de novo na mesa depois de dar mais um gole e continua: — E o namorado da Scarlett. Liam. Você o conheceu?

— Sim, conheci. — Sophie cora ligeiramente com a menção do nome dele.

— Ele estava lá naquela noite e disse que não conhecia Tallulah, mas... — Ela suspira. — Não tenho tanta certeza. Sempre achei que ele estivesse escondendo alguma coisa. Sempre achei que talvez ele estivesse protegendo a Scarlett de alguma forma, porque ele era tão apaixonado por aquela garota, tão perdidamente apaixonado por ela.

E ficou arrasado quando Scarlett terminou com ele. Até os professores da escola ficaram sabendo disso, e também preocupados, sabe?

— Quando o Liam me contou sobre isso, disse que estava bem com o término — diz Sophie.

— Bom, ele mentiu pra você. Eu estava lá. Todos nós o vimos vagando arrasado pela faculdade.

Jacinta passa o dedo pela base da taça de vinho.

— Esse foi provavelmente o pior ano da minha vida — diz ela. — Muito estresse. Descobri que meu marido estava tendo um caso naquele ano, nós nos separamos, e então ele saiu para uma caminhada uma tarde e nunca mais voltou. Pra ser justa, estávamos em crise profunda nessa época, no meio do processo do divórcio. Ele só aparecia nos fins de semana. Então, quando ele não voltou, no começo eu não fiquei muito preocupada. Presumi que ele tinha voltado pro apartamento dele sem se despedir. Mas depois, quando ele não ligou pra falar com o nosso filho naquela noite, e na noite seguinte, quando ele não respondeu a nenhuma das mensagens do meu filho nem perguntou sobre o cachorro, eu reportei o desaparecimento à polícia. Eles mandaram cães pra floresta, mas não encontraram nada. E eu acabei tendo que aceitar que ele simplesmente não queria mais fazer parte da nossa vida. Que ele queria ir embora. Ficar com essa outra mulher. E apenas ela. — Jacinta solta o ar devagar e continua. — E aí aqueles jovens desapareceram, e foi demais pra mim. Meu *annus horribilis*. O pior ano da minha vida. Eu sabia que precisava ir embora.

Sophie chega em casa pouco antes das oito. Shaun acabou de chegar do trabalho e parece exausto enquanto procura um copo nos armários ainda desconhecidos da cozinha. Ela vem por trás dele e o abraça pela cintura, enterrando um beijo no algodão amassado sob sua escápula.

— Cheguei — diz ela.

— Percebi — diz ele, sem se virar para completar o abraço. — Como foi em Londres?

— Foi bom. — Ela se afasta dele. — Olha que lindo o meu cabelo.

Ele se vira e toca as pontas ainda escovadas.

— Muito bonito — diz ele, distraidamente. — Estou feliz que você teve um bom dia.

Sophie não contou a ele o que ela realmente fez durante o dia. Gostaria de poder compartilhar tudo com ele, mas sabe que ele não aprovará.

— Eu tive. Foi ótimo sair pra dar uma volta.

Ele olha para ela com curiosidade

— Você está bem? — pergunta ele.

— Sim. Estou bem.

— Quer dizer, com isso. Com a gente. Com a mudança. Você está se adaptando bem?

— Sim, quer dizer... Não é... Eu não sei. Não é...

Ele interrompe.

— Você está arrependida? De ter vindo pra cá comigo?

— Não — diz ela, vigorosamente. — Não. Não estou arrependida.

Ela vê o alívio em seu rosto.

— Que bom — diz ele.

— Eu sabia no que estava me metendo. Sabia de tudo. E está tudo bem. Sério. Só quero que você se concentre no seu trabalho e não se preocupe comigo. Por favor.

Ele exala, sorri e a puxa para si em um abraço cheio de remorso, culpa e medo, porque, apesar do que acabaram de dizer, os dois sabem, no fundo, que isso não vai funcionar; que o que os uniu em Londres, o romance com casas separadas e amigos separados e empregos com os quais ambos conseguiam lidar sem ter que pensar muito, não está mais aqui; que eles se precipitaram em uma onda movida a sexo e verão, com a ideia romântica do interior inglês, jardins bem cuidados e princesas estrangeiras, e agora eles estão se debatendo enquanto a relação afunda.

O celular de Shaun toca no balcão atrás dele, e ele vai dar uma olhada. Shaun nunca ignora o celular porque não mora com os filhos, e Sophie entende isso perfeitamente.

— É a Kerryanne — anuncia ele. — Ela quer que eu vá ao apartamento dela. Disse que é urgente.

— Será que eu vou também?

Ela vê a indecisão percorrer seu semblante. Ele deveria dizer não. Mas, depois da conversa que acabaram de ter, assente e diz:

— Sim. Claro.

O céu está ficando escuro enquanto eles avançam pelo caminho de cascalho em direção ao alojamento. É a primeira noite fria do outono, e Sophie estremece ligeiramente de cardigã fino e pernas nuas.

Kerryanne está esperando do lado de fora do prédio, com os braços cruzados. Ela parece aliviada ao ver Shaun e Sophie se aproximando e diz:

— Desculpe o incômodo. De verdade. Mas você precisa ver isso.

Ela os conduz até a frente do prédio, onde as varandas dão para a floresta e onde seu grande terraço se projeta sobre o local onde estão, e aponta para os canteiros de flores.

— Eu não tinha visto. Foi a Lexie. Ela acabou de voltar da Flórida na hora do almoço. Estava fumando na varanda e de repente viu isso. Ela não tocou em nada. Graças a Deus eu já tinha contado pra ela sobre os últimos acontecimentos, então ela sabia o que significava.

Atrás dos canteiros de flores há uma pequena área irregular de gramado, depois um amplo caminho de cascalho e, além dele, uma segunda entrada para a floresta. Escondido, mas visível das varandas acima, há um pedaço de papelão pregado na parte inferior de uma árvore, com as palavras "Cave aqui" escritas em caneta hidrocor preta. Uma seta aponta para o solo embaixo.

35

SETEMBRO DE 2018

Noah adormece assim que Kim o coloca na cama. Passou a noite toda irritado. Kim não consegue se lembrar de como seus dois filhos eram nessa idade. As memórias se tornaram confusas. Sabe que um deles costumava ter acessos de raiva no supermercado e suspeita que era Tallulah, mas essa impressão se desfez nos últimos quinze meses porque Kim não consegue se lembrar de nada ruim sobre a filha. Não se lembra de nada além do rosto dela virado para cima em seu quarto, enquanto Kim fazia delineado de gatinho nos olhos da filha antes da festa de Natal da faculdade: a pele clara, a inclinação perfeita do nariz, os lábios rosados e marcados, a beleza frágil, quase imperceptível, que sempre pareceu um segredo apenas entre as duas. Kim não consegue conciliar aquela garota calma e fascinante com a garota de dois anos gritando no supermercado. Não podem ser a mesma pessoa, portanto, ela prefere imaginar que essas coisas não aconteceram ou que foi Ryan, na verdade, ou talvez o filho de outra pessoa. Não dela. Não Tallulah.

Mas não tem essa mesma percepção do neto. Ela o ama, mas acha muito, muito difícil conviver com ele. Kim não queria ter um terceiro filho. Houve a oportunidade; um homem com quem ela se relacionou mais ou menos um ano depois que ela e Jim se separaram afirmou que gostaria de ter um filho com ela. Kim tinha trinta e poucos anos, e Ryan estava prestes a sair da escola primária; por um instante, pareceu o momento certo. Mas ela não conseguiu encarar a perspectiva das noites em claro, a preocupação e mais dezoito anos na jornada da maternidade. Ela se imaginou na idade que tem agora, apenas quarenta anos, com dois filhos crescidos, e gostou da ideia. Então disse para o bom homem que não queria mais um filho, e eles continuaram juntos por um tempo, até que ele foi embora quando percebeu que queria mais, e ponto-final. Kim escolheu não ter um terceiro filho e agora tem um, e ele é ranzinza e zangado, e ela se sente cansada o tempo todo. O tempo todo.

Mas no momento ele está dormindo. Sobreviveram a mais um dia juntos. Kim sabe que seu amor por Noah é tão grande quanto o amor que ela sente pelos seus dois filhos, especialmente agora, quando ele está perto, mas não acordado, e ela pode desfrutar de doze horas sem se preocupar.

Kim abre uma garrafa de vinho e se serve de uma pequena taça. Quando o líquido atinge seu estômago, o beijo frio é imediato e prazeroso. Ela toma outro gole e pega o celular para dar uma olhada despretensiosa no Facebook. Mas, assim que seu polegar encosta no ícone azul na tela, o celular começa a tocar.

Dom McCoy.

Ela pigarreia e clica no botão verde.

— Kim. Sou eu. Dom. Tivemos um progresso. Na Maypole House. Consegue vir?

A respiração de Kim fica presa.

— Err... Acabei de colocar o bebê pra dormir. Estou sozinha. Não tenho ninguém pra ficar com ele. Você pode só me dizer?

Há um silêncio, e em seguida ele diz:

— Ok, Kim, me dá dez minutos. Vou até aí. Me espera.

Os dez minutos se transformam em dezoito até a sombra de Dom finalmente aparecer nos painéis de vidro da porta de Kim. Ela abre a porta antes que ele toque a campainha e o leva para a sala de estar. Enquanto estava esperando, despejou o vinho de volta na garrafa e o colocou na geladeira. Afofou as almofadas e guardou alguns brinquedos de Noah. Prendeu o cabelo para trás e calçou meias para que Dom não visse suas unhas não feitas.

— Como você está? — começa Dom, sentando-se na poltrona jeans azul como sempre faz quando vem trazer novidades para Kim.

— Estou bem — diz ela. — Cansada. Você sabe.

— É, eu entendo.

Ele não usa mais a aliança de casamento; Kim percebeu isso há cerca de seis meses. E perdeu peso. Ela o encara ansiosamente, desejando que ele tenha alguma novidade boa.

— Kerryanne Mulligan nos ligou cerca de uma hora atrás. A filha dela viu uma coisa no terreno da faculdade, da varanda de casa. Ela foi investigar e encontrou isto. — Ele vira o celular para ela e mostra uma foto do que parece ser exatamente a mesma placa de papelão que a namorada do diretor havia encontrado pregada em sua cerca na semana anterior.

— O quê? — pergunta ela com a voz rouca. — O que era?

Ele vira o celular para si mesmo e desliza a tela para a esquerda antes de virar o aparelho de volta para ela. Kim olha para a imagem por um momento. É um objeto irregular em um saco transparente com algo escrito. Não faz sentido.

— O que é? — pergunta ela.

— Eu esperava que você pudesse nos dizer — disse Dom.

Ela coloca a ponta dos dedos na tela e amplia a imagem. É uma ferramenta de metal estranha, com uma extremidade dobrada em forma de U, quase como uma pá de jardim muito pequena.

— Eu não sei o que é. Não faço ideia.

Ela vê um lampejo de decepção no rosto de Dom.

— Bem, foi para a perícia, então espero que eles tenham alguma ideia do que seja. E, enquanto isso, ainda estamos esperando uma resposta do pessoal sobre as impressões digitais no anel e na caixa, mas tenho que ser honesto, Kim, essa parte não parece muito promissora. E parece que a análise da caligrafia chegou, então vou dar uma olhada nisso amanhã. Ainda temos muito em que pensar.

Dom sorri, e ela sabe que ele está tentando soar otimista, mas também sabe que isso não está saindo como ele esperava, porque, por mais que a desaparecida seja a filha de Kim, ela sabe quanto é frustrante para Dom não conseguir solucionar esse caso.

Ela esboça um sorriso.

— Obrigada, Dom. Obrigada por tudo.

— Eu gostaria de poder fazer mais. Nunca parece ser o suficiente. Mas isso — diz ele, colocando o celular no bolso — é melhor do que nada. Alguém sabe de alguma coisa, e esse alguém quer que saibamos também. Portanto, mantenha os ouvidos atentos, Kim. Fique ligada. Se você ouvir qualquer coisa de alguém, se alguém lhe disser que viu algo estranho, me avise imediatamente. Ok?

Ele olha para ela, sério. Kim sorri e diz:

— Claro.

E por um breve momento ela sente que vai abrir a boca e acrescentar: "Eu tenho vinho. Você está livre?" Mas percebe na hora que é óbvio que não, que está no meio de um trabalho, que precisa dirigir para casa, viver sua vida, colocar os filhos para dormir. Ele já cumpriu o seu dever e com certeza não quer ficar e beber vinho com uma mulher cansada e triste. Então ela também se levanta e o acompanha até a porta.

— Entro em contato amanhã, no primeiro horário. Se cuida, Kim.

— Tá bem — diz ela, segurando a borda da porta, sentindo a vontade urgente de querer estar perto de outro ser humano, querer algo mais do que apenas ela e Noah e esta casa e todas essas perguntas sem respostas. Kim fecha a porta e imediatamente força o punho na boca para conter as lágrimas.

36

MAIO DE 2017

A primavera segue seu caminho para o verão em uma névoa de tediosos dias de faculdade e noites enfadonhas que Tallulah passa presa ao lado de Zach no sofá, com a babá eletrônica piscando na mesa ao lado deles. Noah chega na fase em que sua cabeça é grande demais para o corpo, e eles brincam dizendo que ele parece um daqueles bonecos com a cabeça que balança feito um pêndulo, e o enorme crânio precisa ser sustentado com almofadas quando ele adormece no banco de trás do carro.

A ideia do apartamento no subúrbio de Reigate vai por água abaixo quando o banco recusa a hipoteca, então Zach volta para suas planilhas e extratos bancários com um ar de ressentimento sombrio. Parece que comprar um imóvel é a única coisa que importa para ele agora, que ser dono de uma casa aos dezenove anos é como uma medalha de honra que o fará se sentir um vencedor. Eles passaram a transar nas tardes de quarta-feira, quando Zach chega em casa mais cedo, Kim está no trabalho, Ryan está na escola e Noah está tirando uma soneca. É sempre a mesma coisa, uma série de movimentos ensaiados que termina em cerca de dez minutos, com Zach tendo um orgasmo silencioso com o rosto pressionado em um travesseiro e Tallulah correndo na ponta dos pés para o banheiro em seguida, se olhando no espelho e se perguntando quem é a menina de olhos vazios com seios manchados encarando-a. Mas ela também sente alívio, uma sensação de que acabou, de que agora ela terá uma semana em que seu corpo lhe pertence.

As semanas passam devagar, e os dias ficam mais longos. A semana de provas se aproxima, e Tallulah passa mais tempo em casa estudando do que sentada no sofá com Zach, que entra e sai do quarto enquanto ela está lendo, arrumando desculpas estúpidas para distraí-la.

Na faculdade, ela vê Scarlett quase todos os dias. Elas aprenderam a se ignorar a ponto de Tallulah às vezes acreditar que talvez nada tenha acontecido, que tudo foi um sonho. Os amigos de Scarlett nunca a aceitaram no grupo e ficam felizes por ela não estar mais lá. Eles acenam quando a veem no campus e dizem "Oi, Lula", e Tallulah responde um "oi". Mas na cantina, na hora do almoço, Tallulah senta-se com a galera do curso de serviço social ou sozinha. Ela e Scarlett não se falaram desde aquela manhã de domingo, quando Tallulah chegou e a encontrou com as marcas dos beijos do ex-namorado no pescoço. Scarlett enviou mensagens e áudios queixosos por alguns dias, mas Tallulah simplesmente excluiu todos eles imediatamente e a bloqueou.

Apesar de tudo, não importa quanto tempo passe ou quão eficientemente elas tenham sido capazes de fingir que não se conhecem, o desejo por Scarlett ainda é tão cru, tão intenso, tão real quanto era antes. Tallulah chega a sentir uma dor física quando pensa naquelas manhãs de domingo, na mão de Scarlett na dela sob a mesa da casa de chá secreta para velhinhas. Quando fecha os olhos, consegue sentir o cheiro da vela perfumada no quarto de Scarlett, o calor da boca de Scarlett em sua pele, o rubor em suas bochechas que permanecia por horas depois que ela chegava em casa. E Tallulah quer tudo isso de volta, mas não pode porque é mãe, tem um filho e responsabilidades. Não pode entregar nada disso aos cuidados de alguém que não vê nada de errado em receber chupões do ex no pescoço enquanto sua namorada atual está em uma bicicleta vindo encontrá-la. Quer dar uma vida estável a Noah, e Scarlett é muitas coisas, menos estável.

Mas então, em uma manhã ensolarada de terça-feira, enquanto Tallulah leva Noah para um passeio ao redor do lago, com um pequeno saco plástico de fatias de pão seco enfiado no bolso do carrinho, ela avista uma silhueta familiar do outro lado do parque. Scarlett passa o dia inteiro na faculdade nas terças-feiras. Ela não deveria estar ali. Não deveria estar do outro lado do gramado, olhando diretamente para Tallulah.

Tallulah entra em pânico. Por um momento, pensa que poderia dar meia-volta com o carrinho de Noah e ir para casa, mas Scarlett é mais rápida e está vindo em sua direção. Tallulah percebe que ela está confusa e com a testa franzida, seu olhar oscilando entre Tallulah e o carrinho.

Tallulah abaixa a cabeça, respira fundo e caminha para encontrar Scarlett no meio do parque.

— Ai, meu Deus, ele é seu filho?

Tallulah assente.

— Sim. Este é o Noah. Ele é meu filho.

Scarlett a encara sem acreditar. Então se agacha e estende a mão para o carrinho, e, por um instante, o coração de Tallulah dispara; pensa que talvez Scarlett vá agarrá-lo, beliscá-lo, machucá-lo. Puxa o carrinho para perto de si, mas Scarlett está apenas cumprimentando Noah.

— Oi, bonitão — diz ela, esfregando as costas dos dedos na bochecha de Noah. Ele a encara com os olhos arregalados, mas não parece incomodado. O olhar de Scarlett vai para Tallulah. — Ai, meu Deus — diz ela. — Ele é tão lindo.

— Obrigada.

Scarlett dá uma risada nervosa.

— Caramba, Lula. Você é mãe.

Tallulah suspira e faz que sim com a cabeça.

— Por que você não me contou, porra?

— Será que você poderia não… — começa Tallulah. Odeia dizer isso, mas precisa avisar porque as palavras a machucam fisicamente quando está perto de Noah. — Você poderia não xingar? Tudo bem?

Scarlett tampa a boca com as duas mãos.

— Merda. Desculpa.

— Tudo bem. É só que ele está nessa idade, sabe, começando a tentar falar. Seria o fim se essa fosse a primeira palavra dele.

Scarlett meneia a cabeça e sorri.

— Nossa. Sim. Claro. — Ela se levanta e coloca as mãos nos bolsos de uma estranha jaqueta cheia de retalhos estampados. Seu cabelo está curto e bagunçado, e ela tem várias espinhas ao redor da boca, mas ainda deixa Tallulah sem ar.

— Por que você não me contou? — pergunta ela outra vez.

Tallulah dá de ombros.

— Eu não sei.

— É por isso que você continua com aquele fracassado. Eu finalmente entendi.

Tallulah fica na defensiva.

— Ele não é um fracassado.

Scarlett dá de ombros.

— Não importa.

Elas ficam paradas e se encaram por um momento. Noah começa a gemer um pouco e agitar os pés.

— Nós estamos indo pro lago — diz Tallulah. Ela não acrescenta *Quer vir?*, mas Scarlett a segue de qualquer maneira.

— Não dá pra acreditar, Lula. Você me largou porque eu beijei o meu ex, e o tempo todo você tinha uma porra de um bebê secreto.

Tallulah lança um olhar severo para ela, e Scarlett diz:

— Jesus. Desculpa. Mas é só que eu não consigo nem... Quer dizer, ninguém na faculdade sabe que você tem um filho. Eu não entendo, por que você não fala sobre isso?

— Isso não é bem verdade. Muita gente na faculdade sabe que eu tenho um filho, mas não são pessoas com quem você falaria.

Scarlett bufa e diz:

— Ah, certo, tudo bem, pode me pintar como a vilã. Sou sempre eu, né? A culpada de tudo. E que diferença faz? O lance é que você escondeu esse segredo enorme de mim e eu nunca escondi nada de você. Nunca. Sempre fui totalmente honesta com você. Mesmo naquele último domingo. Eu podia ter chutado o Liam de lá e garantido que vocês não se cruzassem, mas eu não fiz isso. Porque, mesmo que eu tivesse feito uma coisa meio escrota, eu não queria te enganar. Eu não conseguiria mentir pra você. Sou incapaz de mentir, basicamente. Esse é um dos meus maiores problemas. Então, uau, quer dizer, isso... — Ela aponta para o carrinho. — Digo, uau...

Tallulah trava o carrinho quando elas chegam à beira do lago e se inclina para soltar as correias de Noah antes de levantá-lo.

— Não é a mesma coisa — responde ela, concisa. — Nem de longe. — Ela pega uma fatia de pão velho do saquinho e a divide.

Noah pega o pedaço da mão dela e tenta jogar no lago, mas ele cai aos pés de Scarlett, que pega e devolve para ele.

— Tenta de novo, carinha.

Ela põe a mão sobre a dele, guia o bracinho dele para um arremesso adequado e comemora quando o pão atinge a superfície do lago.

— Bate aqui! — diz ela, batendo sua mão contra a dele enquanto Noah a encara maravilhado. — Você sabe que eu amo bebês, Lula. Eu já te disse que eu adoro bebês. Eu simplesmente não entendo nada disso.

Tallulah arranca outro pedaço de pão e o leva até a mão de Noah.

— Sim — diz ela. — Eu devia ter contado. Você tem razão. Mas não contei porque queria que você... — Tallulah faz uma pausa para tentar encontrar palavras que não reflitam quanto ela está se sentindo mal. — Eu queria que você pensasse que eu era como você. Um espírito livre, sabe.

— Mas você tem um maldito namorado! Não dá pra ser menos livre do que isso.

— Sim, mas um namorado não é pra sempre. Uma criança é, sim. Aonde quer que eu vá, ele vai. O que quer que eu esteja fazendo, sou a mãe dele. Vinte e quatro horas por dia. Pelo resto da minha vida. É tudo muito intenso.

— Foda-se, Lula. A *vida* é intensa. Tudo é intenso. A gente tinha essa coisa, essa coisa incrível que eu achei que era a mais importante que já tinha me acontecido. Desde o primeiro minuto, naquele dia no ônibus, eu te vi e soube, já sabia tudo o que ia acontecer, que você e eu estávamos destinadas a ficar juntas. E aí a gente estava, e você me fez feliz pra car... — Ela olha para Noah e faz uma pausa. — Você me fez muito feliz. E eu sei, eu sei que o que eu fiz com o Liam foi errado, mas acho que eu só pensei que, enquanto você tinha o Zach na sua vida, enquanto você mantinha a gente em segredo — ela gesticula com as mãos apontado para as duas —, a gente não era pra valer.

As duas aplaudem o sucesso do arremesso seguinte de Noah com o pão, e um grupo de patos se aproxima rapidamente das migalhas. Scarlett estende a mão e envolve a nuca de Noah.

— Meu Deus — diz ela. — Ele é tão precioso. Ele é tão, tão precioso.

Tallulah sente algo na barriga, uma pontada de prazer, mas também de medo. Ela puxa Noah um pouco mais para perto de seu corpo, e Scarlett deixa a mão cair da cabeça dele.

— A gente podia fazer isso — diz ela. — Podia mesmo. Eu sinto que você acha que eu sou só um rostinho bonito, sabe? E eu sei que eu dou motivos pra isso. Dou mesmo. É mais fácil lidar com as pessoas quando elas subestimam você. Mas eu não sou burra, Lula. Eu vivi uma vida, coisas aconteceram, coisas ruins. Eu cresci e aprendi e... e... amadureci. Eu poderia bancar a história do bebê. Com você. Mas a questão é... você está pronta pra ser honesta sobre a gente?

Tallulah olha para ela, confusa.

— Você quer dizer contar às pessoas?

Scarlett meneia a cabeça.

Tallulah volta seu olhar para a água, para a cabeça dos patos que se inclinam para o pão molhado. Ela tenta se imaginar contando para várias pessoas em sua vida. Sua mãe ficaria bem. Ryan ficaria surpreso, mas bem. Quase todo mundo que ela conhece na faculdade ficaria bem. Há apenas uma pessoa para quem ela não consegue se imaginar contando.

— Nunca vou poder contar pro Zach. Ele me mataria.

— Te mataria? — Os olhos de Scarlett estão arregalados.

— Sim. Ele me mataria.

— Você está falando sério?

Tallulah fecha os olhos e imagina o rosto dele, a forma como sua mandíbula se fecha quando ele está descontente com alguma coisa, como ele soca objetos quando está irritado, como suas narinas inflam, a inclinação desdenhosa de seu queixo ao examinar o objeto de seu desagrado. E então Tallulah se lembra de como Zach apertou seus braços quando ela disse que não tinha tempo para ele e imagina que seria dez vezes pior se ela contasse que o estava deixando por uma menina. Zach não é muito progressista. Não tem tempo para o politicamente correto. Ele é igual à mãe: mesquinho, egocêntrico, mente fechada, um pouco racista, um pouco homofóbico, um pouco misógino. Todas essas coisas que não importam quando você tem catorze anos e está apaixonada, mas que começam a vir à tona ao longo dos anos enquanto você passa da infância à vida adulta, e mesmo agora não é algo óbvio, mas ela o conhece bem o suficiente para saber que está tudo ali. Ela o conhece bem o suficiente para saber que ele se sentiria humilhado se descobrisse sobre o caso dela com Scarlett, que essa humilhação se transformaria em raiva, que ele é forte e está sempre a um passo de machucá-la.

— Sim — responde ela, abrindo os olhos. — Sim. Acho que sim.

— Meu Deus, Lula. Ele já bateu em você?

Ela balança a cabeça.

— Não exatamente.

— Não exatamente?

— Não. Não, não bateu.

Scarlett enlaça os cabelos curtos com os dedos e os puxa, dá alguns passos para longe e volta.

— Lula. Meu Deus. Quer dizer, isso é ruim. Você o ama?

— Eu amava.

— Mas e agora?

Ela dá de ombros e funga.

— Não — diz ela com a voz baixa. — Não mais. Não mesmo.

— E você quer passar o resto da sua vida com ele?

Ela balança a cabeça com força. Sente as lágrimas chegando contra sua vontade.

— Não — diz ela, com a voz embargada. — Não. Eu não quero.

— Então, porra, Tallulah, você precisa resolver isso. Você precisa se livrar dele. Porque você não pode viver assim. Não pode viver com medo.

— Mas como eu faço pra me livrar dele? Como?

Parte Três

37

MAIO DE 2017

Na tarde seguinte, quando chega da faculdade, Tallulah sai para passear com Noah mais ou menos no horário em que normalmente o colocaria para dormir e transaria com Zach. Ela muda o celular para o modo silencioso e coloca fones de ouvido, com a música bem alta, recusando-se a permitir que a imagem de Zach voltando do trabalho para uma casa vazia contamine seus pensamentos.

Empurra o carrinho até o mercadinho e examina a loja em busca de Keziah. Ela a espia no corredor da padaria, abastecendo as prateleiras com farinha de trigo.

— Oi — diz ela.

Keziah se vira. Ela olha para Tallulah, depois para o carrinho. Quando vê Noah, leva as mãos à boca e solta um gritinho abafado.

— Ah. Meu. Deus. — Ela tira as mãos da boca. — Meu Deus. Lula. Ele é tão lindo.

Tallulah sorri e sente o embrulho no estômago que sempre ocorre quando alguém lhe diz que seu filho é lindo.

— Obrigada — diz ela. — Desculpa, ele não está acordado. Mas eu disse que o traria pra você ver.

— Ele tem quantos anos?

— Onze meses.

— Ah, nossa. Como o tempo voa! Parece que foi ontem que você estava grávida!

Tallulah sorri novamente.

— Como está o Zach?
— Ah, ele está bem.
— Ainda juntos?
— É. Ainda. — Ela ri secamente.
— É difícil com um bebê, né?
— Pois é — responde ela. — Temos nossos momentos... Ainda mais morando juntos. Na verdade, eu estava pensando... lembra que você falou em me aproximar do pessoal da escola?
— Sim! — O rosto de Keziah se ilumina. — Com certeza. A gente vai sair amanhã, inclusive. Só vamos ao Ducks mesmo. Quer ir?
— Sim, por favor — Tallulah diz alegremente ao ver o plano dando certo. — Seria ótimo. Que horas?
— Por volta das sete? Ou a hora que você conseguir escapar. Por causa do bebê e tudo o mais. — Keziah faz aquela cara de dor novamente, a cara que ela faz toda vez que olha para Noah, quase como se a beleza dele fosse uma praga terrível.
— Ótimo — diz Tallulah. — Então até lá.
Ela sai da loja com o carrinho e caminha por uma hora, até a outra ponta da cidade, onde ficam as propriedades maiores, e para o parque, pelas ruas traseiras. Ela cronometrou a caminhada para voltar meia hora antes de sua mãe e Ryan retornarem, tempo suficiente para a discussão se desenrolar. Conforme se aproxima da rua sem saída, seu coração dispara de ansiedade. Gira a chave na fechadura e abre a porta.
— Olá — grita ela.
Noah ainda está dormindo, então ela o deixa em seu carrinho no corredor e espia pela porta da sala.
Zach está sentado no sofá, com o celular na mão. Ele lança um olhar sombrio para ela.
— Onde você estava, porra?
Ela fecha a porta.
— Passeando com o Noah. O tempo estava bom demais pra ficar em casa, e eu já tinha terminado de estudar.

— Eu liguei pra você, tipo, um milhão de vezes. Por que você não me atendeu, porra?

Ela saca o celular do bolso do moletom e olha para ele.

— Ah, merda — diz ela. — Desculpa. Estava no silencioso.

— *Merda. Desculpa. Estava no silencioso.* — Ele a imita. — Que tipo de mãe sai sem falar nada pra ninguém e deixa o celular no silencioso?

— Err, eu, talvez. — Seu tom é leve, mas seu coração está martelando.

— Eu literalmente não tinha ideia de onde vocês dois estavam. Vocês podiam estar mortos.

— Bem, não estamos. Então está tudo bem.

Ele balança a cabeça.

— Inacreditável. Totalmente inacreditável. E não é só isso, é quarta-feira. Você sabe, a *nossa* quarta-feira.

— Ah, merda — diz ela. — Meu Deus. Eu esqueci. Sinto muito mesmo.

— Não, você não sente. Você não está arrependida, porra. Dá pra perceber.

— Estou. Sério. É que eu terminei de estudar, e estava um dia tão lindo lá fora. O Noah estava começando a espernear pra tirar um cochilo, e eu só pensei em como seria bom sair por aí um pouquinho. Esqueci totalmente que era quarta-feira.

— Você *esqueceu que era quarta-feira.* — Ele geme e revira os olhos. — E aqui vamos nós de novo. Bem quando eu pensei que a gente finalmente estava chegando a algum lugar, que você finalmente estava levando isso a sério. Eu devia ter adivinhado. Isso é uma piada pra você, né? Isso. — Ele gesticula entre os dois. — Eu. Você. O Noah. Só um jogo. Sabe, às vezes eu sinto que se uma coisa melhor surgisse, você ia simplesmente nos abandonar, sabe, como se não desse a mínima pra merda nenhuma além de você.

Tallulah engole uma explosão de raiva. A ideia de abandonar Noah é monstruosa, inimaginável. Ela inclina levemente a cabeça e diz:

— Tanto faz.

— Tanto faz?

— É. Tanto faz. Você claramente já decidiu que tipo de pessoa eu sou e o que eu quero ou deixo de querer. Não vou ficar discutindo com você. — Ela suspira. — Vou pegar uma xícara de chá pra mim — diz ela, voltando-se para a cozinha. — Quer alguma coisa?

Ele balança a cabeça com firmeza, e ela vê o músculo em sua bochecha pulsando de raiva.

— Ah, aliás — grita ela da cozinha —, esbarrei com a Keziah agora há pouco. Lembra dela? Estudamos juntas na escola. Ela me convidou pra uma noite de garotas, uma reuniãozinha, no Ducks. Amanhã à noite. Você pode ficar com o Noah, né?

Um silêncio carregado vem da sala de estar, e Tallulah prende a respiração.

Um momento depois, Zach está na porta da cozinha, abrindo e fechando os punhos.

— Peraí — diz ele. — Keziah *quem*?

— Keziah Whitmore. Estudei com ela no primário. Ela trabalha no mercadinho agora.

— Beleza. Então vamos ver se eu entendi. Eu conheço você há quase cinco anos e nunca ouvi falar dessa pessoa, e agora você vai só *sair pra beber*.

— É — diz ela, fechando a porta da geladeira. — Amanhã à noite.

— E como você vai pagar a conta?

Ela dá de ombros.

— Não sei. A minha mãe deve me dar um dinheiro.

— Então eu fico aqui trabalhando igual a um condenado, todo santo dia, sem gastar um centavo com nada, nem um centavo de merda, tentando sozinho conseguir um lugar pra gente morar, e você vai pro pub com uma qualquer chamada *Keziah* de quem eu nunca ouvi falar.

— Eu não peço pra você trabalhar tanto — responde ela em um tom neutro. — Não espero que você não gaste dinheiro com nada.

Não te proíbo de sair. E, sinceramente, nem quero que a gente compre um apartamento. Gosto de morar aqui com a minha mãe.

Ela olha para ele de relance. Consegue ver a mandíbula cerrada começando a ranger.

— Como é que é?

— Não quero me mudar. Quero ficar aqui com a minha mãe.

Ele grunhe.

— Jesus! Você é uma criança do caralho, Tallulah. Você ainda não cresceu, né? Você ainda acha que a vida está girando em torno de você, fazendo o que você gosta, curtindo no pub, saindo com a mamãe. Bem, a vida não é assim. Nós temos um filho. Temos responsabilidades. Não somos mais crianças, Tallulah. É hora de crescer, porra.

— Ele vai pra cima dela, fazendo-a sentir o calor de sua respiração em seu rosto.

— Acho que você devia se mudar daqui — diz ela.

Um silêncio tenso se segue.

— O quê?

— Acho que a gente devia se separar. Eu não quero mais ficar com você.

Tallulah olha fixamente para o chão, mas sente a raiva de Zach se aglutinando no ar ao seu redor.

Outro silêncio prolongado se segue, e Tallulah espera. Espera ser atingida, espera os gritos, espera que a raiva tão reprimida de Zach finalmente exploda. Mas isso não acontece. Depois de alguns segundos, ela o sente encolher, ficar mais tranquilo, vê os ombros dele baixarem, e então ele vai embora. Ela o segue até o corredor. Ele está inclinado sobre o corpo adormecido de Noah em seu carrinho e sussurra para ele. Tallulah sente um calafrio terrível percorrer todo o seu corpo. Ela se aproxima e observa, seu corpo preparado e pronto para fazer o que for preciso para proteger Noah de Zach. Ela ouve o clique da fivela de segurança sendo solta e observa Zach cuidadosamente tirar Noah do carrinho e o levantar em direção ao ombro. Noah não se mexe; está num sono pesado. Sua grande cabeça cai suavemente na curva do pescoço de Zach, que o beija suavemente no topo da cabeça.

Seus olhos encontram os de Tallulah por cima da cabeça do filho, e ele diz, com uma voz dura e decidida:

— Eu não vou a lugar nenhum, Tallulah. Não vou a porra de lugar nenhum.

38

SETEMBRO DE 2018

Sophie está sentada à sua escrivaninha no corredor do chalé, perto da porta. O estranho cheiro de combustível queimado que estava lá desde a mudança finalmente começou a desaparecer, então ela mudou sua área de trabalho para esse local, onde a janela dá para o terreno da faculdade — assim, Sophie pode assistir às pessoas perambulando pelo terreno da escola. Na noite anterior, Shaun contou a ela o que os detetives encontraram enterrado no canteiro de flores fora do alojamento: uma alavanca, um pedaço de metal com cabo e uma ponta torta, aparentemente muito antigo. Ninguém sabe o que é, por que foi enterrado ali ou por quem. É um mistério total.

Mas há outro mistério atormentando a mente de Sophie.

A placa de papelão foi vista por Lexie Mulligan, filha de Kerryanne, poucas horas depois de ela chegar em casa de uma viagem à Flórida. Ela afirma ter visto enquanto estava na varanda da mãe, fumando. Hoje cedo, Sophie deu uma volta ao redor do alojamento, olhou para a varanda de Kerryanne Mulligan e sentiu o estômago embrulhar ao perceber que a varanda era baixa demais para alguém conseguir enxergar o canteiro de flores onde a placa de papelão foi deixada. Nesse momento, ela soube imediatamente que, por algum motivo, Lexie estava mentindo.

Sophie abre o laptop e procura Lexie Mulligan no Google. Ela clica no link do perfil dela no Instagram, que se chama @lexiegoes. Lexie é muito diferente por foto. Na vida real, ela é atraente, mas tem uma insipidez nos traços, uma falta de delicadeza; nas fotos, parece uma modelo. Lá está ela com um robe de cetim preto estampado com rosas, de pernas cruzadas e bebericando um drinque em sua varanda na Flórida com uma piscina em formato de coração ao fundo. O texto da legenda é uma propaganda velada para o hotel e está cheio de hashtags relacionadas à rede da qual ele faz parte. Sophie olha para o topo da página e vê que Lexie tem 72 mil seguidores. Ela presume que a estadia no hotel foi uma permuta em troca da publicidade e que, com tantos seguidores — a própria Sophie tem 812 —, Lexie deve receber muitas cortesias e pagamentos por essas divulgações. Ela se pergunta por que uma mulher com uma ótima carreira ainda mora com a mãe em um pequeno apartamento, em um colégio interno, em Surrey.

Enquanto pensa nisso, Sophie olha novamente pela janela e vê a própria Lexie caminhando pelo campus. Está usando uma calça legging estampada e um moletom de capuz preto. O cabelo preso em duas tranças. Ela carrega uma sacola similar às que eles dão no mercadinho e parece estar a um milhão de quilômetros da garota nas fotos do Instagram. Sophie a observa enquanto ela se dirige ao alojamento. Poucos minutos depois, vê a porta da varanda de Kerryanne aberta, e Lexie aparece com uma caneca de chá. Ela olha para o campus e para a floresta por um momento, antes de se virar e entrar.

Por algum motivo, há algo perturbador na maneira como ela faz isso, algo muito suspeito. Sophie olha para o Instagram de Lexie novamente e rola o *feed* para baixo... Cuba, Colômbia, Quebec, St. Barths, Copenhague, Belfast, Ilhas Ocidentais, Pequim, Nepal, Liverpool, Moscou. Fica perplexa com as viagens de Lexie. Sophie continua rolando até que uma foto chama a sua atenção: Lexie na frente das belas portas principais da escola. Atrás dela, a luz do vitral na área da recepção cai em poças coloridas no chão de ladrilhos. Está usando um casaco de pele falsa que vai até o tornozelo e um gorro de lã verde com um pompom de pelúcia. Ao lado dela está um par de malas enormes. A legenda diz: *Lar doce lar*.

Sophie dá uma segunda olhada. Rola os comentários e vê que os seguidores de Lexie parecem acreditar que aquelas são as portas de sua casa. Que aquele é o seu lar. E Lexie não faz nada para corrigir esses equívocos. Ela deixa os seus seguidores acreditarem que, sim, é ali que ela mora.

Sophie vê um comentário de @kerryannemulligan:
E sua mamãe está tão feliz por ter você de volta!
Ela hesita. Kerryanne está apoiando a ilusão de que Lexie mora em uma mansão georgiana.

Sophie está prestes a rolar o *feed* de Lexie ainda mais quando ouve uma batida na porta dos fundos. Ela fecha o laptop e caminha pelo chalé. Grita "Olá"?

— Oi, Sophie. Sou eu, o Liam.

Sophie fica sem ar.

— Ah, oi — diz ela. — Só um minuto.

Ela dá uma olhada no seu reflexo no espelho da parede e afasta o cabelo do rosto. Então, abre a porta e cumprimenta Liam com um sorriso.

Ele segura um livro.

Ela olha melhor e vê que é seu romance, o primeiro da série, aquele que ela escreveu quando ainda era professora assistente, aquele que ela não tinha ideia de que alguém chegaria a ler. E agora está ali, nas mãos grandes e fortes de um cara bonito chamado Liam. Suas palavras, ela se dá conta, chocada, estiveram dentro da cabeça dele.

— Desculpa incomodar você — a voz de Liam interrompe os pensamentos de Sophie —, mas eu terminei seu livro ontem à noite e simplesmente… adorei. Quer dizer, eu adorei mesmo. Muito. E fiquei pensando que, se você puder, eu adoraria fazer uma pergunta sobre o livro. Mas posso voltar outra hora se estiver ocupada.

Ela o encara por um segundo; em seguida, balança a cabeça e diz:

— Ah. Obrigada. Eu não esperava… Quer dizer, claro, desculpa. Entra, por favor.

Ele a segue até a cozinha e dá tapinhas na lombada do livro com a palma da mão livre algumas vezes.

— Não vou te alugar por muito tempo… Eu só, há… Tem uma coisa que eu queria perguntar. A Susie Beets. Ela é você?

Sophie fica sem reação. Não é a pergunta que ela esperava.

— Quer dizer — continua ele —, vocês têm as mesmas iniciais. E ela é loira, está na casa dos trinta, é do sul de Londres e antes era professora.

— Não — nega ela. — Não sou eu. Ela é mais como se fosse uma boa amiga. Ou a irmã que nunca tive. — É uma resposta-padrão, mas ela continua: — Na verdade, é o Tiger que tem mais traços da minha personalidade e das minhas opiniões.

— Sério? — questiona Liam, seu rosto se iluminando. — Uau. Isso é tão interessante. Porque, sei lá, senti como se estivesse lendo sobre você quando imaginei tudo na minha cabeça; eu via você fazendo tudo que a Susie faz. Até os seus sapatos.

— Meus sapatos?

Ambos olham para os pés dela. Sophie está usando um par de tênis brancos, o mesmo que usa quase todos os dias.

— Quer dizer, você nunca descreve os sapatos dela, mas eu imaginei que ela usava tênis brancos, iguais aos que você usa.

Sophie não sabe direito como responder.

— Eu não descrevo os sapatos dela? — pergunta ela.

Liam balança a cabeça.

— Não. Nunca.

— Bem — diz ela, meio ofegante. — Obrigada por apontar isso. Da próxima vez que eu descrever o que ela está usando, vou incluir uma descrição dos sapatos, só pra você.

— Sério?

— É. Sério.

— Uau. E em qual livro seria? Você está escrevendo um agora?

Ela olha para trás em direção ao laptop sobre a escrivaninha no corredor.

— Tecnicamente, sim. Mas não escrevi uma palavra desde que me mudei pra cá, sendo bem sincera. Apesar de ter as melhores das intenções.

— Bloqueio criativo?

— Bem, não, não é só isso. O bloqueio criativo é um mal-estar psicológico grave. Pode durar anos. Até pra sempre, em alguns casos mais trágicos.

— Então por que acha que não consegue escrever?

— Ah — diz ela —, por vários motivos. Mas principalmente, eu acho, por ter encontrado aquele anel. E agora todas essas outras coisas acontecendo.

Liam assente.

— É tudo meio estranho, né? — Ele bate o livro dela na palma da outra mão novamente e transfere o peso do corpo de um pé para o outro. Parece um pouco ansioso. — Acho que tudo vai ser solucionado no fim. Eu me pergunto o que eles vão descobrir agora. Talvez alguém esteja lá fora enquanto estou aqui falando com você, enterrando outra surpresinha pra alguém descobrir.

— Tipo uma caça aos ovos de Páscoa.

— Sim. Tipo isso. Eu só… — Ele para de bater no livro e esfrega a nuca com a mão livre. — Eu simplesmente não entendo. Não consigo entender nada disso. Se alguém sabe o que aconteceu com aqueles dois, então por que essa pessoa não vai à polícia e conta tudo?

— Porque talvez a pessoa tenha tido algo a ver com isso…?

Ela o vê estremecer de leve.

— Isso me assusta — diz ele. — Isso me assusta de verdade. Enfim… — Ele se recompõe. — É melhor eu deixar você trabalhar. Eu só queria perguntar isso mesmo. Sobre a Susie Beets. Sobre os sapatos. — Ele bate o livro mais uma vez na mão e depois se vira e se dirige para a porta dos fundos.

Depois que ele vai embora, Sophie volta para a escrivaninha e fica sentada por um tempo, imaginando o belo Liam, sozinho no quarto, lendo seu romance. Tenta se lembrar do conteúdo, mas não consegue. Vai para o quarto em busca da caixa na qual guardou os livros que escreveu. Ela a abre e vasculha até encontrar o que está procurando: o primeiro volume da série. Empoleirada na beira da cama, folheia as páginas, passando os olhos pelo texto. E é quando vê. A coisa que está pairando em seu subconsciente desde o dia em que chegou. Ela abre bem o livro e lê:

> *Susie abriu o portão rangente e olhou para os dois lados da rua principal. Estava escurecendo, e as calçadas molhadas brilhavam em tons mornos de âmbar sob os postes de luz. Ela fechou bem o casaco peludo na frente do corpo. Estava prestes a sair em direção à noite quando viu algo com o canto do olho, no canteiro de flores à sua esquerda. Era uma aba de caixa de papelão, pregada na cerca de madeira. Com hidrocor preto, alguém rabiscara as palavras "Cave aqui", com uma seta apontando para baixo no solo...*

39

MAIO DE 2017

Zach se senta na beira da cama, observando Tallulah se arrumar para ir ao pub.

— Porra, isso é ridículo — diz ele.

— Você pode parar de me olhar, por favor?

— Quer dizer, pelo amor de Deus. Essas pessoas nem iam notar se você não aparecesse. Elas nem iam se importar.

— Como você sabe?

— Porque as pessoas não se importam. Todo mundo pensa que é o centro da porra do universo e que as pessoas sentem falta delas quando não aparecem, mas ninguém dá a mínima.

— Então, se você não aparecer pra jogar futebol no domingo, você acha que ninguém vai notar?

— Isso é diferente. É um time. Você precisa de um número específico pra formar um time. Ninguém precisa de um número específico pra beber na porra de um pub.

Tallulah não responde. Em vez disso, se concentra em trocar os brincos pequenos e as argolas simples de prata que normalmente usa por um conjunto sofisticado que se enrola em correntes do topo de sua orelha até os lóbulos. Eles são semelhantes aos brincos que Scarlett usa.

— O que é isso?

Ela olha para o reflexo de Zach no espelho de maneira fulminante, mas não responde.

— Você não ia dar banho no Noah agora? — diz ela. — Está ficando tarde.

— Você não tem o direito de dizer o que a gente tem que fazer, já que nem vai estar aqui.

Tallulah revira os olhos.

— Não acredito que você está fazendo esse escarcéu todo só porque eu vou sair de casa.

— O problema não é você sair de casa. Você sai de casa o tempo todo, porra. É você gastando dinheiro. Quando a gente está tentando economizar.

Ela se vira e o encara.

— Eu já disse. Não quero me mudar. Não quero comprar um apartamento. Quero ficar aqui.

— É, bem, eu não estou muito interessado no que você quer ou deixa de querer. Isso não é sobre você. É sobre o Noah.

— O Noah também não quer morar em uma caixa de frente pra estrada. Ele quer ficar aqui. É lindo aqui. O campo bem na nossa porta. A creche que fica do outro lado do parque. A avó dele. O tio dele. A sua mãe.

Um silêncio se instaura. Ele estreita os olhos para ela.

— Você sabe que a minha mãe acha que o Noah nem é meu filho.

Tallulah congela.

— Ela acha que você só está me usando por dinheiro. E quer saber? Quando eu paro pra pensar, acho que ela tem razão. Quer dizer, todos aqueles meses em que você não me queria por perto. Todos aqueles meses em que você me evitava…

— *Você me largou quando eu estava grávida* — ela o interrompe, os dentes à mostra.

— E por que você acha que eu fiz isso?

— Não sei — diz ela. — Me diga você.

— Porque eu não acreditei em você. Não acreditei que você estava mesmo grávida, pensei que você estava só tentando me prender. Porque sempre tomamos muito cuidado, e eu sabia que a gente tinha se prevenido e não conseguia entender como isso podia ter acontecido, e aí eu comecei a pensar, todas aquelas vezes que você disse que estava estudando pro vestibular, todas aquelas vezes que você ficava ocupada demais pra me ver. Eu só pensei que... Você sabe, eu não me surpreenderia se você tivesse ficado com outra pessoa e engravidado. Porque não pode ter sido eu.

— Então você me largou porque pensou que eu estava grávida de outra pessoa?

— Isso. Basicamente.

— Jesus Cristo.

— Mas aí eu vi você andando de um lado pro outro com o bebê, e você estava tão feliz e tão linda, e o bebê era o bebê mais lindo que eu já vi, e eu achei... — A voz dele começa a falhar. — Eu pensei que eu não estaria me sentindo assim se não fosse meu. Pensei que eu saberia. Eu *saberia* se ele fosse de outra pessoa. E toda vez que eu via o Noah, me apaixonava cada vez mais por ele, e mesmo que ele não se pareça tanto comigo, dá pra saber que ele é meu. Entende? Tipo, aqui dentro. — Ele bate no peito com o punho. — Meu. E acho que a minha mãe está errada. Quer dizer, eu sei que ela está errada. Porque ele é meu. Não é? O Noah é meu?

Os olhos de Zach estão cheios de lágrimas. Ele parece desesperado e patético. Por um momento, o coração de Tallulah se enche de uma espécie de amor lamentável por ele, e ela se pega indo na direção de onde ele está sentado na beira da cama, colocando os braços em volta do pescoço dele e sussurrando em seu ouvido:

— Meu Deus, é claro que ele é seu. Claro que ele é. Ele é seu. Eu juro que ele é seu.

Os braços de Zach a envolvem e a puxam com mais força para si. Tallulah sente a umidade das lágrimas dele em sua bochecha, e Zach diz:

— Por favor, Lula, por favor, não sai hoje à noite — implora ele.

— Por favor, fica em casa. Vou sair e comprar uma garrafa de vinho pra gente. E uns Doritos. Só você e eu. Por favor.

Tallulah pensa em Keziah e seu grupinho de amigas das redondezas, todas tão estranhas para ela, com suas vidas que mal começaram e seus empregos seguros, ansiando por namorados e filhos como se a vida fosse apenas isso. Pensa em todas elas a observando como um animal no zoológico, falando sobre maternidade e casamento como se fosse um objetivo final, em vez de um lugar onde você poderia chegar por acidente. Ela as imagina sentadas nos sofás de veludo do Swan & Ducks, bebendo *prosecco* barato e dando risadinhas de coisas nada engraçadas. E então ela pensa em beber vinho com Zach, em aproveitar este raro momento de paz depois de todas as semanas de conflitos e comentários atravessados, em persuadi-lo a voltar para a casa de sua mãe, convencê-lo de que eles poderiam ser apenas pais do mesmo filho, assim como fizeram antes de ele se mudar. *Se a gente conseguir ser amigável um com o outro esta noite, talvez possa chegar a algum lugar onde ninguém esteja com raiva e todos consigam o que querem*, pensa ela. E o que os dois querem, mais do que tudo, é Noah. Talvez Zach aprenda a aceitar que isso é o suficiente, que ele não precisa de Tallulah também, que não precisa ter uma família perfeita com ela, que existem outras garotas por aí capazes de amá-lo pelo que ele é, e não que o aturem apenas porque precisam ser uma família feliz tradicional, garotas que gostariam de ter um futuro com ele, que gostariam de transar com ele mais de uma vez por semana... garotas que não gostam de garotas.

Então, ela assente com o rosto colado no dele e diz:

— Sim. Vamos fazer isso. Vai ser bom. Vou mandar uma mensagem pra Keziah agora. Podemos ficar em casa. Podemos, sim.

40

SETEMBRO DE 2018

Na manhã seguinte, Sophie fica na cama enquanto Shaun se levanta e se arruma para ir trabalhar. Ela não dormiu bem. Está nervosa com a chegada das crianças esta noite. A ex de Shaun, Pippa, vai trazê-los, e a adaptação será meio delicada. Sophie sabe que os gêmeos vão ficar bem, são crianças sadias e tranquilas — principalmente por serem gêmeos, ela suspeita. Mas Sophie ainda está estressada por ter que bancar a mãe por duas noites e dois dias, por ter de se concentrar em outras pessoas depois de todos esses dias com a cabeça no misterioso desaparecimento de Tallulah e Zach. A previsão é de que chova durante o fim de semana, o que significa que não vai conseguir fazer nada do que havia planejado e eles ficarão presos dentro de casa ou almoçando em pubs nas redondezas. Mesmo com tudo isso, as principais razões pelas quais ela não dormiu foram o encontro com Liam no dia anterior e a revelação da passagem em seu próprio livro.

Depois que Liam saiu, ela passou um tempo no Instagram procurando por ele e finalmente encontrou sua conta; a foto de perfil exibia o rosto dele, mas seu nome de usuário era @BubsBailey, o que Sophie achou muito estranho. No perfil havia poucas postagens, só umas vinte ou trinta. Mas uma saltou aos olhos de Sophie. Uma foto de junho de 2017. Parecia ter sido tirada no pequeno jardim nos fundos do Swan & Ducks; Sophie reconheceu o grande relógio de ferro forjado pendurado na parede do lado de fora. A foto era de Liam, Scarlett e Lexie. Todos estavam abraçados, e Scarlett aparecia com a língua de fora, um flash de piercing prateado refletindo a claridade. Embaixo, na legenda, Liam havia escrito a palavra *Lindezas*.

Liam e Lexie, pelo visto, eram amigos.

O post tinha sete curtidas, e Sophie clicou para ver se alguma era de alguém que ela conhecia. Uma era de Kerryanne Mulligan, outra de alguém chamada @AmeliaDisparue. Clicou nesse arroba e foi levada ao perfil de uma jovem com cabelos louros finos e traços élficos. Sua biografia a descrevia como *Skinny, Mini, Perdida no meio da p*rra de lugar nenhum.*

Seu *feed* consistia em algumas fotos abstratas de paisagens, e o último post era de 16 de junho de 2017. O coração de Sophie palpitou. O brilho escuro da água da piscina mal iluminada, um flamingo rosa-choque, uma mão com um cigarro entre os dedos, os contornos borrados das figuras amontoadas no segundo plano. Ela ampliou a imagem, mas era impossível dizer quem eram as pessoas ao fundo. A foto não tinha legenda, nem curtidas, nem comentários. Estava apenas suspensa lá, como um balão de pensamento vazio, sem contexto ou significado. Mas era, Sophie tinha certeza disso, um fragmento instigante da noite em que Zach e Tallulah desapareceram.

Nesse momento, se distraiu com uma enxurrada de e-mails em sua caixa de entrada, como era habitual naquela hora do dia, já que as pessoas que trabalham em escritórios gostam de resolver tudo antes de ir para casa. E então Shaun voltou. Naquela noite, na cama, não conseguia parar de pensar nas últimas descobertas, nos sentimentos dissonantes sobre as principais peças do jogo e nas perguntas sem resposta. Sonhou com a piscina, com flamingos infláveis, alavancas de metal estranhas e Liam Bailey rabiscando em seus tênis com um marcador de texto rosa e dizendo que ela precisava depilar as pernas.

Agora Sophie está sentada na cama, mexendo distraidamente no celular. Marcou uma entrega de comida às dez: uma porção de coisas boas e saudáveis para os gêmeos, um pouco de vinho, algumas guloseimas — que os gêmeos vão olhar maravilhados, como se nunca tivessem visto bolachas de arroz sabor chocolate — e leite extra para o cereal. Tirando isso, ela está livre o dia inteiro. Sophie devia fazer as malas para a Dinamarca. Viaja na segunda-feira de manhã; um carro virá para levá-la até Gatwick às quatro e meia da manhã, e as crianças ficarão ali até o início da noite de domingo. Precisa aproveitar o dia para limpar sua caixa de entrada de e-mail, se preparar para a viagem e relaxar com as crianças.

Mas ela sente algo dentro de si, como uma estranha música repetida, a necessidade de continuar cavando, tanto literal quanto metaforicamente. Ela joga no Google "Amelia Disparue". Uma garota chamada Mimi era a única outra pessoa em Dark Place naquela noite, além de Liam, Lexie e a mãe de Scarlett. Como Scarlett e sua família, Mimi também apagou todas as suas redes sociais. *"Disparue" significa "desaparecido" em francês, e Mimi*, pensa Sophie, *pode ser uma abreviação de Amelia.*

Os resultados da pesquisa mostram uma conta no YouTube de alguém chamada Mimi Melia. Ela clica.

Na mesma hora, Sophie se senta ereta na cama.

Na tela está a mesma jovem de cabelos louros finos e rosto élfico. Está em um quarto, ajustando o ângulo da câmera que usa para gravar a si mesma, e diz:

— Oi, gente, bem-vindos ao meu canal. Meu nome é Amelia. Ou Mimi. Ou como vocês quiserem me chamar, na verdade. A essa altura, tanto faz. Eu ia falar com vocês hoje sobre a minha luta contra a doença celíaca. Mas, como alguns de vocês sabem, tive outra luta na minha vida no último ano, há um ano e três meses. Estresse pós-traumático causado por um incidente no verão passado, do qual eu não falei até agora, pra proteger uma pessoa muito próxima de mim. Mas descobri recentemente que essa pessoa não é quem eu pensei que fosse e... — Ela faz uma pausa, e seu olhar sai da câmera e paira em algum lugar na parte inferior da tela. Ela está usando uma blusa branca, e seus braços são muito brancos e finos.

Seus olhos voltam para a câmera.

— Bom, não posso falar muito — começa ela. — Na verdade, não posso falar nada. Mas... — ela faz uma pausa para um efeito dramático — ... a coisa que não pode ser nomeada parece estar finalmente, finalmente, finalmente — ela cruza os dedos — prestes a surgir. E esperem só, vão ver só quando isso acontecer. — Ela fecha as mãos em dois punhos, lado a lado, e depois os explode. — Bum — diz ela. — Pshhh.

O vídeo termina, e Sophie fica ali sentada, estupefata, o queixo ligeiramente pendurado. Ela assiste novamente. O vídeo foi postado ontem.

Sophie não sabe se essa é a mesma Mimi que estava lá na noite em que Zach e Tallulah desapareceram. Mas essa garota curtiu uma foto de Liam, Lexie e Scarlett tirada no Swan & Ducks e agora está falando sobre um evento que aconteceu há mais de um ano, do qual ela não tinha permissão para falar, mas que a deixou com TEPT.

Sophie desliga o celular, pula da cama e entra no chuveiro.

Vinte minutos depois, ela está em frente à casa de Kim Knox.

Kim vem até a porta segurando um tubo de rímel em uma mão e o aplicador na outra. Atrás dela, Sophie ouve o neto de Kim gritando. Kim fecha os olhos, vira a cabeça e suspira antes de voltar a abri-los e olhar diretamente para Sophie.

— Ah, desculpa — diz ela. — Achei que era uma entrega da Amazon.

— Desculpe te incomodar tão cedo, Kim. Estou vendo que você está ocupada, mas só queria te mostrar uma coisa, rapidinho. Você tem um minuto?

— Sim, claro. Entra. Desculpa, as coisas estão meio caóticas; sabe como é... manhãs. Você tem filhos?

— Não — responde Sophie. — Não. Bem, enteados. Tipo isso. Não oficialmente, mas por aí. Eles estão vindo pra cá neste fim de semana, então acho que vou viver um pouco de caos também.

A casa de Kim é uma graça, pintada em tons suaves de cinza, azul-petróleo e bege com pontos destacados por um lindo papel de parede com estampa de pássaros e por luminárias acobreadas. Mas também é uma bagunça. O chão está cheio de sapatos, brinquedos e caixas de papelão vazias. A TV está aos berros na sala, mas o menino consegue berrar mais alto ainda. Ele está sentado na cozinha em uma cadeira azul-piscina diante de uma mesa com tampo de fórmica branca, comendo cereal com uma colher de plástico.

— Vamos lá, Noah, você precisa terminar agora. A gente tem que sair em dez minutos.

— Não — grita ele. — Creche, não. — Ele joga a colher de plástico na mesa, e o leite respinga por toda parte. Kim pega um pano úmido da pia e enxuga a sujeira antes de tirar a tigela de cereal do menino e levá-la para a máquina de lavar louça.

— Não! — grita o menino. — Não. Me dá!

— Ok. Mas você tem que prometer que vai comer direitinho e bem rápido. Tá?

Ele assente, e ela recoloca a tigela na frente dele. Então, o garoto empurra a tigela lenta e deliberadamente pela mesa até que ela esteja quase pendurada na borda. Kim a segura um pouco antes de cair e a puxa para longe dele.

— Desculpa. Essa foi sua última chance. Agora você precisa terminar seu suco, a gente tem que se arrumar pra sair.

— Não — grita ele. — Não vou.

— Eu posso voltar mais tarde, se for melhor — diz Sophie.

Kim suspira.

— Você pode só me dizer o que é?

— Eu estava olhando as redes sociais dos adolescentes que estavam em Dark Place naquela noite — começa Sophie, hesitante. — E encontrei um canal no YouTube, de uma menina. Ela se chama Amelia, mas usa o apelido de Mimi. E eu me perguntei se talvez não seria ela?

— Mimi? Mimi Rhodes?

— Isso. E essa menina postou uma coisa ontem, uma coisa estranha. Queria que você visse pra me dizer se é ela ou não. Se é a Mimi.

— Vamos fazer o seguinte — diz Kim —, deixa eu me resolver com este aqui, depois eu te encontro na rua. Podemos ir andando até a creche juntas. Se você tiver tempo.

— Sim, sim. Eu tenho tempo. Bastante tempo. Vejo você em um minuto.

Sophie sai da casa, o som da birra furiosa do neto de Kim ainda soando em seus ouvidos, e espera na beira do parque por alguns minutos até que finalmente Kim aparece, com o cabelo em um coque desordenado no topo da cabeça, óculos de armação preta e sem maquiagem, empurrando o menino aos prantos no carrinho.

Ele está se acalmando agora. Sophie olha para ele, depois para Kim.

— Está tudo bem?

Kim assente.

— Sim. No fim das contas conseguimos. A gente tem uma escala de recompensas. Não é, Noah? E o que a gente ganha se chegar ao nível superior do arco-íris?

— Legoland!

— Isso. Vamos pra Legoland. E onde a gente está nessa escala?

— Metade.

— Sim. Estamos na metade do caminho. Então, só precisamos continuar sendo bonzinhos, principalmente nas manhãs, pra não chegarmos atrasados na creche. Né?

— É. — Ele meneia a cabeça. — É. E depois... Legoland!

Elas atravessam o parque para circundar o lago cheio de patos. Então, Sophie liga o celular, coloca o vídeo em tela cheia e vira o aparelho de lado para que elas assistam enquanto caminham.

— Essa é ela? A Mimi Rhodes?

— Caramba, não tenho cem por cento de certeza. Só a vi algumas vezes, na delegacia. E ela era ruiva na época, eu acho, não loira. Mas sim, se parece com ela.

— Eu ver? — pergunta Noah.

Ela suspira e diz a Sophie:

— Você se importa? Ele sempre tem que ver tudo. Tudo.

Sophie passa o celular para Noah. Ele o agarra e encara a garota.
— Tá triste — diz Noah. — Pessoa tá triste.
— Sim. Provavelmente — diz Kim. — Provavelmente está mesmo.

No momento seguinte, elas estão diante da minúscula escola primária, que fica em uma pequena alameda atrás do Swan & Ducks. Criancinhas de cinza e azul se agrupam nos portões como um enxame. Sophie sente um arrepio ao se lembrar de sua época como professora assistente. Em frente aos portões principais há um pequeno prédio circundado por uma cerquinha. É a creche. Elas entregam Noah aos cuidados de uma jovem com um sorriso alegre e então se viram uma para a outra.

— Vamos tomar um café? — pergunta Kim. — No Ducks?
— Vamos.

Uma vez sentadas, elas assistem ao vídeo juntas na íntegra.
— Bem, acho que só pode ser ela — diz Kim. — Você me envia o link? Vou encaminhar pro detetive encarregado do caso.
— Claro, me dá o seu número.

Ela envia o link para Kim, e elas esperam a mensagem chegar antes de deixarem os celulares de lado.

— Então, você está interessada no caso? — pergunta Kim, girando sua xícara de café no pires.

— Estou. Quer dizer, desde o instante em que vi aquela placa que dizia "Cave aqui", fiquei muito curiosa. Não quero parecer uma mercenária, mas eu escrevo romances policiais. Isso significa que tenho um interesse natural por histórias assim. Entende? Então quando a Kerryanne me contou sobre as pessoas desaparecidas...

— Kerryanne? Kerryanne Mulligan?

— Sim. — Ela faz uma pausa, percebendo que acabou de trair a confiança de Kerryanne. — Provavelmente foi um pouco indiscreto da parte dela, mas, quando falei que escrevia *thrillers*, ela mencionou que houve algumas buscas policiais naquela floresta no verão passado. Então eu me perguntei se a placa que vi perto da floresta tinha algo a ver com isso... com a Tallulah. E então, bem, você sabe o resto. Mas tem uma coisa... uma coisa estranha.

Kim olha para ela e para de girar a xícara.

— Aquele objeto estranho que eles encontraram. No canteiro de flores. Perto do alojamento.

Kim assente.

— Quer dizer, posso estar errada, mas a placa de papelão... Não me parece que a filha da Kerryanne conseguiria vê-la da própria varanda. Não consigo deixar de pensar que ela estava no quarto de outra pessoa quando viu.

— Tipo quem?

— Do Liam Bailey? Talvez? — Ela mostra a foto de Liam e Lexie nos fundos do Ducks. — Olha, eles são amigos. Não tinha me dado conta. Então, talvez ela estivesse no apartamento dele, não no dela, quando viu a placa. Só acho que... — Ela faz uma pausa, porque, na verdade, não sabe o que acha. — Só pensei que talvez, se você falar com o detetive, talvez pudesse mencionar isso pra ele? Só pro caso de eles não terem pensado nessa hipótese. Tenho certeza de que sim. Quer dizer, eles devem ter pensado.

Kim assente mais uma vez.

— Por que alguém faria isso comigo?

Sophie estremece com a crueza de sua voz.

— Por que alguém não me contaria o que sabe? Por que essa pessoa está sendo tão cruel? E essa garota, essa Mimi. Ela obviamente andou conversando com alguém na cidade. Só assim ela poderia saber o que está acontecendo aqui. Então, essa deve ser a pessoa que está deixando as pistas. E não faz sentido. Simplesmente não faz nenhum sentido que metade das pessoas que estavam lá naquela noite tenha desaparecido e que a outra metade ainda esteja aqui e, por alguma razão desconhecida, tentando nos despistar.

Seu tom de voz aumenta e a mulher atrás do balcão olha para elas.

— Você está bem, Kim? — pergunta ela.

Kim faz que sim com a cabeça e suspira.

— Estou bem. Estou bem. — Ela pega o celular e o coloca na bolsa. — Vou falar com o Dom sobre o vídeo. Ver o que mais ele tem a me dizer.

— Dom?

— O detetive.

— Ah. — Sophie sorri. — O verdadeiro detetive.

Kim sorri também.

— Sim. O verdadeiro detetive. — Em seguida, acrescenta: — E, olha, me desculpa, mas eu realmente não sou muito de ler. Na verdade, não leio um livro desde os meus dezenove anos. Desde antes da Tallulah nascer. Caso contrário, eu perguntaria o título dos seus livros. Mas eu não ia conhecer de qualquer maneira.

Sophie pensa brevemente em contar a Kim sobre a passagem em seu livro que alguém parece estar reproduzindo, o livro que Liam Bailey trouxe até sua casa ontem, batendo a lombada na palma da mão de uma maneira que agora parece vagamente sinistra, mas ela decide não ir adiante. A revelação vai tirar sua imparcialidade, e se manter imparcial é essencial para conquistar a confiança de Kim.

— Não — diz Sophie, com um sorriso tranquilizador. — Provavelmente não ia.

41

MAIO DE 2017

Scarlett está atravessando o prédio de artes em direção a Tallulah. Carrega uma pequena pasta apertada contra o peito e parece destinada a cumprir uma missão.

Tallulah se vira e tenta se esconder numa sombra, mas é tarde demais, Scarlett já a viu. Ela caminha em sua direção, agarra-a pelo braço e puxa-a suavemente para um caminho atrás do prédio de artes.

— E aí? — pergunta Scarlett, com os olhos arregalados de desespero. — Resolveu? Terminou? O que aconteceu? Você está bem?

Tallulah baixa o olhar para os pés. O local está úmido, o caminho asfaltado está verde, com mofo e musgo.

— Estou bem — diz ela. — Estou trabalhando nisso. Sei o que eu estou fazendo.

Scarlett olha para ela sem acreditar.

— Ah, meu Deus — diz ela. — Você não teve coragem, né? Porra, Tallulah. O que aconteceu?

— Eu só... Eu não sei. Quer dizer, eu disse a ele que queria me separar. Eu disse que não queria mais morar com ele, não queria me mudar com ele, não queria ficar com ele e pensei que ele fosse gritar, surtar, sabe, mas ele não fez nada disso. Ele... — Ela estremece com a lembrança. — Ele só pegou e segurou o Noah, assim, bem do lado do rosto, e disse que não iria a porra de lugar nenhum. E pareceu... pareceu uma ameaça. Entende? Como se ele fosse machucar o Noah se eu o mandasse embora. E então eu só deixei pra lá, sabe, não queria insistir. E aí ontem à noite... — Ela prende a respiração. — Eu tinha marcado de ir ao pub, e ele começou a chorar, dizendo como tinha ficado com medo de que o Noah não fosse dele e como ele amava o Noah, então eu acabei não indo pro pub, eu fiquei em casa, e nós só conversamos, a noite toda, sabe? Tomamos um pouco de vinho e só conversamos, como a gente não conversava há muito tempo. E eu disse a ele como eu me sinto e como não quero mais ser um casal com ele, mas que quero criar o Noah com ele, e ele pareceu aceitar muito bem.

— Então ele vai se mudar ou não?

Tallulah muda o peso do corpo de um pé para o outro, sem jeito.

— Não. Bem, ainda não. Ele disse que vai comprar um apartamento, mesmo que a gente não more lá, pra ter um lugar pra ficar sozinho com o Noah. Porque ele realmente não quer voltar a morar com a mãe, e, pra ser justa, eu não o culpo porque a mãe dele não é muito legal e o pai é horrível, então eu disse que ele podia ficar, só até arranjar um lugar próprio.

— Ficar... na sua cama?

— Bem, sim. Mas tudo bem. Vamos só colocar uma almofada no meio. Você sabe, não é nada de mais. Quer dizer, estamos juntos desde os catorze anos. Desde, tipo, crianças. E não vai ser por muito tempo. Ele já economizou muito dinheiro. Não deve demorar mais do que algumas semanas.

— E as tardes de quarta-feira? Você ainda vai...?

— Não — diz Tallulah em tom de desafio. — Não. Isso não vai acontecer mais. Vai ser puramente platônico. Só pais do mesmo filho. Só por mais algumas semanas. E aí ele vai embora.

— E depois?

Tallulah olha para ela, confusa.

— O que acontece depois? Quando ele tiver ido. Você e eu... Nós vamos poder...?

Tallulah suspira.

— Não posso simplesmente pular direto em outro relacionamento. E você ainda fica com outras pessoas. Eu tenho um filho. Se for pra ter uma relação com você, tem que ser algo sério. E eu não acho que você é capaz disso. Eu realmente não acho.

Ela vê Scarlett recuar com as palavras e se recompor.

— Você está certa — diz ela. — Está, sim. Eu sou uma idiota de merda. Eu sempre fui uma idiota. Mas eu posso mudar. — Ela diz isso com uma voz teatral e dramática, o que faz Tallulah sorrir. Mas então ela fica séria e coloca a mão no braço de Tallulah. — Eu sou uma idiota, Lula, mas posso tentar. É sério. Quer dizer, tenho quase vinte anos. Eu não sou mais criança. Não sou um bebê. Você me dá outra chance? Por favor?

Tallulah se afasta de seu toque ao ouvir vozes se aproximando pelo caminho. Quando as vozes passam, ela se vira de novo para Scarlett.

— Não sei. Não consigo pensar direito. Eu só preciso lidar com o Zach por enquanto. Eu preciso tirar o Zach da minha casa e ter a minha vida de volta. Depois eu organizo a minha cabeça. Mas não consigo fazer isso agora. Eu realmente não consigo. Desculpa.

Scarlett assente.

— Claro — diz ela. — Entendo. É justo. Mas vou esperar por você. Eu juro. Vou virar uma freira por você. Eu vou ser tipo dez freiras por você. Sério, Lula, só não deixa ele te manipular. Tá? Não deixa ele te enganar pra no final você ficar com ele. Porque eu acho que ele vai tentar de tudo.

— Ele não vai, eu juro. Posso garantir. Ele está falando sério.

Scarlett estreita os olhos para Tallulah e a encara com ceticismo.

— Eu juro.

Scarlett faz que sim com a cabeça, apenas uma vez, roça a bochecha de Tallulah com a ponta dos dedos da mão direita, depois se vira e a deixa parada ali, seu toque na pele de Tallulah pairando como uma onda inominável de pavor.

42

SETEMBRO DE 2018

— Oi, Dom. Sou eu — diz Kim. — Queria saber se você chegou a ver o link que eu enviei, daquela garota no YouTube.

— Não — diz ele. — Ainda não, me desculpa. Vou ver agora e te retorno. Mas tivemos um bom avanço. Finalmente localizamos Martin Jacques, o pai da Scarlett. Ou, pelo menos, contatamos o assistente dele, que vive dizendo que ele vai responder assim que estiver menos enrolado em Abu Dhabi. Ainda estamos tentando rastrear o resto da família. Eles estavam em Guernsey, só que ninguém os vê há algumas semanas. Mas pode acreditar, Kim, estamos fazendo tudo o que podemos. As coisas estão progredindo. Um pouco devagar, em alguns casos, devo admitir, mas leva muito tempo pra fazer qualquer coisa hoje em dia, com todos os cortes do governo, e quando é um caso arquivado leva ainda mais tempo...

Quando os ossos já estão gelados, Kim pensa. *Quando o sangue está seco e duro. Quando é tarde demais para salvar alguém.*

— Estou fazendo o máximo possível por você, Kim. Só estou trabalhando nisso. Só estou pensando nisso. Eu juro.

Kim ouve um quê de emoção na voz dele. Ela engole em seco.

— Sim. Claro, Dom. Eu sei. Eu sei que você está. Só estou muito...

— É — diz Dom. — É. Eu sei.

Há um calor contido nessa troca, criado a partir do desespero, da perda, da frustração e da esperança equivocada, mas também da intimidade que se construiu entre os dois à medida que tudo o mais se desprendia deles e da coisa que os une.

Ela suspira.

— Obrigada, Dom. Obrigada por tudo.

— É um prazer, Kim. Sempre.

Ele encerra a ligação, e Kim olha pela janela da cozinha, para as árvores no fim de seu jardim. Pensa na garota magricela e triste falando para uma câmera em um quarto em algum lugar, uma garota que sabe algo sobre o que está acontecendo atualmente na Maypole House. E, então, ela se lembra daquela tarde quente de junho, a caminhada até Dark Place, o filete de suor escorrendo pelas costas, Ryan balançando Noah no carrinho, as gotículas de água da piscina no ombro de Scarlett se aglutinando e rolando pelo corpo dela, o filho bonito com as cervejas na mão, a mãe com a aparência frágil com um vestidinho branco, o modo como Scarlett não conseguira manter contato visual, o jeito como ela pronunciara o nome da filha. *Lula.* Ela fora tão fria e distante o tempo todo, mas quando disse o nome de Tallulah sua voz soou densa e pesada, como se a palavra significasse algo para ela. Kim pensa na noite que Tallulah disse ter passado na casa de Chloe, porque a amiga estava com pensamentos suicidas, e se pergunta novamente onde ela estava. Pensa em todas aquelas manhãs de domingo em que Zach estava jogando futebol e Tallulah pegava sua bicicleta para passear. Pensa em como ela voltava com um brilho e um rubor, com um ar misterioso. Ela até se lembra de ter perguntado à filha uma vez:

— Aonde você vai quando anda de bicicleta? Você sempre parece que acabou de chegar de algum lugar mágico quando volta.

Tallulah sorriu e disse:

— Pelas ruas de trás. Onde não tem trânsito. É lindo.

— E você para? — perguntou ela. — Para pra explorar?

— Sim — respondeu ela, ocupando-se em remover o babador de Noah. — Eu paro e exploro.

E havia um entusiasmo em sua voz, o mesmo que ela ouvira na voz de Scarlett ao dizer o nome de Tallulah. E, enquanto ela pensa nisso, outra memória lhe vem à mente. Scarlett, de toalha, a água da piscina caindo dos cabelos molhados e seus dedos agarrando os pés estreitos. E então, apenas por um breve momento, a visão rápida de uma pequena tatuagem logo abaixo de seu tornozelo, as letras TM. Kim sabia que era improvável, afinal, por que essa garota de quem ela nunca ouvira falar teria as iniciais de sua filha tatuadas no pé? No entanto, a mão dela havia deslizado mais uma vez para cobrir as letras, e Kim se dá conta, estava lá o tempo todo, como uma mancha solar.

Ela pega o celular e procura o número de Sophie. Digita uma mensagem para ela com uma rapidez incrível.

Sou eu, Kim. Está ocupada? Posso falar com você sobre uma coisa?

Imediatamente chega uma resposta.

Nem um pouco ocupada. Posso falar agora.

43

JUNHO DE 2017

Após a noite em que Tallulah e Zach bebem vinho e conversam, fica tudo bem entre eles durante alguns dias. Zach está tranquilo e relaxado. Ele prepara o jantar, dá banho em Noah e o mantém entretido, fica sentado em silêncio olhando suas planilhas, organizando suas finanças, sem pedir a Tallulah que se envolva o tempo todo. Ele dá a Tallulah espaço para estudar e simplesmente viver. À noite, eles dormem na cama dela com o bebê entre eles, e ele não faz nenhuma tentativa de ser fisicamente afetuoso com ela. Zach se arruma com calma para o trabalho todas as manhãs e retorna em silêncio todas as noites. Tudo parece estar bem.

Então, no início de junho, logo após o primeiro aniversário de Noah, Scarlett manda uma mensagem para Tallulah pedindo a ela que a espere depois da faculdade para que as duas possam pegar o ônibus de volta para casa juntas. Elas se encontram na calçada em frente à faculdade. Scarlett está na metade da sua última semana de provas do ano. Passou os últimos dois dias trabalhando em uma natureza-morta.

— Uma alcachofra e um osso — diz ela enquanto caminham juntas em direção ao ponto de ônibus. — Sério, eu passei dois dias olhando para uma alcachofra e um osso.

— O que eles simbolizam?

— Nada. Só umas coisas que eu peguei saindo de casa. O osso é do Toby. Ele não curtiu muito. Mas a aparência é muito legal. Eu coloquei os objetos em cima de um veludo preto e ficou uma coisa meio Rembrandt, sabe?

— Quando é sua última prova?

— Na próxima quarta. Depois eu tenho que entregar meu portfólio na quinta, e na sexta-feira eu vou encher a cara em algum pub.

— Com quem?

— O pessoal de sempre. E talvez o Liam. — Ela olha para Tallulah com o canto do olho, para avaliar sua reação.

Mas Tallulah apenas dá de ombros e diz:

— Tanto faz. Não é da minha conta.

— Não, mas sério. Só como amigos. Porque somos apenas bons amigos. O que aconteceu naquela noite foi uma burrice. Só uma coisa muito burra, porque eu sou uma pessoa muito burra.

— Scar, está tudo bem. Você não precisa se explicar.

— Sim, mas eu quero. Eu preciso explicar. Nem que seja para explicar pra mim mesma. Sempre fui do tipo "melhor pedir desculpas do que pedir permissão". Nunca penso nas consequências de nada que eu faço. — Ela prende a respiração e se vira abruptamente para encará-la. — Olha, eu sei que você acha que eu tive essa vida encantada e que nada de ruim aconteceu comigo. Mas aconteceu. Uma coisa muito ruim. Um pouco depois que a gente se conheceu. Foi por isso que eu larguei a faculdade. Foi por isso que não eu consegui encarar ninguém por tanto tempo.

Tallulah olha para ela, confusa, esperando que ela continue.

Scarlett suspira e diz:

— Vem pro pub comigo? Quando a gente descer do ônibus? Vou te contar tudo.

Elas se dirigem para um canto tranquilo do Swan & Ducks com uma Coca Zero para Tallulah e um chocolate quente com uma dose de rum para Scarlett. O pub está praticamente vazio a esta hora do dia, os raios do sol de verão entrando pelas janelas. Um homem está sentado no bar com um beagle esparramado a seus pés, então Scarlett aponta para o cachorro e diz, como faz com todos os cachorros que vê:

— Esse é um bom cachorro.

— Ok, então — diz Tallulah. — Estou pronta pra ouvir sua confissão sombria.

Scarlett se contorce ligeiramente.

— Não acredito que vou te dizer isso. Você vai me odiar mais do que já odeia.

— Eu não te odeio.

— Não importa. Só me promete que nunca, jamais vai contar pra ninguém o que eu estou prestes a contar pra você. Nunca.

— Eu juro.

— É sério. Nunca.

— Nunca.

Scarlett pisca lentamente e se recompõe.

— No início do verão passado — começa ela —, no começo das férias, eu meio que passava bastante tempo sozinha. O Liam tinha voltado pra fazenda, e minha mãe estava indo e voltando de Londres. Todo mundo tinha viajado, e eu estava muito entediada e muito solitária. Quer dizer, muito, muito solitária. Aí um dia eu fui até a escola — ela aponta para a Maypole do outro lado do parque — só dar um oi pra Lexie Mulligan. Eu estava desesperada pra conversar com alguém. Peguei o Toby, e fomos pela floresta. Era um dia lindo, e eu estava usando um vestido curto com botas, e estava morrendo de calor, mesmo na sombra das árvores. Aí eu percebi que tinha um homem vindo na direção oposta e fiquei um pouco assustada, desejando ter a porra de um rottweiler em vez de um cachorro babão e que eu estivesse usando mais roupas. Mas aí ele se aproximou um pouco mais, e eu percebi que ele não me era estranho. Parecia familiar. E quando eu vi o cachorro dele me dei conta de que era o sr. Croft.

— Sr. Croft?

— Marido da Jacinta Croft. A diretora. Você sabe, aquela mulher pequenininha que parece uma Polly Pocket na menopausa?

Tallulah balança a cabeça. Ela nunca prestou atenção em nada que acontecia na Maypole House.

— Você reconheceria se a visse. De qualquer forma, ela é casada com o Guy, um sujeito meio alto, careca e quieto. Ele é web designer. Trabalha em casa. Cuida do filho. Fica na dele. E eu juro, nunca tinha reparado direito nele antes daquele dia. Só o reconheci por causa do cachorro. Um labrador preto. Nelson. Literalmente, o cachorro mais lindo de todos os tempos.

Tallulah olha a hora no celular com o canto do olho. São quase quatro. Ela normalmente estaria em casa por volta das quatro e quinze. Sente sua liberdade se esvaindo quando Scarlett conta a ela sobre um cachorro chamado Nelson.

— Enfim, é claro que o Toby me arrastou pra dizer oi pro Nelson, e, enquanto os cachorros conversavam, eu e o sr. Croft começamos a bater papo também, e ele me disse que estava sozinho em casa, que a Jacinta estava na casa deles em Londres com o filho por algumas semanas, que ele ia se juntar a eles mais tarde no verão, que ele tinha um projeto pra terminar, blá-blá-blá. E, enquanto ele falava, percebi que seus olhos não saíam dos meus peitos, e sei lá, deveria ter sido assustador pra caralho, mas por algum motivo aquilo me deu um baita tesão.

Tallulah bate seu copo de Coca na mesa e tosse quando o líquido atinge o fundo de sua garganta.

— Ai, meu Deus. — Ela engasga. — Por favor, para. Não quero ouvir mais nada.

— Eu sei, desculpa. É nojento. Mas tenha paciência comigo. Fica pior.

— Jesus Cristo! Scarlett! Não sei se consigo.

— Mas então, enquanto conversámos sobre umas coisas chatíssimas, eu não conseguia parar de pensar *quero dar pra você*, eu devia estar ovulando ou algo assim, sei lá, só sei que olhei pra ele e pensei: *Agora, faz isso comigo agora*. E...

Tallulah coloca a mão entre elas e fecha os olhos.

— Sério. Eu não consigo.

— Por favor — diz Scarlett. — Eu tenho que botar pra fora. Isso é importante.

Tallulah suspira novamente.

— Vai, continua então.

— Dava pra ver que ele estava sentindo isso também. E sério, ele tem, tipo, uns quarenta e poucos anos. É careca. Nem bonito é. Eu disse pra ele que estava indo até a escola, aí ele disse que podia me acompanhar, então a gente foi conversando, e a tensão sexual foi crescendo, e aí a gente saiu do bosque e de repente estávamos de frente pra porta dos fundos do chalé dele no terreno, e ele disse: "Quer um copo de água?" E foi isso.

Tallulah lança um olhar chocado para ela. Não tem ideia de como responder.

Scarlett continua:

— A gente passou aquele mês todo fodendo. Literalmente, isso foi tudo o que eu fiz por um mês. Passeava com o cachorro pela floresta, batia na porta dos fundos da casa da sra. Croft, ele me deixava entrar, a gente transava. Eu ia embora. E foi incrível. Meio decadente, mas incrível. Você sabe, sexo é uma coisa tão estúpida e esquisita quando você para pra pensar, na mecânica. No que um homem faz e o que uma mulher faz e pra que serve. Se você pensar sobre isso por muito tempo, nunca mais vai querer fazer de novo, porque é nojento. Mas era isso. Nenhum de nós estava pensando. Estávamos entediados, solitários e com tesão. Não consigo explicar de outra maneira. Quando olho pra trás, eu nem entendo. Não sei o que eu estava pensando. Era uma espécie de romance de férias sórdido e bizarro. E, enfim, depois de algumas semanas ele foi pra Londres e eu saí pra velejar com o Rex e a minha mãe. Setembro chegou, o Liam voltou pra faculdade, eu comecei na Manton, e eu e o Guy concordamos em deixar tudo pra lá e seguir com a nossa vida. E por um tempo deu certo. Eu não o vi por aí, e ele não entrou em contato. Mas então, mais ou menos na época em que eu te conheci, aquele dia no ônibus, ele estava no mercadinho e eu também, a gente trocou um olhar e jogou conversa fora. Eu fui embora de lá meio confusa. E aí do nada eu recebo a porra de uma foto do pau dele.

Tallulah engasga novamente e cobre a boca com as mãos.

— Não — sussurra ela por entre os dedos.

— Sim. Eu apaguei na mesma hora e digitei *NÃO*. Em maiúsculas. E aí a coisa sossegou por um tempo, até que uma noite, eu acho que ele devia estar bêbado porque começou a me bombardear com mensagens, fotos de pau e declarações que iam do amor ao ódio. Ele disse que a sra. Croft nunca estava em casa e que o filho tinha ido para um colégio interno e ele sentia minha falta e não conseguia viver sem mim. E eu só apaguei tudo e parei de responder, e aí na noite da festa de Natal da Manton, depois que eu te conheci, eu realmente não consegui mais pensar direito. Você tinha me deixado alucinada, e o meu celular estava cheio dessa merda do sr. Croft. Eu só não queria chegar perto da Maypole House ou da cidade, eu só queria ficar longe de tudo e de todos, então eu terminei com o Liam alguns dias depois. Aí de repente já era Natal, e eu decidi ficar reclusa com a minha família. Eu ia voltar pra faculdade em janeiro. Novo começo. Cabeça limpa.

"Mas então, um dia, naquele período estranho entre o Natal e o Ano-Novo, eu levei o Toby pra floresta e coloquei meus AirPods, era fim de tarde, estava começando a ficar escuro, principalmente na floresta. Eu estava perto de casa, então pensei que estava segura, mas de repente... — Ela faz uma pausa, e seu olhar desce para a mesa. — Alguém veio por trás de mim, colocou a mão na minha boca e me puxou de volta. Eu quase morri do coração. Era ele, claro, o sr. Croft, o Guy. Ele estava sorrindo pra mim, como se fosse uma brincadeira engraçadinha. Ele apontou pros meus AirPods, pra tirá-los, como se fosse normal colocar a mão na boca de uma adolescente no meio de uma floresta escura. Então eu tirei e disse: 'Que porra é essa?' E ele disse: 'Estou terminando.' Eu disse: 'O quê?' E ele: 'Estou terminando tudo com a Jacinta. Não tem mais nada entre nós. Acabou. Eu tenho um apartamento. Vem comigo.' E eu meio que ri e disse: 'Eu tenho dezoito anos. Sou estudante. Moro com a minha mãe. Não posso ir a lugar nenhum com ninguém.' Posso ter soado meio debochada, não sei. Mas fala sério, era uma loucura. E então ele começou a chorar, e o Toby começou a choramingar porque ele sempre choraminga quando as pessoas choram, e isso meio que me fez rir porque, porra, um homem adulto chorando e um cachorro são-bernardo choramingando é engraçado. E aí ele me lançou um olhar, um olhar que dizia *Cala a boca*, e ele começou a me beijar, e foi meio áspero e desesperado. E eu meio que entrei num transe. Eu não sei explicar. Entrei em transe e só fiz os movimentos. Só fiz os movimentos, como uma boneca pré-programada. Eu só pensei: *Deixa acontecer. Só deixa acontecer.* Eu acho que, de certa forma, eu estava tentando imaginar que aquilo não era um estupro, porque eu não conseguiria lidar com a porra da ideia de que estava sendo estuprada. Então eu transformei aquilo em sexo na minha cabeça. E depois... — Ela para e prende a respiração. Tallulah ouve as lágrimas se acumulando no fundo da garganta dela. — Depois, ele ficou olhando pra mim, sem fôlego. Aí ele disse: 'Vou nessa.' E eu só assenti, e ele foi embora, e dava pra ver que ele estava muito assustado porque a gente tinha acabado de fazer uma coisa estranha, meio confusa e ambígua, e não dava pra saber onde estava o consentimento, se é que tinha existido algum. Ele sabia, e eu sabia, mas nenhum de nós admitiu. E então ele simplesmente foi embora. E eu nunca mais o vi."

Tallulah não sabe o que dizer.

— Meu Deus, isso é horrível. Você está bem?

Scarlett mexe seu chocolate quente e dá de ombros.

— Sei lá. Depois eu me senti, tipo, crua... exposta. Eu não sabia quem eu era, o que eu era. Fiquei pensando que ia acordar na manhã seguinte e me sentir normal, mas nunca me senti. Eu não podia contar pra minha mãe; não podia contar pra ninguém. Até que eu surtei um dia, achei que estava tendo um colapso nervoso, liguei pro Liam, implorei pra ele vir. Eu ia contar tudo pra ele. Mas aí ele chegou lá e tudo o que eu queria fazer era só ficar abraçada com ele, aconchegada, e deixar que ele me acolhesse. Mas toda vez que eu fechava os olhos, sentia a mão do Guy na minha boca; sentia ele em mim. Toda vez que olhava pro Toby, pensava: *Você estava lá. Você foi uma testemunha. O que você viu? O que você acha? Ele me estuprou? Eu sou uma vítima? Ou sou uma piranha?*

Scarlett afasta as lágrimas do rosto com as costas da mão. Suspira e abaixa a colher de chá, pega seu chocolate quente e bebe.

— Isso é um pesadelo — diz Tallulah, colocando a mão no braço dela.

Scarlett assente vigorosamente.

— Sim, sim — diz ela. — É exatamente isso. Exatamente. O cenário, o crepúsculo. O inesperado. A maneira como ele desapareceu depois. Ninguém nunca falou sobre ele; nunca ouvi o nome dele ser mencionado. É como se ele nunca tivesse existido de fato. Como se ele fosse só um produto da minha imaginação. Tudo pareceu um sonho muito inquietante, daqueles que te perseguem durante dias. Eu estava perdida, totalmente perdida até aquele momento, algumas semanas depois, quando a campainha tocou em um domingo de manhã, e lá estava você. Tallulah do busão, vindo me salvar.

Scarlett para de falar. Tallulah olha para ela com curiosidade. De um jeito estranho, ela parece ter algo mais para compartilhar, como se ainda não tivesse terminado de desabafar.

— E isso é tudo?

Scarlett assente com força.

— Sim — diz ela. — Isso é tudo.

São quase quatro e meia quando Tallulah sai do pub. Ela se sente confusa e atordoada. Dá uma conferida rápida no celular para ver se recebeu alguma mensagem, depois o coloca no bolso da calça jeans e começa a cruzar o parque. Ao fazer isso, olha para a Maypole House. Em algum lugar lá dentro, ela pondera, está Jacinta Croft, a mulher com cujo marido Scarlett teve um caso tórrido no verão passado. Em algum lugar lá dentro está Liam Bailey, o homem que Scarlett traiu com o marido da diretora. E aqui está ela, Tallulah Murray, uma mãe adolescente tendo seu primeiro caso de amor com uma mulher, e ali — ela olha para a própria casa — está um rapaz chamado Zach Allister, que é o pai de seu filho, e em algum outro lugar está seu pai, que ama sua mãe mais do que ama a esposa e os filhos, e ali — ela olha para a estrada que leva à saída da cidade — estão Megs e Simon Allister, pais de cinco filhos, nenhum dos quais eles sabem amar direito. E *ali*, além da cidade, está a floresta: o lugar sombrio onde Scarlett pode ou não ter sido estuprada por um homem com idade para ser seu pai. E não há respostas para nada, em lugar algum, nem caminhos claros. A única coisa, ela pondera enquanto caminha, a única coisa que é clara, evidente e simples, é Noah.

Tallulah acelera o passo à medida que se aproxima de casa, desesperada para segurá-lo em seus braços. Ao se aproximar da rua sem saída, ouve o barulho familiar do ônibus se aproximando do ponto em frente à Maypole. As portas se abrem com um chiado, então Tallulah vê uma silhueta conhecida descer do ônibus e virar à esquerda. É Zach. Ele está atrasado. Ela achou que ele já estaria de volta. Isso explica por que ela não recebeu nenhuma mensagem ou ligação dele. Tallulah acelera o passo e o alcança. Quando ele se vira e olha para ela, seu rosto se contorce ligeiramente e ela o vê enfiar algo no bolso da jaqueta, uma pequena sacola. Ela finge não ter notado e sorri ao se aproximar dele. Zach parece tão abalado por Tallulah quase tê-lo pego com algo que ele não queria que ela visse, que não percebeu que ela está voltando para casa tarde e vindo de outra direção.

— Chegou tarde — diz ela.

— Sim. Dei um pulo na cidade depois do trabalho. Precisava de um carregador novo pro celular.

Eles param para atravessar a rua e deixar um carro passar. É Kerryanne Mulligan, a inspetora da Maypole. Ela conhece todos, e todos a conhecem. Ela levanta a mão e acena para eles da janela. Eles acenam de volta. Ao entrarem em casa, Zach tira o paletó, pendura-o em um gancho e vai direto para a sala, onde Tallulah o escuta arrulhar para Noah. Ela rapidamente coloca a mão dentro do bolso do casaco de Zach e puxa a bolsa. É uma sacola de plástico verde-escura impressa com as palavras *Mason & Filho Joalheria*. Ela olha dentro da sacola e vê uma caixinha preta com o mesmo logotipo impresso em ouro. Ela está prestes a abrir a caixa quando sente que alguém aparece no corredor. Ela enfia a sacola de volta no bolso e olha para cima. É a mãe dela.

— Tudo bem, querida? Voltou tarde.

Ela força um sorriso.

— Estou bem — diz ela. — A prova começou tarde, passou um pouco do horário.

Sorri novamente e se afasta da jaqueta de Zach, que agora parece estar enviando partículas radioativas capazes de queimar sua carne, e se dirige à sala de estar, onde Noah está nos braços de Zach, que beija seus dedos e faz barulho com a boca na palma de sua mão. Embora não tenha aberto a caixa, Tallulah sabe o que tem lá dentro, e por um momento não consegue respirar, como se alguém estivesse sentado em cima de seu peito, porque ela sabe o que isso significa e sabe que Zach nunca, jamais vai deixá-la, está só fingindo que está planejando se mudar. Ele a está enganando, Tallulah percebe, mantendo-a domada, mantendo-a por perto, ganhando tempo.

O rosto de Noah se abre em um enorme sorriso boquiaberto ao ver Tallulah, e ele estende os braços para ela. Ela o pega do colo do pai e tenta não se retrair quando Zach os abraça, tentando fazer deles uma família, tentando torná-los um só.

44

SETEMBRO DE 2018

A campainha de Sophie toca; é uma campainha antiquada, do tipo que você não ouve com muita frequência nos dias atuais, com tantos aplicativos e barulhinhos eletrônicos. É incrivelmente alta e faz Sophie pular de susto toda vez que a escuta.

Kim está parada na porta.

— Desculpa — diz Sophie, colocando a mão no peito ao abrir a porta. — Essa campainha sempre me assusta. Desculpa. Entra.

Kim segue Sophie até a cozinha e a observa encher a chaleira na torneira da pia.

— Acabei de falar com o Dom — diz ela. — Ele ainda não assistiu ao vídeo daquela garota, Amelia. É tão frustrante. Sei que a polícia está fazendo tudo o que pode, mas, quanto mais o tempo passa, mais devagar as coisas parecem andar. Mas você parece ter uma visão diferente das coisas. Quer dizer, você encontrou aquele vídeo da Mimi, e por ser uma autora de livros policiais... — Ela sorri ironicamente.

— Não sei, existem umas peças que venho tentando juntar. Flashes de coisas.

— Tipo o quê?

— Ah, tipo... Um dia depois que eles desapareceram, eu fui falar com uma amiga de faculdade da Tallulah, o nome dela é Chloe, ela mora bem ali na estrada, saindo da cidade. Church Lane. Sempre achei que ela e a Tallulah eram amigas muito próximas. Teve uma noite em que a Tallulah até dormiu na casa dela porque achou que a

Chloe estava com pensamentos suicidas. Então, ela foi obviamente a primeira pessoa com quem pensei em conversar. A Tallulah não tinha muitos amigos, sabe? Ela estava muito envolvida com o Noah, e com o Zach também, até certo ponto. Enfim, eu falei com a Chloe, e ela disse que ela e a Tallulah não eram mais tão íntimas, e que a minha filha não tinha dormido na casa dela, e que a Tallulah tinha saído pra dar uma volta com a Scarlett Jacques na festa de Natal do ano anterior. Mesmo assim, a Scarlett foi categórica ao dizer que ela e a Tallulah não se conheciam direito antes daquela noite. Agora, pouco antes de mandar aquela mensagem pra você, eu me lembrei de algo. Uma coisa que realmente não me dei conta na época. Eu tinha ido ver a família Jacques no dia anterior, e a Scarlett tinha acabado de sair da piscina, ela estava sentada com uma toalha e eu percebi, bem aqui — Kim aponta para a lateral do próprio pé —, uma tatuagem. Eram claramente as iniciais TM.

Sophie olha para Kim interrogativamente.

— TM. Tallulah Murray. E agora a minha cabeça está uma confusão, repassando coisas, olhando tudo de um novo ângulo. E se a Tallulah e a Scarlett estivessem tendo um caso? E se o Zach tivesse descoberto? E se tudo tivesse vindo à tona naquela noite, na casa da Scarlett? E se... — Ela para. — Enfim. Tem coisas acontecendo. Eu sei que tem coisas acontecendo. A alavanca que encontraram no canteiro de flores. Tenho certeza de que tem algo a ver com isso. Eu sei que eles estão tentando rastrear a família Jacques e que muitas coisas estão rolando, mas parece que estamos chegando tão perto agora e eu não posso pressionar mais o Dom, eu realmente preciso de mais alguém com quem dividir. Não tenho mais ninguém. Quer dizer, não me entenda mal, eu tenho amigos. Eu tenho o meu filho. Mas não tenho mais ninguém que queira ser sugado pra dentro de tudo isso comigo. Então eu fiquei me perguntando como você se sentiria sobre, talvez, se unir a mim. Sei que pode soar um pouco estranho...

— Não — interrompe Sophie com vigor. — Não, não é estranho, de forma alguma. É ótimo. Pra ser sincera, eu já tinha vontade de ajudar, mas não queria que você pensasse que eu estava sendo mórbida ou macabra.

Kim sorri.

— Eu adoraria que você me ajudasse. Achei você bastante ligada nas redes sociais, esse tipo de coisa, sabe? Talvez possamos ver juntas o que mais podemos encontrar? Talvez possamos chegar até a família Jacques antes da polícia?

Sophie assente.

— Sim — diz ela, seu coração começando a bater mais forte de empolgação. — Sim. — Ela vai até o corredor da frente e pega seu laptop, leva-o para a mesa da cozinha e o abre. — Vamos encontrar essas pessoas.

Kim e Sophie estão sentadas lado a lado à mesa da cozinha, Sophie posicionada na frente do laptop. Elas buscam o vídeo de Mimi novamente no YouTube e rolam a tela para baixo para ver se há novos comentários. Há três. Elas os examinam rapidamente. O último as deixa arrepiadas. É de alguém chamado Cherry e diz simplesmente:

Apaga isso AGORA.

45

JUNHO DE 2017

Pequenos gestos de afeto físico começam a aparecer nos dias seguintes. Zach coloca uma mecha de cabelo atrás da orelha dela, passa os dedos por sua nuca, passa o braço ao redor do bebê na cama à noite, o que de alguma forma envolve Tallulah também. Os gestos não têm caráter sexual e são tão fugazes que ela mal tem tempo de registrá-los e reclamar deles. Tallulah vê o rosto de sua mãe às vezes, quando ela vislumbra uma dessas atitudes, o brilho de um sorriso caloroso, sem dúvida pensando na sorte da filha por ter um homem tão amoroso e atencioso em sua vida. Mas os gestos lhe dão calafrio. Ela quer dar um tapa na mão dele, mandar ele *ir se foder*. E, o tempo todo, a lembrança da caixinha preta no bolso da jaqueta de Zach pulsa em sua consciência como um alarme insistente disparando em algum lugar à distância. Consegue senti-lo no ar cada vez mais alto. Cada vez que Zach pigarreia ou chama seu nome, ela prende o fôlego, com medo de que ele esteja prestes a pedi-la em casamento.

E então, numa tarde ensolarada de junho, Zach olha para Tallulah da cama onde está deitado com o laptop e diz:

— Estava pensando... ando obcecado demais por causa desse apartamento. Obcecado demais com a ideia de economizar. Acho que seria legal esbanjar um pouco. — Ele sorri para ela. Seu tom é leve e brincalhão. — Que tal uma noite no pub? Você e eu? Por minha conta?

— Eu realmente não posso agora — começa ela com cuidado. — Eu ainda tenho muita coisa pra estudar pra prova.

Ele se senta ereto, olhando para ela cheio de ansiedade.

— Quando é a sua última prova?

Ela dá de ombros.

— Sexta que vem.

— Certo, então — diz ele. — Podemos ir ao pub na próxima sexta. Vou ver com a sua mãe se ela pode ficar com o Noah. Vou reservar uma mesa pra gente.

O coração dela dispara. Chegou a hora.

— Sério. Não gaste seu dinheiro comigo — diz ela num tom leve. — Eu vou estar exausta na sexta. Serei uma péssima companhia. Por que você não vai com os seus amigos?

Ele balança a cabeça.

— De jeito nenhum! Não vou pagar pros meus amigos encherem a cara. Não, só nós dois. É um encontro.

O olhar de Tallulah deve ter denunciado o que passava pela sua cabeça, porque ele se senta e dá a volta na cama na direção dela.

— Sem pressão — diz ele, pegando as mãos dela. — Nada de mais. Só uma noite bacana porque nós merecemos. Ok?

Tallulah não tem energia para retrucar, então assente, força um sorriso e decide que vai pensar no que fazer quando chegar a hora. Pelo menos assim ela não fica tensa à espera do pedido a qualquer momento, e ganha espaço para respirar e tempo para se preparar. Zach beija as mãos dela antes de soltá-las novamente.

— Vou deixar você continuar — diz ele. — Vou fazer o chá do Noah. Tá?

Ela faz que sim com a cabeça.

— Sim — diz ela. — Sim, por favor. Obrigada.

Ele sai do quarto e fecha a porta devagar, um gesto tão incrivelmente diferente de seu habitual — em geral ele sai batendo em objetos com força e fazendo barulho — que Tallulah fica apavorada.

*

No dia seguinte, na faculdade, Tallulah encontra Scarlett na hora do almoço.

Ela a leva para o caminho atrás do prédio de artes.

— Acho que o Zach vai me pedir em casamento.

— O quê?

— Ele comprou um anel. Encontrei no bolso dele. E agora ele quer me levar para um encontro na semana que vem. E ele está sendo todo legal, atencioso e gentil.

— Que merda, Lula. O que você vai fazer? Por favor, me fala que você vai dizer não.

— Claro que vou dizer não. Claro que vou. Mas e aí? Ele vai surtar. Ele vai ameaçar tirar o Noah de mim. Vai tornar a minha vida um inferno. A única razão pela qual ele está sendo tão legal é para que eu diga sim. Ou, se eu disser não, para que ele tenha uma justificativa pra surtar.

— Não importa — diz Scarlett, segurando o braço de Tallulah. — Não importa o que ele diga, ou pense, ou como reaja. Você não deve nada a ele. Esse bebê é seu. Seu destino é seu. Ele só precisa aceitar que "não" é "não" e seguir em frente.

Tallulah assente, mas não está convencida. Noah é dela, mas também é de Zach. E Zach é o tipo de pai com quem um menino deve crescer: afetuoso, amoroso, trabalhador, leal, confiável, um bom exemplo. Por um momento louco, ela deseja que Zach fosse mais como os jovens pais irresponsáveis que saem nas páginas de fofoca, aqueles que espalham sua semente e seguem em frente, aqueles que esquecem aniversários e não aparecem nos dias de visita. Assim ela não teria dúvidas quanto a manter Noah fora da vida dele. Não se sentiria culpada por forçá-los a viver separados, por reduzir o relacionamento de Zach com seu filho a visitas apressadas de fim de semana em um apartamento solitário.

— Mas e se ele não conseguir seguir em frente? — pergunta ela.

— E se ele não aceitar um "não" como resposta? E se ele fizer uma cena? E se o Noah nunca me perdoar? E se eu me arrepender?

— Se você se arrepender? — repete Scarlett, incrédula. — Como você vai se arrepender de não se casar com um cara que você não ama? Que quer prender você numa caixa em algum lugar? Você está louca?

Tallulah balança a cabeça.

— Não, mas é só... Sei lá. Pensa em quantas mulheres, meninas, adorariam a chance de ter uma família unida. Adorariam um cara que está pronto para colocar a família antes de tudo. Se eu disser não, vai ser como dizer não ao sonho de algumas pessoas.

— Sim. Mas, puta merda, esse não é o seu sonho. Não é o seu sonho, Tallulah. — Scarlett olha severamente para ela. — O que você quer? Qual é o seu objetivo na vida? Depois de terminar a faculdade? Quando o seu filho estiver na escola? Onde você se imagina?

Tallulah olha para o céu. Ela sente algo dentro de si começando a borbulhar, como melaço em uma panela, prestes a queimar. Lá em cima, uma nuvem branca e carregada passa lentamente pelo sol. Ela encara o centro da nuvem pálida, onde o sol a atravessa. Aperta os punhos e os relaxa novamente. É uma pergunta que sempre teve medo de se fazer. Foi passiva a vida inteira. Seus professores sempre diziam que ela era uma boa aluna, mas que adorariam vê-la contribuir mais nas aulas, adorariam ouvir sua voz. No ensino fundamental, se permitiu ser incluída em grupos de amizade com crianças de quem não gostava muito. Depois conheceu Zach em uma idade difícil, uma idade em que as outras garotas estavam preocupadas em saber se os planos de sábado à noite iam rolar ou não, se os meninos iam demorar para responder às suas mensagens, se as amigas estavam falando mal delas pelas costas. Ter um namorado estável permitia que ela continuasse com os estudos, com a vida, colocando um pé na frente do outro, sem pensar, dia após dia. Até o dia em que ela percebeu que não menstruava há mais de um mês, comprou um teste de gravidez e o fez em uma terça-feira de manhã, pouco antes da escola, no início de seu segundo ano, e, ao ver as duas linhas, logo fez outro teste e pensou: *Pronto, é isso. Estou grávida.* Ela havia calculado mentalmente a data do parto, que cairia bem depois da sua última prova na escola, e pensado: *Talvez eu deva ter esse filho*. Porque esse era o tipo de garota que Tallulah era. Sua mãe podia até tê-la agraciado com o nome de uma rebelde, de um rio e de uma estrela de cinema, mas ela falhara em viver de acordo com isso. Não tinha feito nada genuinamente proativo até avançar pela cozinha de Scarlett naquela manhã após dormir na casa dela e a beijar. Havia sido, ela sabia, o único momento em toda a sua vida que realmente tinha tomado uma atitude.

Ela volta o olhar para Scarlett novamente.

— Não sei — diz ela, sua voz como um sussurro de desculpas.

— Você quer ficar comigo?

Ela assente, mas não consegue dizer a palavra "sim".

— O que mais você quer?

— O Noah.

— E?

— Eu não sei. Eu só quero... Eu só quero ser livre.

— Sim. Exatamente — diz Scarlett. — Isso é exatamente o que você quer. É óbvio. Você tem dezenove anos. Você é linda. Você é uma boa pessoa. Você quer ser livre. E ter um filho não deveria impedir você de ser livre. Estar comigo não deveria impedir você de ser livre. Nada deveria impedir você de ser livre. A última coisa que você deseja neste momento da vida é um anel no dedo. Você precisa se afastar dele. E talvez esta seja a oportunidade perfeita. Deixa ele te pedir em casamento. Diz não. É tipo um caminho sem retorno. É uma saída de mão única. Sério. Deixa ele fazer isso. Diz não. E aí a sua vida vai poder começar.

Tallulah assente com cada vez mais ênfase enquanto Scarlett fala. Quando ela termina, Tallulah sente uma onda de energia eletrizante passar pelo seu corpo inteiro e se lança em direção a Scarlett, pressiona-a contra a parede e a beija com força. Depois de um minuto, ela se afasta sem fôlego. Encara Scarlett, as luzes brilhantes dançando atrás de seus olhos, o fascínio vidrado em seu rosto, sente o calor da respiração de Scarlett na pele, se sente deslumbrada — além de qualquer coisa, além das palavras, além da imaginação — pela beleza dela e pensa: *Eu a amo. Eu a amo. Eu a amo.*

— Eu queria — diz ela, traçando os contornos do rosto de Scarlett com os dedos. — Eu queria que o Zach não existisse. Eu queria que ele simplesmente... você sabe. Desaparecesse.

46

SETEMBRO DE 2018

Kim observa Sophie navegar na internet, a ponta dos dedos clicando levemente no teclado, perseguindo a pessoa chamada Cherry.

— Cherry — Sophie está dizendo. — Só pode ser a Scarlett, não?

Kim a encara, sem expressão.

— Vermelho — continua Sophie. — Os dois nomes fazem referência à cor vermelha: Scarlett significa escarlate, e Cherry, cereja.

— Meu Deus — diz Kim, a ficha caindo. — Óbvio. Será que devemos dizer alguma coisa pro Dom?

Sophie suspira.

— Não sei. A polícia está usando as próprias técnicas para localizar Scarlett e a família dela. Talvez devêssemos deixar assim por um tempo. Ficar fora do caminho deles.

Kim concorda. Sua intuição lhe diz que Sophie está certa.

Sophie percorre novamente as contas do Instagram dos principais envolvidos: Liam, Lexie, Mimi, Scarlett. Em seguida, percorre as contas do Instagram de pessoas que comentaram ou curtiram alguma coisa que eles postaram. Murmura a palavra *Cherry* repetidas vezes enquanto faz isso, e então de repente ela para.

— Olha — diz ela. — Olha aqui!

Ela vira a tela em direção a Kim e aponta.

— De quem é essa conta? — pergunta Kim.

— Ruby Reynolds. Ru. Parte do grupo de Scarlett Jacques. Pelas fotos, ela ainda mora na área, olha. — Ela clica na foto de uma garota de cabelos escuros parada perto de uma árvore, usando uma jaqueta de couro surrada sobre um vestido curto. — É bem ali, não é? — Sophie aponta para a cidade. — No parque?

— É — diz Kim, olhando a foto mais de perto. — Sim. Bem à esquerda do lago com os patos.

— Isso foi postado tem só dez dias. E olha. — Ela bate na tela com o dedo. — Alguém chamado Cherryjack deixou uma curtida. Cherryjack. *Scarlett Jacques.*

O ícone é uma fotografia de duas cerejas vermelhas penduradas pelo talo, com uma língua cutucando-as. A língua tem um piercing. Sophie olha para Kim.

— Scarlett tem um piercing na língua — diz ela, ofegante. — Eu descobri em outra foto na conta do Liam Bailey.

Sophie clica na foto do perfil e abre a conta. Surpreendentemente, não é fechada.

— Nenhum seguidor — diz ela. — Isso é estranho. — Ela começa a rolar a conta para baixo, cada vez mais rápido. A garota chamada Cherryjack parece viver em um barco. As fotos são abstratas: o pôr do sol sobre o oceano infinito, as cristas espumosas das ondas, a saliência brilhante do bico de um golfinho na palma da mão de quem tirou a foto, pernas bronzeadas estendidas em uma superfície de couro creme com a grande pata de um cachorro apoiada em sua panturrilha.

Kim observa mais de perto a foto das pernas.

— Você consegue dar zoom? — pergunta ela.

Sophie aumenta a imagem, e Kim a encara.

— Pronto — diz ela. — Ali. No pé dela, olha, dá pra ver. Essa mancha preta. Olha.

Sophie assente.

— Aquilo é…?

— Sim, era onde ficava a tatuagem. A tatuagem TM. Ah, meu Deus — diz ela. — É a Scarlett. Scarlett Jacques! De quando são essas fotos?

Sophie passa rapidamente por elas. A mais recente foi postada no dia anterior. A mais antiga, apenas duas semanas antes.

Kim se afasta da tela e solta o ar. Scarlett Jacques está em um barco com seu cachorro, seu celular e seus pés com unhas perfeitamente feitas, postando fotos bonitas no Instagram. Ela reprime uma onda quente de raiva.

As duas se voltam para a tela. Sophie clica em todas as imagens de Cherryjack e checa quem as curtiu. Ela clica nos perfis de cada usuário, um de cada vez.

— Reconhece alguma dessas pessoas? — pergunta ela a Kim.

— Não.

Mas então as duas param e prendem a respiração quando rolam para baixo até um nome que é familiar para ambas.

@lexiegoes.

47

JUNHO DE 2017

Tallulah está diante de sua penteadeira. Zach ainda não voltou do trabalho; ele deve chegar em uma hora. Noah está lá embaixo com a mãe dela, que acabou de mandá-la subir para se arrumar.

— Vai lá — disse ela. — Tira um momento pra se mimar. Já faz tanto tempo que você não sai.

Suas provas de fim de ano acabaram. Em algumas semanas, será o fim do semestre de verão e haverá uma longa sensação de liberdade pela frente. Esta noite, Zach vai pedi-la em casamento, ela vai dizer não, e isso vai, finalmente, impor um limite àquele romance adolescente que se arrastou tempo demais. Ela ouve a mãe cantando para Noah lá embaixo e sorri. Quer ter a casa de volta. Quer ter seu quarto, sua cama de volta. Apenas ela, sua mãe, seu irmão, seu bebê. E então, em algum lugar, de alguma forma, ela quer encaixar Scarlett em sua vida. Não consegue imaginar como. Existem gays em Upfield Common. Os professores da Maypole House que dividem um pequeno chalé logo depois do Swan & Ducks e passeiam juntos com seu galgo adotado nos fins de semana. Gia, uma colega da escola de quem Tallulah sempre quis ser amiga porque ela era muito legal e que agora anda pela cidade de mãos dadas com uma mulher mais velha que oferece cursos de *mindfulness* na sede da prefeitura uma vez por semana. Não seria algo extremamente polêmico no contexto da cidade, mas um tanto controverso no contexto de sua vida. Ela ainda não tem certeza se conseguiria ser aberta quanto a isso agora, se conseguiria lidar com os olhares, os queixos boquiabertos e a sensação de virar notícia. Se isso acontecer, terá de ser gradual a ponto de ninguém se dar conta.

Mas, por enquanto, Tallulah tem uma noite no pub pela frente. E ela percebe que todo o seu futuro depende dessa noite, seu destino vai girar de uma direção para outra. Ela suspira e abre o rímel. Quer ficar bonita, não para Zach, mas para Scarlett, que também estará no pub esta noite. Scarlett prometeu ficar de olho nela caso as coisas deem terrivelmente errado, caso Zach perca a cabeça, caso Tallulah precise dela. Ela aplica a camada de rímel duas vezes nos cílios e ajeita o cabelo. Scarlett diz que tem inveja do cabelo de Tallulah. O cabelo de Scarlett é ralo e danificado por anos de descoloração e tinturas contínuas. Ela passa a mão pelo cabelo de Tallulah às vezes e diz:

— Como é ter tudo isso? Como você consegue ser tão bonita?

E Tallulah apenas sorri e responde:

— Bons genes, eu acho. O cabelo da minha mãe é lindo. E o do meu pai também.

— E o do seu filho.

— O do meu filho também. Sim. Muito cabelo bonito na minha família.

— Você é tão sortuda — responde Scarlett. — Se coloca no meu lugar só por um minuto e imagina ter que se contentar com isto. — E ela puxa o próprio cabelo danificado e faz ruídos de nojo.

E Tallulah diz:

— Mas não importa. É só cabelo. Você ainda é a garota mais bonita de qualquer lugar. E você sabe disso.

— Eu não sou bonita — responde ela. — Minha mãe é linda. Mas eu, infelizmente, pareço com o meu pai.

Tallulah perguntou certa vez:

— Você acha que um dia eu vou conhecer seus pais?

Scarlett assentiu e disse:

— Claro que sim.

— Será que eles vão achar que eu sou a pessoa certa pra você? Quer dizer, acho que eles estão acostumados a te ver com pessoas mais parecidas com você, sabe? Pessoas com dinheiro.

— Olha — respondeu Scarlett. — Os meus pais estão tão ocupados com eles mesmos e com a vida patética deles que eu poderia trazer a porra de um cavalo pra casa e eles nem iam perceber. Sério. Eles não reparam em nada que eu faço. Nunca. Mas e a sua mãe? — rebateu ela. — Você acha que algum dia vou conhecê-la?

Tallulah assentiu.

— Sim. Cem por cento — respondeu ela. — Minha mãe é muito legal. Tudo que ela quer no mundo inteiro é que eu seja feliz. Então, se você me faz feliz, ela vai gostar de você.

A conversa na época soou um pouco fantasiosa. Parecia haver muita coisa pela frente antes que elas pudessem alcançar os prados ensolarados do "felizes para sempre". Mas agora está bem aqui, a noite em que tudo muda.

Tallulah penteia o cabelo em duas partes e o trança.

Escolhe uma blusa leve e arejada de musselina, que cai de forma lisonjeira sobre sua barriga, e a combina com shorts jeans cortados.

Ela olha para a garota no espelho de corpo inteiro.

A garota devolve o olhar.

Ela é uma mulher forte. Uma mulher lésbica. Uma mãe. Uma futura assistente social. Ela é mais do que sempre pensou que fosse. Muito mais. *Começa aqui*, pensa Tallulah, encolhendo a barriga, dando tapinhas no tecido da bata de verão, imaginando a nova vida que terá depois desta noite, quando estiver livre e puder fazer o que quiser. *Tudo começa aqui.*

Ela desce para ficar com Noah e a mãe enquanto espera Zach voltar do trabalho.

48

SETEMBRO DE 2018

Kim e Sophie cruzam o terreno da escola em direção ao alojamento. Sophie leva o laptop debaixo do braço. Kim digita o número do apartamento de Kerryanne Mulligan, e uma voz feminina responde.

— Oi, Lexie. Sou eu, Kim. Posso entrar só por um minuto?

— Err… sim. Pode.

A fechadura abre, elas empurram o portão e se dirigem ao elevador.

— Quer que eu fale? — pergunta Kim.

— Quero — diz Sophie. — Com certeza. Definitivamente, você fala.

Lexie as encontra na porta de seu apartamento. Ela está descalça, com uma calça legging estampada e um moletom de capuz. Ela olha de Kim para Sophie e então volta a olhar cheia de dúvidas para Kim.

— Oi — diz ela, antes de segurar a porta aberta e levá-las para a sala de estar. O sofá-cama está aberto, e sua mala está no chão ao lado, transbordando de roupa. — Desculpem, ainda não desfiz as malas. Eu sou um pouco nômade. Estou tão acostumada a viver com uma mala… — Ela chuta algumas roupas com o pé descalço. — Vamos sentar perto do balcão.

Elas se empoleiram nas banquetas alinhadas em frente à cozinha.

— Está tudo bem? — pergunta Lexie, virando-se para Kim.

Sophie lança a Kim um olhar encorajador na esperança de transmitir que está ali para apoiá-la caso necessário.

— Bem, não — responde Kim, abrindo o laptop de Sophie. — Na verdade, não. Está tudo um pouco perturbador, todo esse negócio com as placas e as coisas sendo desenterradas. Isso me fez juntar as peças, juntar as coisas que ficam correndo na minha cabeça desde que a Tallulah sumiu, e aí a Sophie encontrou um vídeo daquela garota que estava lá naquela noite, a Mimi. Você se lembra da Mimi?

Lexie faz que sim com a cabeça, depois diz:

— Lembro. Bem, mais ou menos. Quer dizer, é tudo um borrão agora. Mas eu lembro que tinha outra garota lá.

— De qualquer forma, no vídeo, essa garota, Mimi, parecia saber o que está acontecendo aqui na escola. O que é estranho, porque as únicas pessoas que sabem o que anda acontecendo são as que moram aqui. Então, parece que alguém na cidade entrou em contato com a Mimi. Ou talvez até tenha estado em contato com ela esse tempo todo.

Kim faz uma pausa, e Sophie vê algo passar muito rapidamente pelo rosto de Lexie, algo muito fugaz para ser decodificado.

— Enfim — continua Kim. — Isso me fez pensar, então eu vim ver a Sophie. Encontramos o perfil da Mimi no Instagram, e isso nos levou à conta de uma garota chamada Cherryjack.

Kim faz uma nova pausa, e desta vez o olhar assustado que cruza o rosto de Lexie fica mais evidente. Mas a expressão logo passa, e ela balança a cabeça muito de leve antes de assentir e dizer:

— Certo. Ok.

— Então, esta parece ser a Scarlett Jacques, em um barco. E olha só. — Kim vira a tela ligeiramente para Lexie. — Aqui, você curtiu este post do mês passado.

Outra pausa se segue, e agora a atmosfera está tão densa com o desconforto de Lexie que Sophie quase pode tocá-la.

— É você, não é? Lexiegoes, não é?

— Bem, sim. Sim, essa é a minha conta, mas não me lembro de ter curtido esse post. E eu não tenho ideia de quem é essa Cherryjack. Digo, como você sabe que é ela?

— Bom — diz Kim. — Tem o nome. Cherry Jack. Scarlett Jacques. Depois, tem o cachorro, olha, não são muitos os cães que têm patas tão grandes. E os Jacques tinham aquele cachorro grande, né? E aí tem isso... — Ela dá um zoom no pé de Scarlett. — Essa tatuagem. A mesma que eu vi com os meus próprios olhos no dia seguinte ao desaparecimento da Tallulah.

— Sério — interrompe Lexie. — Sério. Kim. Eu nem sigo essa conta. Olha... — Ela liga o celular e começa a mexer na tela. — Olha. — Ela vira o celular para as duas. — Olha, não sigo quase ninguém. Está vendo? Não tem nenhuma Cherryjack aqui. Sério, não sei por que a minha conta curtiu essa foto.

Sophie olha para Lexie. Ela parece muito sincera. Mas esta também é a mesma Lexie que permite que seus seguidores do Instagram acreditem que ela mora em uma mansão georgiana, a mesma Lexie que disse à polícia que viu a segunda placa de "Cave aqui" de sua varanda quando seria impossível ter feito isso.

— Você não precisa seguir uma conta pra curtir o post de alguém — diz Sophie, de forma ponderada. — Só precisa saber da existência dela.

— Alguém mais tem o seu login? — pergunta Kim.

Lexie dá de ombros.

— A minha mãe. Às vezes, eu peço a ela pra responder meus comentários quando estou viajando ou com dificuldade de acesso.

— Sua mãe?

— É. — Ela olha de Sophie para Kim e vice-versa. — Obviamente não foi a minha mãe.

Sophie puxa o ar com força.

— Mas a sua mãe se dava bem com a Scarlett, certo?

— Acho que sim. Mas não tem como a minha mãe saber onde a Scarlett está, nem qual é a conta dela no Instagram.

— Por que não? — pergunta Sophie.

— Porque isso seria estranho. Por que ela ainda estaria em contato com a Scarlett?

Sophie suspira.

— Não sei — diz ela. — Mas pelo que ouvi sobre a Scarlett, ela era uma jovem carismática. Tinha muitos admiradores. Tinha o grupinho de amigos. O Liam. A ex-diretora da escola, Jacinta Croft, disse que ela conseguia manipular as pessoas. E agora parece que a Tallulah e a Scarlett não eram tão distantes quanto a Scarlett talvez tenha feito todo mundo acreditar que eram. Por isso, é possível que a sua mãe tenha mantido contato com ela. Por trás dos panos.

Lexie já está balançando a cabeça antes mesmo de Sophie terminar de falar.

— Não — diz ela. — Não. Você está perdendo seu tempo. Com certeza.

Sophie dá um sorriso triste para ela.

— Lexie, você nem passa tanto tempo aqui. Sua mãe fica aqui sozinha a maior parte do tempo. Quem sabe o que ela faz quando não tem ninguém por perto? Ela é uma mulher muito carinhosa. Não me surpreenderia nem um pouco se ela ainda estivesse em contato com a Scarlett Jacques.

Lexie não responde desta vez.

— Então, o que vocês vão fazer? Vão perguntar a ela?

Sophie e Kim se entreolham.

— Sim — diz Kim, assentindo. — Provavelmente vamos ter uma conversinha com ela.

— Ela não vai saber de nada — diz Lexie. — Posso jurar que não.

Sophie fecha o laptop, e, quando está prestes a pegá-lo para sair, seu olhar é atraído por algo jogado no meio das coisas despejadas da mala de Lexie.

É um exemplar do livro dela.

49

JUNHO DE 2017

— Você está linda — elogia Zach, aparecendo na cozinha um pouco depois. — Olha pra você. — Ele sorri para Kim e diz: — Sua filha está uma gata.

Kim ri e olha para Tallulah com compaixão.

— Ela é a coisa mais bonita que eu já vi — diz ela.

Zach se aproxima de Tallulah e a beija suavemente na bochecha. Em seguida, ele tira Noah de sua cadeira alta e o gira com ele pela cozinha até que ele fique exausto de tanto rir. Zach está com a energia lá em cima, potente, quase contagiante. Quase, mas não exatamente. Tallulah força um sorriso quando Zach passa Noah para seus braços e diz:

— Vou tomar um banho. Não demoro.

Quando ele sai, a mãe de Tallulah a encara.

— É, alguém está de bom humor.

— Pois é — responde ela. — Um pouco.

— É bom vê-lo tão feliz. Ele anda um pouco preocupado por causa do apartamento.

Tallulah faz que sim com a cabeça, mas não responde.

— Mas então, esta noite, algum motivo especial?

— Não — responde ela casualmente. — Não. Eu só acho que ele não aguentava mais economizar e quis quebrar as próprias regras.

— Bem, vocês dois merecem — diz a mãe. — Vocês são incríveis. Tão trabalhadores e altruístas. Já era hora de vocês se colocarem em primeiro lugar um pouco, sair e se divertir.

— Tem certeza de que vai ficar bem botando o Noah pra dormir? Ele tem sido um terror ultimamente.

— Eu vou ficar bem. — A mãe a tranquiliza. — O pior que pode acontecer é ficarmos acordados até tarde. Faz muito tempo que não boto um bebê para dormir, mas não me importa quão desafiador seja. Eu só quero que você tenha uma noite maravilhosa, relaxante e talvez emocionante. — Ela lança a Tallulah um olhar malicioso. — Não quero que você pense no Noah, ou em mim, ou em qualquer coisa que não seja divertida. Ok?

Tallulah se pergunta por que a mãe usou a palavra "emocionante" e por que aquele olhar estranho. Será que a mãe sabe? Zach contou a ela? Ou, que Deus a livre e guarde, talvez até tenha pedido sua permissão? A ideia a assusta.

Mas ela sorri e diz:

— Ok. Prometo não pensar na minha mãe nem no meu filho.

— Boa menina. — A mãe lhe lança outro sorriso indulgente. — Boa garota. E, se você estiver de ressaca amanhã, pode ficar na cama. Eu faço o turno da manhã pra você também, ok?

Tallulah assente. Em seguida, coloca Noah de volta na cadeira alta e estende os braços para a mãe.

— Abraço?

A mãe dela sorri e diz:

— Ah, sim, por favor.

E elas se abraçam ali, na cozinha, o brilho do sol do verão vindo do jardim até elas, Zach cantando no chuveiro acima, Noah mastigando a ponta de um livro e olhando com curiosidade, quase com sabedoria, como se soubesse que esta é uma noite que vai moldar seu destino. Só de pensar nisso, Tallulah sente uma lágrima rolar por sua bochecha. Ela a enxuga rapidamente para que a mãe não perceba.

50

SETEMBRO DE 2018

São quatro da tarde. Kim deixou a Maypole House duas horas antes para buscar Noah na creche. Sophie veste um cardigã, pega seu celular e sai para o terreno da escola. As aulas terminaram, e os caminhos estão cheios de adolescentes. Ela imagina esses mesmos caminhos fervilhando com os amigos de Scarlett. Imagina a alta e magra Scarlett, como Liam a descreveu naquela época, com seu cabelo castanho-escuro natural, um minivestido, meia-calça opaca e botas pesadas, seguida por seu círculo de adoração.

E então imagina Scarlett em um barco, seu cabelo loiro descolorido queimando ao sol, sentada com seu cachorro, postando fotos abstratas esporadicamente, talvez estrategicamente, para um punhado de pessoas verem, para que saibam que ela ainda está viva. Mas e Tallulah? E Zach? E o marido de Jacinta Croft? Ela se pergunta.

Sua mente está um turbilhão enquanto ela caminha. Alguns alunos sorriem e dizem olá. Ela os cumprimenta de volta, impassível; não faz ideia de quem sejam, mas eles sabem que ela é a namorada do sr. Gray e, sem dúvida, a essa altura, já sabem que ela também é uma autora publicada. Ela tem um status temporário, ligeiramente elevado aqui, que considera um tanto inquietante.

Sophie se senta em um banco no claustro e pesquisa "Cherryjack" no Google em seu celular. A busca traz dezenas de menções para um rum com sabor de cereja das Ilhas Virgens. Traz também pelo menos meia dúzia de outras contas de redes sociais para outros usuários que se autodenominam Cherryjack. Clica no filtro do Google em "Imagens" e as percorre. Encontra inúmeras fotos de rum e drinques à base de rum e meninos chamados Jack Cherry, mas nada que se pareça com Scarlett Jacques.

Ela ergue os olhos ao sentir alguém se aproximando. É Liam.

— A pessoa que eu procurava — diz ela com um sorriso.

— Eu? — pergunta ele.

— Sim. Podemos bater um papo, se você não estiver ocupado?

— Claro. Aqui? Ou…?

— Tanto faz.

— Quer dizer, você poderia subir até o meu quarto. Eu estava indo pra lá. Tenho umas cervejas geladas.

Ela assente e sorri.

— Claro — diz ela. — Seria ótimo.

O quarto de Liam não se parece em nada com o de Kerryanne. É um quadrado retangular com uma cama de um lado, um sofá do outro, portas de correr se abrindo para uma pequena varanda, fora a estreita cozinha escondida dentro de um nicho na parede.

— Aconchegante — diz ela, passando os olhos instintivamente pela estante de livros dele enquanto caminha.

— Sim — diz ele, tirando a jaqueta e pendurando-a em um gancho perto da porta. — Pequeno, mas é o suficiente para mim, sabe. Aqui. — Ele tira alguns papéis do braço do sofá e convida Sophie a se sentar.

O cômodo é arrumado e cheiroso, preenchido com a desordem de sua vida, mas de uma forma bastante organizada.

— Então — diz ele, indo até a geladeira. — Como tem sido o seu dia?

— Meio estranho — responde ela. — Passei a maior parte dele com Kim Knox, a mãe da Tallulah. Estamos tentando encontrar a Scarlett Jacques na internet.

Ele pega duas cervejas da geladeira e passa uma para ela. Sophie olha novamente ao redor do quarto de Liam. Ele tem algumas obras de arte interessantes nas paredes, sendo a mais impressionante delas um grande retrato em tela. Ela estreita os olhos para entender melhor e vê que é uma pintura um tanto confusa de uma jovem sentada em um trono com um cachorro ao seu lado, e então as peças se encaixam e ela aponta para a pintura.

— É ela?
— Sim. É a Scarlett. Um autorretrato. Ela me deu.
— Tudo bem se eu der uma olhada?
— Claro — diz ele. — Fica à vontade.

Ela pousa a cerveja na mesinha de centro e caminha em direção ao quadro. Conforme se aproxima, mais e mais detalhes se revelam. Scarlett e o cachorro estão usando coroas. Scarlett tem um ar ligeiramente autoritário, as mãos espalmadas sobre os joelhos abertos, cada dedo ostentando um enorme anel de ouro, destacados com tinta metálica brilhante. Há várias coisas nas mesas ao fundo, incluindo um coração latejante em uma travessa e uma fatia de bolo pingando sangue.

— Caramba — diz ela. — Isso é, err... estranho?
— É. É, sim. — Ele dá de ombros.
— O que tudo isso significa? O coração, por exemplo. O que você acha que representa?
— Ela nunca me explicou nada sobre o quadro, pra ser sincero. Simplesmente apareceu com ele um dia e perguntou se eu queria, e eu aceitei porque sabia que ficaria muito legal aqui, e também porque, sei lá, era bom ter um pouco dela...

A voz dele morre aos poucos.

— Sabe — começa ela com cuidado —, eu vi a Jacinta Croft outro dia, e estávamos conversando sobre a Scarlett. Ela me contou como você ficou mal depois do término.

Ele meneia a cabeça em concordância, apenas uma vez, e então dá um gole na cerveja.

— Acho que sim — diz ele. — De certa forma. Uma garota como a Scarlett não aparece com muita frequência, especialmente na vida de um cara como eu. Ela fazia as coisas serem empolgantes. Ela me fez sentir que talvez eu fosse especial. Especial porque ela me escolheu, sabe? Mas... — ele suspira e se recupera — ... é a vida. Já superei.

— Está saindo com alguém agora? — pergunta ela.

— Não — diz ele. — Na verdade, não. Quer dizer, estou em aplicativos de namoro, então não é como se eu não estivesse procurando ativamente, mas também não tenho problemas em estar solteiro. Entende?

— Então, você e a Lexie...?

Ele a encara com um olhar confuso.

— Lexie Mulligan? Nossa, não. Quer dizer, somos amigos e tudo o mais. Mas não. Não dessa forma. Sabe, tenho quase certeza de que ela nem é hétero. Ela tinha a maior queda pela Scarlett. Mas mesmo assim. Não. Lexie, não. Nem ninguém. Só eu.

— Sabe aquela noite? Quando a polícia esteve aqui depois de encontrar a segunda placa de "Cave aqui"?

Ele assente.

— A Lexie esteve aqui naquela noite?

— Aqui? Quer dizer, no meu quarto?

— É. No seu quarto.

— Não. Definitivamente não. Na verdade, acho que a Lexie nunca esteve no meu quarto.

— Posso ver a sua varanda?

— Claro — diz ele. — Não está trancada.

Ela desliza a porta aberta e vai para a beira da varanda. Espia por cima e para fora em direção ao canteiro de flores, fica na ponta dos pés, se inclina ainda mais e percebe que, mesmo neste ângulo e nesta altura, ela não consegue ver o local onde a placa de "Cave aqui" foi colocada. Ela se vira e olha para o alto, mas não há sacadas acima. Lexie definitivamente mentiu sobre ter visto a placa "Cave aqui" de seu apartamento. Ou de qualquer lugar, na verdade. Sabia sobre a placa, não porque a vira, mas porque ela ou a mãe a tinham colocado lá.

Sophie caminha de volta para o sofá, e seu olhar é atraído por outra pintura na parede de Liam; uma tela menor do que o autorretrato de Scarlett, mas pintada com os mesmos traços e a mesma paleta de cores vibrantes. É uma escada de pedra em espiral, com os degraus pintados em tons berrantes do arco-íris, todos se misturando e sangrando uns nos outros, quase como cera derretida. Um poste de luz dourada brilhante desce de uma janela circular no topo da torre onde os degraus estão alojados e perfura o chão de pedra na parte inferior, criando uma nuvem de fumaça cinza-púrpura e faíscas de purpurina. Bem ao lado do buraco há outra faca, novamente manchada com o que parece ser sangue.

— E o que é essa aqui?

Liam dá de ombros.

— É mais um da Scarlett. Ela pintou durante seu colapso nervoso. Disse que precisava de mim para cuidar desse. Para a posteridade.

— Mas o que é?

— Eu realmente não sei. Quer dizer, sei o que parece... Tem uma escada na casa dela, na parte mais antiga do prédio. Ela leva até uma torre que tem uma sala pequena no topo, com fendas estreitas para flechas. Eles nunca usaram o quartinho. Era muito pequeno pra colocar qualquer mobília.

Sophie olha fixamente para a pintura, tentando adivinhar um pouco mais de seu significado.

— Ela nunca chegou a dizer nada sobre o quartinho?

Ela se aproxima e examina os detalhes. Há uma espécie de retângulo de luz ao redor do degrau inferior. Ele sangra por uma pequena fenda. O sangue da faca escorre para essa lacuna e depois desaparece. Enquanto ela olha para a faca, percebe que não é exatamente uma faca, que tem uma extremidade dobrada com um corte em forma de U. Não é uma faca, é uma alavanca. Sente o coração parar de bater por uma fração de segundo, e então ele volta a bater, duas vezes mais rápido.

— Você se importaria se eu tirasse uma foto dele? — pergunta ela.

— Sem problema — diz ele casualmente. — Você acha que é uma pista?

Ela assente.

— Sim — diz ela, seu tom frio disfarçando a ansiedade que deixa todos os seus nervos à flor da pele. — Acho que pode ser.

51

JUNHO DE 2017

Os raios brilhantes de sol tremulam por entre as folhas dos salgueiros enquanto Zach e Tallulah cruzam o parque em direção ao pub. Zach pega a mão dela durante a caminhada e fala sem parar. Conta a ela sobre um cara no trabalho que acabou de resgatar um cachorro impossibilitado de latir, e sobre outro cara cujo filho foi preso na semana passada por vandalismo, e também sobre a ideia de irem para uma casa em New Forest que ele poderia pedir emprestada por uma semana ao amigo de uma de suas irmãs — talvez eles pudessem passar as férias de verão lá —, e Tallulah meneia a cabeça, sorri e faz todos os murmúrios certos porque não tem nada a perder agora sendo legal com ele. Ao fim desta noite, eles nunca mais se darão as mãos, ele nunca mais conversará com ela desse jeito; ao fim desta noite haverá uma parede sólida e absolutamente inacessível entre eles, ela sabe, porque é assim que Zach funciona. Então, no momento, enquanto o sol brilha, as provas acabaram, há vinho para beber e uma noite pela frente, por que não ser gentil? Por que não fingir que está tudo bem?

O jardim na frente do pub está lotado. O Swan & Ducks é um pub conhecido, não apenas um estabelecimento das redondezas. As pessoas vêm de todas as cidades vizinhas, especialmente em uma sexta-feira ensolarada de junho.

Está mais silencioso dentro do pub. O barman mostra a mesa deles, e Tallulah perde o fôlego. Há uma garrafa de champanhe em um balde cromado sobre a mesa, com duas taças.

— Tcharam — diz Zach, levando-a para a mesa.

Ela faz menção de puxar a cadeira, mas Zach intervém.

— Não, deixa comigo — diz ele, antes de puxar a cadeira para ela e posicioná-la.

Tallulah sorri.

— Uau, obrigada. Isso é incrível — diz ela.

— O mínimo que você merece — responde Zach, puxando a própria cadeira e sentando-se.

Tallulah ergue os olhos para ele. Seu semblante está suave, envolto em sorrisos. Ele se parece com o doce menino perdido que começou o ensino fundamental na metade do ano, e ela sente a própria determinação começar a diminuir.

— Nós dois merecemos — diz ela. — Tem sido um ano e tanto.

O sorriso dele vacila.

— Sim. Tem mesmo — concorda ele, virando-se para tentar abrir a garrafa de champanhe. — Certo, certo — continua ele —, por favor, não me deixa fazer merda aqui. — Ele puxa de leve a rolha da garrafa, e Tallulah aproxima a taça do gargalo, só por precaução, mas a rolha sai suavemente com um estalo delicado, e Zach serve uma taça para ela, depois para si mesmo. Erguendo a taça para Tallulah, declara: — A nós. Zach e Tallulah. E ao Noah, o melhor rapazinho do mundo. Saúde.

Tallulah toca sua taça na de Zach e fica aliviada quando ele não sustenta o olhar dela nem espera que ela retribua seus sentimentos de alguma forma e, em vez disso, volta sua atenção para o menu de papel à sua frente.

— Certo. Pode pedir literalmente qualquer coisa. Preço não é problema. O que você quiser.

Ela olha o cardápio e vê um robalo inteiro servido com brócolis e arroz pilau por trinta e cinco libras. Engole em seco e diz:

— Já sei que não vou querer o robalo.

— Pede o robalo — diz Zach. — Sério, pede o que quiser.

— Eu nem gosto de robalo.

Zach revira os olhos para ela afetuosamente, e Tallulah vê a mão dele ir ao bolso da calça, como ele fez algumas vezes desde que os dois saíram de casa, e ela sabe que o anel está ali. A boca de Tallulah fica seca, e ela se pergunta por que está fazendo isso. Por que o deixou chegar tão longe? Ela vai humilhá-lo e arrasá-lo, e tudo isto, esta noite de ouro do solstício de verão, com brindes de champanhe e cavalheirismo, se transformará em algo insuportável e cruel. Mas não, ela lembra a si mesma, não, esta noite não é real. Esta noite é uma miragem. Tallulah se lembra da noite em que dormiu na casa de Scarlett, da enxurrada de mensagens e vídeos cada vez mais abusivos, da maneira como ele pressionou o rosto tão perto do de Noah, usando-o para provocá-la, para assustá-la, para fazer com que ela cedesse à sua vontade. Pensa na sensação do dedo dele sob seu queixo, pressionando-a de modo agressivo, forçando-a a olhá-lo nos olhos. Pensa em como ele quer que ela desista da faculdade, dos amigos, que fique em casa, economize, seja uma boa mãe. Pensa em como ele foi manipulador para continuar morando em sua casa, compartilhando sua cama, e em como ela permitiu a aproximação dele, e decide que não, não, isso não pode ser uma separação amigável, não pode ser algo ambíguo, não pode deixar espaço para nada além de ressentimento e dor. Porque Zach é um controlador, e Tallulah tem que mostrar que ela não pode e não será controlada, e nem todo o champanhe, todos os olhares românticos, os elogios e tampouco os peixes caros do mundo serão capazes de mudar isso.

Ela prende a respiração para se acalmar e olha para o menu.

Ao fazer isso, ouve uma comoção na porta, sons de gargalhadas e conversas altas. Tallulah olha para cima e vê primeiro Mimi, depois Ru, Jayden e Rocky, com Scarlett e Liam na retaguarda. Zach olha para cima, e ela vê o descontentamento em seu rosto. Ele odeia os garotos ricos da escola do outro lado do parque. Zach solta um suspiro.

— Lá se vão a paz e o sossego.

O grupo se dirige ao balcão e, mesmo não tirando os olhos do menu, Tallulah consegue sentir o olhar de Scarlett queimando sua pele. As palavras nadam diante dela, sem sentido. *Cannellini. Jus.* Anchovas. *Rigatoni.* Chouriço. Ela não sabe o que nada disso significa. Só sabe que Scarlett está no bar e olhando para ela. Sente seu celular vibrar e olha para a mensagem.

Já rolou?
Não, ela responde.
Estou aqui se precisar de mim.
Ok.

— Quem é? — pergunta ele.
— É só a minha mãe — responde ela. — Quer saber qual pijama colocar no Noah.

Zach sorri.
— Quer dividir um prato de frutos do mar comigo?
— Ah, pode ser — diz ela distraidamente. — Vem com o quê?
— Camarão VG. Salmão defumado. Amêijoas. Camarões em conserva. E caviar.

Ela olha para o preço.
— Tem certeza?
— Tenho — diz ele. — Eu te falei. Vamos comer bem esta noite.
— Ok, então. — Ela faz que sim com a cabeça. — Quer dizer, você que sabe. Eu não curto muito caviar...

Zach ri e diz:
— Não se preocupa. Eu como o seu caviar.

Ela sorri e dá um grande gole em sua taça de champanhe. Scarlett e seus amigos ainda estão no bar fazendo um pedido longo e muito complicado, sendo barulhentos e irritantes no geral. Cruza o olhar com o de Scarlett brevemente. Consegue sentir seu rosto ficando corado e rapidamente desvia o olhar.

— Vamos pedir batata?
— Putz, sim — diz Zach. — Batata canoa cozida, batata frita ou batatas trufadas? Ou um pouco de cada?
— Sim — diz ela, sem saber com o que está concordando. Não tem ideia do que são batatas trufadas.

— Excelente. — Ele sorri e cruza os braços.
De onde está, Tallulah consegue ouvir Scarlett.
— Você tem rum de Barbados? — pergunta ela. — Um chamado Mount Gay?
— Infelizmente não. Temos Bacardi. Kraken...
— Pode ser o Kraken. Mas você devia comprar o Mount Gay. É, tipo, o melhor.
Ela está tão chique, Tallulah pensa. Tão imponente. É quase impossível imaginá-la como ela é quando as duas estão sozinhas.
— Minha nossa. Escuta só essa galera. Quem eles pensam que são? — Ele imita Scarlett baixinho: — *É, tipo, o melhor.*
Tallulah faz que sim com a cabeça.
— É. Eu sei. Eles são bem irritantes. — Então, ela respira fundo e diz: — Eles são da minha faculdade. Estudam arte. Acho que alguns deles eram da Maypole House.
— Faz sentido — diz ele. Então, se levanta e fala: — Vou pedir a comida. Quer beber mais alguma coisa?
Tallulah bate as unhas na taça de champanhe e diz:
— Estou bem, obrigada.
Zach lança-lhe um sorriso indulgente, e ela prende a respiração quando ele se aproxima do bar. Zach está parado a centímetros de Scarlett, que está de costas para ele enquanto toca seu cartão de débito na tela de uma maquininha. Ela espera a notinha sair e a pega do barman.
— Obrigada — diz Scarlett. Pega sua bebida, se vira, e agora está cara a cara com Zach.
Tallulah mal consegue respirar.
— Desculpa — ela o ouve dizer, se desviando para a direita para deixá-la passar.
Tallulah a vê forçar um sorriso para ele e a ouve dizer:
— De boa.
Ao passar pela mesa de Tallulah, Scarlett a encara. Ela toca o peito com o punho e dá uma piscada. Tallulah acena com a cabeça e desvia

o olhar. A adrenalina está pulsando por todo o seu corpo. Tallulah dá um gole no champanhe para se distrair da sensação horrível de seu coração martelando dentro do peito. Seu celular vibra. É Scarlett.

Tudo ok?

Não, ela responde. *Quero vomitar.*

Você consegue. Estou aqui.

Tallulah digita um emoji de coração e o envia, então bloqueia o celular e o coloca debaixo do menu para não olhar para ele.

Zach retorna e se senta.

— Essa é a garota, né? Da sua selfie?

Ela força uma expressão confusa, mas percebe que não é nada convincente.

— Qual garota?

— Aquela com o cabelo desgrenhado. Que estava falando sobre o rum. Aquela com quem eu vi você no ponto de ônibus daquela vez.

— Ah, sim — responde ela com leveza. — É a Scarlett.

— Por que ela não veio dizer oi?

Ela dá de ombros.

— De repente ela não me viu.

Ele pega a garrafa de champanhe do balde e enche as duas taças. Tallulah sente que o clima já azedou um pouco, que uma nuvem passou pelo sol escaldante de otimismo de Zach.

— É — diz ele. — Pode ser.

Eles conversam um pouco sobre Noah, sobre a irmã de Zach que acabou de engravidar do primeiro filho e acha que podem ser gêmeos, mas Tallulah sente que está fazendo todo o trabalho, que Zach está em outro lugar, pensando em outra coisa, e ela sabe o que é: a breve conversa que teve com Scarlett. Zach é muito perceptivo e provavelmente captou a energia dela, e agora captará a energia de Tallulah e saberá que algo não está certo, mas não terá ideia do que é.

A comida chega, e é um espetáculo e tanto: uma travessa branca sobre um pedestal de latão, decorada com colares brilhantes de salicórnia e sementes de romã vermelho-rubi.

Os dois dizem "uau", pegam os talheres de um recipiente sobre a mesa e começam a desmontar o prato, mas Tallulah está sem fome e leva um tempo absurdo para descascar um camarão.

— Você está bem? — pergunta Zach.
— Sim — diz ela. — Estou bem.
— Você não está comendo muito.
— É meio complicado.
— Come um pouco de batata frita. — Ele vira um pote de enormes batatas fritas de aparência oleosa em sua direção, e ela pega algumas.
— Mais — diz ele. Aquele tom impositivo surge novamente. Não é uma sugestão, e sim uma ordem. Ela pega mais algumas, e ele coloca as batatas de volta na mesa.

O celular de Tallulah vibra, e ela vira a tela para olhá-lo. É novamente Scarlett. Ela vê as primeiras palavras da mensagem, mas não a abre: *Precisa de mim? Eu posso...*

Zach lança um olhar questionador para ela.

— Minha mãe de novo.
— Ah, sim. O que ela quer?
— Só quer saber se estamos nos divertindo.
— E? — pergunta ele. — Estamos?

A pergunta tem várias camadas, e ela espera um segundo para responder.

— Sim — diz ela. — Estamos nos divertindo muito. — Ela estende a taça de champanhe para ele. — Saúde.

Tallulah consegue sentir a noite desmoronando. A conversa descontraída se tornou impossível, então agora ou eles vão ficar sentados em silêncio ou falar sobre *a relação*, e qualquer uma das opções arruinará a noite. Então ela lhe entrega um camarão e pede:

— Descasca pra mim? Eu sou muito preguiçosa. — Ela oferece a ele o melhor sorriso que consegue evocar.

Ele revira os olhos com afeto, pega o camarão e, por um momento, a atmosfera cordial é restaurada. Mas então, o celular dela vibra de novo, e ele faz um muxoxo e diz:

— Porra, pelo amor de Deus.

— Deve ser a minha mãe porque eu não respondi à última mensagem.

— Bem, responde, então — diz ele, irritado, arrancando a cabeça do camarão.

Ela liga a tela e clica na mensagem de Scarlett. Digita rapidamente: *Ele está de mau humor. Eu não acho que vai rolar.*

Scarlett responde: *Plano B?*

Tallulah respira fundo e digita: *Sim. Plano B.*

Parte Quatro

52

JUNHO DE 2017

Scarlett entra no bar, tentando e não conseguindo parecer natural e indiferente, e olha fixamente para Tallulah. Zach observa Scarlett, que dá uma segunda olhada antes de ir na direção de Tallulah. Nesse momento, Scarlett vê a desconfiança no olhar dele.

Zach se vira para Tallulah e pergunta:

— O que está acontecendo?

— O quê?

— Você e aquela garota?

— Sei lá — diz ela. — Nada.

Scarlett puxa uma cadeira de outra mesa, se senta à mesa deles, mergulha uma batata frita em um potinho de maionese e come.

— Oi, Lula — diz ela. — Tudo bem?

Tallulah acena com a cabeça e diz:

— Tudo. Foi mal não ter dito oi antes. Você estava com os seus amigos e eu não quis interromper.

— Ah, *tudo bem* — responde Scarlett despreocupadamente, pegando outra batata frita e enfiando-a na maionese também. — Eu entendo. Enfim... — Ela faz um gesto para a travessa de frutos do mar e o balde de champanhe. — Ocasião especial?

— Não — diz Tallulah —, na verdade não. Faz um tempo que não saímos, só isso.

— Ah, isso é bom. — Ela pega uma terceira batata e a aproxima do nariz. — Esta aqui é trufada? — pergunta ela. Zach assente

rigidamente, e Scarlett diz: — Legal. — Em seguida, come a batata.
— Não escutei bem o seu nome — diz a Zach.
— Zach. — Seu rosto está retesado de raiva.
Scarlett está agindo com tranquilidade, mas Tallulah percebe a energia maníaca correndo pelo corpo dela.
— Vocês são colegas de faculdade? — pergunta Zach.
— Positivo. A linda e adorável Tallulah.
— Ela nunca fala sobre você.
— Que absurdo! — Scarlett zomba da afronta e pega outra batata frita trufada.
— Mas ela tem uma foto sua no celular.
— Opa — diz Scarlett, arregalando os olhos. — Alerta de *stalker*.
— É só aquela selfie da festa de Natal. Só isso.
— Que selfie?
— Você não se lembra de ter tirado? — pergunta Zach.
— Não posso dizer que sim porque eu tinha enchido a cara. Enfim, eu não quero incomodar a linda noite romântica de vocês. Que bom ver você, Lula. Prazer em conhecê-lo, Zach.
— Não — diz Tallulah. — Fica.
— Ah. — Ela abre um largo sorriso para Tallulah. — Ok então.
Zach está prestes a dizer algo, mas então Mimi entra, procurando por Scarlett no pub.
— Ah, aí está você — diz ela. — Estávamos nos perguntando aonde você tinha ido.
— Desculpa, eu me desviei do caminho e comecei a comer as deliciosas batatas fritas da Tallulah e do namorado dela — diz Scarlett. — Por que vocês não se juntam a nós?
Dentro de alguns minutos, o grupinho inteiro de Scarlett está espremido em torno da mesa e todas as batatas fritas se foram, todos os camarões também, alguém foi ao bar e voltou com uma rodada de doses de tequila, Jayden e Liam encurralaram Zach em uma conversa intensa sobre futebol, e Tallulah está batendo papo com Scarlett, Ruby e Mimi sobre professores estranhos da faculdade. Um garçom

aparece e estende a mão para pegar os pratos e tigelas vazios e pergunta se eles querem mais alguma coisa para comer. Alguém pede um pudim de caramelo, outra pessoa pede mais batatas fritas e Tallulah não tem ideia de quem está pagando o quê, ou o que está acontecendo exatamente, mas ela tem a estranha sensação de que, em algum lugar, algo está pegando fogo, e já é tarde demais para apagá-lo.

Mais doses de tequila chegam, bem como as batatas fritas extras e o pudim de caramelo que é servido com seis colheres. Jayden recebe uma mensagem e diz:

— Ele está lá fora. Já volto.

Todos sabem do que ele está falando. Algumas pessoas pegam notas de dez libras de suas carteiras e passam para ele. Pouco depois, ele retorna e passa os comprimidos para os amigos por debaixo da mesa.

Tallulah observa a reação de Zach e fica surpresa ao vê-lo pegar um comprimido de Jayden e engoli-lo com champanhe quente. Zach nunca usou drogas, até onde ela sabe, só fumou um pouco de maconha com a irmã mais velha no quintal quando ela ainda morava em casa. Olha para ele, tentando chamar sua atenção, mas ele a ignora, e Tallulah percebe que, em vez de tentar lutar contra essa situação que ela e Scarlett planejaram, ele está em algum tipo de missão. Uma missão para irritá-la, miná-la, pegá-la no flagra de alguma forma. Zach odeia aquelas pessoas, ela sabe que ele as odeia, mas ele as está bajulando, rindo de suas piadas e usando suas drogas.

Sente algo tocar sua mão sob a mesa, levanta os olhos e encontra Scarlett encarando-a.

— Quebrei um ao meio pra você — diz ela. — Quer dividir?

Tallulah nega.

— Um quarto?

Tallulah hesita e diz:

— Talvez mais tarde.

Scarlett lhe passa o pedacinho, e ela o segura no punho fechado.

A noite se transformou em algo estranho e eletrizante. Tanto Zach como Scarlett estão tentando chamar a sua atenção. Enquanto isso, seu coração dói por Noah, deitado agora, ela presume, por volta das dez, dormindo em seu berço, as mãos fechadas em punhos, o cabelo úmido por causa do calor do banho na hora de dormir, do leite quente e do ar noturno do verão que entra pela janela aberta.

Mais uma vez, sente a mão de Scarlett sob a mesa, segurando sua perna nua, um dedo deslizando em direção à bainha de seu short cortado, e ela ofega com um sobressalto.

Tallulah se levanta.

— Sabe de uma coisa? — diz ela. — Está ficando tarde. Eu devia voltar pra casa. — Tallulah não quer que aquilo continue. Mudou de ideia. Quer ir para casa com Zach e ficar olhando para o Noah ao lado dele, os dois falando em sussurros quase inaudíveis sobre como ele é lindo e como eles têm sorte de tê-lo. Eles podem se separar outro dia. Hoje não. Agora não.

— Não — diz Scarlett, puxando-a pelo braço. Ela a encara com um olhar aterrorizante e diz: — Fica, por favor, fica. Toma só mais um drinque. Ok?

Tallulah suspira, e alguém traz outra tequila, que ela engole sem animação. Está prestes a tentar sair novamente quando outra pessoa chega à mesa. É uma garota um pouco mais velha, que ela reconhece vagamente da cidade. Ao vê-la, Scarlett grita:

— Lexie!

Scarlett abraça a recém-chegada e então diz para Tallulah:

— A Lexie é filha da Kerryanne, sabe? A inspetora da Maypole. Lexie não só tem a melhor mãe, mas também o melhor emprego do mundo. Diz pra Tallulah o que você faz, Lex.

Lexie revira os olhos com bom humor.

— Sou blogueira de viagens.

— Sim, mas não uma blogueira de viagens idiota que tenta descolar brindes em hotéis — diz Scarlett. — É uma blogueira de respeito. Com milhares de seguidores no Instagram e um estilo de vida de madame. De onde você acabou de voltar?

— Do Peru.

— Do Peru. Porra, pelo amor de Deus. Isso é tão legal que chega a ser ridículo.

Presa em uma conversa com Scarlett e Lexie, Tallulah desiste, toma outra dose de tequila e engole o pedaço de comprimido que ainda segurava. A campainha é tocada no bar para a saideira, e Scarlett se levanta.

— Alguém a fim de uma festa na piscina? — pergunta ela em voz alta.

Tallulah olha para Zach, que lança um olhar cheio de más intenções para ela.

— Tô dentro — diz ele. Suas pupilas estão dilatadas, e ele está sorrindo. — Vamos, Tallulah — diz Zach do outro lado da mesa —, vamos pra festa na piscina.

53

SETEMBRO DE 2018

Sophie está parada na porta de casa, as mãos cruzadas no peito, o cabelo bem penteado, os dentes recém-escovados para tirar o gosto da cerveja de Liam. Pippa atravessa o caminho de cascalho segurando um gêmeo em cada mão, cada um puxando uma pequena mala de rodinhas.

— Olá, olá, olá! — diz Sophie. — Bem-vindos.

São seis da tarde. Shaun está atrasado por causa do trabalho, então ligou para Sophie, se desculpando e pedindo que ela estivesse lá quando eles chegassem. Ela conteve um suspiro longo e profundo e disse:

— Claro, claro, sem problemas.

— Vou tentar chegar o mais rápido que puder. Eu prometo.

— Está tudo bem — disse ela. — Faça o que você precisa fazer.

— Obrigado, minha querida — respondeu ele. Ela levou um susto porque Shaun nunca a chamara de "minha querida". Ele sempre a chamava de "Soph", ou "amor". Para ela, "minha querida" parecia a forma como você chama a esposa quando já perdeu a paixão. "Minha querida" era como os pais de seus amigos se chamavam. "Minha querida" era uma expressão antiga.

Ela se aproxima de Pippa e das crianças e se abaixa para abraçá-los. Ambos usam moletons da Gap: o de Jack é verde, o de Lily é rosa-claro. Eles a abraçam de volta com força, e Sophie sente um alívio porque faz muito tempo que os viu, e ela estava com medo de que eles pudessem ter esquecido que gostavam dela.

— Entrem — diz ela. — Entrem.

— Esta é mesmo a casa do papai? — pergunta Jack.

— Bem, mais ou menos — diz Sophie, segurando a porta para eles entrarem. — Ela pertence à escola. Mas eles emprestam para o diretor enquanto ele estiver trabalhando aqui.

— Então o papai ainda tem a outra casa em Londres? — pergunta Lily, empurrando sua malinha rosa pelo piso de pedra em direção à cozinha.

— Sim. O seu pai ainda tem a outra casa, e eu ainda tenho o meu apartamento. Só estamos usando esta casa emprestada por um tempo.

— É legal — diz Jack, que gosta da maioria das coisas.

— Tem cara de que tem um monte de aranha — diz Lily, que sempre tem algo a dizer.

— Eu juro — diz Sophie, endireitando as malas para eles — que limpei cada centímetro desta casa e que não tem nenhuma criatura minúscula em lugar algum.

— Eu não ligo pras outras criaturas — diz Lily. — Só não gosto de aranha. Que cheiro é esse?

— Qual cheiro?

— De queimado.

— Meu Deus, eu não sei. Pensei que tinha conseguido me livrar dele. Eu devo ter me acostumado. Desculpa. É só uma casa velha, eu acho. — Ela se vira para Pippa. — Aceita um chá?

Pippa solta um suspiro de cansaço da viagem.

— Não — diz ela. — Não. Muito gentil da sua parte, mas tenho um jantar às oito e meia, não quero me atrasar. Mas olha, não tenho certeza se isso vai dar certo. Quer dizer, se o Shaun não consegue nem voltar no horário para uma casa que está no mesmo terreno da escola, como ele vai fazer essas crianças irem e virem a cada dois fins de semana? Já sinto o cheiro do problema.

Ela vira o rosto ligeiramente para a direita, quase como se estivesse farejando no ar o desastre iminente, depois olha o celular.

— Nossa Senhora, o Google Maps está dando duas horas e cinco minutos. O Shaun jurou de pés juntos que era uma viagem de uma hora e meia. — Ela suspira e passa os dedos pelo cabelo castanho e brilhoso. — Então, crianças, sejam boazinhas com a Sophie. E com o papai. Façam tudo o que eles mandarem.

— Quer ver o quarto deles? — pergunta Sophie.

— Não — responde ela de forma direta. — Está tudo bem. Shaun disse que você deixou tudo arrumado pra eles, e eu acredito.

Sophie sente uma pequena onda de prazer com as palavras de Pippa, com a insinuação de que ela é confiável o suficiente para cuidar dos filhos dela.

Pippa se inclina e beija os filhos. Em seguida, beija Sophie levemente em cada bochecha antes de voltar para o estacionamento.

Quando ela se vai, Sophie solta um suspiro de alívio. Percebe imediatamente que a visita de Pippa esteve pairando no ar por dias sem que ela percebesse. E agora já passou, os gêmeos estão aqui e ela pode deixar a ansiedade de lado.

— Certo, crianças — diz ela, voltando para a cozinha. — Quem está com fome?

Shaun chega trinta minutos depois, e por uma hora ou mais a casa está viva com a energia de uma reunião alegre. Ele fica sem ar no momento em que tira a gravata e deixa as crianças subirem em seu colo. Sophie coloca uma lasanha de frango no forno (Lily não come vacas, ovelhas nem porcos, mas diz que galinhas têm um rosto assustador, então não há problema em comê-las) e abre uma garrafa de vinho. Shaun manda os gêmeos tomarem banho e os supervisiona enquanto vestem seus pijamas. Os dois descem a escada descalços com os cabelos úmidos e as bochechas rosadas. Sophie encontra um filme na TV, e todos eles se sentam amontoados no sofá para assistir, mas ela mal presta atenção porque não consegue se concentrar em nada agora além da pintura da escada em espiral na parede de Liam.

Ela puxa o celular do braço do sofá, abre a foto que tirou da pintura e a amplia com a ponta dos dedos; em seguida, analisa canto a canto da imagem, tentando encontrar algo que faça sentido. Da mesma forma que acontece quando está construindo um romance na cabeça, ela ordena mentalmente os personagens, a linha do tempo e as pistas, e tenta organizá-los em uma narrativa lógica.

E, então, Sophie sente um arrepio ao perceber que conseguiu. Ou, pelo menos, ela tem a chave. A chave mestra metafórica para abrir tudo. Ela se engasga ligeiramente, mas é alto o bastante para que Shaun e os gêmeos se virem para ela ao mesmo tempo, confusos.

— Você está bem? — pergunta Shaun.

— Sim — diz ela. — Sim. Eu só, há, pensei sobre o novo livro, uma maneira de fazê-lo funcionar. Acho que vou só, err... — Ela se levanta. — Você se importa? — pergunta ela. — Se eu trabalhar um pouco? Não vou demorar.

Sophie sai correndo da sala de estar, vai para a mesa e abre o laptop. Passa os olhos por um dos artigos que pesquisou após seu encontro com Jacinta Croft sobre a história dos túneis secretos em casas antigas e descobre, como suspeitava, que muitos túneis secretos eram acessados por portas camufladas escondidas atrás de pinturas, de estantes de livros deslizantes ou mesmo embutidas em um elemento arquitetônico. Encontra muitas fotos de escadas de pedra espiraladas em castelos e edifícios medievais, todas com a espiral para cima, em direção a torres, como na pintura de Scarlett. Mas e se o arquiteto de Dark Place tivesse projetado uma escada em espiral que vai tanto para baixo quanto para cima? E se você pudesse acessá-la por meio de uma laje secreta de pedra ao pé da escada visível? E se aquele estranho instrumento de metal na pintura de Scarlett na verdade fosse projetado para levantar a placa de pedra secreta?

Tira um print do artigo e, em seguida, envia a página e a foto da pintura de Scarlett para Kim.

A ferramenta que a polícia encontrou no canteiro de flores era mais ou menos assim?, digita ela, acrescentando uma seta que aponta para o objeto na pintura.

Ela envia e espera Kim visualizar a mensagem. Quase imediatamente, vê que Kim está digitando.

Sim, vem sua resposta. *Ninguém conseguiu descobrir o que era.*
Um arrepio percorre Sophie quando ela percebe o que isso pode significar. *Observe o retângulo de luz na pintura, na parte inferior da escada.*
Kim responde: *Ok.*
Esta é uma pintura que a Scarlett fez. Aparentemente, é uma escada de pedra em Dark Place.
Kim responde com um emoji de queixo caído.
Então, ela pergunta: *Posso mandar isso pro Dom?*
Sim, claro, digita Sophie. *Fique à vontade.*

Shaun e Sophie colocam os gêmeos para dormir às nove e meia, terminam os últimos goles do vinho que beberam no jantar e depois vão para a cama. Sophie observa Shaun tirar as roupas e vestir a camiseta e as calças de algodão. Vestir a camiseta e as calças de algodão é um sinal silencioso de que não haverá sexo esta noite, e Sophie está bem com isso. O dia foi longo e intenso. Sua cabeça está cheia de coisas nada sensuais: túneis empoeirados, adolescentes desaparecidos, mães enlutadas e garotas de aparência perturbada no YouTube sofrendo de TEPT. Ela desamarra o rabo de cavalo, veste o pijama e se ajeita sob o edredom.

— Conseguiu trabalhar bem? — pergunta Shaun.

Sophie pensa que deveria contar a ele o que está acontecendo e com quem ela está falando, sobre as pinturas no quarto de Liam, sobre as conversas com Kim. Mas ela não pode. Simplesmente não pode. Este fim de semana deve ser para os gêmeos. Ele não os vê há três semanas. É o tempo mais longo que já passou sem ver os filhos. A única razão pela qual eles vieram para esta escola estúpida em primeiro lugar foi para que Shaun pudesse arcar com a educação dos filhos da maneira que a mãe deles queria. Nunca teve a ver com a carreira de Shaun. Se tivesse, ele estaria agora administrando uma escola estadual de sete turmas no interior de Londres, não esse supletivo disfarçado de colégio interno, em uma cidadezinha com casas que mais se parecem caixas de chocolate. Ele se sacrificou muito para fazer isso, e ela não foi forçada a acompanhá-lo; estar ali foi uma escolha. Shaun não a enganou nem a persuadiu.

Agora os filhos dele finalmente estão aqui, e este fim de semana precisa ser perfeito: dois dias inteiros longe do trabalho ou de detetives. Apenas os quatro fazendo coisas saudáveis no campo como uma família.

Então, ela assente e diz:

— Sim, escrevi algumas palavras.

Ele sorri para ela.

— Bom, isso é ótimo — diz ele. — Talvez você finalmente tenha superado seu bloqueio? Quem sabe tudo comece a fluir agora.

— Sim. Vamos torcer.

Quando ela diz isso, seu celular vibra com uma mensagem. Ela o pega e olha para a tela. É Kim.

Dom disse que com certeza vão conseguir um mandado para entrar em Dark Place agora. Se tudo der certo, amanhã de manhã. Obrigada por tudo. Você é incrível.

Ela digita uma resposta. *Sem problemas. Que bom que pude ajudar.*

— Quem era? — pergunta Shaun.

— Ah — diz ela —, só o grupo da família.

Ela desliga o celular, conecta-o para carregar e fecha os olhos com a cabeça cheia de escadas que giram em espiral, mergulhando num sono profundo.

54

JUNHO DE 2017

Scarlett aumenta o volume do rádio no carro de Lexie e abre a janela. Tallulah está sentada no colo de Zach, espremida no banco traseiro com Liam e Mimi. Sua cabeça está girando. Ela não bebe mais do que meia garrafa de vinho há meses. Não usa drogas recreativas desde os catorze anos. Consegue sentir a caixa do anel no bolso de Zach na parte de trás de sua coxa. Enfia a cabeça para fora da janela para inspirar o ar quente da noite. Árvores passam em faixas pretas e douradas, as luzes correm em sua direção, vindas do sentido oposto como discos brancos borrados. O céu ainda está com os últimos fragmentos cinza de luz do dia.

Scarlett deveria contar a Zach sobre elas. Esse era o Plano B. Scarlett iria dizer a Zach que ela e Tallulah estavam apaixonadas, ele olharia para Tallulah com os olhos arregalados de descrença, reprimiria uma risada áspera e diria: "O quê?" E Tallulah diria: "É verdade. Estou tentando te dizer há semanas, mas não consegui encontrar o momento certo." Então Zach iria sair furioso ou vomitar ou começar uma briga ou gritar ou chorar ou se enfurecer ou algo assim. E tudo estaria acabado. Seria terrível, mas seria um momento sem volta.

Mas Scarlett, por algum motivo inexplicável, estendeu a agonia arrastando todos de volta até sua casa para uma festa na piscina. Tallulah havia enviado uma mensagem para ela mais cedo no pub: *O q vc está fazendo???*

Scarlett respondeu *TUDO SOB CONTROLE* e, em seguida, lançou-lhe um olhar conspiratório do outro lado da mesa.

Eles passam pelos portões de Dark Place e seguem pelo longo caminho de acesso à casa, de cuja silhueta Tallulah está vendo três versões separadas e distintas. Ela pisca para tentar alinhar as três imagens, mas não funciona.

Lexie estaciona, e todos desembarcam, caindo do carro apertado na calçada de cascalho. Scarlett os conduz pelo portão de metal na lateral da casa até a piscina e vai direto para a casa da piscina, onde liga a iluminação do jardim e o sistema de som. Volta um momento depois com algumas cervejas geladas. Zach se senta na beira de uma espreguiçadeira, e Tallulah se senta atrás dele. Scarlett está cantando alto junto com a música, e Liam se junta a ela. Lexie e Mimi estão mexendo em seus celulares.

Scarlett passa uma cerveja para Tallulah, que aceita.

— Saúde — diz Scarlett, dançando enquanto segura sua garrafa na direção de Tallulah. — E saúde pra você também, Zach. É ótimo finalmente conhecê-lo.

— Igualmente — retribui ele, encostando sua garrafa na dela.

Mesmo sentada atrás de Zach, Tallulah consegue sentir a antipatia emanando dele.

Scarlett dança de volta para perto de Liam e Mimi, fazendo um brinde a eles também. Em seguida, pousa a cerveja em uma mesa e tira a camiseta. Ela está usando um top por baixo. Desabotoa o short, tirando-o, revelando a calcinha preta nada sexy com a qual Tallulah está tão familiarizada, e então, em um piscar de olhos, ela está na piscina.

Tallulah a encara enquanto ela desliza pelo fundo da piscina. A distorção da água a faz parecer ainda mais longilínea e magra do que é. Em seguida, ela surge na outra ponta, dá um impulso para a borda da piscina, tira o cabelo molhado do rosto e diz para Tallulah e Zach:

— Vocês vêm?

— Não — diz Tallulah. — Não quero molhar meu cabelo.

— Ah, vem, Lula — diz Scarlett. — Sei quanto você gosta de molhar o cabelo.

Tallulah vê os ombros de Zach se encolherem antes que ele leve sua garrafa de cerveja aos lábios num movimento rápido e dá um gole com força.

Ela solta uma risada nervosa.

— É sério. Eu lavei o cabelo hoje de manhã, sequei e tudo o mais. Não vou fazer tudo de novo amanhã.

— Aff, Lula. Você e o seu cabelo precioso. Vambora! Não fica aí seca. Entra!

Ela pega um pouco de água da piscina com as mãos em concha e joga em Tallulah, respingando em Zach no processo, que se levanta rapidamente e grita:

— Porra! Cuidado!

— Você pode muito bem se molhar de uma vez agora. Vem, Zach. Mostra pra sua namorada como se faz.

Zach começa a desabotoar a camisa e a tira, depois tira a camiseta branca que estava usando por baixo. Tallulah vê os músculos de suas costas ondulando e se contorcendo sob a pele. Em seguida, ele abre o zíper das calças e fica apenas de cueca boxer de Lycra.

Ele se vira para Tallulah e diz:

— Vem então. Obedece à sua amiga.

A atmosfera está tão ácida e pesada que Tallulah mal consegue respirar. O clima entre Scarlett e Zach fica cada vez mais intenso. Ela concorda e tira o short, mas não a bata, sentindo-se constrangida na frente de Mimi, Liam e Lexie. Ajeita o cabelo em um coque e pula direto na água, que entra em seus ouvidos, escorre sobre sua pele e faz com que a blusa se transforme em uma água-viva de algodão ondulante. Mergulha novamente e dá de cara com Scarlett, que roça seus lábios rapidamente nos dela antes de afundar novamente. Tallulah se vira e vê Zach emergindo da água naquele segundo, fazendo o barulho que as pessoas fazem quando uma piscina está mais fria do que se espera. Ele balança a cabeça, gotas de água refletindo a luz enquanto voam das pontas de seu cabelo como cristais. E agora Tallulah fica entre Zach e Scarlett, e a energia entre os dois é tóxica a ponto de fazer alguém se engasgar.

Mais uma vez, Tallulah se pega pensando no filho, na familiaridade e no calor de seu corpo minúsculo, na sensação dele em seus braços, contra seu corpo, no cheiro de seu hálito noturno, e, de repente, ela se dá conta de que não quer ninguém. Nem Scarlett, nem Zach. Só quer ficar sozinha.

Tallulah bate as pernas para chegar até os degraus e sai. Enquanto faz isso, Mimi e Liam pulam na água. Ela vai para a casa da piscina e pega uma grande toalha preta de uma pilha perfeitamente organizada de toalhas enroladas, se enrosca nela e se senta em uma espreguiçadeira, observando os outros dentro da piscina por um tempo. A música alta abafa os sons de gritos e guinchos, e Tallulah observa com desconforto enquanto Zach coloca Scarlett em seus ombros e entra em uma batalha de martelo inflável contra Mimi, que está sentada nos ombros de Liam.

Ela balança a cabeça de leve, para tirar um pouco de água, mas também para tentar corrigir o erro de ver sua amante e seu companheiro entrelaçados só de roupas íntimas molhadas. Vê Zach se virar ligeiramente em sua direção, e o olhar que ele lhe lança é como uma injeção de gelo. Tallulah balança a cabeça e força um sorriso, estremecendo quando a temperatura do seu corpo começa a cair.

— Vou me vestir — diz ela, pegando seu short, a camisa de Zach, seu celular, sua bolsa e entrando na casa.

Há uma salinha ao lado da cozinha — Scarlett a chama de cantinho de estar —, forrada com estantes de livros e iluminada com luzes baixas, com dois pequenos sofás vermelhos frente a frente e uma grande mesa de centro de nogueira coberta com objetos interessantes, livros de capa dura e um leque de revistas de decoração. Ela desliza a porta fechando-a, tira a blusa molhada, veste a camiseta de Zach, tira a calcinha molhada e veste o short. Joga a cabeça para baixo e torce a toalha preta em um turbante no cabelo molhado. Ela quer ficar aqui. É quente e seguro. Sente-se protegida da estranheza da noite, da terrível energia no ar. Abre o celular e vê que é quase uma da manhã. Pensa em mandar uma mensagem para a mãe, mas então imagina que ela provavelmente está dormindo agora e que a acordaria à toa. Bloqueia a tela novamente, se senta no pequeno sofá vermelho, pega um dos grandes livros lustrosos e começa a folheá-lo, as palavras e as imagens borradas diante de seus olhos, lembrando-a de que, embora esteja menos bêbada, ainda está longe de estar sóbria.

— Aí está você — diz uma voz grave na porta. É Zach. Ele está vestido de novo com a camisa e a calça, seu cabelo molhado penteado para trás. — Qual é o seu problema?

Ele fecha a porta e fica emoldurado por ela, os spots de luz bem acima de sua cabeça lançando sombras sinistras em seu rosto.

— Nenhum — diz ela. — Só entrei pra ficar seca e quentinha.

— E me deixou lá feito um idiota?

— Zach — diz ela. — Foi ideia sua vir aqui. Eu queria ir pra casa há duas horas, lembra?

— Sim, eu lembro. Mas aí pensei que talvez você só estivesse dizendo que queria ir pra casa por minha causa e eu não queria que os seus *amigos* pensassem que eu estava cortando a sua onda.

— Eu não queria vir. Eu queria ir pra casa. Eu ainda quero ir pra casa. Vou chamar um táxi agora.

Ela se levanta, e, ao fazê-lo, Zach caminha em sua direção e diz:

— Não. Não vamos a lugar nenhum. Ainda não.

Ele fica perto o suficiente para que ela sinta o cheiro de cloro nele, o calor de seu hálito.

— Eu quero ir pra casa — diz ela novamente, com uma pitada de derrota na voz.

Tenta passar por ele, mas Zach agarra seus braços com força.

— Você sabe o que eu ia fazer esta noite, Lula? Você tem alguma ideia do que eu ia fazer?

Ele solta um dos braços dela, enfia a mão no bolso da calça, puxa a caixinha preta e a empurra contra o peito dela com tanta força que ela já sente um hematoma começar a se formar.

— Ai — diz ela, com mão no peito. — Isso doeu.

— Abre — rosna ele.

Ela respira fundo e abre a caixinha, então olha horrorizada para o minúsculo ponto de diamante brilhando para ela sob a luz baixa. *Aí está*, ela pensa. *Aí está. O motivo de cada minuto terrível desta noite.*

Ela fecha a caixa novamente, devolve-a para Zach e diz:

— Eu teria dito não.

O poder de sua própria resposta a deixa sem fôlego.

Ele balança o corpo de leve.

— Certo — diz ele. — Certo.

Por um momento, Tallulah pensa que talvez seja isso. Talvez esteja feito. Talvez sua jornada com Zach finalmente tenha acabado, simples assim. Mas ela o encara e vê sua expressão passar da aceitação entorpecida para confusão e então, rápido, muito rápido, para um ódio violento.

— É ela, não é? — diz ele. — Isso tem a ver com ela.

— Quem?

— Aquela garota. Scarlett. Você ficou esquisita desde que ela entrou no pub hoje à noite. Foi por isso que eu vim aqui. Eu queria ver o que estava acontecendo. Então, o que está rolando?

Tallulah sente um impulso surgindo dentro de si, como um estouro de uma boiada.

— Nós estamos juntas — diz ela sem rodeios.

O rosto de Zach se contorce em uma careta de incompreensão.

— O quê?

— Eu e a Scarlett. A gente tem se encontrado.

Pronto. Está feito. Dito. Acabou. Tallulah solta o ar pesadamente e espera.

— O que você quer dizer...? — Ele não consegue encontrar as palavras para descrever algo que não é capaz de conceber. — Você e ela? Tipo...

— Transando. Sim.

— Ai, meu Deus. — Ele dá um pequeno tropeço e solta um grunhido. — Meu Deus do céu. Minha Nossa. Eu sabia. Puta que pariu, Jesus. Desde o minuto que vi aquela foto no seu celular, eu soube. Era tão óbvio. Então, vocês estavam *transando*? Você e ela?

— Não. Caramba. Não. Na foto foi só a segunda vez que eu falei com ela.

— Mas começou naquela noite?

— Não. Demorou um tempão. Foi depois que você e eu começamos a ter problemas.

— Que problemas? Não temos tido problemas.

Ela fica sem reação. Não tem ideia se ele está sendo ignorante de propósito ou se realmente acredita nessa versão da história.

— Caralho, Lula. Quer dizer. Porra, pelo amor de Deus. Com *ela*? De todas as pessoas. Ela nem é bonita. Ela é feia.

— Ela não é feia. Ela é linda.

Ele agarra a própria cabeça.

— Isso é… isso é loucura, Lula. Você não é assim. Você não é gay. Ela é assim. Ela fez isso com você. Ela está te manipulando. Não consegue perceber? Ela te manipulou.

Zach anda em círculos por um momento, e Tallulah não sabe se ele está prestes a se acalmar e tentar convencê-la a desistir de Scarlett, ou se está prestes a matá-la. Mas ele não faz nem uma coisa nem outra. Zach se ergue, alto e ereto, olha direto para ela e diz:

— Você sabe o que acontece agora, não sabe? Sabe que não pode mais ser a mãe do Noah. Não mais. Nenhum tribunal do mundo permitiria que uma pessoa como você criasse um filho. Nenhum tribunal no mundo. Eu estou indo agora, Tallulah. Vou voltar pra casa e levar o Noah, e você nunca mais vai ver o seu filho. Está me ouvindo? Você nunca mais vai ver o seu filho de novo.

Ele joga a caixa do anel nela outra vez, e, ao se virar, Tallulah sente o medo e a raiva a consumindo. Não, diz cada célula em seu corpo; não, você não pode levar o meu filho; *não, você não pode levar o meu filho*. Ela vai atrás dele e grita com os braços estendidos, pronta para puxá-lo de volta, para impedi-lo de fazer o que está fazendo, de ir para onde está indo. Mas, quando Tallulah sai da sala, vê que Scarlett está na porta com sua calcinha molhada e um objeto na mão, um pedaço de bronze, esculpido em uma forma semelhante a um grupo de pessoas amontoadas. Ela o levanta por trás da cabeça e, em seguida, o lança para a frente em direção ao topo da cabeça de Zach. Tallulah vê o pedaço de bronze atingir a parte de trás do crânio de Zach. Ela ouve o grito de raiva de Scarlett, o grito abafado de dor de Zach. E vê que o golpe o faz cair em um arco perfeito com a cara no chão de granito branco.

55

SETEMBRO DE 2018

A manhã seguinte começa cedo, como sempre acontece quando Shaun está com os gêmeos. Jack é o primeiro a subir na cama deles, tentando roubar o celular de Shaun da mesa de cabeceira e brincando de lutinha com o pai. Lily segue o irmão um minuto depois, seu fino cabelo castanho emaranhado em um nó grosso na parte de trás da cabeça. Sophie sabe que terá de passar vinte minutos escovando os fios antes de saírem de casa. Por cima do ombro de Lily, através de uma fresta nas cortinas, Sophie vislumbra o dia úmido e cinza previsto pelos meteorologistas. Ela se vira para Shaun e diz:

— Parece que vai ser o parque aquático hoje.

Shaun espia pela abertura entre as cortinas e suspira.

— Parece que sim — diz ele.

As crianças ficam maravilhadas e descem correndo para comer o café da manhã especial que Sophie preparou para eles: grandes panquecas americanas, Nutella e cereal. Sophie toma café em uma caneca grande, Shaun bebe um expresso em uma xícara minúscula, as crianças conversam, comem, jogam cereal no chão e falam de como a cachorra deles, Betty, comeria o cereal espalhado feito um aspirador se eles estivessem em casa. A chuva bate suavemente nas vidraças, e, por um momento, Sophie se sente bem, como se talvez esperasse se sentir assim desde a sua chegada. O sul de Londres parece distante, e por um momento ela pensa que talvez consiga fazer isso. Eles só precisavam ver as crianças. Shaun já não parece tão instável quanto no início do novo emprego. O corte de cabelo austero que ele tinha feito antes de chegarem começou a crescer e a ficar mais despojado, e ele não consegue parar de sorrir, mesmo quando os gêmeos estão irritados.

Ela pega o celular para pesquisar no Google os horários de funcionamento do centro de lazer em Manton e, na mesma hora, recebe uma mensagem de Kim.

Eles conseguiram um mandado. Estão indo para Dark Place. Estou nervosa.

Sophie respira fundo antes de digitar sua resposta.

Caramba, que rápido. Quando eles vão te dar mais atualizações?

Estão formando uma equipe. Talvez em algumas horas? Mal consigo respirar.

Tem algo que eu possa fazer?

Assim que pressiona o botão de enviar, se dá conta de que não deveria ter perguntado isso.

Você pode vir aqui? Se não estiver ocupada.

Sophie levanta os olhos do celular. Lily e Jack estão parados em frente à torradeira esperando a segunda rodada de panquecas esquentar, Shaun está carregando a máquina de lavar louça, todos ainda de pijama e longe de estarem arrumados para o dia, que foi planejado para ser um dia em família. Ela suspira e digita: *Os filhos do meu companheiro estão aqui. Vamos sair para um passeio na piscina infantil em Manton.*

Ela faz uma pausa. Parece tão duro. Essa mulher possivelmente está prestes a descobrir que sua filha está morta. *Passeio na piscina.* Sério?

Ela adiciona outra linha: *Mas ainda vamos demorar um pouquinho pra sair, então eu poderia dar uma passada aí.*

Muito obrigada, responde Kim. *Eu simplesmente não aguento ficar sozinha agora.*

Sophie chega à casa de Kim meia hora depois. Shaun pareceu um pouco confuso quando ela tentou explicar com o mínimo de palavras possível para onde estava indo e por quê.

— Volto em uma hora — disse ela enquanto saía. — Provavelmente menos.

— Mas como você conhece essa mulher?

— Por causa do anel — disse ela com tranquilidade. — Aquele que encontrei na floresta. Acho que fiquei um pouco envolvida com a situação dela.

— Não demora, tá?

— Prometo que volto a tempo de ir nadar.

Kim está pálida quando abre a porta para Sophie. Ela não está usando maquiagem, e seu cabelo geralmente brilhante está seco e sem vida.

O som da TV ligada em algum canal infantil ecoa da sala de estar, e Sophie vê a nuca de Noah ao passar por ali. Kim a leva até a cozinha e puxa uma cadeira para ela.

— Chá?

— Sim. Por favor.

Kim enche a chaleira com água da torneira, e Sophie ouve seu suspiro.

— Mais alguma notícia? — pergunta ela.

— Não, ainda não. Essa é a pior sensação. Insuportável.

Os ombros de Kim são pequenos e pontudos por baixo da camiseta de mangas compridas. Sophie sente vontade de tocá-la, consolá-la, mas não a conhece bem o suficiente.

— Vai acontecer — diz Kim. — Eles vão abrir aquela laje naquela torre, vão descer lá e vão encontrar alguma coisa. Eu sei que vão. E pode ser algo que destrua completamente o meu mundo. E não tenho certeza de que estou pronta pra isso. Não sei se algum dia estarei pronta pra isso. Eu quero que aconteça, mas também não quero. Eu preciso saber, mas não quero. E se ela estiver lá? A minha garotinha. E se ela estiver lá? Com aranhas. Você sabe, ela sofre de aracnofobia. Ela tem pavor de aranhas. Literalmente a ponto de não conseguir respirar ao ver uma, ela se treme toda. E se alguém a trancou ali dentro com aranhas? No escuro. Sozinha. É isso que não consigo conceber. A imagem dela lá embaixo, sozinha...

E então Kim começa a chorar, e Sophie se levanta e a envolve em seus braços.

— Kim, eu sinto muito. Isso deve ser muito difícil.

A chaleira elétrica começa a ferver e desliga automaticamente, mas Kim não faz o chá; em vez disso, se joga numa cadeira e olha para o relógio na parede da cozinha enquanto ele muda de 10h01 para 10h02.

Em seguida, o celular de Kim vibra, e Sophie consegue ver o nome *Dom* aparecendo na tela.

Kim prende Noah em seu assento no banco de trás do carro enquanto Sophie se senta no banco do passageiro. Ela pega o celular e manda uma mensagem para Shaun.

Kim e eu vamos para Dark Place. Parece que eles encontraram algo.

A mensagem dela só é lida quando elas estão quase fora da cidade, quando Shaun responde com *Nossa! Espero que não seja nada horrível. Vamos esperar aqui até termos notícias suas.*

Kim dirige com ímpeto pelas estradas rurais fora da cidade e, em seguida, um pouco rápido demais pela minúscula estrada que leva a Dark Place. Há uma policial com traje de alta visibilidade parada nos portões da casa. Kim abaixa a janela e fala com ela:

— O detetive McCoy me disse para vir. Sou a mãe da Tallulah Murray.

A policial a deixa passar pelos portões, e elas dirigem pela estrada esburacada até a frente da casa, que está circundada por viaturas, com e sem identificação. Outro policial se aproxima delas, e Kim mais uma vez abaixa sua janela e explica quem é. O policial fala em um walkie--talkie e pede a ela que espere um momento no carro.

A porta da frente da casa está escancarada. Lá dentro, Sophie consegue ver um elegante corredor de mármore com uma escada de pedra creme que faz uma curva no meio até uma balaustrada de vidro acima, com um enorme lustre modernista pendurado no centro. As paredes são decoradas com arte abstrata e, na base da escada, há um par de poltronas de couro dos anos 1960 voltadas para uma mesa de centro baixa. É de um bom gosto primoroso, uma mistura perfeita de peças antigas e novas. Mas essa linda casa ficou abandonada por mais de um ano, e agora, finalmente, todos saberão o porquê.

Dom aparece na porta da frente um momento depois, e Kim sai imediatamente do carro para se dirigir a ele. Sophie gostaria de ir também, mas precisa ficar no carro com Noah, então ela abre a porta e se vira para ficar metade dentro e metade fora do veículo. Ela observa enquanto Dom diz algo para Kim e então a vê cair de joelhos. Dom e outro homem a colocam de pé outra vez com uma mão sob cada cotovelo, antes que Dom a pegue em seus braços e a segure com força.

Sophie se vira e olha para Noah.

— Vou só ver se a sua vovó está bem, ok? Não vou demorar. Você espere aí, como um bom menino. Tá?

Noah a encara e faz a língua vibrar entre os lábios, cuspindo baba e fazendo barulho. Ela leva um pequeno susto, nenhuma criança havia feito isso para ela antes, e a professora assistente que ainda vive dentro de si gostaria de reagir de alguma forma. Mas, em vez disso, Sophie o ignora e caminha em direção à porta da frente.

Ela pousa a mão suavemente nas costas de Kim e pergunta:

— Kim? O que aconteceu?

Kim está respirando com dificuldade. Então Dom fala por ela:

— Acabamos de entrar no túnel. Existem restos humanos lá embaixo.

Sophie se sente um pouco tonta, e seu corpo cambaleia ligeiramente.

— Alguma ideia de quem seja?

— Não. Ainda não. Mas, Kim — diz ele, virando-se para ela —, preciso lhe informar que é um homem.

Kim soluça. Um som de asfixia.

— E nós encontramos isto também. — Ele segura um saco plástico transparente lacrado. — Você consegue identificá-lo, Kim?

Sophie olha para o objeto na bolsa. É um celular em uma capa de plástico transparente com algum tipo de design impresso. Ela sente os ombros de Kim se dobrarem sob sua mão e ouve um barulho vindo dela que nunca ouviu, uma mistura de lamento com um rosnado selvagem, e Kim cai de joelhos ali na calçada de cascalho.

— Não, não, não, não, não, não, meu bebê não. Não, não, não, não, minha linda garotinha não.

No banco de trás do carro de Kim, Noah começa a gritar e chorar, e logo o ar úmido é preenchido com os sons daquela agonia humana crua, e todos os outros mergulham num profundo silêncio.

56

JUNHO DE 2017

— Zach?

Tallulah lhe dá um pequeno empurrão no ombro.

— *Zach?*

Seu corpo está estranhamente sólido e resistente, ela pensa, *como se tivesse sido esvaziado e preenchido de novo com rolamentos.*

— Zach? — Ela sibila em seu ouvido. — Ah. Porra. Zach.

Ela cola o rosto no dele, que está virado em um ângulo estranho, e tenta sentir a respiração em sua boca e nariz. Mas não há nada. Ela tenta colocá-lo de costas, mas Zach é muito pesado. Há uma pequena mancha de sangue no ladrilho sob as bochechas dele, e ela vê um fio escorrendo de seu ouvido.

— Ah, meu Deus. Scarlett. O que você fez?

Scarlett lança um olhar aflito para ela.

— Ele ia levar o seu filho, Lula! Ele ia levar o seu filho!

— Sim. Mas você não precisava… Ai, meu Deus! — Tallulah se levanta e olha de Scarlett para Zach e vice-versa. — Scarlett. Ele está morto. Jesus Cristo. Scarlett.

— Você me disse que queria que ele desaparecesse, Lula. *Você* me disse isso. Lembra? Você disse que gostaria que ele simplesmente desaparecesse. Que seria mais fácil. Eu ouvi o que ele disse sobre o seu filho e ouvi quando ele ameaçou você e eu só…

As duas erguem os olhos ao ouvir um clique nos azulejos da cozinha e veem que é Toby. Ele olha para elas com curiosidade e, em seguida, caminha até o corpo de Zach. Cheira os dedos dos pés descalços, senta-se e olha para Tallulah. Atrás dele, outra silhueta aparece: uma mulher pequena de meia-idade usando um quimono de seda e uma máscara de dormir rosa-claro empurrada até a metade da testa.

A mulher estreita os olhos e faz uma careta para a cena à sua frente. Em seguida, tira a máscara.

— Só vim pedir pra vocês abaixarem a música da piscina. Que merda está acontecendo?

Tallulah não consegue falar. Ela balança a cabeça.

— Ai, meu Deus. — A mulher vai em direção ao corpo de Zach. — Quem é ele? Quem é você? Quem é *esta*, Scarlett? — Os olhos da mulher vão para o objeto na mão de Scarlett. — Ah — diz ela, triste e um tanto dramática. — Meu Pipin não.

Tallulah balança a cabeça novamente. *Pipin?*

A mulher se inclina em direção ao rosto de Zach e repete:

— Por favor, alguém pode me dizer quem é esse, porra? — Ela coloca dois dedos na parte de baixo do pescoço dele e olha em seus olhos.

— Ele é… Zach — diz Tallulah. — Ele é, ele é o meu namorado.

— E você é?

— Tallulah. Eu sou a Tallulah.

— Ai, meu Deus. Ele está morto — diz a mulher. — Uma de vocês pode, por favor, me dizer o que está acontecendo?

— Não sei — diz Scarlett, olhando do estranho objeto de metal em sua mão que a mãe chamou de "Pipin" para o corpo sem vida de Zach e vice-versa. — Eu não sei. Ele ia… levar o Noah. E então…

— Quem é Noah? — pergunta a mulher com um suspiro.

— Noah é o filho da Lula — responde Scarlett. — Ele ia tirar o filho dela. E então… — Seus olhos baixam em direção ao Pipin outra vez, e ela para de falar.

Há um borrão preto na cabeça de Tallulah, no espaço onde deveria estar a memória do que acabou de acontecer, como um apagão. Ela consegue se lembrar de seguir Zach até a cozinha. Consegue se lembrar do cachorro entrando e cheirando os dedos dos pés de Zach. No meio, uma coisa aconteceu. Uma coisa terrível. Que pisca em sua cabeça como um raio. Ela começa a chorar.

— Ah — diz ela, num tom de voz baixo. — Ah. — Ela cobre a boca com as mãos e começa a se balançar. — Ah.

— Ok. Vamos pensar direito — diz a mãe de Scarlett. — Que horas são? — Ela se vira para olhar o grande relógio de metal na parede. — Pouco depois das duas da manhã. Quem mais está aqui?

— Só a Mimi. O Liam e a Lexie foram embora.

— E onde está a Mimi?

— Não sei. Ela entrou tem alguns minutos. Disse que queria carregar o celular.

— Então, somos só nós. E esse garoto, esse Zach, ele estava tentando machucar você?

Tallulah balança a cabeça.

— Não — diz ela. — Ele estava indo embora.

— Ele alguma vez te machucou?

— Não — diz ela. — Não, ele nunca me machucou.

— E você, Scarlett. Ele já te machucou?

Scarlett balança a cabeça com uma expressão tensa.

— E você achou que ele ia te machucar?

Ela balança a cabeça novamente.

— Então, você bateu na cabeça dele por trás porque ele disse que ia pegar o filho da sua amiga?

— Sim.

— E por que ele ia levar o seu filho? — pergunta ela a Tallulah.

— Porque... eu contei pra ele... — Ela olha para Scarlett, que assente, apenas uma vez. — Eu contei pra ele que estava apaixonada pela Scarlett.

Tallulah espera para ver o que essa declaração faz com os ângulos perfeitos do rosto da mãe de Scarlett, mas nada acontece. O rosto dela não se move nem registra qualquer tipo de reação. Em vez disso, ela simplesmente suspira.

— Ok. Então ele estava com raiva e magoado. Talvez um pouco enojado. Ele disse que ia levar o seu filho. Ele estava indo embora, e aí...

As três olham novamente para o corpo no chão.

Por um momento, ninguém diz nada. Então, a mãe de Scarlett suspira outra vez.

— Que merda colossal. Certo. Quem sabe que vocês duas estavam aqui? — pergunta ela a Tallulah.

Tallulah tenta organizar seus pensamentos.

— Há, ninguém. Minha mãe sabe que estou na casa de alguém, mas não contei de quem.

— E os seus amigos, Scarlett?

— Bom, todos eles sabem porque estávamos todos no pub juntos. E o Liam e a Lexie, obviamente, porque eles estavam aqui. E a Mimi. Talvez algumas outras pessoas.

— Certo, então, as pessoas vão acabar percebendo que alguma coisa aconteceu quando esse menino não voltar pra casa.

Tallulah faz que sim com a cabeça e pensa em sua mãe, em seu filho, em sua cama. Tudo o que ela quer é seu filho e sua mãe e sua cama.

— A que horas sua mãe esperava que você estivesse em casa? — pergunta a mãe de Scarlett a Tallulah.

— Eu não sei, na verdade. Nenhum horário específico.

— Certo, então temos pelo menos algumas horas antes de precisarmos dar alguma explicação.

— Não vamos chamar a polícia? — pergunta Tallulah.

— O quê? Não. Isso é homicídio. A Scarlett vai acabar sendo presa. Você também, provavelmente. E você nunca vai ver o seu filho crescer. Não, isso é um desastre, porra, isso é um desastre total. — Ela coloca as mãos na cintura e examina a área. — Então... — começa ela. — Mimi. O que a gente vai fazer com a Mimi? Onde ela está?

— Eu já disse. Eu não sei. Ela entrou para carregar o celular.

— Descobre onde ela está — diz ela a Scarlett, sem se virar. Ela vai até a pia, se serve de um copo de água e engole dois analgésicos com ele. — Argh. Minha cabeça.

Scarlett faz um gesto concordando e desaparece. Então, por um momento, ficam apenas Tallulah, a mãe de Scarlett e o cachorro.

— A vida nunca é monótona com a Scarlett por perto, isso é certo — diz a mãe dela. — Jesus Cristo. Uma coisa após a outra, após a outra. Desde o momento em que ela nasceu. Fiquei tão animada quando descobri que teria uma garota depois do furacão que é o Rex. Achei que seriam tardes calmas fazendo artesanato e brincando com o cabelo uma da outra. Mas não, a Scarlett era no mínimo pior que o Rex, sempre querendo ficar ao ar livre, sempre querendo correr, desobedecer, falar. Meu Deus do céu, e como falava. — Ela pousa a mão delicada na bochecha e esfrega a testa. — Que pesadelo de criança. E aí veio a adolescência. Meu Jesus. Os *meninos...* Ela perdeu a virgindade quando tinha treze anos, sabia? *Treze.* Era obcecada por meninos. Depois vieram as meninas. Depois, mais meninos. E mais meninas. Sempre suspensa de todas as escolas. Nunca estava no lugar combinado. Ela não dava a mínima, esse era o problema. Por mais que eu tenha quebrado as regras quando era adolescente, sempre me importei com as consequências. Mas Scarlett nunca se importou. E o que é que se faz com uma filha dessas?

Scarlett volta.

— Ela está desmaiada na minha cama — diz ela.

— Ótimo — diz a mãe de Scarlett. — Deixa a Mimi lá. Ok. Agora. Em primeiro lugar. Temos que nos livrar dele.

Tallulah balança a cabeça. Embora ela esteja quase totalmente entorpecida, também não consegue aceitar que Zach agora não tem vida, que ele não é diferente de um objeto qualquer, da estranha peça de bronze no chão ao lado dele, o Pipin, uma coisa a ser eliminada. Parece errado. Ela luta contra essas emoções nauseantes e vertiginosas por um breve momento, tentando desvinculá-las uma da outra, então se sente fraca ao perceber que só há uma solução e é aquela que a mãe de Scarlett está sugerindo.

Ela vê Scarlett e a mãe se entreolhando, um aceno de cabeça quase imperceptível.

— O túnel? — pergunta a mãe.
— É — diz Scarlett. — O túnel.

57

SETEMBRO DE 2018

Kim e Sophie são mandadas embora antes que o saco com o cadáver saia da casa. Noah chorou até cair em um sono estupefato e ronca suavemente no banco de trás enquanto elas pegam a estrada principal de volta à cidade.

As mãos de Kim agarram o volante com força, os nós dos dedos como protuberâncias de marfim sob a pele.

— Aquelas pessoas — diz ela. — Aquela mulher. Essa garota. Eu sabia. Eu soube quando cheguei lá. Eles eram pessoas más. Eu senti. Entende? Havia maldade naquela casa. Até naquele dia perfeito de verão. E lá estavam eles! Na piscina! Rindo! Bebendo cerveja! Isso me enoja. Mas por quê? Por que, pelo amor de Deus? E ainda continuar morando lá por semanas. Com aquilo... lá embaixo... — Kim começa a chorar de novo.

— Não é melhor encostar o carro? — sugere Sophie suavemente.
— Só por um minuto.

Kim concorda, sinaliza e estaciona o carro no meio-fio. Ela recosta a cabeça no volante e chora um pouco. Depois de um ou dois minutos, se recompõe e conduz o carro de volta para o trânsito e para a cidade.

Na casa de Kim, Sophie manda mensagem para Shaun.
Eles encontraram o corpo de um homem. E o celular da Tallulah. Estou esperando com a Kim até termos novidades. Vou dando notícias.

Shaun responde simplesmente com um *OK* e um beijo.

Kim se senta na cozinha com Noah e dá a ele algo para comer enquanto Sophie fica na sala de estar, olhando em volta para as fotos em porta-retratos nas prateleiras e nas paredes, todas mostrando uma família que já foi banal em todos os sentidos, exceto em sua felicidade. Tallulah é uma menina bonita, mas parece o tipo de garota que gosta de passar despercebida, que não gosta de elogios ou de chamar atenção, o tipo de garota que gosta de rotina, normalidade e comida simples, que não experimenta roupas nem maquiagens diferentes para não errar. No entanto, de alguma forma, ela se viu envolvida em uma família egocêntrica como os Jacques. Como isso aconteceu? Quando isso aconteceu? E por que terminou do jeito que parece ter terminado?

Ela olha o celular em busca de mensagens, atualizações. Acessa o link do vídeo de Mimi no YouTube outra vez para ver se ela postou algo novo. Mas o vídeo sumiu. A conta foi excluída. Mimi desapareceu por obra de Scarlett Jacques, que, de alguma forma, ainda exerce seu poder inexplicável de um barco no meio do oceano.

58

JUNHO DE 2017

A laje se acomoda por cima dos degraus que descem para o túnel, e Scarlett trava a peça no lugar com a velha alavanca. As três mulheres estão suadas e pálidas. Elas se levantam e esfregam as mãos nas pernas. O ar na minúscula torre úmida está denso com cheiro de álcool velho, suor e medo.

O cachorro espera ansioso do lado de fora da porta da antessala, ganindo baixinho. Ele as segue até a cozinha, onde há uma pequena poça de sangue no meio do chão, como se alguém tivesse derramado um pouco de vinho. A mãe de Scarlett limpa a poça com papel-toalha e alvejante em spray e, em seguida, queima o papel na pia antes de jogar as cinzas pelo ralo e limpar a pia com mais spray.

São quase três da manhã. O vidro das portas deslizantes reflete as luzes de LED da piscina, que mudam lentamente do rosa-claro para rosa-choque e do roxo para azul.

Tallulah se joga na beirada do grande sofá de couro e pergunta, muito baixinho:

— Posso ir pra casa agora?

— Não — a mãe de Scarlett responde de pronto, com firmeza. — Não. Você está em estado de choque. Se você for pra casa agora, sua mãe vai saber. Não posso deixar você ir a lugar nenhum até darmos um jeito nisso. Ok?

Tallulah a encara e pensa em mil respostas diferentes. Mas ela está tão cansada. Tão cansada. E tudo que deseja é dormir. Ela observa com uma espécie de fascínio vazio enquanto a mãe de Scarlett faz chocolate quente.

— Por Deus — ela está dizendo. — O Rex voltando pra casa amanhã e agora mais essa. E Maiorca na próxima semana. É a vida — diz ela, mexendo o chocolate devagar com uma colher de pau. — É a vida.

Ela serve o chocolate quente em canecas para cada uma das meninas.

— Pronto — diz ela. — Podem beber.

O chocolate quente está delicioso, cremoso, mas tem um sabor estranhamente químico.

— Eu coloquei só um pouquinho de rum — explica a mãe de Scarlett — pra acalmar o estômago. Vocês duas devem estar tão exaustas. Toda aquela adrenalina. Adrenalina envelhece pra caramba, sabe? É um hormônio milagroso, mas é terrível pro corpo. A longo prazo...

Enquanto observa a mãe de Scarlett falar, Tallulah começa a dissociar. A mulher abre a boca, mas as palavras não se encaixam, começam a soar esquisitas, alongadas, como se estivessem sendo desaceleradas, tiradas de sua forma. Os olhos de Tallulah estão tão pesados que ela sente vontade de fechá-los. Ela precisa mantê-los abertos porque tem que ficar acordada, mas não consegue, então todas as luzes da sala se apagam, e depois...

Quando Tallulah abre os olhos, está escuro. E frio. Seu corpo reclama de dor, e sua boca está tão seca que ela não consegue tirar a língua de trás dos dentes. À medida que seus olhos se acostumam com a escuridão, ela vê uma vela bruxuleando dentro de um vidro. Vê o contorno de uma grande garrafa plástica com água, abre-a e bebe avidamente. Tallulah está enrolada em cobertores de pele. Há um travesseiro, chocolate, biscoitos com cara de caros, um rolo de papel higiênico e um balde. Ao longo do túnel está uma silhueta curvada, e ela sabe que é Zach. Também sabe que está debaixo da casa, e que acima dela há uma pedra sólida, e que está presa aqui com o cadáver de seu namorado.

Há uma caixa de fósforos e mais velas em outra caixa. Tallulah encontra seu celular e o liga, mas não há sinal aqui embaixo e ela tem apenas dezesseis por cento de bateria.

Coloca o celular de volta onde estava e sente algo correr pela pele de seu tornozelo nu. Olha para baixo e vê uma aranha em sua pele, cheia de pernas e energia, então Tallulah pula e grita, grita, grita.

59

SETEMBRO DE 2018

A manhã se aproxima lentamente da hora do almoço, e Kim diz:
— Você pode ir, Sophie. Estou bem agora. O Ryan está a caminho.
— Ryan?
— Meu filho. Tentei falar com ele a manhã toda, mas o celular dele estava no silencioso. — Ela revira os olhos. — Mas ele vai estar aqui em um minuto. Pode ir. Eu vou ficar bem.

Quando chega, Ryan desaba nos braços da mãe e começa a chorar. Sophie fecha a porta devagar e volta para a Maypole.

Uma silhueta do outro lado do parque também caminha em direção à escola, e Sophie leva um momento para perceber que é Lexie. Ela está carregando sacolas de compras, voltando do mercadinho. Sophie desacelera para esperar que a outra a alcance e então a cumprimenta com um sorriso tenso.

— Eles encontraram algo — diz ela a Lexie. — No túnel secreto de Dark Place.

O queixo de Lexie cai, e seus olhos se arregalam.
— Ai, meu Deus — diz ela. — É ele?
— Ele? Quem?
— O garoto. Zach.
— O que te faz pensar isso? — pergunta ela, desconfiada.
— Bem, se a polícia voltou lá depois de tanto tempo, eles devem ter encontrado alguma coisa. E já que esse foi o último lugar onde eles foram vistos...

— Eles. Mas você disse "ele". O garoto. Parece até que... — Sophie para e então prende a respiração. — Lexie, espero que você não entenda mal, não estou insinuando nada aqui, juro, mas... eu vi que você tinha um exemplar do meu livro na sua mala ontem e acho que você sabe que há uma passagem na história sobre um detetive que encontra uma placa de papelão igual a essas que apareceram aqui. É uma coincidência muito estranha. Quer dizer, as placas de "Cave aqui"? Você teve alguma coisa a ver com isso?

Atrás delas, o sino da igreja toca, apenas uma vez. A pergunta fica no ar entre as duas, espessa e crua, como uma pinça segurando uma incisão aberta.

Lexie não responde a princípio. E então, quase imperceptivelmente, ela assente.

60

JUNHO DE 2017

Tallulah não sabe há quanto tempo está ali embaixo. A última vez que ligou o celular antes da carga acabar eram dez e quarenta e oito da noite de sábado. Parece que pelo menos mais seis horas se passaram desde então. Deve ser o início da manhã de domingo, mais de vinte e quatro horas desde que ela bebeu o chocolate quente adulterado oferecido pela mãe de Scarlett. Vinte e quatro horas desde que aconteceu o que quer que tenha acontecido. A coisa que aconteceu quando Zach ameaçou levar seu filho embora. A coisa que significa que Zach está morto.

Fecha os olhos várias vezes, tentando relembrar aquele momento, mas não consegue. Tallulah tem certeza de que foi Scarlett quem fez aquilo. Vê o objeto de metal nas mãos de Scarlett. Vê Zach no chão. Mas então ela sente a adrenalina correndo em suas veias, a batida de seu coração sob a caixa torácica, e não sabe dizer o que aconteceu um segundo antes. Um segundo antes.

Tallulah se enrolou no cobertor de pele — ela fez um saco à prova de aranhas com ele, mas ainda sente o arrepio de pés minúsculos em sua pele. Tallulah os sente nos lugares que o cobertor não cobre: os olhos, as narinas; subindo em seus ouvidos. Já faz horas que precisa ir ao banheiro, mas ainda está segurando, com medo demais de sair daquele casulo. Está com sede, mas não quer beber a água porque isso fará com que ela precise se segurar mais. Em vez disso, come os biscoitos. Ela não se move há horas, e todas as suas articulações doem.

Ela presume, pelo fato de estar viva, de ter sido deixada com comida, água, luz e um cobertor, que será resgatada, que está aqui temporariamente. Mas não tem certeza. A ideia de estar errada, de que poderia morrer aqui, é muita informação para seu cérebro processar.

Uma hora se passa. Talvez mais. A necessidade de ir ao banheiro passou novamente. Tallulah imagina que seu corpo de alguma forma absorveu o conteúdo da bexiga, como uma esponja. Ela ousa enfiar um braço para fora do cobertor peludo e levanta a vela, deixando a luz que ela lança correr pelo túnel, sobre a corcunda do corpo de Zach. Há lâmpadas em pontos intervalados nas paredes, e ela fica brevemente maravilhada com a idade delas, imagina-as acesas e guiando os fugitivos para a segurança. Tallulah se pergunta até onde vai o túnel, se há uma saída na outra extremidade, uma saída de emergência. Mas, para descobrir, ela teria que tirar o cobertor, e ela não quer tirá-lo. Porque existem aranhas.

Uma fenda de luz aparece acima da cabeça de Tallulah. Ela está sentada nos degraus, o mais perto possível da abertura para a sala acima, o mais longe possível das aranhas no chão do túnel e do corpo de Zach. Não sabe quanto tempo faz. Tempo suficiente para queimar uma segunda vela. Terminar os biscoitos, a água. Ter dormido duas vezes. Ela se vira ao som da tampa de pedra se abrindo e espia.

— Pss!

É Scarlett. Os olhos de Tallulah demoram alguns segundos para se ajustar o suficiente e identificar o pedacinho do rosto visível através da fenda.

— Pss — repete ela. E em seguida: — Você está bem?

Tallulah tenta falar, mas nenhuma palavra sai. Ela balança a cabeça.

— Olha — diz Scarlett. — A gente vai tirar você daqui. Só mais um dia, eu acho. A polícia ainda está por todos os lados. Mas tenho certeza de que não querem mais nada com a gente. E então...

— E o Noah? — pergunta ela com a voz rouca.

— O Noah está bem. Eu vi. Ele está bem. Sua mãe está bem. Escuta, Tallulah. Vai ficar tudo bem, tá? Só aguenta firme aqui. E olha

o que eu trouxe pra você. É um folhado de noz-pecã. Seu favorito.
— Ela passa algo embrulhado em um pano de prato pela abertura e Tallulah pega. — Você precisa de mais água? Algo mais?

— Eu quero sair — diz ela, sua voz ainda falhando, mas ficando mais forte. — Eu quero sair agora. Eu quero ir pra casa. Não posso ficar aqui, com o Zach, com o... Eu não posso. E tem aranhas. Por favor. Me deixa sair. Eu não posso... Isso é...

Ela vê Scarlett colocar um dedo na boca, seus olhos se voltando rapidamente para trás.

— Shh — diz ela outra vez, antes de deslizar a tampa de pedra de volta para o lugar.

E então fica escuro de novo.

Parte Cinco

61

SETEMBRO DE 2018

TRANSCRIÇÃO POLICIAL DE ENTREVISTA COM AMELIA BOO RHODES

8 de setembro de 2018
Delegacia de Polícia de Manton

Presentes:
Detetive Dominic McCoy
Detetive Inspetora Chefe Aisha Butt

Dominic McCoy: Amelia, ou você prefere Mimi?
Amelia Rhodes: Mimi. Por favor.
DM: Ok, Mimi. Obrigado por vir de forma espontânea.
AR: Faz muito tempo que eu quero dizer uma coisa. Meses. Faz tanto tempo. Mas... Eu estava com muito medo.
DM: Com medo de quê, Mimi?
AR: Medo de... É difícil. Não sei como explicar. É a Scarlett. Ela tem tipo esse... poder.
DM: Pode explicar melhor o que você quer dizer com isso?
AR: Só quero dizer... Sei lá. Ela tem esse jeito de fazer você pensar que não seria nada sem ela. É, tipo, estar com ela é incrível e empolgante, mas tem sempre a ameaça de que ela vai te excluir, simples assim, se você fizer alguma coisa de que ela não goste. Aí você nunca quer fazer.

DM: Quando você conheceu Scarlett Jacques?

AR: Na Maypole House. Quando eu tinha dezesseis anos. Nós duas estávamos fazendo artes. E design têxtil. Então, fazíamos muitas aulas juntas.

DM: E você a conhecia antes disso?

AR: [*não responde*]

DM: Você poderia dizer sim ou não, por favor? Para a gravação?

AR: Não. Eu não a conhecia. Mas a gente se deu bem, tipo, de cara. Ela era uma pessoa incrível de se ter por perto. Todo mundo queria ser amigo dela, e ela me escolheu. E, depois que a Scarlett te escolhe, você é dela pro resto da vida. Ou era assim que parecia. Quer dizer, todos nós, eu, a Ruby, o Jayden, a Rocky, todos nós seguimos a Scarlett até a Manton. Podíamos ter ido pra outras faculdades. Principalmente o Jayden e a Rocky, eles eram, tipo, gênios. O Jayden podia ter entrado no Royal College, e a Rocky conseguiu uma vaga na London College of Fashion. Eles eram tão talentosos. Mas foram pra Manton. Porque foi pra lá que a Scarlett foi. É meio idiota, na verdade, quando se para pra pensar. Quando você olha pra trás. Mas ela tinha esse jeito de fazer você se sentir como se a sua vida não tivesse sentido longe dela. Ela não fazia nada específico. Scarlett nunca fez nada de ruim. É só o jeito como ela faz você se sentir... Eu não consigo explicar. É estranho. Como se ela precisasse de você. Mas também como se você precisasse mais dela.

DM: E então, voltando à noite de 16 de junho de 2017. Por favor, você pode me dizer, com as suas palavras, exatamente o que aconteceu?

AR: Err, desde, tipo, desde o pub?

DM: Sim. Pode começar pelo pub.

AR: Era uma sexta-feira. Todos nós nos encontramos no Swan & Ducks. Na cidade. Era só mais uma noite divertida e normal. A galera estava toda lá. E o ex da Scarlett, o Liam. A gente se sentou do lado de fora, tomou alguns drinques. Até que a Scarlett entrou para pegar mais uma rodada e não voltou. Aí a gente entrou pra procurar por ela, e vimos que ela estava sentada com eles. Com a Tallulah e o namorado. O clima estava bem estranho. Muito tenso.

DM: Até onde você sabia, tinha alguma coisa acontecendo entre a Scarlett e a Tallulah?

AR: Mais ou menos. Sim. A gente costumava falar sobre isso, a amizade delas. Era estranha. Tipo, eu não quero parecer uma pessoa horrível, mas a Tallulah, tipo, não era assim… como a gente. Entende? Ela era muito quieta, se vestia de um jeito muito, tipo, normal. Ela era legal e tudo, mas eu nunca entendi direito por que a Scarlett queria sair com ela. Aí a Ruby disse que viu uma coisa, no campus, as duas de mãos dadas quando pensaram que não tinha ninguém olhando, e aí a gente achou que algo estava rolando, ou que tinha rolado. Mas Scarlett nunca falou sobre isso e nós não vimos mais nada. Então…

DM: E então, no pub?

AR: Sim. Nós sentamos com eles e ficamos bem bêbados. Aí o Jayden, a Rocky e a Ru foram embora. O pai da Ru estava vindo buscá-la, e o Jayden e a Rocky iam dormir na casa dela. Aí ficamos só nós e o Liam, e aí a Lexie veio também e levou a gente até a casa da Scar…

AR: [*pausa*]

DM: Pode continuar.

AR: Sim. Desculpa. Então, err… fomos pra casa dela, tomamos cerveja, fumamos um pouco e brincamos na piscina. Aí o Zach e a Tallulah foram lá pra dentro, e eu entrei um pouco depois, pra carregar meu celular. Da cozinha dava pra ouvir vozes altas que vinham da antessala que tinha ali, aí eu espiei por uma abertura na porta e vi o Zach meio que segurando a Tallulah. Eles estavam discutindo. O Zach estava dizendo pra Tallulah que ia pedir a mão dela em casamento, eu acho. E aí ele jogou o anel nela. Parei de assistir à cena, recuei e fui carregar meu celular, mas não tinha nenhum carregador na cozinha e eu tinha um na minha bolsa lá em cima no quarto da Scar, então fui buscar. Levei um tempo pra encontrar o carregador. Então quando eu estava descendo a escada… eu ouvi

AR: [*pausa*]

DM: Você está bem? Precisa de um minuto?

AR: Não. Está tudo bem. Eu ouvi a Tallulah gritando: "O que você fez?" E a Scarlett dizendo algo como: "Você queria isso, você disse que queria que ele desaparecesse." E quase entrei na cozinha. Mas não entrei. Não sei por quê. Mas era tipo... era a *Scarlett*. Algo ruim tinha acontecido, e eu estava com medo da Scarlett saber que eu tinha visto. Eu estava com medo da Scarlett. Entende? Então, subi as escadas correndo, ia pegar minhas roupas e minha bolsa e meter o pé. Mas aí eu ouvi os passos dela subindo a escada, me joguei debaixo das cobertas na cama e fingi que estava dormindo. Fiquei deitada daquele jeito por horas. Fiquei esperando ouvir sirenes ou algo assim, ou que a Scarlett aparecesse e me contasse o que estava acontecendo. Eu fiquei esperando que alguma coisa acontecesse. Mas simplesmente não aconteceu. Tudo ficou em silêncio. Como se nada tivesse rolado. Eu vi o sol nascer e então, por volta das seis horas, enfiei todas as minhas coisas na bolsa e desci. Fui pra cozinha. Estava vazia. Olhei a antessala, e a Scarlett estava apagada no sofá. Tentei acordá-la, mas era como se ela estivesse inconsciente. Eu a sacudi com muita força, e ela não acordou. E então eu vi uma caixinha preta. Era um anel. No chão. Foi o que o Zach jogou na Tallulah. E eu peguei e coloquei na minha bolsa. Não sei por quê. Eu só pensei que...

AR: [*pausa*]

DM: Tudo bem. Continue.

AR: Eu sei que eu não deveria ter feito isso. Mas eu queria proteger a Scarlett do que quer que ela tivesse feito na noite anterior. E eu sabia que o anel era uma evidência... de alguma coisa. De algum tipo. Eu... Eu realmente sinto muito. Eu deveria ter entregado à polícia. Eu deveria ter contado o que ouvi a Scarlett dizer na cozinha. Eu sei disso. É um horror que eu não tenha feito isso. Sei que é. Eu sei mesmo.

DM: Então o que aconteceu depois que você pegou o anel?

AR: Eu fui embora. Desci pelo caminho da entrada, e minha mãe me buscou no portão e me levou pra casa. Foi isso.

DM: Você voltou a ter notícias da Scarlett? Depois que você saiu da casa dela?

AR: Sim. Ela ligou na hora do almoço, disse que tinha acabado de acordar e perguntou onde eu estava. Eu disse que estava em casa. Então ela ligou de novo alguns minutos depois e disse que a mãe da Tallulah queria falar comigo porque a Tallulah não tinha voltado pra casa. Ela me deu o número e me pediu que eu ligasse pra ela. E eu... Não fiz a pergunta certa pra Scarlett. Não fiz nenhuma pergunta. Só concordei. Ela perguntou: "Você está bem?" E eu disse que estava apenas cansada. E foi isso. Essa foi basicamente a única conversa que a Scar e eu tivemos sobre isso. Sobre tudo isso. Eu não falei mais com ela depois disso. Fui pra casa do meu pai em Londres no verão. E, quando voltei pra Manton em setembro, a Scarlett e a família dela tinham ido embora.

DM: Então você não falou com a Scarlett durante todo aquele verão?

AR: Não. Nem uma vez. Ela não me ligou, e eu não liguei pra ela.

DM: E o resto do grupo de amigos?

AR: Sim, quer dizer, nós trocamos mensagens e tal, mas nunca sobre aquela noite. Nunca conversamos sobre aquela noite. O que é meio estranho, quando você para pra pensar.

DM: Então, Mimi, antes você nos disse que deu o anel pra Lexie algumas semanas atrás. Poderia nos contar sobre isso, por favor?

AR: Sim. Claro. Então... Eu fiquei com o anel esse tempo todo e queria fazer algo a respeito disso. Queria me apresentar e contar pra alguém o que eu ouvi. Ou o que eu achei ter ouvido. Porque, você sabe, eu tinha bebido naquela noite. Tinha usado drogas. O que eu vi, o que eu ouvi, foi tudo tão confuso. Só um vislumbre de uma coisa. Mas fiquei pensando que a polícia ia encontrar alguma evidência do que quer que tivesse acontecido naquela noite, ou que a Scarlett ia voltar, ou a Tallulah, ou até que o Zach ia voltar... tipo, talvez eu tivesse imaginado a coisa toda. Eu só pensei que tudo ia se resolver sem eu ter que fazer nada nem me envolver, mas aí meses e meses se passaram e nada aconteceu, e a mãe da menina fez aquela vigília à luz de velas pelo aniversário de um ano e ninguém ainda sabia de nada, e eu vi a mãe dela uma vez, em Manton, empurrando o filho da Tallulah em um carrinho de bebê, e ela parecia tão triste e destruída por dentro. Eu me senti tão mal. E eu passei... Eu passei pelo inferno. Pelo inferno real. Então, no mês passado, fui visitar a Lexie e finalmente contei pra ela o que vi pela porta da antessala aquela noite, o Zach e a Tallulah brigando, o Zach jogando a caixa do anel nela. E aí eu contei o que ouvi depois, a Tallulah gritando: "O que você fez?" E a Scarlett gritando: "Mas você disse que queria que ele desaparecesse." E aí a Lexie me disse...

AR: [*pausa*]

DM: Leve o tempo que precisar. Tudo bem.

AR: [*chorando*]

AR: A Lexie me disse... Ela me contou que tinha ouvido falar da Scarlett, que ela estava em um barco, com a mãe e o irmão. Ela disse que a mãe da Scarlett estava obrigando todos eles a fazerem uma viagem ao redor do mundo por um ano, e que ela queria anonimato completo. Alguma coisa a ver com o pai. Aparentemente, ele tinha sido violento. Eu não sei. Não parecia certo. Quer dizer, o pai nunca nem estava com eles. E eles ainda estavam desaparecidos. O Zach e a Tallulah. E tinha só um buraco enorme em tudo. Então eu dei o anel pra Lexie no mês passado, pouco antes de ela ir pra Flórida, e ela disse: "Eu vou resolver isso. Ok. Eu vou resolver isso."

62

JUNHO DE 2017

Tallulah desperta de um sono tão profundo que não consegue se lembrar de nada. Ela desperta, e há uma luz brilhando sobre suas pálpebras. Ela desperta e está em uma superfície macia. Ela desperta e ouve o som de uma leve respiração ofegante e um estalo de lábios, e lentamente abre os olhos e vê o rosto de Toby. O cachorro a encara, placidamente. Ele lambe os lábios de novo e ofega mais um pouco. À medida que seus olhos se acostumam com a luz, ela vê que está na antessala na casa de Scarlett. A porta tem apenas uma fresta aberta, mas ela consegue ouvir vozes. E uma risada suave.

Tenta se sentar, mas desiste ao perceber que está amarrada. Seus pés e seus pulsos estão amarrados com um cordão de plástico.

— Olá! — grita ela, sua voz rouca.

Ouve tudo ficar quieto na cozinha.

— Olá!

Ouve passos no chão de pedra da cozinha, e então surge Scarlett. Ela está vestindo uma calça preta de moletom e uma camiseta grande da Levi's.

— Ah, você acordou — diz ela. — Mãe! — grita olhando para trás. — A Tallulah acordou.

Scarlett caminha na direção de Tallulah e se senta na beirada do sofá, entre a cabeça dela e Toby. Leva a mão ao rosto de Tallulah, acaricia sua bochecha.

— Como você está? — quer saber ela.

— O que está acontecendo? Por que eu estou amarrada?

— Para sua proteção — diz a mãe de Scarlett aparecendo na porta. Ela está segurando uma caneca preta e usando um vestido de algodão verde-jade com um nó na cintura. Seu cabelo está puxado para trás com força.

— Proteção de quê?

A mãe de Scarlett suspira.

— Precisamos tirar você daqui. A polícia já foi embora. Mas eles vão voltar. Eles acham que você e o Zach desapareceram juntos, e é isso que eles precisam continuar pensando.

— Mas... — Tallulah sente uma espécie de tamborilar na cabeça, e sua visão fica cinza nas bordas. — Não. Eu tenho que ir pra casa. Eu tenho que ver o meu filho.

— Tallulah — diz Scarlett —, se você for pra casa agora, nunca mais vai ver o seu filho. Você entende? Se você for pra casa agora, a polícia vai fazer um milhão de perguntas sobre o Zach e você vai ter que explicar o que aconteceu com ele. E o que você vai dizer?

— Eu vou dizer que ele... Eu vou dizer... — Ela para, tenta relembrar os últimos acontecimentos e sente as lembranças se esvaírem quase imediatamente. — Eu vou dizer que ele foi embora.

— Sim. E isso seria uma mentira óbvia. Você quer mentir pra polícia?

— Sim. Não. Eu não me importo. Eu só quero ir pra casa.

— Não — diz a mãe de Scarlett. — Receio que isso não seja uma opção. Uma coisa terrível aconteceu aqui na sexta à noite. Uma coisa realmente terrível. E eu sei que você só agiu por paixão, por medo. Eu entendo esse instinto de mãe. Mas o fato é que o Zach está morto. E você o matou.

— Não. Não, eu não matei. Eu... — Tallulah passa um tempo vasculhando a mente atrás dos detalhes daquele momento, como tem feito sem parar nos últimos dias. Cada vez ela vê de forma diferente. Mas toda vez ela sente, em seu estômago, em suas entranhas, em sua própria essência, que não foi ela, que ela não fez isso.

Mas como vai provar isso para alguém?

— Eu não matei o Zach — diz ela. — Eu não fiz isso.

— Foi tudo muito confuso. Ninguém estava sóbrio. Ninguém estava com a mente limpa. Mas as suas impressões digitais estão na escultura. E claramente você era a única com um motivo para querer que ele morresse. Então, eu acho, ou pelo menos devemos supor, que você é a principal suspeita e que o lugar mais seguro para você agora é muito, muito longe daqui.

— Mas por quanto tempo? — pergunta Tallulah.

— Até que a polícia pense em outra teoria sobre o desaparecimento do Zach, imagino.

— Mas e se eles nunca pensarem?

— Eles vão. Claro que vão. Só precisamos tirar você daqui. Só por um tempo. Então, o carro está pronto, o Rex está esperando por nós no campo de aviação com o avião do Martin, e todos nós vamos para Guernsey. Mas, Tallulah, precisamos que você tenha muito cuidado. Ok? Você vai fingir que é a namorada do Rex, Seraphina. Vocês são bastante parecidas. Só faça a sua parte. Traremos você de volta pra cá antes que perceba.

63

SETEMBRO DE 2018

TRANSCRIÇÃO POLICIAL DE ENTREVISTA COM LIAM JOHN BAILEY

8 de setembro de 2018
Delegacia de Polícia de Manton

Presentes:
Detetive Dominic McCoy
Detetive Inspetora Chefe Aisha Butt

Dominic McCoy: Obrigado, Liam, por concordar em falar com a gente outra vez. Sei que você provavelmente acha que não há mais nada a ser dito. Mas houve um avanço considerável hoje. Muito considerável. E achamos que seria bom repassar alguns detalhes novamente.
Liam Bailey: Ok.
DM: Então, o seu relacionamento com a Scarlett já tinha acabado na época da festa na piscina, em 16 de junho de 2017.
LB: Sim, nós éramos só amigos.
DM: Mas você chegou a se hospedar na residência dos Jacques algumas vezes nos últimos anos.
LB: Sim. A última vez que fiquei lá foi em fevereiro do ano passado, só por algumas semanas.
DM: E essa foi a época em que você deveria estar voltando pra casa, pra sua família?

LB: Sim. Eu tinha que repetir uma aula naquele verão, mas mudei de ideia, decidi largar o curso e ir pra casa. Foi quando a Scarlett me pediu pra ir vê-la. Ela estava tendo um colapso nervoso e precisava do meu apoio. Acabei ficando lá com ela. E logo depois a Jacinta Croft, a ex-diretora, me falou sobre um emprego na escola e eu pensei que talvez fosse bom eu ficar mais um pouco, pelo bem da Scarlett. Então eu aceitei o emprego e me mudei de volta pra escola.

DM: E quando a Scarlett deu o quadro pra você, Liam?

LB: Qual deles?

DM: Bem, teve o autorretrato, né?

LB: Sim, ela me deu esse quando eu me mudei pro meu quarto na Maypole House.

DM: E tinha um outro de uma escada em espiral?

LB: Sim. Esse ela me deu na mesma época. Presentes pra nova casa.

DM: E o que você sabia sobre a pintura da escada?

LB: Nada. Era a parte favorita dela na casa. Ela amava o ar histórico presente ali.

DM: E isto — para a gravação, estou mostrando a Liam Bailey um detalhe da pintura em questão —, este item aqui na pintura. Você sabe o que é?

LB: Essa coisa de metal?

DM: Sim.

LB: É uma faca, não é?

DM: Então você nunca viu isso na vida real? Na residência dos Jacques?

LB: Não. Nunca.

DM: Que fique registrado na gravação, estou agora mostrando a Liam Bailey o item número DP7694, a alavanca de metal encontrada enterrada no canteiro de flores da Maypole House. Liam, você já viu este objeto antes?

LB: Não.

DM: Você tem alguma ideia de para que pode ser usado?
LB: Absolutamente nenhuma.
DM: Obrigado, Liam, isso é tudo por agora.

64

OUTONO DE 2017

A casa em Guernsey é como a casa em Surrey. De bom gosto. Iluminada. Confortável. Elegante. Há mais peças interessantes de metal esculpido dispostas em torno de pilhas de revistas em mais mesas baixas. Mais esculturas de bronze em pedestais de acrílico. Mais arte abstrata. Mais lustres e luminárias enormes. A principal diferença é a vista das janelas: o mar, de um azul profundo, às vezes mais pastel e esverdeado, às vezes com picos espumosos, às vezes estático e plano como mármore. O quarto de Tallulah tem paredes pintadas com flores de cerejeira, cortinas rosadas com blecaute grosso, uma penteadeira com um banco estofado em astracá rosa bebê. O quarto tem banheiro privativo, com uma grande pia de pedra encimada por uma torneira de latão, de onde a água cai por uma fenda larga. Há uma banheira em forma de lágrima, com outra torneira posicionada acima dela, e um box amplo com azulejos dourados de mosaico e um chuveiro elegante. Ela recebe toalhas macias, comida, taças de champanhe e garrafas de água com orquídeas estampadas na frente. Pela janela, vê que esta casa não fica perto de outras. Eles estão em um penhasco. A quilômetros e quilômetros de qualquer lugar.

Scarlett traz coisas legais para ela: produtos para deixar seu cabelo e sua pele bonitos, uma bandeja de queijo, um bichinho de pelúcia. Ela traz Toby para alguns momentos de carinho. Traz seu celular, e elas assistem juntas a vídeos engraçados no TikTok. Scarlett continua prometendo a Tallulah que comprará um celular para ela, mas nunca o faz.

Scarlett lhe conta coisas do mundo exterior. A polícia está procurando Tallulah, aparentemente. Eles descobriram o corpo de Zach e encontraram suas impressões digitais na estátua, e há uma testemunha, Mimi, que a viu fazendo isso. Scarlett lhe diz que seu pai, Martin Jacques, está montando uma equipe de especialistas jurídicos para tentar refutar as evidências. Ele conhece pessoas, diz Scarlett, pessoas poderosas, que podem adulterar evidências policiais, que podem perder coisas acidentalmente.

— Ele só precisa de mais algumas semanas, Lula — diz Scarlett. — Mais algumas semanas, e vamos poder voltar pra casa. Deixa a gente cuidar de você por enquanto. Deixa a gente manter você segura.

Depois de algumas semanas, Tallulah para de receber notícias, então diz a Scarlett que não se importa com a polícia, que ela enfrentará as consequências, irá ao tribunal, irá para a prisão, que não liga mais para o fato de ser culpada ou não, que só quer ir para casa e ver Noah. Ela tenta ir embora, mas, do nada, Joss e Rex aparecem e a levam de volta ao seu quarto.

Tallulah não sai do quarto há dias. Ela já perdeu a noção do tempo. Scarlett ainda aparece com comida, bebida e guloseimas, mas Tallulah não pergunta mais sobre o que está acontecendo porque não se importa mais, tudo o que importa é dormir. Scarlett a abraça e diz que a ama, e Tallulah se esquiva de seu abraço, do mesmo jeito que se esquivava de Zach. Ela sente um gosto ruim na boca o tempo todo. Sente a cabeça pinicar e coçar, até quando o cabelo está limpo. Sua pele está ressecada nos braços, e ela os coça constantemente. Dorme a maior parte do tempo e, quando não está dormindo, está em uma espécie de submundo onde as coisas acontecem, mas ela as esquece rapidamente, seu cérebro tentando desesperadamente segurar as pontas, arrastá-las de volta, mantê-las, mas é sempre tarde demais, tudo sempre se vai. Às vezes, ela vê as flores de cerejeira nas paredes girando e se contorcendo.

Em momentos de lucidez, Tallulah repassa os instantes antes do apagão em sua mente que ainda obscurece a morte de Zach e se sente culpada por tudo isso. Ela teve tantas oportunidades de fazer as coisas de maneira diferente. Desde o momento em que transou com Zach na véspera de Ano-Novo até o momento em que ele caiu de cara no chão da cozinha de Scarlett, ela teve chances de fazer as coisas de forma diferente, de construir uma vida boa para si mesma e para Noah, mas ela estragou todas elas.

E agora está aqui, neste quarto rosa, com suas paredes de flores de cerejeira e suas janelas trancadas. Tallulah sabe que, de alguma forma, está sendo desrespeitada, que o cuidado que está sendo demonstrado por Scarlett é distorcido e errado, que Scarlett aprendeu a amar com pessoas que não sabem amar, e que tudo o que ela pensa que é bom na verdade é ruim. Tallulah tem consciência de que precisa manter apenas o suficiente de si mesma flutuando naquela grande piscina sombria de estranheza, apenas o suficiente para continuar respirando, apenas o suficiente para trazê-la de volta para sua mãe e seu filhinho. Apenas o suficiente.

65

SETEMBRO DE 2018

TRANSCRIÇÃO POLICIAL DE ENTREVISTA COM ALEXANDRA ROSE MULLIGAN

8 de setembro de 2018
Delegacia de Polícia de Manton

Presentes:
Detetive Dominic McCoy
Detetive Inspetora Chefe Aisha Butt

Dominic McCoy: Boa tarde, Lexie.

AM: Boa tarde.

DM: Então, acabamos de falar com Mimi Rhodes e sabemos que no momento Scarlett Jacques está, aparentemente, em um barco em algum lugar, com a mãe dela.

AM: Sim. Pelo menos até onde eu sei. Pelo que ela me disse.

DM: E pediram que você guardasse segredo sobre os detalhes dessa viagem porque a mãe dela estava tentando escapar de um relacionamento abusivo com o marido?

AM: Sim. Isso foi o que ela me disse. A Scarlett me deu a conta secreta dela no Instagram e eu dava uma olhada de vez em quando pra ver se ela tinha postado alguma coisa. Mas nunca tinha muita informação. Nada que mostrasse onde eles estavam. Só fotos do mar, na verdade, com legendas curtas sobre o humor dela. E aí, algumas semanas atrás, a Mimi apareceu. Ela estava muito chateada, muito estressada. E ela me contou sobre o que ouviu na casa da Scarlett, sobre o Zach e a Tallulah tendo uma grande briga, sobre a Tallulah dizendo pro Zach que estava apaixonada pela Scarlett, e o Zach perdendo a cabeça e jogando o anel nela.

DM: E o que mais ela disse a você sobre aquela noite?

AM: Nada. Só isso.

DM: Ela não contou o que ouviu pela porta da cozinha? O que ela ouviu a Scarlett dizer pra Tallulah?

AM: [*pausa*]

AM: Bem, sim. Sim. Ela me disse. Sim.

DM: E o que você achou disso?

AM: Eu achei que talvez a Scarlett estivesse envolvida de alguma forma com o que aconteceu com o Zach e a Tallulah. Achei que ela estava mentindo sobre essa história de fugir do pai dela. E eu sei que devia ter levado o anel pra polícia e contado o que a Mimi me falou. Mas eu... Eu tinha uma viagem importante pra Flórida, estava tudo reservado e pago, era complicado, cinco hotéis diferentes e tudo o mais, e eu não queria correr o risco de me envolver em uma investigação policial e ter que cancelar tudo. Pensei em dar o anel pra minha mãe e pedir a ela que o trouxesse aqui depois que eu tivesse ido. Mas eu achei que isso poderia prejudicá-la no trabalho. Eu não queria envolvê-la; o trabalho é a vida dela. Mas eu também não queria esperar até voltar, eu queria que alguém resolvesse tudo sem que ninguém precisasse contar a ninguém. Então eu me lembrei que a minha mãe havia dito que a esposa do novo diretor era uma escritora de romances policiais. Eu sou uma leitora voraz, então encomendei um dos livros dela, só por curiosidade, e tinha uma parte onde alguém escondia uma pista em um canteiro de flores com uma placa de papelão ao lado dizendo "Cave aqui". E eu pensei que de repente poderia funcionar. Então, na noite antes de ir pra Flórida, eu peguei o anel pra enterrá-lo no jardim do chalé, em um canteiro de flores, igual à pista enterrada no livro, mas o portão dos fundos estava trancado, então eu o enterrei ali mesmo, onde eu sabia que ela o encontraria.

DM: E esse barco, com a Scarlett e a mãe dela? Onde está exatamente?

AM: Não faço ideia. Mas posso mostrar as fotos no Instagram dela. Talvez você consiga uma pista a partir daí?

DM: Sim. Por favor.

DM: Para a gravação, Lexie Mulligan está usando seu celular para localizar as fotos.

AM: Aqui. Esta é a mais recente. De alguns dias atrás.

DM: Para a gravação, a fotografia em questão mostra um pé contra uma superfície de vinil creme, a proa de um barco ou um iate, a pata de um cachorro.

DM: Precisamos que a perícia examine essa conta. Agora mesmo.

DM: Então, Lexie. Para a gravação, estou mostrando à srta. Mulligan o item nº DP7694, a alavanca de metal encontrada enterrada no canteiro de flores da Maypole House. Lexie, você pode nos dizer o que é este objeto?

AM: Não faço ideia.

DM: Você nunca viu este objeto antes?

AM: Não, nunca.

DM: Lexie, nós analisamos a segunda placa e a comparamos a uma fotografia da primeira. Elas batem perfeitamente. É a mesma caligrafia. Parece improvável que duas pessoas diferentes tenham a mesma caligrafia e a mesma ideia de enterrar dois objetos no terreno da escola com algumas semanas de diferença uma da outra, não acha? Então, talvez você tenha uma teoria que gostaria de compartilhar com a gente sobre como esse objeto foi parar ali?

AM: Sério. Eu juro. Definitivamente fui eu quem enterrou o anel. Essa é a minha letra; eu que escrevi. Mas a segunda placa não teve nada a ver comigo. Juro.

DM: Outra coisa que está me incomodando, Lexie. Você afirma ter visto a placa no canteiro de flores da varanda da sua mãe. Mas de forma alguma você seria capaz de ver a placa, como afirmou, da varanda desse apartamento. É baixo demais. Então, poderia nos dizer como realmente viu a pista naquela noite, se, como está nos dizendo, você não a colocou lá?

AM: [*suspira*] Eu estava no jardim.

DM: Perto do canteiro de flores?

AM: Sim. Perto do canteiro de flores.

DM: Plantando a pista?

AM: Não. Eu já disse, não coloquei aquela placa lá.

DM: Então o que você estava fazendo no jardim?

AM: Eu estava procurando uma pessoa.

DM: Quem?

AM: Uma das professoras. Eu a vi da varanda e desci pra procurá-la. E foi quando eu vi a placa.

DM: Então, por que você disse que viu da varanda? Por que não disse que estava no jardim naquela hora?

AM: Não sei. Eu não queria... Eu estava protegendo alguém.

DM: Quem?

AM: A professora, ela e eu somos... você sabe. Nós temos nos encontrado. E ela é casada. Então é meio... delicado. Eu não queria envolvê-la nisso. Era mais fácil fingir que eu não tinha estado no jardim.

DM: Lexie. Você deve saber que encontramos o corpo do Zach Allister em um túnel debaixo da casa dos Jacques hoje de manhã. E esta alavanca foi projetada para abrir o túnel secreto onde o corpo foi encontrado.

AM: [*respiração audível*]

DM: O celular da Tallulah Murray também foi encontrado no túnel.

AM: Ai, meu Deus.

DM: Então, Lexie, sério, se você sabe alguma coisa sobre esta alavanca, se você tem alguma ideia de como ela foi enterrada lá, no canteiro de flores, tão perto de onde você estava encontrando sua amiga, ou se viu alguém nas proximidades do canteiro de flores, agora seria a hora certa de nos contar.

AM: [*começa a chorar*] Não sei. Juro. Eu não coloquei aquela placa lá. Não sei o que é essa coisa de metal e não sei como foi parar lá. Eu não sei de nada.

66

AGOSTO DE 2018

Um dia, Tallulah acorda de outro sono profundo, tão profundo que parece a morte, um sono que ela agora sabe que é provocado por algo das prateleiras bem abastecidas do armário do banheiro da mãe de Scarlett. Ela está mais uma vez em um espaço escuro e silencioso, sozinha, o ritmo e o escoar da água fria e profunda oscilando por seus ossos.

Através de uma janela circular, ela vê o paredão viscoso de água do mar. Sente seus pulsos amarrados. Seus pés presos. E agora ela sabe. Sabe com certeza que não está sendo mantida em segurança. Que ela não está sendo protegida. Ela sabe que tudo o que Scarlett contou sobre seu pai estar tentando corromper a investigação policial é mentira, e que esse pesadelo está prestes a chegar ao pior fim possível. Ela sabe que a única razão pela qual ainda está viva é porque Scarlett se certificou disso. Mas também sabe que Scarlett está perdendo o controle da mãe, perdendo o controle de toda a situação, e que agora ela está sendo levada para o ponto mais distante da própria mãe, de seu filho e de sua casa, para ser largada, despachada, desaparecida.

67

SETEMBRO DE 2018

Kim está sentada no jardim dos fundos. Não consegue ficar dentro de casa. Ryan está lá dentro com Noah, distraindo-o.

São quase duas horas. Já se passaram quatro horas desde que encontraram o corpo no túnel da casa dos Jacques. Ela encara o celular, confere se está com boa conexão, bom sinal, se não há nada que a impeça de receber uma ligação de Dom.

E então acontece. O celular toca. Ela desliza a tela imediatamente.

— Sim.

— Kim, escuta. Acho que conseguimos localizar o paradeiro da família Jacques. Estamos trabalhando com a Interpol em uma busca marítima. Eu não te disse antes, mas encontramos outras coisas no túnel, Kim. Encontramos os restos de um doce que foi misturado com grandes quantidades de Zopiclona. Encontramos cabelos longos e escuros. Encontramos garrafas de água vazias, velas, um cobertor e o celular da Tallulah. E os registros do aeroporto de Manton mostram que os Jacques voaram em seu avião particular para Guernsey em 30 de junho do ano passado, e a bordo estavam Jocelyn, Scarlett e Rex Jacques. E a namorada do Rex, Seraphina Goldberg. Mas Seraphina afirma não ter viajado para Guernsey naquele verão. Então, Kim, estamos considerando a possibilidade de que a família Jacques tenha levado a Tallulah com eles. E que agora estejam a bordo de um barco, fretado por Jocelyn Jacques do Guernsey Iate Clube no final de agosto. E a Tallulah ainda pode estar com eles. Enquanto isso, os detetives em Guernsey estão recebendo um mandado pra entrar na propriedade dos Jacques lá.

— Ok — diz Kim, controlando sua respiração. — Ok. Então, o que eu faço agora?

— Fica calma, Kim. Fica calma. Estamos trabalhando o mais rápido possível. As rodas estão finalmente girando nessa engrenagem. Até que enfim. Só fica calma.

68

SETEMBRO DE 2018

Os dias passam. A luz que atravessa o oceano do lado de fora de sua janela muda de cinza para dourado, depois para branco. Fica cada vez mais quente; à noite, um aparelho de ar-condicionado zumbe acima dela. Scarlett vai e vem. Ela traz o cachorro com ela às vezes, e Tallulah se enrosca no pescoço dele e respira seu cheiro salgado.

— Estou fazendo coisas — diz Scarlett. — Estou fazendo coisas pra levar a gente pra casa. Pra te levar pra casa. Isso vai acabar logo. Vai acabar logo.

Tallulah sabe que cada refeição que faz, cada bebida que toma, é misturada com algo que a faz dormir, mas ela não se importa, ela almeja o sono, a doce calmaria, a ausência de dor, os sonhos. Quando Scarlett demora muito para trazer a refeição, Tallulah se sente fora de si, despedaçada, suas entranhas cortadas, sua cabeça cheia de cacos de vidro, e ela arranca a bebida das mãos de Scarlett e bebe rápido a ponto de se engasgar.

E então, um dia, ao despertar e forçar suas pálpebras a se abrirem, ela olha para o teto de madeira com verniz cor de mel acima de sua cabeça e ouve algo que nunca tinha ouvido. Um zumbido constante e sólido, como uma serra elétrica, como um homem com uma voz grave rugindo, como um caminhão acelerando o motor. Parece circundá-la. Ela sente seus olhos se movendo em círculos, secos por dentro das órbitas. Pega a garrafa de água que Scarlett sempre deixa para ela na hora de dormir e toma um gole. O barulho fica mais alto, mais insistente. O barco começa a se agitar e balançar, a água transborda pelo gargalo da garrafa enquanto ela tenta colocar a tampa de volta no lugar. Ela ouve algo que soa como uma voz humana, mas estranhamente sem corpo, como se estivesse gritando debaixo da água.

— Scarlett! — grita ela, embora saiba que não pode ser ouvida aqui, em seu pequeno caixão forrado de madeira. — Scarlett!

Ouve o doloroso rangido metálico do motor parando. O barco fica em silêncio, e agora consegue ouvir o que as vozes do lado de fora dizem.

Estão dizendo:

— *Aqui é a Força Aérea Britânica. Estamos vindo a bordo da sua embarcação. Por favor, fique no convés com os braços levantados.*

E então ela ouve o barulho de muitos pés no andar de cima, o barulho de vozes, de gritos, a porta de sua cabine sendo aberta com um chute, e surgem homens de farda azul-marinho, com chapéus, armas, corpos cheios de adrenalina, como manequins que não podem ser reais. Eles vêm até ela, mas ela recua.

— Você é Tallulah Murray? — perguntam.

Ela faz que sim com a cabeça.

Tallulah se pergunta se será capaz de andar depois que a polícia a libertar de suas amarras. Ela se pergunta se as pernas que não usa há tantos dias vão de alguma forma sustentá-la quando ela finalmente deixar este minúsculo quarto de madeira. Mas elas não lhe obedecem, é claro. Seus membros se dobram, e ela cai como um daqueles bonecos de madeira com pernas de barbante. O policial a carrega nos braços.

— Aonde estamos indo? — pergunta ela com uma voz esganiçada.

— Estamos levando você para um lugar seguro, Tallulah.

Ele tem sotaque. Ela não sabe de onde.

— Onde estamos? — pergunta ela.

— No meio do Oceano Atlântico.

— Estou indo pra casa?

— Sim. Você vai pra casa, sim. Mas primeiro temos que levá-la a um hospital pra ser examinada. Você está em péssimo estado.

No convés do barco, Tallulah vê os restos de uma refeição. Uma tigela de salada, taças de vinho, guardanapos de papel voando com o vento violento das hélices do helicóptero. A ideia de que, enquanto ela era mantida amarrada naquele minúsculo quarto, outras pessoas estavam ali comendo salada e bebendo vinho sob a luz do sol é inimaginável. Ela vê um amontoado de pessoas do outro lado do barco. São Scarlett, Joss e Rex. Eles se viram e olham para ela, então desviam o olhar rapidamente.

Ela vê outro policial se aproximando dos Jacques, empurrando seus braços rudemente atrás das costas, prendendo seus pulsos com algemas de metal que reluzem a luz forte do sol. O cachorro está sentado aos pés deles, seu pelo espesso sendo sacudido para todas as direções.

— O que vai acontecer com o cachorro? — pergunta ela, repentinamente tomada pela preocupação de que ele possa ser deixado para trás.

— Ele também vem, não se preocupe com o cachorro.

Ela cobre os olhos com o braço. O barulho das hélices e a claridade são aflitivos.

— Aonde estamos indo?

— Fique tranquila, Tallulah. Fique tranquila.

Logo ela está sendo amarrada a um guindaste com o policial que a resgatou; em seguida, está pendurada acima do barco branco e reluzente, olhando para baixo e vendo a família Jacques amontoada no convés ficar cada vez menor.

Tallulah vê Scarlett olhar para ela e balbuciar as palavras *eu te amo*. Mas ela sabe que a pessoa que um dia amou Scarlett Jacques se foi para sempre.

Ela fecha os olhos e desvia o olhar.

69

SETEMBRO DE 2018

Quando o avião para na pista, Sophie abre o compartimento superior e puxa para baixo a pequena mala de rodinhas e a jaqueta. Na esteira de bagagens, é recebida por sua editora dinamarquesa, uma mulher da mesma idade que ela, com cabelo ruivo-claro preso em um coque, vestindo um longo casaco de bouclé azul sobre um vestido floral. Elas se abraçam brevemente; já se encontraram duas vezes antes e, na última vez que Sophie esteve em Copenhagen, até chegaram a tomar um porre juntas e compartilharam intimidades, incluindo detalhes dos casos extraconjugais da editora. Mas agora, um ano depois, é como um novo começo; mais uma vez elas são autora e editora, talento e gestora, cordiais, calorosas, mas não amigas.

Sophie é levada diretamente para um hotel com cadeiras de veludo em cores desbotadas pelo sol, elevadores envidraçados, cactos enormes espalhados pelo saguão e Chainsmokers tocando no sistema de som. Sentada no pufe em seu lindo quarto, ela abre a mala, pega a nécessaire, abre o zíper e tira a escova e a pasta de dentes.

No banheiro, encara o próprio rosto enquanto escova os dentes; ela está acordada desde as quatro da manhã, o som do alarme penetrando sonhos sombrios e preocupantes. Dormiu por duas horas. Ela tem a palidez de quem pegou um voo muito cedo, mas em vinte minutos estará a caminho de uma conferência na qual tem uma agenda apertada de entrevistas e eventos, tudo detalhado em um pedaço de papel entregue a ela por sua editora em uma sacola de lona, que também inclui barrinhas de cereal, água mineral e um exemplar da edição dinamarquesa de seu último livro.

O celular vibra no quarto, e ela sai do banheiro para buscar o aparelho. É uma mensagem de Kim.

Eles a encontraram, diz simplesmente. *Ela está voltando pra casa.*

Sophie fica sem reação. Deixa o corpo cair na ponta da cama e se engasga, o celular agarrado ao coração. E percebe que, do nada, está chorando copiosamente.

— Olá, Sophie. Posso?

Sophie abre um sorriso para a leitora na plateia segurando o microfone que um dos membros da equipe acabou de lhe passar.

— Sophie. Eu sou muito fã dos seus livros. Já saíram seis volumes d'*A pequena agência de investigações de Hither Green*. Você tem outro a caminho? Se sim, pode dar uma pista pra gente sobre o que esperar? Ou o que vem a seguir para P. J. Fox?

A princípio ela fica desconcertada com a pergunta, mas então percebe exatamente o que deve dizer. Ela sorri e leva o microfone à boca.

— Essa é uma pergunta muito boa — diz ela. — E sabe de uma coisa, algumas semanas atrás, eu daria uma resposta muito direta. Algumas semanas atrás, eu estava morando no sudeste de Londres, bem perto de Hither Green, sozinha, no meu lindo apartamento que não é muito diferente do apartamento da Susie Beets, na verdade. Eu tinha um namorado, um professor, que conheci no trabalho, do mesmo jeito que a Susie sempre conhece os namorados dela. Algumas semanas atrás, eu era, essencialmente, a Susie Beets. — O público ri. — E o engraçado é que eu nem sabia disso. Porque há duas semanas eu saí de Londres... — Ela faz uma pausa ao sentir uma onda de emoção perpassá-la. — Eu fui embora de Londres na cara e na coragem, com a sensação de que um relógio invisível estava tiquetaqueando em algum lugar, e fui começar uma nova vida com o meu namorado no interior. Eu ia me tornar a esposa do diretor de um colégio interno muito caro em uma cidadezinha inglesa perfeita.

— Um burburinho de risadas atravessa a plateia. — E eu não tinha ideia — continua ela —, nenhuma ideia de quanto isso mudaria tudo. Porque eu me vi não só empacada no mato, a um milhão de quilômetros da minha zona de conforto, incapaz de escrever, mas também no meio de uma cena de crime real. Vocês querem que eu fale sobre isso?

Um burburinho mais alto passa pela plateia. Sophie acena com a cabeça e cruza novamente as pernas. Ela se vira para o mediador e diz:

— Está tudo bem? Temos tempo?

O mediador faz que sim com a cabeça e diz:

— Estou ansioso! Por favor, leve o tempo que quiser.

— Bom — diz Sophie —, tudo começou no primeiro dia, quando eu achei uma placa de papelão pregada a uma cerca com as palavras "Cave aqui".

Ela faz uma pausa e olha ao redor do público, esperando que alguém capte o significado disso. A garota que fez a pergunta é a primeira a perceber.

— Igual ao primeiro livro de Hither Green? — pergunta ela.

— Isso — confirma Sophie. — Igual ao primeiro livro de Hither Green.

Uma onda gratificante atravessa a sala, e Sophie continua:

— Então eu peguei uma espátula de jardinagem — diz ela. — E cavei...

Enquanto fala, Sophie sente que se recompõe, como um vaso quebrado cujos cacos foram colados de volta no lugar. Ela sabe que não pode mais ficar em Upfield Common. Sabe que Shaun precisa deixar a Maypole House e conseguir algum emprego que ele goste. Ela sabe que isso foi um erro, para os dois, de muitas maneiras, mas que também foi o destino, atuando da maneira mais extraordinária possível. O modo como tudo aconteceu, feito passos de dança. E agora Tallulah Murray foi encontrada viva. Sophie também sabe que não quer escrever outro livro d'*A pequena agência de investigações de Hither Green* depois desse que está escrevendo agora. Ela precisa parar de escrever sobre si mesma e começar a escrever sobre o vasto mundo, não apenas um canto dele. Sophie tem quase trinta e cinco anos, está na hora de seguir em frente.

Com ou sem Shaun.

Ela chega ao fim da história, e a mulher na plateia pergunta:

— E aí? E depois? O que vai acontecer com a família? Com as pessoas que levaram a garota?

— Acho que vou descobrir quando chegar em casa — diz Sophie.

Ela pousa o microfone na mesa e sorri enquanto o público bate palmas para ela.

70

The Times
14 DE SETEMBRO DE 2018

Mãe desaparecida é encontrada presa em barco no Atlântico.

Uma jovem mãe, Tallulah Murray, 20, que estava desaparecida desde que participou de uma festa na piscina com seu namorado em junho do ano passado, foi encontrada viva a mais de 150 quilômetros da terra firme, no Atlântico, a bordo de um iate particular fretado, onde se acredita que ela vinha sendo mantida em cativeiro por Jocelyn Jacques, a esposa de 48 anos do gestor de fundos de cobertura Martin Jacques, pelo filho dela, Rex Jacques, de 23 anos, e pela filha, Scarlett Jacques, de 20 anos.

Os suspeitos foram localizados depois que os restos mortais do namorado de Murray, Zach Allister, foram encontrados em um túnel que passa por baixo da casa da família em Upley Fold, perto de Manton, em Surrey. Acredita-se que o barco foi rastreado após suas características terem sido identificadas em fotos postadas por Scarlett Jacques em uma conta do Instagram. Todos os três membros da família Jacques foram presos, enquanto Tallulah Murray está em um hospital militar nas Bermudas recebendo atendimento devido a sintomas de desidratação grave e dependência química.

A família de Murray foi notificada, e acredita-se que ela terá alta do hospital ainda hoje, quando será levada de avião até o Reino Unido para se reunir com seus familiares, incluindo seu filho de dois anos, Noah.

Nenhum motivo para o assassinato de Zach Allister ou para o sequestro de Tallulah Murray foi revelado até o momento.

71

SETEMBRO DE 2018

Kim usa seu condicionador de cabelo caro, aquele que ela tem que tirar do pote com a ponta dos dedos. Espalha o produto ao longo dos fios e o deixa agir por dois minutos, conforme as instruções, antes de enxaguar.

Depois escolhe uma roupa, passando por peças que não usava há meses, roupas de uma época que se tornou estranha para ela nos últimos quinze meses: o guarda-roupa de outra mulher com cores alegres, estampas otimistas. Ela puxa um vestido leve com botões na frente. É o mesmo que usou na vigília à luz de velas para Tallulah, no aniversário de seu desaparecimento. Combina-o com um cardigã rosa e coturnos. Seca o cabelo até que ele fique liso e brilhante e passa delineador nas pálpebras.

Ainda faltam cinco horas até que Tallulah seja levada para a base do Exército. Cinco longas horas. Mas cinco horas não são nada comparadas aos quinze meses vividos sem ela.

Seu ex está vindo de avião. Estará aqui a qualquer minuto. Ryan vai encontrá-los lá. Noah está na creche, para não sair da rotina, da normalidade, para dar a Kim tempo de se arrumar. Ela vai buscá-lo em algumas horas.

— Mamãe — ele anda dizendo há dias. — Mamãe vem pra casa.

Ela deseja, de uma forma egoísta, que pudesse ser apenas ela. Só ela, na pista de pouso, esperando com a respiração presa, com as flores, com o coração batendo forte e o coração acelerado, que aquelas portas se abrissem, que sua menina estivesse ali, na escada, para tomá-la nos braços. Mas Kim sabe que não pode ser só ela. Senta-se na cozinha e espera que Jim envie uma mensagem dizendo que está a caminho.

Megs. Ela não consegue pensar em Megs. Não consegue falar com Megs nem ver Megs, nem mesmo dizer o nome dela. Continua esperando que ela ligue, envie uma mensagem ou apareça à sua porta. Mas não houve nenhuma sílaba dela. Kim sente a dor da morte de Zach como um espartilho, apertado em torno de suas entranhas; às vezes ela para de respirar quando pensa nisso. Pobre garoto. Deixado lá embaixo. Foi a garota. Foi Scarlett. A mãe dela disse à polícia que não tinha ideia de onde Zach estava, que ela, seus filhos e Tallulah tinham acabado de desfrutar de um ano sabático improvisado juntos, "de modo discreto". Kim bateu com o punho na parede quando Dom contou a ela. Quando a polícia disse a Joss Jacques que o corpo de Zach tinha sido encontrado em um túnel debaixo de sua casa, ela mudou de tática e disse à polícia que na verdade tinha sido Tallulah quem matara Zach, que ela havia batido na cabeça dele com uma estátua de bronze e que eles estavam tentando protegê-la. No início, Scarlett bancou a história da mãe e, por um dia e meio interminável, Kim sentiu-se enjoada com a perspectiva de sua filha passar o resto da vida na prisão.

Mas no dia anterior Scarlett confessara tudo, de forma inesperada e rápida, como se aquilo fosse uma armadura que ela queria arrancar. Disse à polícia que Zach era um bully, que controlava Tallulah, que a machucava. Disse a eles que ouviu Zach ameaçar levar o filho de Tallulah, que ela reagiu instintivamente para protegê-la, sem pensar duas vezes. Disse à polícia que fez tudo por amor a Tallulah. E Kim tem certeza de que isso é verdade, e em algum lugar, bem no fundo, tem certeza de que ela também mataria alguém que ameaçasse tirar Noah de Tallulah.

Isso foi o que Scarlett disse que aconteceu. Quem sabe se é verdade? E quem sabe o que será dessa garota que tem as iniciais de sua filha gravadas na pele? Kim não conhece Scarlett Jacques. Ela a viu apenas uma vez, flutuando numa piscina em um flamingo rosa, pingando água em uma toalha preta, respondendo a perguntas sobre sua filha desaparecida em um tom amuado e condescendente. Ela não conhece Scarlett Jacques. Não precisa conhecer Scarlett Jacques. Não consegue sentir pena dela nem se preocupar com seu destino, por mais jovem que seja, por mais que diga que ama sua filha. Ela simplesmente não consegue.

Kim foi informada de que Tallulah precisaria passar um tempo na reabilitação pois os médicos descobriram que ela desenvolvera um profundo vício em opiáceos. Eles também a alertaram que Tallulah não se pareceria com a garota de quem ela se despediu naquela noite de junho, tantos meses atrás. Mas Tallulah estava desesperada para ficar boa, voltar para casa e ser uma mãe para seu filho novamente.

    E agora eles estão em uma fila na pista cinza. Kim, Ryan, Jim, Noah usando sua melhor roupa social nos braços da avó. Um vento quente sopra ao redor e através deles. Isso bagunça o cabelo brilhante e alisado de Kim, e ela o coloca atrás das orelhas repetidamente. Uma escada com rodas é colocada abaixo da porta do avião. A porta se abre. Um homem aparece, depois outro. Kim prende a respiração e exala o ar no cabelo de Noah. Encolhe a barriga, enfia o cabelo atrás da orelha uma última vez, e então, ali, com um enorme cachorro marrom parado ao seu lado, está Tallulah.

    Kim corre.

Epílogo

AGOSTO DE 2018

Liam tira os óculos escuros e coloca-os no bolso da camisa. Olha para cima, para a casa onde o sol é refletido nas janelas com cortinas escuras, antes de se abaixar para erguer a ponta de um grande vaso azul; um inseto foge de seu esconderijo. Ele agarra o objeto escondido ali e o leva até a porta da frente.

Por dentro, a casa está fresca e cheia de eco. Tudo permanece como os Jacques deixaram no verão passado, mas há uma quietude, a respiração presa de uma casa não habitada. Ele sente os momentos que passou nesta casa reverberando: o ricochete de risos privilegiados nas paredes brancas, o tilintar esperançoso de uma garrafa de vinho sendo tirada da geladeira na cozinha, as patas pesadas do cachorro no piso de pedra, o cheiro do perfume de Scarlett, a estranha fragrância de senhora rica que ela sempre usa. Ainda está tudo aqui, mas emudecido, como um sonho, um pequeno fantasma de um mundo perdido e encantado.

Mas também há sangue no ar parado da casa: uma inebriante e nociva corrente subterrânea de morte. Enquanto Liam anda de sala em sala, cenas passam por sua cabeça. Memórias arrepiantes daquela noite do ano passado, no fim de janeiro, quando Scarlett ligou para ele. O desespero em sua voz.

— Bubs, eu preciso de você. Aconteceu uma coisa. Por favor, vem pra cá.

Ele foi na mesma hora, claro. Nunca perdia tempo quando se tratava de Scarlett. Ela era sua força vital, seu propósito. Ele não era nada antes de Scarlett e voltaria a ser nada depois dela. Quando ela precisava dele, ele ganhava vida, como uma marionete tirada de uma caixa.

Ele a encontrou em uma espreguiçadeira à beira da piscina, os braços em volta do corpo, balançando suavemente.

— Eu acho — disse ela —, acho que fui estuprada.

Ela não quis dizer a ele quem a estuprou, quando, como, onde. Só isso.

Acho que fui estuprada.

Liam se retesou por dentro. Cada elemento de seu ser físico se preparando para matar. Com as próprias mãos, se necessário.

Ele passou aquela noite lá, e a próxima e a seguinte, esperando que Scarlett lhe contasse. Seu pai ligava constantemente, exigindo que ele voltasse para a fazenda, dizendo que eles precisavam dele. Mas Scarlett precisava mais, e nada, nem mesmo a ameaça de excomunhão familiar, poderia fazê-lo sair do lado dela. Durante semanas, ele olhou para cada homem que cruzava o seu caminho, cada aluno, cada professor, para o cara do mercadinho, o padre da igreja paroquial. *Quem foi*, ele precisava desesperadamente saber, *quem fez isso com a minha garota?* Qual de vocês se atreveu a machucá-la, tentou quebrá-la? Ele passou aquelas semanas imerso numa crise bruta e violenta, pronto para explodir.

No fim de fevereiro, aceitou o emprego oferecido por Jacinta Croft na Maypole House e se mudou para o quarto com varanda e vista para o bosque. E foi dali que o viu, seis semanas depois: um velho à distância, mas, numa segunda olhada, um homem de quarenta e poucos anos, calvo.

Guy Croft, marido de Jacinta.

Ele havia se mudado um tempo antes, em meio a fofocas sobre adultério, sobre uma separação. Outrora uma visão familiar caminhando pelo terreno da escola com seu labrador, Liam não via Guy Croft fazia um tempo, mas agora ele estava de volta, saindo dos fundos do chalé em direção à floresta com um passo urgente, quase ensandecido.

Liam imediatamente saiu de seu quarto e o seguiu. Do outro lado da floresta, ele o viu destrancar o portão dos fundos de Dark Place e, em seguida, de um esconderijo fora de vista, ele o ouviu conversando com Scarlett.

— Me deixa entrar. Por favor, me deixa entrar. Eu terminei tudo. Ok? Eu terminei tudo com ela. Por você.

— Eu não pedi a você que terminasse nada. Eu já disse. Acabou.

— Não. Não. Você disse, você disse que não queria ficar com um homem casado. Eu não sou mais casado. Ok? Eu estou livre.

— Ah, meu Deus, Guy. Por favor, vai embora, porra.

— Não vou a lugar nenhum, Scarlett. Eu desisti de tudo por você.

— E então Liam viu Guy Croft colocar as mãos nos ombros de Scarlett, viu-o empurrá-la, nem com força nem com delicadeza, mas com firmeza, de volta para dentro de casa. — De tudo — repetiu ele.

E então ele deu um passo à frente, os braços abertos novamente.

— Sai de cima de mim, Guy — disse Scarlett. — Tira essas merdas dessas mãos de mim.

Liam se moveu, rápido o suficiente para deixar marcas de derrapagem no chão onde estava parado, três, quatro, cinco saltos e para dentro da porta, com as mãos nos braços de Guy, puxando-o para trás, para longe de Scarlett, jogando-o de costas no chão e montando nele; em seguida, a consciência de seu punho contra a pele da cabeça de Guy, sua mandíbula, a barba áspera por fazer contra os nós dos dedos e, em seguida, a viscosidade quente do sangue fresco, a carne frouxa se rendendo ao impacto, o balanço de uma cabeça que já não era sustentada por um pescoço orgulhoso, a compreensão de que estava batendo em algo que não tinha resistência, como bater em uma pilha de carne moída. E então, só então, a consciência de uma voz acima de sua cabeça, dizendo: "Não não não, Liam, PARA." E as mãos contra sua roupa, puxando o tecido de sua camisa. Um bando de andorinhas em uma formação preguiçosa passando pelo azul frio do céu acima. Seu sangue pulsando nos ouvidos. Sua respiração forte no peito. Um cadáver entre suas pernas.

*

Houve um tempo em que Liam teria feito qualquer coisa que Scarlett pedisse. Mas isso foi antes que ela o abandonasse aqui, sozinho, afastado da família, com seus planos em frangalhos por causa de todos os sacrifícios que ele fez por ela; antes que ela o deixasse sem nem mesmo dizer adeus.

Até que ele recebeu uma ligação frenética dois dias atrás, com uma conexão terrível e cheia de ecos, a voz de Scarlett em seu ouvido pela primeira vez em mais de um ano.

— Bubs, a coisa que aconteceu na festa da piscina no verão passado, aquela coisa. Foi real. Aconteceu e foi uma coisa ruim. E a Mimi sabe e ela contou pra Lex. A Lex vai contar pra Kerryanne. A Kerryanne vai contar pra mãe da Tallulah. Em breve, todo mundo vai saber. Eu preciso que você resolva isso. Está no mesmo lugar. A coisa. No mesmo lugar da coisa que você fez. A alavanca está debaixo do vaso azul perto da porta da frente. Por favor, Bubs. Você tem que se livrar das duas coisas. Tem que se livrar delas. Completamente. E depois trancar tudo e se livrar da alavanca. Leva pra Londres ou algo assim, joga no Tâmisa, no lixo, só leva embora. Você não pode deixar nenhum vestígio de nada, Bubs. Por favor. Eu estou aqui, no meio do nada. A minha mãe está surtando. Ela pirou e está me drogando e eu estou com medo de morrer aqui. Eu só quero voltar pra casa. Por favor, faz com que seja seguro eu voltar pra casa. Por favor.

Agora ele segue seu caminho pela cozinha, para o corredor dos fundos e para a ala antiga da casa. Vai até a minúscula antessala fora da torre e faz uma pausa, apenas por um momento, antes de virar a trava e entrar. Está frio e úmido na torre. Não parece agosto. Ele puxa a velha alavanca do bolso traseiro, a mesma que eles usaram para abrir o túnel naquele dia chocante de abril, e arranca a tampa.

Ele passa por cima do corpo, e então, usando o celular como lanterna, desce o túnel por mais de um quilômetro, até que o caminho chega ao fim e não há mais para onde ir. Acima, uma placa de pedra no teto deixa entrar um fio de luz cinza que vem do alto. Ele tira a garrafa de gasolina da bolsa de ombro, derrama o líquido sobre a forma encolhida dos restos mortais de Guy Croft e, em seguida, risca um fósforo. Observa as chamas lamberem os restos mortais do homem e se afasta quando o calor começa a ficar muito intenso. Conforme as chamas diminuem, ele cutuca as cinzas com a alavanca de metal. Vê ossos de dedos, ainda intactos, uma mandíbula, grandes pedaços de trapos velhos e couro carbonizado e despeja outro tanto de gasolina na pilha, acende outro fósforo.

Ele não sente nada por Guy Croft ao vê-lo virar pó. Todos os seus sentimentos estão presos dentro dele como um punho, e todos pertencem a Scarlett. Todos eles. Scarlett, que usa as pessoas como espelhos, para se ver melhor. Scarlett, que pega as pessoas e as larga como e quando lhe convém. Scarlett, que esperou até que Liam a superasse, finalmente a superasse, pronto para ir pra casa e seguir com sua vida, e então o puxou de volta para usá-lo novamente, como um cobertor confortável, um colo onde se aninhar, uma pessoa para vê-la como ela deseja ser vista, e não como ela realmente é. E o que Scarlett Jacques realmente é, agora ele sabe, é uma casca vazia.

Ele se permitiu ser usado por ela como um brinquedo, um animal de estimação, não muito diferente de seu precioso cachorro. Até permitiu que ela lhe desse aquele maldito apelido, Bubs. Ele odiava ser chamado de Bubs, mas deixou acontecer. Permitiu que Scarlett e sua mãe horrível o usassem como faz-tudo, encanador, motorista. Ele sente uma raiva incandescente perpassá-lo ao se lembrar da mãe de Scarlett passando para ele uma pá e um saco plástico em uma manhã quente de verão e perguntando se ele não se importaria de limpar a merda do cachorro do gramado porque o jardineiro estava doente e o lugar estava começando a feder.

Depois que ele matou Guy Croft por ela, eles foram para a cama e fizeram um sexo tão intenso e puro que ele chorou depois.

— Eu te amo, Bubs — disse ela, seu corpo envolvendo o dele. — Você sabe que vou te amar pra sempre, não sabe?

E então a campainha tocou na manhã seguinte, e ela disse:

— Fodeu, Bubs, rápido, você tem que ir, você tem que ir agora. É a Tallulah. Ela chegou cedo. Veste a roupa. Rápido! — E, sendo uma marionete obediente, ele fez o que ela disse, vestiu as roupas e saiu. Ele matou um homem por ela, e ela o expulsou na manhã seguinte sem nem mesmo se despedir, então se entregou, imediata e inteiramente, à conquista de Tallulah. E agora isso. Um ano de silêncio, e de repente ela precisa dele outra vez.

Por favor, Bubs, por favor.

Com raiva, ele volta a cutucar os restos mortais de Guy Croft. Os caroços se transformaram em escombros e poeira, e ele os varre, com a pequena escova que trouxe consigo, para cima de folhas de papel-alumínio que embrulha em pacotes quentes e guarda na bolsa de ombro. Ele os levará para o lago sombreado na beira do parque quando o sol se puser esta noite e os esvaziará nas águas estagnadas para os patos mordiscarem.

Ele passa a luz do celular pelo chão do túnel, se abaixando para pegar o que parece ser um molar, que enfia rapidamente no bolso da calça.

E então, quando se vira para sair, ouve o som de passos acima, e então vozes finas e abafadas, que chegam através da lacuna ao redor da laje de pedra no teto.

— *Então, o que você acha, Sophie? Consegue imaginar? Vir morar aqui comigo. Ser a esposa do diretor da escola.*

Em seguida, uma voz de mulher em resposta.

— *Sim, eu consigo mesmo. Acho que vai ser uma aventura.*

Liam se vira e desce o túnel. Quando se aproxima da saída, olha para o corpo de Zach Allister, o corpo que Scarlett pensa que ele vai se livrar por ela, e passa por cima dele.

Em seguida, sobe os degraus de pedra de volta para Dark Place, puxa a laje sobre o buraco e guarda a alavanca de volta no bolso, a alavanca que ele não vai lançar no Tâmisa para Scarlett, nem jogar fora em uma lata de lixo distante, a alavanca que ele manterá segura em sua casa até decidir exatamente o que fazer com ela.

Agradecimentos

Este foi o meu "romance de quarentena". Todos os autores que lançam livros anualmente vão ter um desses na lista a partir de agora. Comecei a escrevê-lo em fevereiro de 2020. Acabei ficando ocupada com outras coisas (por exemplo, autografando seis mil e quinhentas páginas a serem inseridas em uma tiragem dos Estados Unidos!) e deixei o livro de lado por um tempo. Quando retornei a ele, a quarentena tinha começado, eu já havia pegado COVID-19 e minhas filhas estavam em casa o dia inteiro. Costumo escrever meus livros na mesa da cozinha ou então em algum café. De uma hora para a outra, os cafés estavam todos fechados e a minha mesa da cozinha estava coberta com os trabalhos de faculdade da minha filha mais velha. A cozinha em si tinha sido transformada em uma sala de recreação informal, um lugar para descansar e fazer uma pausa do trabalho ou dos estudos. Refeições eram preparadas ali a qualquer hora do dia. Todo mundo andava sempre zanzando pra lá e pra cá, não havia café algum para onde escapar, e passei oito longas semanas vagando desconsolada e dizendo que NÃO CONSEGUIA ESCREVER. Além daquele monte de gente invadindo o meu espaço de trabalho, o meu livro se passava em 2019, e tornara-se inconcebível escrever sobre um mundo antes da COVID-19, um mundo de pessoas ingênuas que frequentam pubs, levam os filhos à escola e se abraçam. Conversei com a minha editora algumas vezes ao longo desse período, e a pergunta dela era sempre: "Você está escrevendo?" À qual eu sempre respondia que não, eu não conseguia, era impossível. Das primeiras vezes ela foi compreensiva, empática. Na quinta vez ela disse: "Você sabe que vai ter que escrever esse livro de qualquer jeito, né?"

Então obrigada, Selina, por me tirar da paralisia e me forçar a resolver o problema. Este livro foi escrito em um espaço que aluguei em frente à minha casa. Meu escritório da quarentena. Minha salvação. Muito obrigada, Escritório da Quarentena, e obrigada a Victoria e Rebecca do Swiss Quarters, que fizeram eu me sentir tão acolhida durante o tempo que durou a minha locação.

No âmbito profissional, 2020 foi um ano excepcional para mim. Cheguei ao número um da lista de mais vendidos tanto do *New York Times* quanto do *Sunday Times*, vendi mais de meio milhão de exemplares de *A família perfeita* no Reino Unido e mais de um milhão de exemplares de *Then She Was Gone* nos Estados Unidos. Enquanto eu estava presa no meu mundinho limitado da quarentena, foi uma alegria pensar que tantos novos leitores estavam conhecendo os meus livros, explorando meus títulos mais antigos, encontrando um modo de escapar do medo provocado pelo mundo real. Por isso, agradeço a todos que compraram um livro meu durante esse ano e dou as boas-vindas a todos os novos leitores que voltaram para mais uma história. Sou muito grata a todos vocês.

Obrigada a todos os livreiros ao redor do mundo que encontraram maneiras de continuar vendendo livros para as pessoas que queriam lê-los; os serviços de postagem devem ter visto uma explosão nos negócios ao longo do último ano! E obrigada aos bibliotecários que encontraram soluções engenhosas para manter seus programas de empréstimo de livros funcionando. Os livreiros e os bibliotecários também foram capazes de manter uma agenda de eventos incrivelmente dinâmica e bem organizada para autores e leitores durante as restrições impostas pela COVID-19, por isso, obrigada a todos que me receberam no ano passado, do conforto do meu quarto.

Obrigada ao incrível Jonny Geller, meu agente na incrível Curtis Brown do Reino Unido, e à incrível Deborah Schneider, minha agente na incrível Gelfman Schneider nos Estados Unidos. Vocês foram magníficos e mantiveram um padrão de serviço extraordinariamente alto durante um ano tão desafiador.

Obrigada a todas as minhas casas editoriais em todo o mundo, com um agradecimento especial a Selina Walker, Najma Finlay e todo mundo na Cornerstone do Reino Unido, e a Lindsay Sagnette, Ariele Fredman e todos na Atria dos Estados Unidos.

Obrigada aos meus espetaculares parceiros de escrita, que me ajudaram a manter a sanidade durante esse ano em várias plataformas de mídias sociais: Jenny Colgan, Maddy Wickham, Jojo Moyes, Amanda Jennings, Tammy Cohen, Serena Mackesy, Chris Manby, Tamsin Grey, Adele Parks e mais um monte de outros.

E, por fim, obrigada à minha família por ter sido, no geral, uma companhia bem razoável durante um ano em que ser uma companhia razoável era a coisa mais importante do mundo.

Um brinde ao fim de uma nota de rodapé esquisita na História e à volta da normalidade. Que venham os cafés!

intrinseca.com.br

@intrinseca

editoraintrinseca

@intrinseca

@editoraintrinseca

editoraintrinseca

1ª edição	MARÇO DE 2024
impressão	SANTA MARTA
papel de miolo	LUX CREAM 60 G/M²
papel de capa	CARTÃO SUPREMO ALTA ALVURA 250 G/M²
tipografia	ADOBE GARAMOND PRO